KB175271

초암실기
草庵實紀

예천박물관 국역총서 02

초암실기
草 庵 實 紀

※

예천박물관 엮음

만물이 소생하는 봄의 기운이 완연한 요즘입니다. 예천군 예천박물관은 지난 몇 년간 축적해 온 학술적 성과를 봄날 꽃망울을 터트리듯 하나씩 세상에 꺼내놓고 있습니다.

지난해 겨울 예천지역 역사 인물인 김회수가 담담하게 일상을 이야기한《경운재일기》를 펴내면서 국역 총서의 시작을 알렸습니다. 그리고 오래지 않은 2024년 봄, 조선시대 대명의리(對明義理)의 상징인 유엽배(柳葉杯)를 노래한《초암실기(草庵實紀)》국역서를 세상에 꺼내놓을 수 있게 되었습니다.

《초암실기》는 초암 정윤우(丁允祐)의 생전에 작성된 글과 후학들이 그의 충절(忠節)과 유엽배에 담긴 함의(含意)를 노래한 시문 등을 수록한 책입니다.《초암실기》의 간행을 주도한 정윤우의 후손들은 조상이 남긴 글이 전쟁과 국가의 혼란 속에 소실된 점을 안타까워하며 주변 인물들에 시문을 부탁하여 한 권의 책을 편찬하기에 이르렀습니다.

전근대 시기 문중(門中)에서 조상의 문집을 간행했던 것은 선현의 업적을 기리고 후학의 경계로 삼기 위한 하나의 방편이기도 하였습니다. 우리 예천박물관은 과거 문중의 역할을 도맡아 예천 지역 역사 인물의 자료를 수집하고 그들이 남긴 훌륭한 유산을 보존하며 역사적·학술적 가치를 제고하기 위하여 노력하고 있습니다.

《초암실기》에서 노래한 유엽배는 안동향교의 복두(幞頭)와 난삼(襴衫), 김륵(金玏)의

《대학연의(大學衍義)》와 함께 영남 지역 대명의리의 3대 상징물로 알려져 있습니다. 버드나무 잎은 바람에 이지러져 갈피를 잡지 못하는 듯하지만, 땅속 깊이 뿌리내린 모습에서 조선시대 유학자들이 지켜온 대명의리를 떠올리게 합니다. 《초암실기》가 빠르게 변화하는 현대의 세태 속에 한 박자 멈춰서서 여러분의 일상과 내면을 들여다보는 시간이 되기를 바랍니다.

바쁘신 중에 기꺼이 번역을 맡아주신 김영진 교수님, 그리고 예천 지역 역사를 고찰할 기회를 제공해 준 예천박물관 직원들의 노고에 감사 인사를 드립니다.

예천군수 김학동

사물(事物)이란 시간의 흐름 속에 색이 바라고 결락되거나 부서지기도 하며 때로는 파손되어 그 형태를 온전히 살필 수 없는 경우가 많습니다. 그렇지만 사람들의 마음속에 깊은 울림을 주는 사물에 담긴 의미(意味)는 시간이 흘러도 변하지 않고 오래도록 기억되고 전해집니다.

우리 예천 지역에는 역사시대를 거쳐 전해진 유수의 유물이 있습니다. 그 가운데 유엽배는 안동의 난삼과 복두, 영주의 《대학연의》와 더불어 명나라에서 우리나라에 내려준 기물로, 영남 지역 대명의리(對明義理)를 상징하는 3대 유물 중 한 가지입니다. 유엽배는 조선이 명나라에 지키고자 했던 대명의리의 상징이면서 정윤우라는 인물의 위대함을 상징하는 것이라고도 할 수 있습니다.

《초암실기》는 초암 정윤우가 남긴 유문(遺文)과 조정에서 그의 공로를 치하하며 내린 유서(諭書), 그리고 후손과 후학들이 유엽배에 담긴 함의(含意)를 시문(詩文)과 서문(序文)으로 추억한 글을 모아 편찬한 책입니다. 여기에는 유실되지 않고 전해진 유엽배라는 유물이 내포한 의미가 적지 않다는 사실에 조상의 업적을 추모하려는 후손들의 노력이 더해져 이루어진 결실이라 할 수 있습니다.

예천박물관은 우리 지역 역사의 기록 유산을 수집하고 보존 · 관리해 오면서 다양한 학술 활동을 이어오고 있습니다. 2023년 겨울 《경운재일기》를 시작으로 국역 총서의 발간을 시작하였고 2024년 봄, 두 번째 결실인《초암실기》가 간행되었습니다.

겨우내 꽁꽁 언 땅속에서 몸을 숙이고 있던 초목이 따사로운 봄 햇살과 윤택한 봄비에 젖어 하나둘 움트며 기지개를 켜고 있습니다. 이처럼 우리 예천박물관도 지난 2021년 재개관 이후 축적해 온 학술적 성과물이 봄날의 봇물 터지듯 다양한 방식으로 세상 밖으로 꺼내고 있습니다.

우리 예천박물관이 이러한 성과를 낼 수 있도록 유물을 기증·기탁해 주신 분들과 박물관을 찾아주시는 지역민, 그리고 궂은일 마다하지 않고 박물관의 발전을 위해 애써 주신 직원 여러분께 감사의 인사를 전합니다. 마지막으로 국역을 맡아주신 성균관대학교 김영진 선생님과 안동대학교 황만기 선생님, 교열과 윤문을 담당하신 남춘우, 이승용 선생님께도 감사한 마음을 전합니다.

《초암실기》를 읽으며 독자 여러분의 마음에 변하지 않는 고결한 의미(意味)가 무엇인지를 되돌아보는 시간이 되기를 바랍니다.

예천박물관장 이재완

이 책은 조선 중기 인물인 초암(草庵) 정윤우(丁允祐, 1539~1605)가 남긴 간찰 2편, 시 1수, 조선 조정에서 내린 유서·제문·비답과 그의 충절과 유엽배에 대한 함의를 읊은 문인 및 후손의 시문(詩文)과 서문(序文)을 모아 놓은 것이다.

정윤우의 자는 천석(天錫), 호는 초암(草庵), 초명(初名)은 정윤우(丁胤祐)이며 본관은 나주(羅州)이다. 정윤종(丁允宗)의 14세손으로 부친은 정응두(丁應斗, 1508~1572), 모친은 시진 송씨(市津宋氏) 송세충(宋世忠, 1468~1527)의 딸이며 부인은 청송 심씨(靑松沈氏) 심응록(沈應祿)의 딸이다. 슬하에 3남 5녀를 두었다. 장남 호겸(好謙)은 자식이 없이 죽었고, 차남 호양(好讓)은 1남 4녀를 두었으며, 삼남 호근(好謹)은 2남을 두었다.

정윤우의 세계(世系)는 다음과 같다.

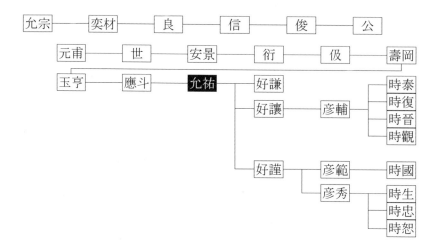

1567년(선조 즉위) 정묘 식년시 생원 3등 37위에 합격하고, 같은 해 식년시 진사 3등 70위로 합격하였다. 이후 1570년(선조3) 식년시 병과 6위로 문과 급제하여 관직에 진출하였다. 1583년(선조16)에 지평(持平)에 임명되고 헌납(獻納), 독포어사(督捕御使)로 경상도에 파견되었으며, 호조 참의(戶曹參議), 병조 참의(兵曹參議), 충청도 관찰사(忠淸道觀察使) 등을 역임하였다.

이 책은 정윤우의 후손들이 그가 남긴 유문과 선조(宣祖)가 하사한 교서(敎書), 제문(祭文) 및 정윤우가 명나라 신종으로부터 하사받은 유엽배를 후학(後學)들이 노래한 시문과 그의 충절을 칭송한 서문(序文)을 수록하여 엮은 책이다. 이 책의 서문과 발문에 의하면 1900년대 초반 후손 정영섭(丁永燮) 등이 간행하였다가 1960년대 후손들의 지문(識文)을 더하여 한 차례 더 간행하였는데 본 국역 총서의 저본은 1960년대 간본이다.
1960년대 간행본은 장석영(張錫英)의 「초암실기서」를 시작으로 「초암정공세계도(草庵丁公世系圖)」, 「목록(目錄)」, 본문의 순서로 구성되어 있다. 본문은 「시(詩)」, 「서(書)」, 「부록(附錄)」의 체제로 이루어져 있으며, 정윤우의 저작은 「시」 1수와 「서」 2편에 불과하다. 1수와 「서」 2편만이 정윤우의 저작이다. 「부록」은 선조조(宣祖朝)에 내린 교서(敎書), 제문(祭文) 각 1건씩과 정조조(正祖朝)에 내린 비답(批答) 1건이 작성 시기 순으로 수록되어 있다. 다음으로 여러 사람이 정윤우의 충절과 유엽배에 담긴 함의를 칭송한 서(序), 시(詩), 명(銘) 및 가장(家狀), 행장(行狀), 사림통문(士林通文), 발(跋), 지(識), 소서(小敍)가 이어진다. 서문은 박손경(朴孫慶), 김홍망(金弘望), 손의선(孫義選)이 작성하였고, 시문은 채래(蔡淶)를 비롯한 143인이 작성한 것인데 더러 서문과 함께 작성하기도 하였다. 시문 작성자 가운데 마지막 20인은 정윤우의 후손이다. 본 국역서의 국역 부분 마지막에 수록된 「유사」는 1933년 13대손 정영진(丁永鎭)이 작성한 것이다. 이는 1960년대 간행본에는 수록되지 않은 것이지만 정윤우의 행적과 본서의 이해를 돕기 위하여 번역만을 수록하였다.

일러두기

1. 이 책은 예천박물관 소장 석인본(石印本)《초암실기(草庵實紀)》(소장품번호: ycm1000)를 저본으로 하여 정서 · 번역하였다.

2. 번역은 한글 전용을 원칙으로 하되 한자 표기가 필요한 경우 한자를 병기하고 상세한 내용을 각주를 달아서 설명하였다.

3. 서문(序文) 다음의 초암정공세계도(草庵丁公世系圖)는 원문만을 수록하였다.

(부록)

《초암실기》 관련 자료

《초암실기》

국역

초암실기 단

草庵實紀單

초암실기서[1]
草庵實紀序

사람이 작은 나라에 태어나서 상국(上國 중국)을 유람하고 천자의 광휘를 가까이하며 일찌감치 밝은 시대를 만나 벼슬살이하면서 관찰사로 나가는 일은, 사람들이 영광스럽게 여기고 또한 사람마다 원한다고 하여 얻을 수 있는 것이 아니다. 그러나 고(故) 상대부(上大夫) 호서 관찰사(湖西觀察使 충청도 관찰사) 증(贈) 천관태재(天官太宰)[2] 초암(草庵) 정공(丁公)으로 말하자면 그렇지 않았다. 말을 줄지어 세워 사마를 맨 수레를 타며, 기를 세우고 뿔 나팔을 불며 무부(武夫)를 구름처럼 모아 세우며, 여인이 흰색의 분을 바르고 녹색의 머리 장식을 이고서 좌우에서 아양 부리는 것을 누린다면 여염의 영광이 지극하다 할 것이다. 그러나 공께서 뜻을 둔 것은 아니었다.

공께서 두 도의 관찰사를 맡았을 적에[3] 소당(召棠)의 교화[4]를 폈으며, 억센 왜적이

---

1. 초암실기서(草庵實紀序):《회당집(晦堂集)》권25에〈초암정공실기서(草庵丁公實記序)〉라는 제목으로 실려 있다.

2. 천관태재(天官太宰): 이조 판서라는 뜻인데,《압해정씨가승(押海丁氏家乘)》에는 이조 참판에 추증되었다고 하였다.

3. 공께서……적에: 정윤우(丁允祐)가 1597년(선조30)에 충청도 관찰사를 맡고, 1599년(선조32)에 강원도 관찰사를 맡은 일을 가리킨다.

4. 소당(召棠)의 교화: 지방관이 펼친 선정을 찬양하는 말이다. 소당은 소공(召公)이 머물던 감당나무라는 뜻으로,《시경》〈감당(甘棠)〉의 주석에 "소백이 남국을 순행하면서 문왕의 정사를 펼 적에 감당나무 아래에 머물렀는데, 그 뒤에 사람들이 그 덕을 사모하여 그 감당나무를 아껴 차마 손상하지 못하였다.[召伯循行南國, 以布文王之政, 或舍甘棠之下, 其後, 人思其德, 故愛其樹而不忍傷也.]"라고 한 데서 나온 말이다.

※草庵實紀

거듭 침략하여 동남쪽의 보장(保障)⁵을 만들고 관보(關輔)의 울타리⁶를 웅장하게 하여 요해처에 방어지를 설치하고 임기응변하였으니, 하룻밤 사이에 수염과 머리털이 온통 허옇게 세었다. 이는 공의 뜻이 부귀나 놀고 즐기는 데 있는 것이 아니라 뜻한 바가 왕사(王事)에 있었던 것이다. 사신으로 나가서는 왕의 사업에 종사하며 홀로 유능한 듯하였으니,⁷ 우리 임금이 대국을 섬기는 정성을 밝히고 천자국 황제가 소국을 애호하는 은덕을 받아 여섯 개의 보배로운 유엽배(柳葉杯)에서 황제의 은택이 융숭하게 드러나도록 하였다. 이는 공의 뜻이 유람하는 데 있는 것이 아니라 뜻한 바가 사방으로 사신 가서 임금을 욕되지 않게 하는 데에 있었던 것이다. 공을 이루고 물러나서는 은자의 두건을 쓰고 야인의 복장을 하여 끝내 초가집에서 늙어가며 입으로는 오(嗚)나라를 평정한 일⁸을 말하지 않았으니, 이는 참으로 중흥 시기의 어진 보필자이고 밝은 시대의 은거한 백성이다.

  그러나 그 문헌이 전하지 않아 관직에 올라 정사를 수행한 실상이나, 진영에 있으면서 왜적을 토벌한 전공이나, 천자의 조정에 나아가 빙문(聘問)하고 연향(宴享)한 일은

---

5. 동남쪽의 보장(保障): 《초암실기》〈선조조에 내린 교서[宣祖朝教書]〉에 실린 내용으로, 정윤우(丁允祐)가 충청도 관찰사로 나갈 적에 동남방의 왜적을 막는 든든한 울타리가 되어 달라는 뜻으로 쓴 말이다.

6. 관보(關輔)의 번위(藩衛): '관보'는 관중(關中)과 삼보(三輔 도성 주변 지역)에서 나온 말로 경기를 뜻하고 '번위'는 울타리를 뜻하여, 위의 '동남(東南)의 보장(保障)'과 마찬가지로 정윤우가 충청도 관찰사로 나갈 적에 경기 지역을 지키는 든든한 울타리가 되어 달라는 뜻으로 쓴 말이다.

7. 사신으로……듯하였으니: 정윤우가 명나라에 사신으로 가서 고생한 일을 말한다. 《시경》〈소아(小雅) 황황자화(皇皇者華)〉에 "반짝반짝 빛나는 꽃들이여, 저 언덕이랑 진펄에 피었네. 부지런히 달리는 사신 행차는, 행여 못 미칠까 염려하도다.[皇皇者華, 于彼原隰, 駪駪征夫, 每懷靡及.]"라고 하였고, 《시경》〈소아(小雅) 북산(北山)〉의 "국사를 허술히 할 수 없는지라 우리 부모를 근심하게 하노라.……대부가 공평하지 못한지라 나만 종사하게 하여 홀로 어질다 하네.[王事靡盬, 憂我父母.……大夫不均, 我從事獨賢.]"라고 한 데서 비롯되었다.

8. 오(吳)나라를 평정한 일: 정윤우가 임진왜란을 겪으며 공을 세운 일을 오나라를 평정한 서진(西晉)의 용양장군(龍驤將軍) 왕준(王濬)의 일에 견주어 말한 것이다. 왕준이 금릉(金陵)을 공격하여 오나라를 멸망시켰으나 전장에서 돌아온 뒤에는 사저에서 은자의 두건을 쓰고 지내며 오나라를 평정한 일에 대해서 일절 말하지 않았다고 한다. 《晉書 王濬列傳》

이따금 기(杞)나라와 송(宋)나라의 일처럼 고증할 수가 없다.[9] 오직 조정의 교서(敎書) 및 사제문(賜祭文), 임진년의 정기록(正氣錄), 집안에 보관된 유엽배(柳葉杯), 경연에 참석한 신하들이 상주(上奏)한 말, 향촌 선비들이 외루(畏壘)처럼 덕을 칭송한 논의,[10] 한 시대의 여러 저명한 석학이 찬송한 시편 등이 남아 있을 뿐이지만, 역시 그 영향의 만분의 일이나마 확인할 수 있다.

후손 정규혁(丁奎赫)이 정리되지 않은 초고를 수습하여 '실기(實紀)' 한 편을 엮어 백세 뒤에라도 공께서 벼슬살이 한 행적을 밝게 드러내고자 하여 재주 없는 나를 찾아와 서문을 써 달라고 요청하였다. 읽어보니 사람으로 하여금 거듭 탄식하게 만들었다.

아! 공(公)이 살던 세대로부터 지금까지 3백 년이 지났는데, 홍라(紅羅)[11] 천지는 결국 누구에게 속한 물건이 되었는가. 구유(九有)[12]는 까마득하고 왕춘(王春)[13]은 적막해졌는데, 한 조각 유엽배(柳葉杯)가 어찌 홀로 해외의 배신(陪臣)[14]의 집에 남게 되었는

---

9. 기(杞)나라와……없다: 문헌이 없어서 충분히 고증할 수가 없다는 뜻이다. 《논어》〈팔일(八佾)〉에 "공자가 말하기를, '하나라의 예를 내가 말할 수 있으나 기나라에서 징험하지 못하며, 은나라의 예를 내가 말할 수 있으나 송나라에서 징험하지 못하니, 문헌이 부족하기 때문이다.' 하였다.[子曰, 夏禮, 吾能言之, 杞不足徵也, 殷禮, 吾能言之, 宋不足徵也, 文獻不足故也.]"라고 한 데서 나온 말이다.

10. 외루(畏壘)처럼……논의: 고을 사람들이 정윤우의 덕을 경상초에 비겨 칭송하였다는 뜻이다. 노자(老子)의 제자 경상초가 노자에게서 도를 배우고 외루에 살게 되었는데, 그가 이곳에 산 지 3년 만에 크게 풍년이 들자 외루 사람들이 그를 성인(聖人)에 가깝다고 칭송하였다고 한다. 《莊子 庚桑楚》

11. 홍라(紅羅): 명 태조(明太祖) 주원장(朱元璋)의 별칭으로, 여기서는 명나라를 가리킨다. 《명사기사본말(明史紀事本末)》에 따르면, 명 태조가 태어나 그 부친이 태아를 씻기기 위해 강물을 길러 갔는데 홀연 붉은 비단이 떠내려오므로 그 비단을 명 태조에게 입혔다고 한다. 이로부터 주원장을 홍라진인(紅羅眞人)이라고도 한다.

12. 구유(九有): 구주(九州)와 같은 말로, 《서경》〈우공(禹貢)〉에서 중국을 기주(冀州)・연주(兗州)・청주(靑州)・서주(徐州)・양주(揚州)・형주(荊州)・예주(豫州)・양주(梁州)・옹주(雍州) 등 구주로 나눈 데서 중국 전체를 뜻한다.

13. 왕춘(王春): 《춘추》 '은공(隱公) 원년'의 "원년 봄 왕의 정월[元年春王正月]"이라는 기록에 대한 《춘추공양전(春秋公羊傳)》의 해설에서 비롯하여 천하를 통일한 제왕의 봄이라는 뜻으로 쓰이는데, 여기서는 명나라의 봄을 뜻한다.

14. 배신(陪臣): 옛날에 제후의 경대부가 천자에게 자신을 일컬어 '배신(陪臣)'이라고 하였다. 여기서는 정윤우를 가리킨다.

※草庵實紀

가. 우리 동방이 신종(神宗) 황제의 망극한 은혜를 받았으나 마침내 만이(滿夷)[15]에게 종노릇을 하고 지금은 칠치(漆齒)[16]의 포로가 되었으나 그 마음은 늘 황명(皇明 명나라)의 유민으로 여기고 있다. 풍천(風泉)의 슬픔[17]은 오랠수록 잊히지 않는데, 지금 이 황명의 구물(舊物)을 보고서 누군들 비통하고 처량하여 감읍하지 않겠는가. 내가 지금 궁벽한 산골에서 병으로 신음하며 홀로 춘추(春秋)의 의리를 품었으나 강론할 곳이 없는 마당에 '초암정공실기(草庵丁公實紀)'의 서문을 지어 공의 현저한 사업에 깊이 탄복하고 감개무량한 생각을 이어서 붙일 뿐이다.

숭정(崇禎) 기원 후 283년 병인년[18] 청명절에 인동(仁同) 장석영(張錫英)[19]이 서문을 쓰다.

---

15. 만이(滿夷): 만주 오랑캐라는 뜻으로, 만주 지역에서 흥기한 청나라를 말한다.

16. 칠치(漆齒): 이를 검게 물들이는 왜인의 풍속에서 나온 말로, 여기서는 일본을 가리킨다.

17. 풍천(風泉)의 슬픔: 〈비풍〉과 〈하천〉을 말한다. 《시경》〈회풍(檜風)〉과 〈조풍(曹風)〉에 실린 시인데, 모두 제후의 대부가 주(周)나라 왕실이 쇠미해진 것을 보고 서글퍼하며 문왕(文王)·무왕(武王)·주공(周公) 때의 태평성세를 그리워하는 내용의 시이다. 여기에서는 멸망한 명(明)나라에 대한 서글픔을 가리킨다.

18. 숭정(崇禎)……병인년(丙寅年): 숭정은 명나라 마지막 황제인 의종(毅宗)의 연호로, 1628년부터 1644년까지이다. 따라서 숭정 기원 후 283년이면 1910년이 되고, 장석영(張錫英)의 생몰년을 감안할 때 병인년은 1926년이 되므로, 연도와 간지 사이에 착오가 있는 듯하다.

19. 장석영(張錫英): 1851~1926. 호는 회당(晦堂), 본관은 인동(仁同)이다. 이진상(李震相)의 문인이며, 곽종석(郭鍾錫)·이승희(李承熙) 등과 교유하였다. 일제강점기 유림을 대표하는 독립운동가로 활동하였다. 저서로 《회당집》,《요좌기행문(遼左紀行文)》 등이 있다.

시

詩

아우 윤복에게 주어 이별의 회포를 펴다[20] 아마도 대헌공이 임진년 난리 통에 어가를 호종하기 위해 가산으로 갈 때 지어준 시인 듯하다

寄舍弟胤福伸別懷 疑大憲公壬辰亂中扈駕赴嘉山時

도성 떠난 회포 함께 품은 채	去國同懷抱
타향에서 또다시 이별이구나	他鄉又別離
전쟁은 언제 그칠 줄을 모르는데	干戈靡有定
형제는 제각기 어디로 가는고	弟兄各何之
만물은 모두 수심에 잠기고	物色渾愁態
산하는 그저 눈물만 흘릴 뿐	山河只涕垂
갈림길에 서서 한마디 말도 못 하는데	臨歧無一語
부디 서로 목숨이나 부지하기를	相贈好扶持

---

20. 아우……펴다: 아우는 정윤우(丁允祐)의 아우 정윤복(丁胤福, 1544~1592)을 말한다. 자는 개석(介錫)이다. 정윤복은 임진왜란이 일어나 선조(宣祖)가 북쪽으로 피란할 때 다리에 병이 있어 따라가지 못했다. 분조(分朝)인 이천(伊川)으로 가서 병조 참판에 제수되었고, 이어 선조를 호종하기 위해 가다가 평안북도 가산군(嘉山郡)에 이르렀을 때 병이 심해져 세상을 떠났다. 정윤복은 1589년(선조22)에 사헌부 대사헌에 임명되었다.

※草庵實記

서

書

아들에게 부치다
寄家兒

어제 아침에 윤옥(尹玉)이 편지를 가지고 도중에 있는 독음촌(禿音村)에 도착하였다. 양구(楊口)의 방자(房子 심부름꾼)가 편지를 가지고 다시 왔더냐?

나의 여행은 별일이 없다. 밤에는 두모촌(豆毛村)에서 자고 지금은 지평(砥平)을 향해서 가고 있다. 집안의 안부가 어떤지 알 수 없어 궁금하다.

빙가(聘家 처가(妻家))의 전답과 노비에 대해서는 모두 아는 사람이 없으니, 모름지기 만동(萬同)이 보지 않았을 때에 미쳐 악노(岳奴)나 다른 종으로 하여금 동반해서 보내어 자세히 살피게 하는 것이 좋겠다. 다른 일은 생각하지 말고 그 일을 잘 처리하면 매우 다행이겠다.

시험 날짜가 눈앞에 있으니 너는 겨를이 없겠구나. 이만 줄인다.

충청도 관찰사에게 보내는 편지 관찰사의 성명이 누락되었다. 임인년(1602, 선조 35) 11월에 보낸 편지이다.

與忠淸觀察使 姓名缺 壬寅十一月

엄동설한에 엎드려 여쭙건대 건강은 어떠신지요? 너무나 그립습니다. 저는 노쇠하고 병들어 물러나 오직 구차하게 보전하기를 생각할 뿐입니다.

죄송한 부탁을 드립니다. 저의 척박한 토지와 노복(奴僕)이 귀하가 다스리는 홍산현(鴻山縣)에 있는데, 이제 종을 추쇄(推刷)하고 노비공(奴婢貢)[21]을 징수하기 위해 집의 종을 보냈습니다. 다만 전란을 치른 뒤로는 종의 완악함이 더욱 심하여 관(官)의 권위에 의지하지 않으면 다스리고 복종시킬 수가 없습니다. 저의 바람을 받아들여 살펴주기를 바랍니다.

해를 넘기도록 가서 뵙지 못하다가 사사로운 일에 절박하여 이처럼 거침없이 부탁을 드리니 부끄러움이 더합니다.

삼가 용서를 빌며 편지를 올립니다.

---

21. 노비공(奴婢貢): 공·사 노비가 국가 혹은 자신의 소유주에게 납부하던 정해진 공물을 말한다. 입역(立役)의 의무를 지지 않는 공노비 또는 소유주에게 노력을 제공하지 않는 사노비의 경우, 이와 같은 신공납부(身貢納付)의 의무가 있었다. 노비신공(奴婢身貢)이라고도 한다.

※草庵實記

초암실기 부록

草庵實紀 附錄

선조조에 내린 교서[22] 만력 25년 정유년(1597, 선조30) 7월 28일 충청도 관찰사로 임명할 때 내린 교서이다.

宣祖朝教書 萬曆二十伍年丁酉七月二十八日 忠淸觀察使時

왕은 다음과 같이 말한다.

충청도(忠淸道) 한 도를 돌아보건대, 경기도(京畿道)를 받들고 호남(湖南)과 영남 (嶺南)을 누르고 있어 우리 조선의 왼팔 같은 곳이니, 실로 우리 조선의 막중한 울타 리이다. 왜란(倭亂)이 일어나고 6년 동안 왜구가 영남에 있었기에, 이 충청도 지역에 서 군사를 징발하고 이 충청도 지역에서 군량을 수송했으며, 명(明)나라 군대가 이 지 역을 지나갔고 대군(大軍)이 이 지역에 주둔하였다. 이에 백성의 힘이 극도로 고갈되 었고, 여러 고을이 너무도 극심하게 잔약해지고 무너졌다. 따라서 세금을 징수하고[調 度] 책응(責應)[23]하는 번다한 일과 왕명을 받들어 펼치고 업무를 처리하는 책무는 적 임자가 아니면 잘 처리할 수가 없다. 내가 적임자를 선발하기가 어려워 대신(大臣)에 게 자문하였더니 모두 경(卿)이 마땅하다고 하였다.

---

22. 선조조(宣祖朝)에 내린 교서(敎書): 1597년(선조30)에 선조가 정윤우(丁允祐)를 충청도 관찰사(忠淸道觀察使)에 제수하면 서 아울러 병마수군절도사(兵馬水軍節度使)와 순찰사(巡察使)를 겸임하게 하며 내린 교서이다. 이 교서는 월사(月沙) 이정 귀(李廷龜, 1564~1635)가 선조의 명을 받아 지은 것인데, 《월사집(月沙集)》 권58에 〈충청 감사 정윤우에게 내리는 교서[敎忠淸監 司丁允祐書]〉라는 제목으로 수록되어 있으며, 《초암실기》의 원문과 약간의 글자 출입이 있다.

23. 책응(責應): 수요에 따라 물품을 책임지고 내주는 것을 이른다. 《월사집》 권58에 수록된 〈충청 감사 정윤우에게 내리는 교서 [敎忠淸監司丁允祐書]〉에는 '책응(策應)'으로 기록되어 있는데, 그 뜻은 대책을 세워 사태에 대응한다는 의미이다.

내가 생각건대 경은 그대의 부친 때부터 우리 선왕(先王 명종(明宗))을 위해 노고를 다하였으니, 그 훌륭한 업적이 왕실(王室)에 기록되어 있다. 생각건대 집안에서 대대로 전해져 온 충성과 부지런함을 계승하여 그 가르침을 받들고[24] 선대(先代)의 아름다움을 이어서 돈후함과 성실함, 부지런함과 신중함으로써 부족한 나를 보필하며 대성(臺省)[25]의 벼슬을 두루 역임한 지 이미 여러 해가 되었다.

경에게 여주(驪州)[26]의 수령을 맡겨 그 능력을 시험해 보았더니 여주의 백성들이 지금까지 경을 그리워하고 있으며, 경을 발탁하여 근신(近臣)의 자리에 있게 했더니 왕명(王命)의 출납이 매우 합당하였다. 호조(戶曹)의 직임[27]을 맡아서 호서(湖西)에서 양곡을 관리할 때는 그 능력이 조정에까지 알려졌다. 내가 이를 가상하게 여겨 이에 경을 충청도 관찰사 및 병마수군절도사(兵馬水軍節度使)로 임명하고 또 순찰사(巡察使)의 직임을 겸직하게 하니, 경은 부디 가서 공경히 직무를 수행하라.

아! 하늘이 우리나라에 화(禍)를 내린 것을 후회하지 않으시어 왜적이 또 악행(惡行)의 기세를 이어가니, 한산(閑山)의 군대가 한 번 무너지고 최호(崔湖)의 병사가 패전하였다.[28] 도내(道內)의 장정(壯丁) 가운데 죽은 사람이 몇 사람이란 말인가. 그런데 얼마 남지 않은 백성을 또 방수(防戍)하는 일로 내몰고 군량을 수송하는 일로 다그치

---

24. 받들고: 대본에는 '글자가 빠졌다[缺].'로 되어 있고, 컬럼비아대학 도서관본에는 '경(卿)'으로 되어 있고,《월사집》에는 '함(銜)'으로 되어 있는데,《월사집》에 의거하여 보충하여 번역하였다.

25. 대성(臺省): 조선 시대 사헌부(司憲府)와 사간원(司諫院)의 합칭이다. 정윤우는 사헌부 지평(司憲府持平)과 사간원(司諫院)의 헌납(獻納)과 대사간(大司諫) 등을 역임하였다.

26. 여주(驪州)의 수령: 정윤우(丁允祐)는 1589년~1590년 사이에 여주 목사(驪州牧使)를 지냈다.

27. 호조(戶曹)의 직임: 정윤우(丁允祐)는 1593년(선조26)에 호조 참의를 지냈다.

28. 한산(閑山)의……패전하였다: 1597년(선조30) 2월에 이순신(李舜臣)이 해임되고 원균(元均)이 삼도수군통제사(三道水軍統制使)에 임명되었는데, 동년 7월 16일 칠천량(漆川梁) 해전에서 조선 수군이 왜적에게 패하고 원균 등이 전사한 일을 말한다. 최호(崔湖, 1536~1597)는 선조 때의 무신으로 칠천량 해전에서 원균과 함께 패전한 인물이다. 대본에는 '최호(崔胡)'로 되어있는데,《선조실록》에 의거하여 '최호(崔湖)'로 바로잡아 번역하였다.

며, 요역(徭役)하는 일로 채찍질하고 세금을 걷는 일로 학대하니, 슬프다! 우리 백성들이 어찌 견뎌낼 수 있겠는가. 나 때문에 고통을 받으며 도랑과 골짜기에서 나뒹구는 시신이 얼마나 되는지 알 수 없을 정도이니, 생각이 여기에 이르면 진실로 잠자는 일도 잊을 뿐만 아니라 이로 인해 음식을 먹는 일도 그만둘 정도이다.

해로(海路)에서 왜구가 쳐들어온다는 경보가 전해지니 구원병을 보내 끊는 일이 현재 시급하며, 명나라 군대가 경내(境內)에 주둔하고 있는데 군량이 이미 고갈되었으니, 오늘의 형세는 건곤일척(乾坤一擲)의 위태로운 상황에 놓여 있다. 느긋하게 대처하면 대사(大事)를 이루기가 어렵고, 다급하게 대처하면 민심이 먼저 무너질 것이다. 이러한 지경에 이르렀으니 나 또한 경을 위해 그 대책을 말해 줄 것이 없다. 오직 경의 판단에 따라 강경함과 부드러움을 잘 조절하여 시행해 합당하게 조처하고, 일에 편리한 점이 있으면 오직 기회를 잘 살펴서 대처해야 할 것이며, 고쳐서 개혁할 일이 있다면 혹여 규례(規例)에 얽매이지 말라.

백성들이 배고픔과 추위를 겪으면 부디 경이 옷을 입혀주고 음식을 먹여 주며, 백성들이 질고(疾苦)에 시달리면 부디 경이 찾아가 묻고 어루만져 주라. 국가의 은택이 아래에까지 미치지 못하는 곳이 있으면 은택을 베풀어 주고, 곤궁한데도 하소연할 데가 없는 백성이 있으면 곤궁함을 풀어주고 씻어 주도록 하라.

나는 병사들의 기강이 해이해질까 걱정하니, 경이 훈련을 시켜야 할 것이다. 나는 병기(兵器)가 폐기되고 파손될까 걱정하니, 경이 잘 수리해야 할 것이다. 요해처(要害處)를 설치할 때는 유리한 지형을 장악할 계책을 먼저 세우고, 군량을 조처할 때는 수요에 적절히 공급할 대책을 급히 강구하라. 수령의 현량(賢良)과 탐오(貪汚)에 대해서는 경이 상을 내리고 벌을 내리되 오직 공정하게 처리하라. 명령을 따르고 명령을 따르지 않는 자에 대해서는 경이 즉시 상벌(賞罰)을 집행하되 오직 과감하게 결단하라.

경은 일찍이 나의 좌우에 출입하였으니 나의 근신(近臣)이다. 경은 가서 나의 뜻을 헤아려 우리 백성을 살리도록 하라. 나는 더 이상 많은 말을 하지 않을 터이니, 힘쓰도록 하라.

경의 품계는 통정(通政)이 아니니 죄가 사형에 해당할 경우는 나에게 아뢴 뒤에 처결하라. 군진(軍陣)에 있으면서 군율(軍律)과 관계된 일의 경우에 방어사(防禦使)와 절도사(節度使) 이하는 경이 스스로 판단해 처결하라.

아! 충청도를 우리나라 동남쪽의 보장(保障)[29]으로 만들어서 고인(古人)의 빛나는 공렬(功烈)을 잇기를 바라며, 관보(關輔)의 울타리[30]를 웅장하게 세워 오늘날의 큰 업적을 힘써 이루도록 하라. 그러므로 이와 같이 나의 뜻을 밝혔으니, 잘 알았을 것으로 생각한다.

---

29. 동남쪽의 보장(保障): 25쪽 주5 참조.
30. 관보(關輔)의 번위(藩衛): 25쪽 주6 참조.

※草庵實記

선조조에 내린 제문[31] 만력 33년 을사년(1605, 선조38) 9월 19일에 성상이 예조 좌랑 이식립을 보내 내린 것이다.

宣祖朝賜祭文 萬曆三十三年乙巳九月十九日 上遣禮曹佐郎李植立

아, 영령이여!	惟靈
타고난 품성은 온화하고 돈후하였고	天賦和厚
기국과 도량은 크고도 깊었으며	氣量宏深
맑은 지조와 고상한 명망은	淸操雅望
유림에서 우뚝이 빼어났네	擢秀儒林
사헌부의 직책을 두루 역임할 땐	歷敭臺府
사람들이 외로운 충심에 감복하였고	人服孤忠
부절을 차고 중요한 변방에 나가서는	佩符名藩
봄바람 같은 교화를 펼쳤네	化行春風
내직과 외직에서 공적 세우며	內外有績
처음부터 끝까지 허물이 없었네	終始無玷
왜구의 난리가 일어났을 때	逮于寇亂
군량이 넉넉하지 않았네	兵餉不贍
인재 얻기 어려운 이러한 때에	才難此際
모든 이가 공을 천거하였네	僉擧攸屬
관중에서 군량을 조운하고	關中轉漕

---

31. 선조조(宣祖朝)에 내린 제문(祭文): 정윤우(丁允祐)의 장례일인 1605년(선조38) 9월 19일에 선조가 예조 좌랑(禮曹佐郎) 이
식립(李植立)을 보내 제사를 하사하고 내린 제문이다.

하내로 곡식을 옮겨주면서[32]	河內輸粟
마음을 다하고 고심하느라	焦心殫思
머리털이 온통 백발로 변했네	鬢髮渾白
옥 부절을 내려서	授以玉節
호남과 영남 두 고을 다스리게 하니	湖嶺二方
감당(甘棠)의 노래[33]가 서로 들려왔고	棠歌相聞
다스림의 공로가 더욱 드러났네	治效益彰
병을 핑계로 물러나 돌아가	引疾還歸
고향 산천에서 쉬었으니	休養故山
부디 병이 나아서	庶幾或瘳
나라의 어려움 구제하기를 바랐네	共濟時艱
갑자기 세상을 떠났단 말 들려서	遽報云亡
온 나라 사람들 놀라고 슬퍼하는데	國人驚惻
하물며 내가 옛 신하를 생각함에	矧予念舊
슬픔과 애석함 어찌 견디랴	曷勝悼惜
특별히 종축(宗祝)[34]에게 명해	特命宗祝
조촐한 예물로 제향하게 하니	爰擧菲儀
이승과 저승은 이치가 하나이기에	幽明一理
영령이여 임하여 흠향하시라	靈其格思

---

32. 관중(關中)에서……옮겨주면서: 임진왜란 때 각지로 군량을 보낸 정윤우(丁允祐)의 공을 말한다. 《사기(史記)》 〈고조본기(高祖本紀)〉에 한(漢)나라의 개국 공신 소하(蕭何)가 관중 땅에 있으면서 조운(漕運)을 담당했던 고사가 전한다. 《맹자》 〈양혜왕 상(梁惠王上)〉에 전국 시대의 양혜왕(梁惠王)이 하내(河內)에 흉년이 들면 하내의 백성을 하동(河東)으로 옮겨 곡식을 먹게 하고, 거동이 어려운 늙은이와 어린이를 위해서는 하동의 곡식을 하내로 옮겨 먹게 해주었다는 고사가 전한다.

33. 감당(甘棠)의 노래: 24쪽 주4 참조.

34. 종축(宗祝): 종묘(宗廟)의 제사를 맡은 예관(禮官)을 말하는데, 여기서는 예조 좌랑 이식립(李植立)을 가리킨다.

정조조에 내린 비답   정조 기미년(1799, 정조23)에 교리 류이좌가 초계문신으로서 유엽배에 관한 일을 경연에서 아뢰자 이 비답이 내려졌다.[35]

正宗朝批答   正廟己未柳 校理台佐以柳葉杯事抄啓筵奏有是批

비답(批答)은 다음과 같다.

유엽배(柳葉杯)는 신종(神宗) 황제가 배신(陪臣)[36]에게 은총으로 내린 것이니, 마땅히 선덕(宣德) 연간에 반사(頒賜)한 허리띠 고리[條環] · 도검(刀劍)[37]과 함께 똑같이 우리 땅을 빛내는 물건이다. 그런데 지금까지 영남(嶺南) 지방에서 떠돌아 2백여 년 간 아득히 소재를 알지 못하였는데 이제야 그 소식을 들었으니, 이 일이 우연이 아니기에 더욱 크게 탄식한다. 네가 이미 이렇게 말했으니 또한 이전에 유엽배를 보고 감상한 적이 있었을 터인데 그 집에 아직도 징험할 만한 사적이 남아 있느냐? 경연에 나올 때 상세히 아뢰도록 하라.

---

35. 정조(正祖)……내려졌다: 유엽배는 버들잎 모양으로 생긴 술잔이다. 류이좌(柳台佐, 1763~1837)의 자는 사현(士鉉), 호는 학서(鶴棲), 본관은 풍산(豐山)이다. 1794년(정조18)에 문과에 급제하여 초계문신에 뽑혔다. 서애(西厓) 류성룡(柳成龍)의 6대손으로, 홍문관 교리, 호조 참판 등을 지냈다. 저서로《학서집》이 있다. 정조가 경봉각(敬奉閣)을 수리하자, 류이좌가 "정윤우 후손의 집에 신종(神宗) 황제가 은총으로 내린 유엽배 세 쌍이 있다고 하니, 이번에 의리를 닦아 밝히는 때에 이 잔을 써서 제단에 술을 올린다면 아마도 또한 옛일을 이어받는 일에 빛남이 있을 것입니다."라고 건의하였고, 이에 정조가 이 비답을 내렸다.《弘齋全書 卷131 故寔 朱子大全2》

36. 배신(陪臣): 제후(諸侯)의 신하가 천자(天子)를 상대하여 자기를 낮추어 일컫는 말인데, 여기서는 조선 사신을 가리킨다.

37. 선덕(宣德)……도검(刀劍): 선덕은 명(明)나라 선종(宣宗)의 연호이다. 선덕 5년인 1430년(세종12)에 선종이 내관(內官)인 창성(昌盛)과 윤봉(尹鳳)을 보내, 황제가 지니던 보배 장식의 허리띠 고리[寶裝條環] · 도검(刀劍) · 은폐(銀幣) · 자기(磁器)를 하사한 일이 있다.《世宗實錄 12年 7月 17日》《江漢集 卷24 賜條環刀劍銀幣勅》

천자가 하사한 유엽배를 읊은 시에 붙이는 서문 교관 남야 박손경[38]
天賜柳葉杯序 教官南野朴孫慶

고(故) 관찰사 정공(丁公 정윤우(丁允祐))이 만력(萬曆) 연간에 사명(使命)을 받들고 북경에 조회하였는데, 천자가 이를 가상히 여겨 특별히 물품을 하사하여 총애하는 뜻을 보였다. 지금 정씨(丁氏) 집안에서 제사를 지낼 때 관헌(祼獻)[39]하는 술잔으로 사용하는 것이 바로 그때 하사받은 것이다.

술잔은 모두 쌍으로 된 것이 세 개다. 그 바탕은 매우 정교하게 다듬어졌는데 군데군데 기장쌀[黍子] 크기만 한 작은 모래알 모양이 떨어져 나가 생긴 구멍이 있고 두드리면 쟁그랑하고 울리며 금철(金鐵) 소리가 난다. 안쪽 면은 금빛으로 장식했으니, 옥석(玉石)이 아니면 아마 동(銅)으로 주조하여 만든 듯하다. 그 모양은 길쭉하여 둥그렇지 않고, 가운데 부분은 조금 펼쳐졌다가 양 끝이 점차 줄어들어서 버들잎처럼 생겼기에 '유엽배(柳葉杯)'라는 이름이 붙었다고 한다.

공은 공안공(恭安公)의 손자요 충정공(忠靖公)의 아들로,[40] 선조(先祖)의 공렬을 돈독히 다졌고 성대하게 세상에 필요한 인재가 되었다. 그러니 늠름하게도 3대에 걸쳐

---

38. 박손경(朴孫慶): 1713~1782. 자는 희유(希有), 호는 남야(南野), 본관은 함양(咸陽)이다. 퇴계(退溪)의 학통을 계승한 학자로, 순암(順菴) 안정복(安鼎福)에 의해 '영남삼로(嶺南三老)'로 일컬어졌다. 영남의 명망 있는 선비로 추천받아 동몽교관 등에 임명되었으나 관직에 나가지 않고 평생 학문에 몰두하였으며 300여 명의 문인을 배출하였다. 저서로《남야집》이 있다.

39. 관헌(祼獻): 관(祼)은 향기로운 술을 부어서 강신(降神)하는 것을 말하고, 헌(獻)은 희생(犧牲)으로 잡은 음식을 올리는 것을 말한다. 일반적으로 제사를 의미하는 말로 쓰인다.

40. 공은……아들로: 공안공(恭安公)은 정윤우의 조부인 정옥형(丁玉亨, 1486~1549)으로, 자는 가중(嘉仲), 호는 월봉(月峯)이다. 1513년(중종8)에 문과에 급제한 뒤 형조 판서에까지 올랐다. 충정공(忠靖公)은 정윤우의 부친 정응두(丁應斗, 1508~1572)로, 자는 추경(樞卿)이다. 1534년(중종29) 문과에 장원으로 급제하였고, 한성부 판윤, 함경도와 평안도의 관찰사, 병조 판서 등을 역임하였다.

재상감이라는 기대를 받았고, 우리 강역을 나가 전대(專對)의 임무를 수행하는 일[41]은 또한 공의 가문에서 대대로 이어온 책무였다. 그러므로 당시 사신을 선발할 때 진실로 공보다 나은 사람이 없었다.

다만 유사(遺事)에 기록된 공의 생애에서, 공이 관직에 임명된 것은 그 시기를 상고할 수 있는 것이 제법 많은데 유독 사신의 임무를 받든 일에 대해 기록하지 않은 것은 무엇 때문인가. 혹시 유엽배를 하사받은 것이 공안공(恭安公) 부자 때의 일인데 세상에 관찰공(觀察公 정윤우(丁允祐)) 때의 일로 전해지는 것인가. 만약 공안공 부자 때의 일이라고 한다면, 지금 유엽배를 공손히 지키고 있는 사람은 실로 관찰공의 사손(嗣孫)이니, 대종(大宗)으로 공안공 부자의 적손(嫡孫)이 된 후손이 따로 있는데도[42] 유엽배를 그 적손에게 주지 않았던 것은 또 무엇 때문인가?

내가 듣기로 공이 여주 목사(驪州牧使)를 지낸 사실은 증명할 기록이 있는데 공의 유사(遺事)에는 또한 기록되지 않았다고 하니, 사신의 임무를 받든 일도 기록에서 빠졌으리라는 것은 미루어 짐작할 만하다. 예로부터 기록해서 전하는 자는 항상 기록을 빠뜨리는 유감(遺憾)이 있지 않을까 걱정하기 마련이다. 더군다나 공의 유사는 여러 차례 전란을 겪은 뒤에 만들어졌으니, 빠뜨린 기록이 있다고 해도 이상하게 여길 게 없다. 그러니 지금 오로지 유사의 기록을 근거로 삼아 유엽배를 하사받은 일이 관찰공 때의 일이 아니라고 의심하는 것은 또한 억측으로 단정하는 데 가깝지 않겠는가. 정씨 집안의 고사(故事)를 아는 것은 당연히 정씨 집안의 어른만 한 사람이 없는데, 정씨 집안

---

41. 우리……일: 전대(專對)는 외국에 사신으로 나가서 독자적으로 응대하며 일을 잘 처리하는 것을 말한다. 정윤우의 조부 정옥형은 1536년(중종31) 태자진하사(太子進賀使)가 되어 명나라에 다녀온 일이 있으며, 부친 정응두는 1545년(인종1) 문례관(問禮官)으로 명나라 사신을 맞이한 일이 있고, 1546년(명종1)에 문위사(問慰使)로 명나라 사신을 접대한 일이 있다.

42. 대종(大宗)으로……있는데도: 정옥형의 장자는 정응두이고, 정응두의 장자는 정윤조(鄭胤祚)이다. 정윤우는 정응두의 3남이므로 적장자(嫡長子)가 아니다.

의 여러 장로(長老)가 서로 전하며 말하기를 오직 신중히 하되 공이 유엽배를 받았다는 말을 취해 증거로 삼고 다른 말을 하지 않는다.

공이 가장 나중에 임명된 벼슬은 관동 관찰사(關東觀察使)이고 이 자급(資級)에 근거하면 부사(副使)에 해당하니,[43] 아마도 일찍이 보행(輔行 부사(副使))으로 다녀온 듯한데 지금은 상고할 수 없다. 또 사신이 맡은 임무가 무엇이었는지, 천자(天子)가 이런 은총을 내린 이유가 무엇인지 알지 못하니, 참으로 한스럽게 여길 만하다.

천자는 중원(中原)에 임하여 사방의 이민족을 신하로 삼기에, 이민족을 어루만지고 침략을 막기 위해 잡아 지키는 것은 오직 상을 내리고 위엄을 보이는 것일 뿐이다. 하지만 천자가 한 번의 웃음과 찡그림을 보이고 해진 바지를 하사하는 것도 모두 마땅히 공을 세우기를 기다리고 난 뒤에 행하는 것이다.[44] 공의 현명함이 황제의 마음에 흡족함이 있지 않았다면 어찌 기꺼이 천자의 대궐 창고에 간직한 기물을 꺼내 미미한 하국(下國 조선(朝鮮))의 배신(陪臣)에게 하사하고서 한 번도 돌아보거나 아까워하지[45] 않았겠는가. 이것은 진실로 동쪽 울타리인 우리 조선을 돌보는 성천자(聖天子)의 은택이 그 신하에게까지 미친 것이며, 또한 이로써 공이 사신의 일에 뛰어났음을 알게 된다.

---

43. 공이……해당하니: 정윤우는 1599년(선조32) 6월 14일에 강원도 관찰사에 임명되었다. 관찰사는 자급(資級)이 종2품이다. 사행단의 사신은 정사(正使)·부사(副使)·서장관(書狀官)의 삼사(三使)로 이루어지는데, 정사는 종2품 관원 가운데 선발하여 임시로 종1품을 주었으며, 부사는 정3품 관원 가운데 선발하여 임시로 종2품을 주어 파견하는 것이 관례이다.

44. 천자가……것이다: 천자는 아무리 사소한 일도 반드시 함부로 행하지 않는다는 말이다. 전국시대 한(韓)나라 소후(昭侯)가 시종(侍從)에게 해진 바지를 잘 간직하게 하자, 시종이 "임금께서는 인자하지 못하십니다. 해진 바지를 어찌 측근에게 하사하지 않고 간직하라고 하십니까."라고 하였다. 이에 소후가 말하기를 "이는 네가 알 수 있는 일이 아니다. 내가 듣기에 현명한 군주는 한 번 찡그리고 한 번 웃는 것조차 아낀다고 하니, 찡그리는 데는 찡그리는 이유가 있어야 하고 웃는 데는 웃는 이유가 있어야 한다. 지금 이 해진 바지가 어찌 다만 찡그리고 웃는 정도일 뿐이겠는가. 나는 반드시 공이 있는 자가 있기를 기다려 이 바지를 하사하려 한다."라고 한 고사가 전한다. 《韓非子 內儲說上》

45. 돌아보거나 아까워하지: 대본에는 '疑吝'으로 되어 있는데, 국립중앙도서관 소장본 《남야집》에 의거하여 '顧吝'으로 수정하여 번역하였다.

아아! 당시에 중국이 비록 동정(東征)[46]하느라 고달프기는 했지만, 천하는 진실로 편안했고 문물(文物)과 의관(衣冠)의 아름다움은 오히려 이처럼 성대하였으며, 건주(建州)가 아직 창궐하지 않아 요동(遼東)과 계주(薊州)의 길이 막히지 않았다.[47] 우리나라 사람이 중국에 사신 갈 때는 옷의 띠처럼 좁아서 건너기 쉬운 압록강(鴨綠江)을 건너 곧장 응천부(應天府)[48]에 이르러 황극전(皇極殿)[49] 앞에서 머리를 조아렸다. 붉은 구름과 자색 기운 사이로 우러러보면 나열해 모시고 있는 온갖 관원이 눈에 들어왔고, 물러나 나와서는 중국 조정의 관원들과 서로 예의를 갖추며 패옥(佩玉) 소리가 서로 어우러졌으니, 우리나라에서 태어난 사대부에게는 또한 대단한 장관이라고 할 만하다.

그런데 50년이 채 지나지 않아 천하가 마침내 몰락하여 고황제(高皇帝)가 제향을 받지 못하고[50] 간직해 둔 천구(天球)와 완염(琬琰)[51]은 모두 변화하여 더러운 붉은 먼지가 되고 말았다. 그러니 바다 한쪽에 치우친 우리나라 한 명 배신(陪臣)의 후손이 모두가 먼지로 변한 오랜 시간 뒤에 옛 기물을 보존하고 잘 지켜서, 우리들로 하여금 황

---

46. 동정(東征): 임진왜란 때 명나라 신종(神宗)이 조선에 구원병을 보내준 일을 말한다.

47. 건주(建州)가……않았다: 청(淸)나라가 아직 발호하지 않았다는 말이다. 건주는 여진족(女眞族)의 근거지였던 길림(吉林) 부근을 말하는데, 명나라 때 건주위(建州衛)를 설치하여 여진족의 추장에게 벼슬을 내려 관리하게 하였다. 청나라는 이 건주에서 일어나 중국을 차지하였다. 요동(遼東)과 계주(薊州)의 길은 조선 사신이 명나라로 갈 때 거쳐 가는 곳을 말한다. 그런데 후금(後金)이 요동을 점거하자 조선 사신은 1621년(광해군14)부터 1637년(인조15)까지 바닷길을 통해 명나라로 사행을 다녀왔다.

48. 응천부(應天府): 중국 남경(南京)에 있던 지명으로, 명나라 초기의 수도가 이곳에 있었다. 여기서는 북경(北京)을 의미하는 말로 쓰인 듯하다. 명나라는 영락제(永樂帝) 때 북경으로 수도를 옮겼다.

49. 황극전(皇極殿): 명나라 때 북경 자금성(紫禁城)에 있던 전각(殿閣) 이름이다.

50. 고황제(高皇帝)가……못하고: 명나라가 멸망했다는 말이다. 고황제는 명나라 태조(太祖)를 일컫는다.

51. 천구(天球)와 완염(琬琰): 모두 옥으로 만든 진귀한 구슬을 말한다. 《서경》〈주서(周書) 고명(顧命)〉에 "옥을 다섯 겹으로 진열하고 보물을 진열하니, 적도와 대훈과 홍벽과 완염은 서서에 있고, 대옥과 이옥과 천구와 하도는 동서에 있다.[越玉五重, 陳寶, 赤刀大訓弘璧琬琰在西序, 大玉夷玉天球河圖在東序.]"라는 내용이 보인다. 서(序)는 정당(正堂) 양옆에 있는 행랑이다.

금 상자와 옥 술잔을 대하는 감격[52]을 누리게 할 줄 누가 생각이나 했겠는가.

천하에 존재하는 기물의 흥망과 성쇠는 항상 우리가 생각하지 못한 곳에서 나오니, 그 또한 기뻐할 만하고 슬퍼할 만하다. 병자년(1636, 인조14) 이후로 우리 조정이 천하의 명운(命運)에 눌려서 명나라가 있는 서쪽을 바라보며 대의(大義)를 다툴 수 없었으니, 〈비풍(匪風)〉과 〈하천(下泉)〉의 감회[53]가 여러 우리 성군(聖君)을 거치는 동안에도 하루와 같았다. 주씨(朱氏)의 옛 기물[54] 가운데 인간 세상에 떠도는 것을 널리 찾으며 물색하지 않은 것이 없었으니, 예컨대 안동부(安東府)의 난복(襴襆)과 김 백암공(金栢巖公)의 《대학연의(大學衍義)》와 같은 것[55]이 모두 이런 것이다. 만약 이 유엽배를 성상께 아뢰었더라면 성상의 일월(日月)처럼 밝은 은택을 입어 우주를 환히 빛냄이 어찌 저 난복과 《대학연의》만 못했겠는가. 그런데 감추어진 채 드러나지 않아서 저 명나라 조정의 남은 빛과 정씨 집안의 세덕(世德)이 백 년 동안 묻히고 말았으니, 기물이 때를 만나고 만나지 못하는 것은 또한 천명이다.

혹자는 또 말하기를 "옛날에 대부(大夫)는 3대를 제사지냈다. 그러므로 이 술잔의 숫자가 여섯 개에 그친 것은 한 대마다 두 개씩 제향에 사용하게 한 것이다."라고 하였다. 제왕이 물품을 하사할 때 아무런 의미 없이 편의에 따라 하지 않으니, 여섯 개를 하사한 의미가 이런 뜻에서 나오지 않았다고 어찌 장담할 수 있겠는가. 정씨 집안에서 관

---

52. 황금……감격: 옛 기물을 보고 느끼는 감격을 말한다. 황금 상자는 중요한 기물을 보관해 두는 상자를 말하며, 옥 술잔은 보배로운 기물을 의미하는 말로 쓰인다.

53. 비풍(匪風)과 하천(下泉)의 감회: 27쪽 주17 참조.

54. 주씨(朱氏)의 옛 기물: 주원장(朱元璋)이 세운 나라인 명나라의 물건이라는 뜻이다.

55. 안동부(安東府)의……것: 난복(襴襆)은 생원(生員)이나 진사(進士)가 예복으로 입었던 난삼(襴衫)과 복두(襆頭)를 합칭한 말인데, 안동 향교(鄕校)에 명나라에서 하사한 난삼과 복두가 보관되어 있었다. 김 백암은 김륵(金玏, 1540~1616)으로, 본관은 예안(禮安), 자는 희옥(希玉), 백암은 그의 호이며, 시호는 민절(敏節)이다. 퇴계(退溪) 이황(李滉)의 문인이다. 김륵은 1612년(광해군 4)에 하절사(賀節使)로 명나라에 사행을 다녀온 일이 있는데, 이때 신종 황제로부터 난삼과 복두 및 《대학연의》를 하사받았다고 한다. 《英祖實錄 22年 8月 22日》

헌(裸獻)에 사용하는 것은 예(禮)에 부합한다.

《시경》〈대아(大雅) 하무(下武)〉에 이르기를 "길이 효도하기를 생각하니, 효도하기를 생각함이 법도가 된다[永言孝思, 孝思維則.]"라고 하였고, 또《시경》〈소아(小雅) 초자(楚茨)〉에 이르기를 "자자손손 대대로, 중단하지 않고 길이 이어 나가리라.[子子孫孫, 勿替引之.]"라고 하였으니, 이는 바로 정씨 가문을 두고 말한 것이리라.

관찰공의 사손(嗣孫) 재희(載熙) 씨가 사운시(四韻詩 율시(律詩))를 지어 장차 사방 사람들에게 화운시(和韻詩)를 구하려 하면서, 나에게 서문을 지어주기를 부탁하였다. 나는 본래 현달한 집안의 고사(故事)에 대해 말하기를 좋아하기에 여기에서 말하였다.

천자가 하사한 유엽배를 읊은 시에 붙이는 서문 김홍망

又 金弘望

금성(錦城 나주(羅州)) 정공 선여(丁公善餘 정재희(丁載熙)) 씨가 나에게 다음과 같이 말하였다.

"우리 집안에 대대로 전하는 보배로운 술잔이 있는데 이름이 유엽배입니다. 이 술잔은 바로 명나라 신종 황제(神宗皇帝)가 총애하는 뜻으로 우리 선조 관찰공(觀察公 정윤우(丁允祐))에게 하사한 것입니다. 일찍이 만력(萬曆) 연간에 공이 사행을 보필하여 명나라에 조회하였는데 이 술잔을 천자가 하사하였으니, 생각건대 공의 전대(專對)[56]가 천자의 마음을 흡족하게 한 점이 있어서일 것이며, 그렇지 않다면 대국(大國)을 오직 공경으로 섬기는 우리 임금을 총애하여 배신(陪臣)에게까지 은총이 내린 것일 것입니다.

술잔의 빛깔은 가운데는 황금색이고 겉은 검은색입니다. 그 재질은 금도 아니고 옥도 아닌데, 두드리면 쟁그랑하고 소리가 납니다. 그 제작 형태는 하나는 조금 크고 그다음은 조금 작으며 또 그다음은 또 조금 더 작아서 차례차례 점점 작아지는데, 세 개를 작은 순서대로 포개어 합치면 하나의 기물이 되고 분리하면 각각의 기물이 됩니다. 그 모양은 가운데는 불룩하고 양 끝은 줄어들어 마치 버들잎처럼 생겼으므로 유엽배라는 이름이 붙었습니다. 그 개수는 여섯 개인데 선왕(先王)이 제정한 예(禮)에 대부(大夫)는 3대를 제사지내니, 그렇다면 술잔이 여섯 개인 것은 생각건대 3대를 협제(祫祭)[57]하는 제구(祭具)이기 때문일 것이기에 우리 집안에서 대대로 술을 올리는 제기

---

56. 전대(專對): 39쪽 주41 참조.

57. 협제(祫祭): 여러 선령(先靈)을 한자리에 합하여 제사 지내는 일을 말한다. 협(祫)은 합(合)의 뜻이다. 《禮記 曾子問》

(祭器)로 삼았습니다. 저의 세대에 이른 것이 이미 7년이 되었고 장차 백육칠십 년이 되어가는 지금 그나마 훼손되어 유실됨에서 벗어나게 되었으니 다행입니다.

혹자는 이 기물이 중원(中原)에서 생산된 것이 아니라 용촉(庸蜀)[58]에서 생산된 것이라 합니다. 그러니 이는 대개 만료(蠻獠)가 천자의 조정에 공물(貢物)로 바쳤는데 천자가 밝은 덕으로 이룬 것을 해외에서 예를 갖추고 온 배신(陪臣)에게 보여준 것입니다.[59] 천하의 서남쪽 가장 모퉁이인 용촉에서 생산된 기물이 천하의 동북쪽 가장 모퉁이인 우리 조선으로 오게 되었고, 천자의 광채를 띤 기물이 사가(私家)에서 간직하는 보배가 되었으니 또한 참으로 기이한 일입니다. 더구나 지금 창해(滄海)가 다 변한 지[60] 이미 백여 년이 되어 〈비풍(匪風)〉의 서글픔[61]이 사람들의 마음에 모두 애절한데, 주씨(朱氏)의 옛 기물을 보니 옛 시대에 대한 감회가 없을 수 없습니다. 그대께서 이에 대해 한번 글을 지어 말씀해 주시지 않겠습니까?”

내가 이 말을 듣고 줄줄 눈물을 흘리면서 일어나 다음과 같이 말한다.

공이 나에게 글을 청한 일에는 세 가지 아름다움이 있다. 선대부(先大夫)가 사신으로서 칭송받은 일의 훌륭함을 선양한 것이 그 첫 번째 아름다움이고, 우리 선왕(先王)이 보인 제후로서의 올바른 법도를 밝게 드러낸 것이 그 두 번째 아름다움이며, 또 성천자(聖天子)의 힘써 덕을 공경하는 은혜가 널리 퍼져서 구이(九夷)와 팔만(八蠻)[62]이 조빙(朝聘)하고 공물을 바친 성대함을 분명히 드러낸 것이 그 세 번째 아름다움이다.

---

58. 용촉(庸蜀): 현재의 사천성(四川省) 지역을 일컫는 말이다. 용(庸)과 촉(蜀)은 사천성 지역에 있던 나라 이름이다.

59. 이는……것입니다: 만료(蠻獠)는 중국 서남방에 거주하는 소수민족을 낮잡아 부르던 말이다. 천자가 밝은 덕으로 이룬 은 이민족이 바친 공물(貢物)을 가리킨다.《書經 旅獒》

60. 창해(滄海)가……지: 명나라가 망하고 청나라가 들어선 것을 말한다.

61. 비풍(匪風)의 서글픔: 27쪽 주17 참조.

62. 구이(九夷)와 팔만(八蠻): 중국 주변의 소수민족을 지칭하는 말이다. 구이는 중국 동쪽의 아홉 개 민족을 일컫고, 팔만은 남방의 여덟 개 민족을 일컫는다.

한스럽게도 내가 글을 짓는 재주가 없어서 공의 아름다움을 이루어줄 수는 없지만, 내 마음속에 느낀 바에 대해 끝내 입을 다물고 있을 수 없는 점이 있다.

아아! 우리 동방 조선의 수많은 백성이 이를 검게 물들이고 머리를 깎는 왜구의 풍속을 하지 않을 수 있었던 것은 모두 만력 황제(萬曆皇帝 신종(神宗))의 은덕이다. 불행하게도 무술년(1598, 선조31)에 왜구가 물러난 후 40년 만에 중원(中原)이 몰락하여 명나라 종묘사직에 제향을 올리지 못하게 된 지 어느덧 백 년이 지났다. 오직 우리 동방 한 곳에서만 머리에 유자(儒者)의 관을 쓰고 몸에 유자의 옷을 입을 수 있으니, 명나라가 있던 서쪽을 돌아보며 조문함에 그 누군들 이런 서글픈 마음이 없겠는가.

이런 이유로 갑신년(1704, 숙종30)에 대보단(大報壇)[63]의 제향을 처음 거행하게 되었으니, 신종 황제에 대한 추념을 잊을 수 없어서였다. 그러니 만력 황제가 하사한 기물을 보고 어찌 만력 황제를 생각하는 마음이 없을 수 있겠는가. 하물며 다시 돌아올 군탄(涒灘)의 해[64]가 1년밖에 남지 않은 이때에는 그 마음이 어떨지 말해 무엇하겠는가.

오직 공만 느꺼울 뿐 아니라 나 또한 느꺼우며, 오직 나만 느꺼울 뿐 아니라 온 나라 사람이 또 느꺼울 것이며, 오직 온 나라 사람만 느꺼울 뿐 아닐 것이다. 만약 나의 이 말을 가지고 주광(黈纊)[65]께 아뢰는 자가 있다면 또한 반드시 이 때문에 서글픈 감회가 일어날 것이다. 그러니 성상께서 그 사람으로 하여금 복주(福州 안동(安東))의 난복(襴

---

63. 대보단(大報壇): 임진왜란 때 구원병을 보내준 명나라 신종(神宗)을 제향하기 위해 창덕궁(昌德宮) 후원에 설치한 제단(祭壇)으로, 1704년(숙종30) 예조 판서 민진후(閔鎭厚)의 발의로 세워졌다. 황단(皇壇)이라고도 한다. 이후 1749년(영조25)에 중수하면서 명나라 태조(太祖)와 마지막 황제인 의종(毅宗)을 추가로 제향 하였다.

64. 군탄(涒灘)의 해: 군탄은 간지(干支)에 신(申)이 들어가는 해를 말하는데, 여기서는 명나라가 멸망한 1764년 갑신년을 가리킨다.

65. 주광(黈纊): 면류관(冕旒冠) 양쪽으로 귀에 달을 만큼 늘어뜨린 누런 솜 방울을 말하는데, 제왕이 무익한 말은 듣지 않음을 상징한다. 여기서는 임금을 의미하는 말로 쓰였다.

※草庵寶扎

僕)과 영천(榮川 영주(榮州))의《대학연의(大學衍義)》[66]처럼 이 유엽배를 올리게 하여 한 번 보시지 않으리라 어찌 장담하겠는가. 아아! 슬프다.

---

66. 복주(福州)의……대학연의(大學衍義): 42쪽 주55 참조.

천자가 하사한 유엽배를 읊은 시에 붙이는 서문 8세손 정의선
又 八世孫義選

유엽배(柳葉杯)는 모두 여섯 개이니, 3대(代)를 제사하는 예기(禮器)이다. 그 형상과 바탕의 아름다움 및 형태와 제작의 기이함에 대해서는 여러 선배의 서문과 시에 상세히 설명되어 있으니 어찌 군더더기처럼 췌언(贅言)하겠는가. 나의 이 말 또한 군더더기라는 것은 논할 필요조차 없다.

　진실로 천자가 총애하는 뜻으로 내려준 기물이라면 비록 소박하고 거친 질그릇[瓦樽]이나 질대접[土簋]이라 할지라도 그것이 보배가 되는 것은 노(魯)나라의 연(璉)이나 주(周)나라의 찬(瓚)[67]과 같을 뿐만이 아닐 것이다. 하물며 이 유엽배는 그 바탕이 아름답고 그 제도가 특이하며 그 이름이 '류(柳)'이고 그 개수가 여섯 개이며, 이 세상에서 수백 년의 오랜 시간을 거치면서도 아무 탈 없이 한쪽 구석에 치우친 배신(陪臣)의 집안에 보관되었으니 무슨 말이 더 필요하겠는가.

　아아! 우리 동방 조선의 임금과 백성은 모두 주씨(朱氏)의 유민(遺民)이니, 이 유엽배를 보고 그 누군들 어루만지며 눈물을 흘리지 않겠는가. 하물며 우리 선조 관찰공(觀察公 정윤우(丁允祐))이 전대(專對)하던 날 명나라 조정에서 절하고 하사받은 것임에랴. [더욱] 감격할 만하고 눈물 흘릴 만하다. 설령 천자가 하사한 것이 아니고 다만 우리 집안에서 청전(靑氈)[68]한 유물이라 하더라도 자손들이 보배로 간직하고 전수(傳受)

---

67. 노(魯)나라의……찬(瓚): 연(璉)은 호(瑚)와 함께 종묘(宗廟)에서 제사 지낼 때 곡식을 담는 데 사용하던 그릇인데, 옥으로 장식하였다. 찬(瓚)은 자루가 옥으로 된 국자인데, 천신(天神)에 제사 지낼 때 술을 뜨는 도구로 사용하는 진기한 기물로 규찬(圭瓚)이라고도 한다.

68. 청전(靑氈): 푸른 모포를 말하는데, 선대(先代)로부터 전해진 귀한 유물을 가리킨다. 진(晉)나라 왕헌지(王獻之)가 누워 있는 방에 도둑이 들어와서 물건을 모조리 훔쳐 가려 하자, 왕헌지가 말하기를 "도둑아! 푸른 모포는 우리 집안에 대대로 전해오는 유물이니, 그것만은 그냥 두거라."라고 하자, 도둑이 질겁하고 도망쳤다는 고사에서 유래하였다. 《晉書 王羲之列傳》

※草庵資料

하며 오래도록 잃지 않을 것인데 이 유엽배는 그 얼마나 소중한 유물이겠는가. 중원이 멸망한 지 이미 오래되어 명나라의 옛 기물이 다 사라져 남은 것이 없는데 이 유엽배만은 성천자(聖天子)가 동쪽 울타리 같은 조선을 돌보아 준 은혜를 완연히 띠고 있어서 오늘 다시 볼 수 있는 것 같으니 어찌 다만 자손들이 전수하는 보배로 삼을 뿐이겠는가.

다만 한스러운 것은, 여러 차례 전란을 겪으며 증거로 삼을 만한 문헌(文獻)이 없어져 사신으로 간 것이 무슨 일 때문이었는지 알 수 없고, 전대(專對)한 것이 또 어떻게 천자의 마음에 맞아 이처럼 유엽배를 하사받은 남다른 은혜를 입었는지 알 수 없다는 것이다. 그러니 자손들의 안타까움이 또 어떠하겠는가.

관찰공은 나의 8대조이신데 지금까지 제향을 올릴 때 이 유엽배를 쓰고 있으니 예(禮)에 맞는 일이어서이다. 자손들이 마땅히 대대로 잘 지켜서 선조를 추념하는 정성을 더욱 간절히 하고 천자를 사모하는 의리를 더욱 돈독히 한다면 또한 충과 효를 감발하게 하는 하나의 일이 되기에 충분할 것이다. 만약 "지극한 보배라도 결코 영원히 전해질 리가 없다."라고 하여 감히 이를 내다 팔 마음을 먹는다면 참으로 망령된 짓이다. 나처럼 글재주가 없는 사람이 어찌 감히 여러 선배의 서술 뒤에 자세한 말을 덧붙일 수 있겠는가마는 자손들이 또한 내가 말한 뜻이 여기에 있음을 안다면 이 유엽배를 보배로 여김이 어찌 끝이 있겠는가. 아아!

천자가 하사한 유엽배를 읊은 시 채래
天賜柳葉杯詩 蔡淶

천자가 말하기를 "아! 그대 배신(陪臣)이여	帝曰咨汝臣
경이 중역(重譯)[69]을 몇 번이나 거치고 왔으니	卿來重幾譯
저 멀리 바다 너머의 나라에서	逖矣海外邦
삼가 제후의 직분을 지키고 있도다	恪謹守侯職
광주리에 검고 누런 비단 담고서[70]	篚厥玄與黃
산 넘고 물 건너 상국에 조회하러 왔으니	梯航聘上國
전후로 사신 온 신하들이	前後使來臣
모두가 참으로 빼어난 인재들이었는데	人皆英俊特
오직 공손하고 신중한 사람을	惟其敬謹人
경에게서 짐이 처음 보았노라"	於卿朕始覿
천자가 말하기를 "앞으로 오라 그대 배신이여	帝曰來汝臣
무엇을 하사하여 짐의 총애를 보일까	何以寵予錫
금과 은은 귀하게 여길 것이 아니고	金銀非所貴
옥과 비단은 그대 덕에 어울리지 않도다	玉帛不稱德
짐에게 여섯 개의 유엽배가 있는데	朕有六葉杯
삼대의 제사를 올릴 수 있으니	可享三世禴

---

69. 중역(重譯): 여러 번 통역을 거치는 것을 뜻한다. 지역이 멀면 통역을 여러 번 거쳐야 의사가 소통되기 때문이다.

70. 광주리에……담고서: 공물(貢物)을 준비했다는 말이다. 《서경》 〈주서(周書)〉 무성(武成)에 "남녀들이 광주리에 검고 누런 비단을 담아서 우리 주왕을 밝힘은 하늘의 아름다움이 진동하기 때문이었다.[惟其士女, 篚厥玄黃, 昭我周王, 天休震動.]"라고 한 데서 나온 말이다.

경이 돌아가 선조의 제사를 받들면서 　　　　　汝歸奉汝祀

강신하고 제수 올릴 때 이 잔을 사용하면 　　　　裸薦用是爵

경의 선조 영령이 오르내리면서 　　　　　　　乃祖陟降靈

아마도 와서 흠향하리라" 　　　　　　　　　庶幾來歆格

천자가 말하기를 "공손하다 그대 배신이여 　　帝曰恪汝臣

짐의 은혜를 잊지 말라 　　　　　　　　　　無忘朕恩澤

어진 이와 효자의 마음에 　　　　　　　　　仁人孝子心

누군들 감격하지 않으랴" 　　　　　　　　　孰不感且激

공이 마침내 머리 조아리고 받아서 　　　　　公乃稽首受

품속에 간직하고 거듭 사례하니 　　　　　　藏懷謝僕僕

천자의 덕이 천지처럼 커서 　　　　　　　　帝德乾坤大

변방의 나라를 내복[71]처럼 여기셨네 　　　　徼外視內服

배신과 그 선조까지 사랑하시어 　　　　　　愛臣及其先

술잔 하사해 제사에 예를 갖추게 하시니 　　賜爵禮禋式

제주(祭酒)를 따라서 올릴 때 　　　　　　　盎齊斟酌時

영광과 행운이 천지처럼 지극하였네 　　　　榮幸天地極

위대할사 우리 천자의 은덕이여 　　　　　　赫赫我皇德

대대로 마음에 새겨 끝이 없었고 　　　　　　世世服無斁

월하노인이 끈을 묶어줄 때면 　　　　　　　時繫月姥繩

합근의 잔이 되어 만복의 근원 이루었네[72] 　合巹源萬福

---

71. 내복(內服): 천자가 직접 다스리는 중국 내지(內地)를 말한다.

72. 월하노인(月下老人)이……이루었네: 혼례 때에도 유엽배를 사용했다는 말이다. 월하노인은 혼인을 주관한다는 신(神)으로,

칠 대 동안 면면히 전해지며　　　　　　　　傳守綿七代

삼백 년의 세월이 흘렀는데　　　　　　　　日月垂三百

만물에 박식한 사람 세상에 없으니　　　　　世無博物人

누가 그 이름과 뜻을 분명히 밝히랴　　　　孰能卞名色

모래알 모양 떨어져 나가니 동으로 주조한 것 아니고　砂脫非鑄銅

쇳소리 울리는데 옥인 듯도 하며　　　　　金聲疑是玉

어떤 이는 버들잎과 닮았다 하고　　　　　或云類柳葉

어떤 이는 개수가 여섯 개에 그쳤다 하네　或取數止六

'류(柳)'와 육(六)은 발음이 비슷한데　　　柳六發音近

자세히 알려고 해도 방법이 없지만　　　　欲詳不可得

선을 행한 집안에는 넉넉한 복이 있으니[73]　善家有餘慶

보배로운 술잔이 옛 제탁(祭卓)에 남아 있네　寶觶存舊卓

천자의 사업이 이미 무너지고 끊어져　　　帝業已墜絶

신령한 기물이 끝내 헛되이 버려졌지만　　神器竟虛擲

유엽배는 그래도 옛 은총 머금었으니　　　杯猶含舊恩

어루만지며 탄식할 만하네　　　　　　　　摩挲足嗟惜

붉은 끈을 가지고 다니면서 부부의 인연을 맺어준다. 합근(合졸)은 바가지를 합한다는 뜻으로, 혼례 때에 신랑과 신부가 술
잔을 세 번 교환하면서 마지막 잔은 한 개의 박을 둘로 나눈 잔으로 하는 예를 말한다.

73. 선(善)을……있으니: 《주역》〈곤괘(坤卦) 문언(文言)〉에 "선을 쌓은 집안에는 후손에게 반드시 넉넉한 경사가 있고, 불선을
쌓은 집안에는 후손에게 반드시 많은 재앙이 있다.[積善之家, 必有餘慶, 積不善之家, 必有餘殃]"라고 하였다.

천자가 하사한 유엽배를 읊은 시 입재 정종로[74]
又 立齋鄭宗魯

명나라 황제에게 하사받은 여섯 개 술잔이	六杯曾受大明皇
오래도록 탈 없이 영남 땅 한곳에 보관되었네	浩劫無虧嶺一方
모양은 한나라 때 쓰러진 버들[75]의 잎과 비슷하고	形似漢時僵柳葉
술을 뜨니 주나라 종묘의 울금향이 나는 듯하네	挹如周廟鬱金香
홍라[76]의 옛 기물이 오직 이곳의 보배이니	紅羅舊物惟玆寶
영력[77]의 새 책력은 다시 누가 간직하고 있나	永曆新書更孰藏
천자에게 조회하던 당시의 일 아득히 생각하니	緬憶朝天當日事
자색 구름 궁궐에 황제 헌원씨[78]가 앉았으리	紫雲宮闕坐軒黃

---

74. 정종로(鄭宗魯): 1738~1816. 자는 사앙(士仰), 호는 입재(立齋), 본관은 진양(晉陽)이다. 우복(愚伏) 정경세(鄭經世)의 후손으로, 서애(西厓) 류성룡(柳成龍)의 학맥을 전수하였다. 이 시는 《입재집》 권5에 〈정씨 집안의 유엽배를 읊은 시에 차운하다[次丁氏家柳葉杯韻]〉라는 제목으로 수록되어 있는데, 글자의 출입이 있다.

75. 한(漢)나라……버들: 신령한 버들을 말한다. 한 소제(漢昭帝) 때 땅에 쓰러져 있던 상림원(上林苑)의 버드나무가 다시 일어났다[上林僵柳復起]는 고사가 전한다. 《漢書 楚元王傳》

76. 홍라(紅羅): 명나라를 일컫는 말이다. 태조(太祖) 주원장(朱元璋)의 별칭이 홍라진인(紅羅眞人)인 데서 나왔다.

77. 영력(永曆): 남명(南明)의 마지막 임금 영명왕(永明王)이 사용한 연호이다.

78. 황제(黃帝) 헌원씨(軒轅氏): 중국 상고 시대의 천자인데, 헌원(軒轅)의 언덕에 살았기에 헌원씨(軒轅氏)라 하고, 토(土)의 덕으로 왕이 되었기에 토의 색인 황색을 따라 황제(黃帝)라고 하였다. 여기서는 신종(神宗)을 일컬은 말로 쓰였다.

천자가 하사한 유엽배를 읊은 시 병서 판서 응와 이원조[79]
又並序 判書凝窩李源祚

기물은 세월이 오래 지나면 귀해지니, 기산(岐山)의 석고(石鼓)[80]와 사수(泗水)의 정(鼎)[81]은 매우 오래되어 귀한 것이다. 우리나라는 명나라에 대해 시간이 오래되면 될수록 잊을 수 없다. 내가 보고 들은 기물로 논해보면, 예컨대 선덕(宣德) 연간의 도검(刀劍),[82] 영가(永嘉)의 난복(襴幞),[83] 통곤(統閫)의 팔사(八賜),[84] 계림(雞林)의 삼보(三寶),[85] 김씨(金氏)의 안장,[86] 곽씨(郭氏)의 벼루[87] 등은 모두 명나라에서 하사받은 기물

---

79. 이원조(李源祚): 1792~1871. 자는 주현(周賢), 호는 응와(凝窩), 본관은 성산(星山)이다. 1809년(순조9) 문과에 급제하였고, 경주 부윤·대사헌·공조 판서 등을 지냈다. 시호는 정헌(定憲)이다. 아래에 수록된 시는 이원조의 《응와집》 권3에 〈정씨 집안에 간직한 유엽배를 읊은 시에 차운하다[次丁氏家藏柳葉杯韻]〉라는 제목으로 수록되어 있다.

80. 기산(岐山)의 석고(石鼓): 기산에서 발견된 북 모양으로 생긴 돌을 말하는데, 진대(秦代)의 전자(篆字)에 가까운 문자가 새겨져 있어 중국 최고(最古)의 금석문으로 꼽는다. 주 선왕(周宣王)이 기산에 사냥을 나갔다가 태사(太史) 주(籒)를 시켜 세우게 했다고 전해진다. 기산은 지금의 섬서성(陝西省) 기산현(岐山縣) 지역이다.

81. 사수(泗水)의 정(鼎): 진(秦)나라 소양왕(昭襄王)이 서주(西周)를 공격하여 구정(九鼎)을 탈취하였는데, 그중 하나가 사수(泗水)에 빠졌다고 한다. 후에 진시황(秦始皇)이 사수에 빠진 정(鼎)을 꺼내려고 천 명을 동원해서 물속을 뒤졌으나 끝내 찾지 못했다고 한다.

82. 선덕(宣德) 연간의 도검(刀劍): 선덕은 명(明)나라 선종(宣宗)의 연호이다. 선덕 5년인 1430년(세종12)에 선종이 내관(內官)인 창성(昌盛)과 윤봉(尹鳳)을 보내, 황제가 지니던 보배 장식의 허리띠 고리[寶裝條環]·도검(刀劍)·은폐(銀幣)·자기(磁器)를 하사하였다. 《世宗實錄 12年 7月 17日》

83. 영가(永嘉)의 난복(襴幞): 42쪽 주55 참조.

84. 통곤(統閫)의 팔사(八賜): 통곤은 통제사(統制使)를 말하는데, 여기서는 이순신(李舜臣)을 지칭한 말이다. 팔사(八賜)는 명나라가 임진왜란 때 이순신의 전공을 기념하여 하사한 여덟 가지 물품을 말하는데, 도독인(都督印)·영패(令牌)·귀도(鬼刀)·참도(斬刀)·독전기(督戰旗)·홍소령기(紅小令旗)·남소령기(藍小令旗)·곡나팔(曲喇叭)이다. 《忠武公全書 卷首 圖說》

85. 계림(雞林)의 삼보(三寶): 조선 중기 문신 배삼익(裵三益, 1534~1588)의 집안에 소장된 세 가지 보물을 말하는 듯하다. 계림은 경주(慶州)를 일컫는 말인데, 여기서는 배삼익이 거주한 안동(安東)을 지칭한 것으로 보인다. 배삼익은 1587년(선조20)에 진사사(陳謝使)로 명나라에 다녀왔는데, 당시 신종(神宗)으로부터 옥적(玉笛)·앵무배(鸚鵡杯)·상홀(象笏) 등 세 가지 기물을 하사받았다고 한다.

86. 김씨(金氏)의 안장: 김씨 집안에 소장된 명나라에서 하사한 안장을 말하는 듯한데, 미상이다.

87. 곽씨(郭氏)의 벼루: 홍의장군(紅衣將軍)으로 알려진 의병장 망우당(忘憂堂) 곽재우(郭再祐, 1552~1617) 집안에 간직한 벼

이니, 단지 오래된 기물이라는 이유로 귀한 것만은 아니다.

정씨(丁氏) 집안의 유엽배(柳葉杯)도 바로 그 가운데 하나이다. 지금 관찰공(觀察公 정윤우(丁允祐))이 살았던 시대로부터 이미 8, 9세(世)가 지났는데 후손이 아직도 보배로 여겨 잘 간직하며 제사를 올릴 때 사용하고 있다. 천자의 궁궐 창고에 있던 진귀한 보배를 사사로운 가묘(家廟)에 간직하는 것이 합당하지는 않지만, 함부로 다루지 않고 음기(飮器)로 삼아서 그 선조(先祖)를 제사지낸다. 선조를 높이는 것은 임금을 공경하는 것과 그 의리가 같으니, 당초에는 의기(義起)[88]의 예(禮)였으나 그것이 암암리에 《춘추》의 의리[89]에 합치되었도다.

선배들의 서술이 이미 잘 갖추어져 있는데 정씨(丁氏) 집안에서 나에게 그 뒤를 채워주기를 부탁하기에, 마침내 그 운자(韻字)에 따라 시를 짓고 이어서 다음과 같이 기록한다.

아아! 《시경》 삼백 편 가운데 〈황화(皇華)〉와 〈사모(四牡)〉[90]로부터 〈비풍(匪風)〉과 〈하천(下泉)〉,[91] 〈서리(黍離)〉와 〈진령(榛苓)〉[92]에 이르기까지 상하 수십 백 년 사이의

루를 말한다. 곽재우의 부친 곽월(郭越)이 1578년(선조11)에 동지사(冬至使)로 명나라에 갈 때 곽재우가 부친을 모시고 따라갔는데, 이때 신종(神宗)으로부터 벼루를 하사받았다고 전해진다. 현재 보물로 지정되어 의령(宜寧)의 의병박물관에 소장되어 있다.

88. 의기(義起): 분명한 예문(禮文)이 없더라도 이치를 참작하여 새로운 예(禮)를 만드는 것을 의미한다. 《예기》 〈예운(禮運)〉에 "예라는 것은 의(義)의 실질이니, 의에 맞추어서 맞으면 예는 비록 선왕(先王) 때에 없는 것일지라도 의로써 새로 만들 수 있다.[禮也者, 義之實也. 恊諸義而恊, 則禮雖先王未之有, 可以義起.]"라고 한 데서 나왔다.

89. 춘추(春秋)의 의리: 천자인 주(周)나라 왕실을 높이고 오랑캐를 물리친다는 이른바 '존왕양이(尊王攘夷)'의 의리를 말한다. 《춘추》는 공자(孔子)가 편찬한 노(魯)나라의 역사서이다.

90. 황화(皇華)와 사모(四牡): 모두 《시경》 〈소아(小雅)〉의 편명이다. 〈황화〉는 임금의 명을 받고 가는 사신의 행차를 임금이 전송하는 내용이고, 〈사모〉는 임금이 사신을 불러 주연을 베풀면서 그 수고로움을 위로하는 내용이다.

91. 비풍(匪風)과 하천(下泉): 27쪽 주17 참조.

92. 서리(黍離)와 진령(榛苓): 각각 《시경》 〈왕풍(王風)〉과 〈패풍(邶風)〉에 실린 시이다. 〈서리〉는 동주(東周)의 대부(大夫)가 행역(行役)을 나가는 길에 멸망한 서주(西周)의 옛 도읍인 호경(鎬京)을 지나가다가 궁실과 종묘가 폐허로 변한 채 메기장과 잡초만이 우거진 것을 보고 비감에 젖어 탄식하며 지은 시이고, 〈진령〉은 현자(賢者)가 나쁜 세상의 하국(下國)에서 태어나

시는 사람에게 노래하게 할 만하고 슬퍼하게 할 만하다. 나는 관찰공이 전대(專對)하던 날이 바로 중화(中華)가 성대한 때라 사신이 술잔을 올리자 동궁(彤弓)을 주는 마음[93]으로 이 유엽배를 하사했을 것을 아는데, 지금은 다시 그 예를 볼 수가 없다. 여기에 기록된 여러 시에는 기물을 보고 일으킨 감회에 감동할 것이 많으니, 이 또한 《시경》의 시를 읊은 시인의 뜻이다. 아아! 슬프다.

그 이름 대보단에서 세 황제 제사지내고[94]	壇名大報祭三皇
여섯 개 유엽배는 명나라 봄빛 띠고 동방에 있네	六葉王春海一方
태실의 천구[95]는 주나라의 옛 기물이요	太室天球周舊物
건장궁의 궁류[96]는 한나라의 남은 향기라오	建章宮柳漢餘香
배신이 당일에 하사 은총 입었으니	陪臣當日承恩賜
사묘에서 천추토록 보배로 간직했네	私廟千秋有寶藏
이유로 어느 때에 함께 제향 올릴까	二卣何時同薦祼
신주에서 자황의가 거듭 나오리라[97]	神州重出柘衣黃

서주(西周)의 왕을 그리워하며 지은 시이다.

93. 동궁(彤弓)을 주는 마음: 진심을 담아 상을 내렸다는 말이다. 동궁은 붉은 활을 말하는데, 고대에 천자가 공이 있는 제후(諸侯)에게 상으로 내려주던 것이다. 《시경》〈소아(小雅) 동궁(彤弓)〉에 "시위 느슨한 붉은 활을 잘 보관해 놓았나니, 내게 좋은 손님 있어 진심으로 내려주네.[彤弓弨兮, 受言藏之. 我有嘉賓, 中心貺之.]"라고 한 데서 나왔다.

94. 그……제사지내고: 대보단(大報壇)은 임진왜란 때 구원병을 보내준 명나라 신종(神宗)을 제향하기 위해 창덕궁(昌德宮) 후원에 설치한 제단(祭壇)이다. 세 황제는 명나라 태조(太祖)·신종(神宗)·의종(毅宗)이다.

95. 태실(太室)의 천구(天球): 태실은 태묘(太廟)의 가운데 있는 방인데, 태묘를 가리키는 말로 쓰인다. 천구는 24쪽 주51 참조.

96. 건장궁(建章宮)의 궁류(宮柳): 건장궁은 한(漢)나라 수도 장안(長安)의 궁전 이름인데, 황궁(皇宮)을 의미하는 말로 쓰인다. 궁류는 궁궐에 심긴 버드나무이다.

97. 이유(二卣)로……나오리라: 명나라가 다시 부흥하기를 기원한다는 뜻이다. 이유(二卣)는 두 술 그릇이라는 의미로, 태묘(太廟)의 제사에서 강신주(降神酒)를 담는 술그릇이다. 신주(神州)는 중원(中原)을 가리키는 말이다. 자황의(柘黃衣)는 산뽕나무의 즙으로 물들인 황색 옷인데, 천자의 복장이다.

천자가 하사한 유엽배를 읊은 시 병서 도사 한주 이진상[98]
又並序 都事寒洲李震相

유엽배(柳葉杯)는 옛날에는 그 제도가 없었고 오직 금성(錦城 나주(羅州)) 정씨(丁氏) 집
안에만 있다. 이 술잔은 겉은 동(銅)이고 안쪽은 금빛으로 칠했는데, 타호(渥湖)의 하
엽배(荷葉杯)[99]나 미산(眉山)의 초엽배(蕉葉杯)[100] 같은 것은 아니지만 보배로 여길 것
이어서 하나의 기이하고 특별한 기물이 되었다. 양 끝으로 가면서 길쭉하게 줄어들고
가운데는 조금 길어서 버들잎과 비슷한 점이 있기에 이렇게 이름 붙인 것이다.

　무릇 버들은 이른 봄에 잎이 펼쳐지니 봄기운을 깊이 얻은 것이다. 옛날 진(晉)나라
의 징사(徵士) 도연명(陶淵明)이 집 주변에 다섯 그루의 버드나무를 심어서 한 모퉁
이 궁벽한 시상촌(柴桑村)에 홀로 전오(典吾)의 봄을 무성하게 감추어 두었다.[101] 그렇

---

98. 이진상(李震相): 1818~1886. 자는 여뢰(汝雷), 호는 한주(寒洲), 본관은 성산(星山)이다. 1849년(헌종15)에 소과에 합격했
　　으나 대과를 포기하고 학문에 매진하였다. 68세 때 의금부 도사(義禁府都事)에 제수되었으나 나아가지 않았다. 저서로 《한
　　주집》이 있다.

99. 타호(渥湖)의 하엽배(荷葉杯): 타호는 어디를 지칭한 말인지 분명하지 않은데, 《설문해자》에 "타는 서하(西河)의 서쪽에 있
　　다."라는 기록이 보인다. 하엽배는 연잎의 한가운데에 구멍을 뚫어 줄기를 통해서 술을 빨아 마시도록 만든 것인데, 벽통배
　　(碧筒杯)라고도 한다. 삼국 시대 위(魏)나라 정각(鄭愨)이 삼복(三伏) 때마다 사군림(使君林)에서 피서하며, 항상 큰 연잎에
　　술 석 되를 담고 연의 잎과 줄기 사이를 비녀로 뚫어서 술이 줄기를 타고 내려오게 하였는데, 마치 '코끼리의 코[象鼻]'처럼
　　구부려서 줄기 끝에 입을 대고 술을 빨아 마시면서 이를 벽통배(碧筒杯)라고 했다는 고사가 전한다. 《酉陽雜俎 酒食》

100. 미산(眉山)의 초엽배(蕉葉杯): 송나라 소식(蘇軾)이 파초의 잎으로 만든 술잔이다. 미산은 소식의 이칭으로 쓰이는데 소식
　　의 고향이 사천성(泗川省) 미산(眉山)이다. 소식이 "나는 젊어서 술잔을 바라만 봐도 취하였는데, 지금은 초엽배 석 잔은
　　마실 수 있다.[吾少時, 望見酒盞而醉, 今亦能三蕉葉矣.]"라고 한 고사가 전한다. 《古今事文類聚 續集 卷13 蕉葉杯》

101. 옛날……두었다: 진(晉)나라 도연명이 진나라가 망하려 하자 고향 시상촌에 버드나무를 심어서 진나라 왕조의 봄기운을
　　보존하였다는 말이다. 징사(徵士)는 조정의 부름을 받아들이지 않고 은거한 선비를 말한다. 도연명은 그의 고향인 지금의
　　강서성(江西省) 구강시(九江市) 시상촌 집 앞에 버드나무 다섯 그루를 심고서 오류선생(五柳先生)이라고 자호(自號)하였
　　다.'전오(典午)의 봄'은 진나라의 국운을 의미하는 말이다. 전오는 '사마(司馬)'의 이칭인데, 여기서는 진나라를 세운 '사마씨
　　(司馬氏)'를 상징하는 말로 쓰였다.

다면 이 유엽배가 우리나라 땅으로 흘러 전해진 것이, 만력 황제(萬曆皇帝 신종(神宗))의 봄기운을 우리 조선 한 곳에 의탁하여 석과(碩果)의 미양(微陽)[102]을 사라지지 않게 하려 한 하늘의 뜻이 아니었다고 어찌 장담할 수 있겠는가.

아아! 신종 황제(神宗皇帝)가 우리나라 동방을 다시 살아나게 해 준 은혜[103]는 하늘처럼 끝이 없다. 그런데 명나라의 국운은 이미 기울어가고 재앙의 기운이 번성해지려 하여 채 50년이 지나지 않아 천하가 마침내 오랑캐가 다스리는 누린내 나는 곳이 되고 말았으니, 유엽배를 하사하던 당시의 상황은 참으로 가을바람이 설핏 불어 버드나무 잎이 먼저 바람에 날리는 것과 흡사하다고 하겠다. 이에 여섯 개의 황금빛 술잔을 가지고 버들에 생겨난 여린 봄빛을 형상해 내어, 동쪽에서 찾아온 사신 편에 부쳐 보내 문물(文物)의 나라에서 영원히 전해지도록 하였다. 그러니 마치 말없이 깨우쳐주어 남몰래 보호하려는 뜻이 있는 듯한데, 이 또한 원래 그럴 수밖에 없는 운명이었다.

게다가 이 유엽배는 촉(蜀) 땅에서 생산된 것이라 전해지고 정씨(丁氏)의 관향(貫鄕)이 금성(錦城)이라 지명 역시 우연이 아니니,[104] 또한 두 공부(杜工部)의 시에서 읊은 "금강의 봄빛이 사람을 쫓아서 온다네.[錦江春色逐人來]"라는 것[105]이 아니겠는가. 다만 본원으로 돌아가는 이 유엽배가 촉 땅이 있는 서쪽으로 가지 않고 동쪽으로 온

---

102. 석과(碩果)의 미양(微陽): 미약하고 외로운 듯하지만 결코 끊어지지 않고 이어질 것이라는 명나라의 기운을 의미하는 말이다. 석과는 본래 큰 과일을 말하는데, 여기서는 다섯 개의 효(爻)가 모두 음(陰)이고 맨 위의 효 하나만 양(陽)인 《주역》 박괘(剝卦 ䷖)를 상징한다. 〈박괘 상구(上九)〉에 "큰 과일은 먹히지 않는다.[碩果不食]"라는 말이 보인다. 미양은 양기가 처음 생겨난 〈박괘 상구〉의 양효를 의미한다.

103. 신종 황제(神宗皇帝)가……은혜: 명나라 신종이 임진왜란 때 우리나라에 구원병을 보내준 은혜를 말한다.

104. 지명……아니니: 촉(蜀) 땅은 현재의 사천성(四川省) 성도(成都) 지역을 일컫는데, 성도에 금관성(錦官城)이 있으며 줄여서 금성(錦城)이라고도 한다. 정씨의 관향은 나주(羅州)인데 나주의 옛 이름이 금성이다.

105. 두 공부(杜工部)의……것: 두 공부는 당나라 시인 두보(杜甫)를 일컫는 말로, 두보가 공부 원외랑(工部員外郞)을 지냈으므로 이렇게 불린다. 두보의 시 〈여러 장군을 읊은 시 다섯 수[諸將五首]〉 중 제5수에 "금강의 봄빛은 사람을 쫓아서 오고, 무협의 맑은 가을은 골짜기마다 애절함이 서렸네.[錦江春色逐人來, 巫峽淸秋萬壑哀.]"라는 구절이 보인다.

것은 누린내 풍기고 먼지 날리는 곳을 훌쩍 벗어나서 영원토록 남아 비추게 하려는 것이었다.

숭정(崇禎) 이후로 우리나라가 먼저 전쟁을 겪어서[106] 공사(公私) 간의 문헌이 대부분 전쟁 통에 사라져 버렸다. 이 때문에 공이 사신의 임무를 받들고 중원(中原)에 가서 공경히 이 유엽배를 하사받은 것이 어느 해 어느 날의 일인지 알 수 없다. 그리고 그 집안의 어른들이 전하며 말하는 고사에 따르면, 만력 천자(萬曆天子)가 공의 전대(專對)가 뜻에 맞음을 가상하게 여겨 대궐 창고에 보관하던 것을 상으로 내린 것이라 한다. 그 일에 대해 근거할 자료가 없어 의심스러울 듯도 하지만, 이 유엽배는 금과 옥 같은 보배로운 기물로서 참으로 세상에 보기 드문 것이니 천자의 궁궐 창고가 아니라면 이 기물이 있지 않았을 것이다.

공안공(恭安公)과 충정공(忠靖公) 두 어른에게 따로 종자(宗子)가 있지만[107] 관찰공(觀察公 정윤우(丁允祐))의 사손(嗣孫)이 이 유엽배를 지키며 사당(祠堂)에 제향하는 기물로 삼았으니, 관찰공이 이 유엽배를 하사받았던 것은 분명하다. 관찰공의 시대는 또 만력(萬曆) 연간에 해당하니 관찰공이 사신의 임무를 받들고 갔을 때 천자에게 이 기물을 하사받았다는 것은 그 말이 모두 허황되지 않다.

무릇 미미한 하국(下國)의 배신(陪臣)[108]으로서 천자의 궁궐 창고에 보관된 진귀한 기물을 하사받은 것은 진실로 성스러운 황제가 우리나라를 돌보아주는 정성이 깊음과 현명한 사신이 천자의 마음을 감동시킨 데서 나온 것이다. 명나라가 무너진 세상에서 보배로운 기물이 더러운 모욕을 당하지 않고 오랜 세월을 거치며 여전히 홍라(紅羅)의

---

106. 숭정(崇禎)……겪어서: 조선이 1636년(인조14)에 병자호란(丙子胡亂)을 겪은 것을 말한다. 숭정은 명나라 마지막 황제 의종(毅宗)의 연호로, 1628년부터 1644년까지 사용되었다.

107. 공안공(恭安公)과……있지만: 39쪽 주42 참조.

108. 배신(陪臣): 제후의 신하가 천자를 상대하여 자기를 낮추어 일컫는 말인데, 여기서는 조선 사신을 가리키는 말로 쓰였다.

빛을 보존할 조짐은 이미 여기에서 드러났다. 지금 수백 년이 지난 뒤에 사람들로 하여금 그 기물을 어루만지며 석고(石鼓)와 금완(金盌)[109]을 보는 듯한 감회를 느껴 통렬히 석 잔의 술을 마시게 한다. 한 부의 《춘추》를 내려야 할 것이니, 정씨의 자손 가운데 선조의 공적을 추모하고 대의를 떨쳐 일으켜 천자의 옛 은혜에 보답할 자가 없을 것이라고 어찌 장담하겠는가.

파초 잎 크게 펼쳐지고 후황이 귤나무 내니[110]	蕉葉軒張橘后皇
기이한 술잔이 예로부터 먼 곳에서 왔다네	奇杯從古自殊方
어찌 알았으랴, 압해[111] 정씨 집안에 전하는 보물이	那知押海傳家寶
일찍이 명나라 조정에서 하사한 향긋한 술잔임을	曾惹明廷賜醞香
동방의 백성 감개하게 하니 홍두[112]에 목이 메고	感慨東民紅荳咽
서서에 흘러 전해지니 적도가 간직 되었네[113]	飄零西序赤刀藏
길쭉한 유엽배 누린내 먼지에 물들지 않게 하니	橢形不遺腥塵染

---

109. 석고(石鼓)와 금완(金盌): 유서 깊은 기물을 의미하는 말이다. 석고는 37쪽 주80 참조. 금완은 황금 술잔인데, 장사를 지낼 때 함께 묻은 기물을 의미하기도 한다.

110. 파초……내니: 초엽배(蕉葉杯)와 귤배(橘杯)를 말하는 듯하다. 초엽배는 42쪽 주102 참조. 귤배는 귤을 반으로 잘라 만든 술잔이다. 후황(后皇)은 황천후토(皇天后土) 즉 천지(天地)를 가리키는 말이다. 전국시대 초(楚)나라 굴원(屈原)의 〈귤송(橘頌)〉에 "후황이 낸 아름다운 나무인 귤나무가 남쪽의 이 땅을 사모해 찾아왔네.[后皇嘉樹橘徠服兮.]"라는 구절이 보인다. 《楚辭 橘頌》

111. 압해(押海): 나주(羅州)의 옛 이름이다.

112. 홍두(紅荳): 붉은 콩을 말하는데, 홍두의 별칭이 상사자(相思子)이므로 서로 사모하는 정을 상징하는 시어로 사용된다. 여기서는 명나라에 대한 그리움을 상징하는 말로 쓰인 듯하다. 석북(石北) 신광수(申光洙)의 〈관산융마(關山戎馬)〉에 "강남의 홍두 노래를 울며 듣는다.[泣聽江南紅荳謠]"라는 구절이 보인다.

113. 서서(西序)에……되었네: 명나라 대궐에 있던 보물이 조선에 전해졌다는 말이다. 서서는 궁전의 서쪽 곁채를 말한다. 적도(赤刀)는 주 무왕(周武王)이 주(紂)를 정벌할 때 사용했다는 적색으로 장식한 보도(寶刀)를 말하는데, 서서에 보관되어 있었다고 한다. 《書經 顧命》

※草庵寶翰

궁궐 버들 의연히 여린 황금빛 띠었네   宮柳依然帶嫩黃

어느 해에 사행하여 천자의 도읍에 이르렀나   使帝何年達帝鄉

황금빛 술잔 겹겹으로 은총의 빛 띠고 있네   金盃稠疊扝恩光

만력 황제의 봄을 여섯 개 유엽배에 붙였으니   萬曆皇春寄六葉

동쪽으로 오는 수레에 신고 와 미양[114]을 보호했네 東輶載去護微陽

---

114. 미양(微陽): 58쪽 주102 참조.

천자가 하사한 유엽배를 읊은 시 판서 유헌 장석룡[115]
又並序 遊軒張錫龍

어느 해에 명나라에 사신으로 가셨던가	何年上國使華皇
천자가 하사한 귀한 술잔이 상방[116]에서 나왔네	內賜珍盃出尙方
하나하나 고운 금빛 궁궐 버들 모양이고	箇箇嫩金宮柳樣
쌍쌍이 옥처럼 조각해 천자의 술 향기롭네	雙雙雕玉御醪香
제하가 세 번 뽕밭으로 변한 모습[117]차마 어찌 보랴	忍看諸夏三桑變
오직 천자의 봄기운을 여섯 잎 술잔에 의탁했네	獨寓王春六葉藏
제사지낼 때 후손들 마땅히 먼지 깨끗이 털리니	祼薦雲仍須拂拭
누린내와 먼지가 황류[118]를 감히 더럽히지 못하네	腥塵不敢汚流黃

---

115. 장석룡(張錫龍): 1823~1908. 자는 진백(震伯), 호는 유헌(遊軒) · 운전(雲田), 본관은 인동(仁同)이다. 1846년(헌종12)에 문과에 장원급제하였고, 공조 판서 등을 지냈다. 시호는 문헌(文憲)이고, 저서로 《유헌집》이 있다. 이 시는 《유헌집》 권1에 〈삼가 초암 정공 윤우의 유엽배에 붙인 시에 차운하다[謹次草庵丁公祐柳葉盃韻]〉라는 제목으로 수록되어 있다.

116. 상방(尙方): 임금이 사용하는 기물을 만드는 관서를 말한다.

117. 제하(諸夏)가……모습: 명나라가 멸망하고 세상이 오랑캐 천지로 완전히 변했다는 말이다. 제하는 주(周)나라 때 중원의 각 지역에 봉해준 제후국을 말하는데, 본문에서는 중국을 뜻한다. 세 번 뽕밭으로 변했다는 것은 '상전벽해(桑田碧海)'의 고사를 말한다.

118. 황류(黃流): 강신(降神)할 때 쓰는 누런색의 울창주를 말한다. 《시경》 〈대아(大雅) 한록(旱麓)〉에 "아름다운 저 옥찬에 황류가 담겨 있도다.[瑟彼玉瓚, 黃流在中.]"라는 내용이 보인다.

※草庵實記

천자가 하사한 유엽배를 읊은 시 병서 참봉 선계 권용[119]
又並序 參奉仙溪權墉

고(故) 관찰사 금성(錦城) 정공(丁公 정윤우(丁允祐))의 제사를 받드는 집에 유엽배(柳葉杯) 세 쌍이 있다. 겉은 검은색이고 안쪽은 황금빛이며 옥처럼 빛이 나고 쇠처럼 소리가 울리니, 이는 관찰공이 서쪽으로 중원(中原)에 사신 갔을 때 명나라 조정에서 하사받은 것이다.

이때는 명나라 조정이 천명(天命)을 받은 지 백여 년이 되어 만방(萬邦)에서 옥백(玉帛)을 바치며 바람과 구름처럼 회합하고[120] 이적(夷狄)과 중원(中原)이 하나로 통일되어 해와 달처럼 밝았다. 중원에서 우리나라를 대우한 것은 특별히 두터웠으니, 예컨대 대홍의(大紅衣)[121]와 운금패(雲錦牌) 등 우리 조선을 총애하여 내린 하사품은 진실로 이미 이전 시대에 대국(大國)이 소국(小國)을 사랑하여 하사했던 전례와 같지 않다. 여섯 개의 보배로운 술잔인 유엽배를 만 리 밖 먼 제후국에서 찾아온 미미한 배신(陪臣)에게 특별히 하사한 일로 말하면, 그 융숭하게 대우한 뜻이 진정 어떠한 것이겠는가. 또한 현명한 사신으로 칭찬받으며 전대(專對)의 임무를 훌륭히 수행할 수 있어서

---

119. 권용(權墉): 1684~1772. 자는 중첨(仲瞻), 호는 선계(仙溪), 본관은 예천(醴泉)이다. 1715년(숙종41)에 생원시에 합격하였고, 1749년(영조25)에 영릉 참봉(英陵參奉)에 제수되었다.《承政院日記 英祖 25年 3月 25日》

120. 만방(萬邦)에서……회합하고: 옥백(玉帛)은 옥과 비단으로, 제후가 천자에게 바치는 예물을 의미한다. 바람과 구름처럼 회합한다는 것은 용(龍)과 호랑이가 바람과 구름을 만나 세력을 얻듯이 명군(明君)과 현신(賢臣)이 서로 만남을 이르는 말이다. 《주역》〈건괘(乾卦) 문언(文言)〉에 "바람은 용을 따르고 구름은 범을 따른다.[風從龍, 雲從虎.]"라는 구절에서 나온 말이다.

121. 대홍의(大紅衣): 명나라 신종 황제(神宗皇帝)가 선조(宣祖)에게 하사한 망룡의(蟒龍衣)를 말하는 듯하다. 망룡의는 망의(蟒衣)라고도 하는데, 붉은 바탕에 큰 구렁이 무늬를 수놓은 예복을 가리킨다. 1587년(선조20)에 방물(方物)을 도둑맞고 옥하관(玉河館)이 불에 탄 일 때문에 진사사(陳謝使)로 배삼익(裵三益)을 차임하여 북경에 보내자, 황제가 칙서를 내려 표창하고 망룡의를 하사한 일이 있다. 《宣祖實錄 20年 9月 13日》

성천자(聖天子)의 옥여(玉汝)의 은혜[122]를 입었으니 무슨 말이 더 필요하겠는가.

관찰공(觀察公 정윤우(丁允祐))은 대대로 재상감을 배출한 집안이라는 명망을 이어받아 당시 우리 조정의 중대한 임무를 지니고 중원에서 일을 수행한 뒤 이 술잔을 받들고 돌아와 선대의 제사를 거행할 때 사용하는 제기(祭器)로 삼았으니, 충효한 집안의 사적이 된 것이 어찌 훌륭하지 않겠는가.

다만 지금 전후로 백 년이 되지 않았는데 천지가 완전히 변하여 해와 달이 빛을 잃어 19대 동안 이어진 중화(中華)의 문물이 쓸어버린 듯 남겨진 것이 없고 오직 옛 상신(相臣)의 상자 속에 담긴 이 한 술잔만이 여전히 만력(萬曆) 연간의 남은 빛을 띠고 있다. 그러니 하늘이 내려 준 인간의 올바른 본성을 지닌 자라면 직접 이것을 눈으로 보고 누군들 그 기개가 절로 커지지 않겠는가.

아아! 상(常)에서 변(變)이 생기는 것은 기(氣)이고, 박괘(剝卦)가 복괘(復卦)가 되는 것[123]은 또한 이치이다. 끝없이 변한다는 관점에서 보자면 진실로 상(常)으로 돌아올 시기가 없는 듯하지만, 일상적인 이치로부터 유추하자면 또한 어찌 양(陽)이 회복될 때가 없겠는가. 이 유엽배는 대개 삼허(參墟)의 옛 땅[124]에서 생산되었고 자미중궁(紫微中宮)[125]에 들어갔다가 마침내 기미(箕尾)의 분야(分野)[126] 동쪽 소중화(小中

---

122. 옥여(玉汝)의 은혜: 완전하게 성취시켜 주는 천자의 은혜를 말한다. 송(宋)나라 장재(張載)의 〈서명(西銘)〉에 "궁한 상황 속에서 근심에 잠기게 하는 것은 그대를 옥으로 만들어 주려는 것이다.[貧賤憂戚, 庸玉汝於成也.]"라고 한 데서 나왔다.

123. 박괘(剝卦)가……것: 성쇠와 소장이 반복 순환하는 세상의 이치를 비유하는 말이다. 박괘와 복괘(復卦)는 《주역》의 두 괘인데, 박괘☷☶는 음(陰)이 성하고 양이 쇠한 괘이며, 복괘☷☳는 음이 성하고 양이 쇠한 괘로, 서로 반대되면서 서로 순환하는 괘이다.

124. 삼허(參墟)의 옛 땅: 사천성(四川省) 촉(蜀) 땅을 가리키는 말이다. 삼허는 이십팔수(二十八宿) 중 삼성(參星)이 자리한 곳을 말하는데, 중국 사천성 지역에 해당한다.

125. 자미중궁(紫微中宮): 황제 자리의 별인 천극성(天極星), 즉 북극성(北極星)이 있는 구역을 말하는데, 여기서는 천자의 궁궐을 의미하는 말로 쓰였다.

126. 기미(箕尾)의 분야(分野): 이십팔수의 두 별자리인 기수(箕宿)와 미수(尾宿)에 해당하는 지역으로 중국의 유연(幽燕) 지역인 요동(遼東) 일대를 지칭하며, 우리나라를 가리키는 말로도 쓰인다.

華)¹²⁷인 우리 조선에 의탁하게 되었다. 그리하여 옛날 낙양(洛陽)의 구리로 만든 낙타[銅駝]나 사수(泗水)에 빠진 정(鼎)¹²⁸과 달리 국가의 환난을 함께 한 적이 없었으니, 이것은 과연 이 기물이 우연히 그런 운명을 타고나서 그렇게 된 것인가? 아니면 조물주의 정신이 이 기물을 멸망한 세상에서 모욕을 받게 하지 않으려고 은연중에 지켜줌이 있어서 일부러 그렇게 만든 것인가?

무릇 저 하나의 기물에 관한 일로 천운(天運)의 순환을 유추하자니, 상(常)과 변(變)의 사이에서 어리석은 나를 감회에 젖게 한다. 만약 이 유엽배를 만력(萬曆) 이전에 보았다면 하나의 미미한 술잔에 지나지 않았으리라. 그러나 지금 숭정(崇禎)¹²⁹ 이후에 이 술잔을 얻게 되었으니 어찌 다만 여항(閭巷) 사가(私家)의 보배일 뿐이겠는가. 내가 갑신년(1704, 숙종30) 이후로¹³⁰ 중원(中原)의 사적이 희미해진 것을 마음속으로 슬퍼하였는데, 지금 정씨(丁氏) 집안의 여섯 개 유엽배를 보자 더욱 〈비풍(匪風)〉의 감회¹³¹가 일어 서글픈 마음이 생겼다. 이에 이를 써서 기록하여 삼가 조정(朝廷)의 선덕로(宣德爐)¹³² 뒤에 붙이고, 〈유의(遺意)〉라고 명명(命名)하였다.

---

127. 소중화(小中華): 우리나라를 가리키는 말이다. 고려 문종(文宗) 30년(1076)에 고려의 공부 상서(工部尙書) 최사량(崔思諒)이 송(宋)나라에 사신으로 가서 사은(謝恩)하고 방물(方物)을 바쳤는데, 이때 송나라에서 고려를 예악 문물(禮樂文物)의 나라라 하여 고려의 사신을 매우 후히 접대하였고 특히 고려 사신의 하마소(下馬所)를 소중화지관(小中華之館)이라고 제(題)했던 데서 온 말이다. 《東史綱目 卷7下 文宗 30年》

128. 낙양(洛陽)의……정(鼎): 나라와 멸망을 함께한 기물을 말한다. 서진(西晉)의 상서랑(尙書郞) 색정(索靖)이 천하가 어지러워져 나라가 망할 것을 미리 알고는 낙양(洛陽) 궁문 앞에 서 있는 구리 낙타를 바라보고 "이제 곧 너도 가시나무 덤불 속에 파묻히겠구나."라고 탄식한 고사가 전한다. 또 진(秦)나라 소양왕(昭襄王)이 서주(西周)를 공격하여 구정(九鼎)을 탈취하였는데, 그중 하나가 사수(泗水)에 빠졌다고 한다.《晉書 索靖列傳》《史記 封禪書》

129. 숭정(崇禎): 27쪽 주18 참조.

130. 갑신년 이후로: 1704년(숙종30) 대보단(大報壇)을 설치한 이후를 말한다. 대보단은 46쪽 주63 참조.

131. 비풍(匪風)의 감회: 27쪽 주17 참조.

132. 선덕로(宣德爐): 명나라 선종(宣宗) 때인 선덕(宣德) 연간에 강서성(江西省) 경덕진(景德鎭)의 관요(官窯)에서 동(銅)으로 주조한 유명한 향로(香爐)인데, 대보단(大報壇)에 놓아두었다는 기록이 보인다.《硏經齋全集 風泉錄1 皇朝故物記》

금구는 오랫동안 깜깜한 하늘 아래 던져졌는데[133]   金甌久擲漆霄鄕

옥빛 술잔은 여전히 옛날의 햇살을 머금었네   玉鱓猶含舊日光

한 줄기 천근은 응당 그치지 않으니   一脉天根應不息

곤월에도 반드시 양을 일컬음이 마땅하네[134]   也宜坤月必稱陽

---

133. 금구(金甌)는……던져졌는데: 중원(中原)의 영토가 오랫동안 청나라의 지배를 받고 있다는 말이다. 금구는 금으로 만든 사발로 국가의 영토를 비유하는 말로 쓰이는데, 여기서는 명나라의 영토를 가리킨다. 깜깜한 하늘은 청나라를 지칭하는 말이다.

134. 한……마땅하네: 음(陰)이 아무리 강성하더라도 반드시 양(陽)으로 회복된다는 말이다. 천근(天根)은 양(陽)을 비유한 말로, 송(宋)나라 소옹(邵雍)의 〈관물음(觀物吟)〉에 "천근과 월굴을 한가로이 왕래하니, 삼십육 궁이 모두 봄이더라.[天根月窟閑往來, 三十六宮都是春.]"라는 구절이 나온다. 곤월(坤月)은 순음(純陰)의 달을 말하는데, 역시 음(陰)이 강성한 때를 비유한다.

※草庵賓羽

천자가 하사한 유엽배를 읊은 시 병서 진사 황이대[135]
又並序 進士黃履大

삼가 살피건대, 우리 숙고(肅考 숙종(肅宗))께서 손수 지으신 〈천자가 망룡의를 하사한데 대한 서문[皇賜蟒龍衣序]〉[136]에는 〈서리(黍離)〉에 대한 비애(悲哀)[137]와 〈비풍(匪風)〉에 대한 감회[138]가 문장 가득히 드러나 있다. 받들어 세 번 반복해 읽자니 나도 모르게 슬퍼져 눈물이 줄줄 흐른다. 아아! 어찌 잊을 수 있겠는가. 이것이 대보단(大報壇)을 만든 이유이다.

삼가 생각건대, 명나라 조정의 여러 황제가 동쪽 울타리 우리 조선을 돌보아준 은혜로 말하면 어느 황제인들 성대하지 않았겠는가마는, 어찌 만력 황제(萬曆皇帝 신종(神宗))처럼 은혜가 특별하고 두터워 참으로 예사롭지 않았던 황제가 있었던가. 압록강(鴨綠江) 동쪽의 우리 수많은 백성이 풀 옷을 입고 이를 검게 물들이는 데서[139] 벗어날 수 있었던 것이 누구의 은혜인가. 또 일반적인 규례 외에 은총의 뜻으로 기물을 하사하여 진심으로 총애한다는 뜻을 드러내 보인 것이 한둘이 아니다. 예컨대 저 복주(福州 안동(安東))의 난삼(襴衫)과 복두(幞頭)는 우리나라의 선비를 대우하여 내려 준 것이고,[140]

---

135. 황이대(黃履大): 미상으로, 1735년(영조11) 진사시에 합격한 기록이 보인다.
136. 우리……서문: 1693년에 숙종이 독서당(讀書堂)에 추천받은 민창도(閔昌道)와 홍돈(洪墪) 등을 불러 '옷을 펼치며 황제의 은혜를 생각한다.[披衣憶皇恩]'라는 시제(詩題)를 내리며 7언 10운(七言十韻)의 율시를 짓게 하고 이어 하교한 내용이 실려 있는데, 본문의 〈천자가 망룡의를 하사한 데 대한 서문[皇賜蟒龍衣序]〉은 이 하교의 내용을 일컫는 것으로 보인다. 《肅宗實錄 19年 3月 16日》
137. 서리(黍離)에 대한 비애(悲哀): 55쪽 주92 참조.
138. 비풍(匪風)에 대한 감회: 27쪽 주17 참조.
139. 풀……데서: 모두 왜구의 풍속을 말한다. 《서경》 〈하서(夏書) 우공(禹貢)〉에 "섬에 사는 오랑캐는 풀옷을 입는다.[島夷卉服.]"라는 내용이 보인다.
140. 복주(福州)의……것이고: 42쪽 주55 참조.

구대(龜臺)의 《대학연의(大學衍義)》는 학문을 좋아하는 사신을 장려한 것이다.[141] 제후(諸侯)의 법도를 잘 지킨 우리 임금을 가상히 여겨 우리 신하와 선비에게까지 기물을 내린 것이니, 모두 매우 특별한 은혜이다.

지금 정씨(丁氏) 집안에서 대대로 전하는 유엽배(柳葉杯) 역시 신종 황제(神宗皇帝)가 사신의 임무를 훌륭히 수행한 관찰공(觀察公 정윤우(丁允祐))에게 상으로 내린 것이다. 여섯 개 버들잎처럼 생긴 옛 그릇이 천자의 광영(光榮)을 띠고 있으니, 이 얼마나 대단한 보배인가.

나 또한 일찍이 이 유엽배를 완상한 적이 있다. 그 색은 오서(烏犀)와 오옥(烏玉)[142]과 비슷하고 두드리면 쟁그랑하고 금철(金鐵)의 소리가 울리니, 아아! 기이하도다. 실로 중니(仲尼 공자(孔子))처럼 노시(砮矢)를 변별하고[143] 장화(張華)처럼 검기(劍氣)를 알았던 명철함이 아니라면,[144] 그 이름을 붙일 수가 없다. 대체로 가운데 배 부분은 조금 둥글고 길며, 양 끝부분은 좁게 줄어들어서 그 모양이 버들잎과 비슷하므로 유엽배라는 이름을 붙였다.

유엽배의 숫자가 여섯 개인 것은 어째서인가? 혹시 고례(古禮)에 사대부(士大夫)는

---

141. 구대(龜臺)의……것이다: 구대는 경북 영주(榮州)의 서천(西川) 양쪽 언덕에 마주 보고 있던 서구대(西龜臺)와 동구대(東龜臺)를 말하는데, 영주에 거처하던 김륵(金玏)이 이름을 붙였다고 한다. 김륵이 《대학연의》를 하사받은 일에 대해서는 42쪽 주55 참조.

142. 오서(烏犀)와 오옥(烏玉): 오서는 검은 무소뿔을 말하고, 오옥은 먹의 별칭인 오옥결(烏玉玦)의 약칭인데, 여기에서는 모두 검다는 의미로 쓰였다.

143. 중니(仲尼)처럼 노시(砮矢)를 변별하고: 노시(砮矢)는 돌화살촉을 말한다. 춘추 시대 진(陳)나라 궁정(宮庭)에 매 한 마리가 날아왔는데, 싸리나무에 돌화살촉을 단 화살이 꽂혀 있었다. 이 화살을 공자(孔子)에게 묻자, 공자가 옛날 숙신씨(肅愼氏)가 쏘던 화살이라고 알려주었다는 고사가 전한다. 《國語 魯語下》《史記 孔子世家》

144. 장화(張華)처럼……아니라면: 장화는 진 혜제(晉惠帝) 때 광록대부(光祿大夫)를 지낸 인물로, 박학다식하였다. 삼국 시대 때 오(吳)나라가 멸망하기 전에 하늘의 두성(斗星)과 우성(牛星) 사이에 늘 자기(紫氣)가 서려 있었는데, 장화의 부탁을 받은 뇌환(雷煥)이 "이는 보검의 정기(精氣)가 위로 하늘에 사무쳐서 그런 것이다."라고 하고, 그 분야에 해당하는 예장(豫章) 풍성(豊城)의 땅을 파자 용천(龍泉)과 태아(太阿)라는 두 검(劍)이 나왔다는 고사가 전한다. 《晉書 卷36 張華列傳》

3대(代)를 제사지냈는데, 이 술잔은 세 쌍으로 사용하기에 합당하니, 천자가 이를 하사하여 선조의 제사에 사용하는 제구(祭具)로 삼게 한 것인가? 아니면 이 술잔이 건곤(乾坤)과 음양(陰陽)의 정기를 받아 기물을 이루어서 《주역》 괘(卦) 육효(六爻)의 상(象)을 취하고 육합(六合)[145]의 수를 상징하여 이런 이유로 여섯 개가 된 것인가? 이 또한 알 수가 없다.

아아! 송(宋)나라의 금구(金甌)가 갑자기 철목(鐵木)의 기물이 되어 버렸고,[146] 적도(赤刀)와 천구(天球)는 더 이상 주(周)나라 태묘(太廟)의 소유가 아니다.[147] 오직 이 세 쌍의 보배로운 술잔만은 유독 누린내 나는 오랑캐가 가까이하고 입을 대는 그 더러움을 당하지 않고, 소중화(小中華)인 우리나라에서 제사를 올릴 때 존귀하게 받드는 제기(祭器)가 되었으니, 어찌 이 유엽배의 행운이 아니겠는가. 옛사람이 이른바 "만물에도 저마다의 운수가 있다."라는 것이로다. 아! 장강(長江)과 한수(漢水)는 옛 모습 그대로인데 조종(朝宗)할 길을 잃었으니,[148] 오늘날 옥(玉)을 잡은 자[149]가 비록 이러한 옛 기물을 얻어서 집안에 전하는 보물로 삼고자 한들 가능한 일이겠는가. 이 점에서 이 유엽배가 드물고도 귀한 기물임을 더욱 깨닫게 되니, 애지중지하고 감탄함이 어찌 다만

---

145. 육합(六合): 천(天)과 지(地) 및 동서남북의 사방(四方)을 아울러 일컫는 말인데, 우주의 거대한 공간을 말한다.

146. 송(宋)나라의……버렸고: 송나라가 망하고 원(元)나라가 들어섰다는 말이다. 금구(金甌)는 금으로 만든 사발로 국가의 영토를 비유하는 말로 쓰인다. 철목(鐵木)은 원나라를 의미하는 말이다. 원나라 태조(太祖) 징기스칸의 이름이 철목진(鐵木眞)인데, 원나라 세조(世祖) 쿠빌라이가 원나라를 건국한 뒤 징기스칸을 태조로 추존하였다.

147. 적도(赤刀)와……아니다: 명(明)나라가 망하고 청(淸)나라가 들어섰다는 말이다. 적도(赤刀)와 천구(天球)는 24쪽 주51 참조.

148. 장강(長江)과……잃었으니: 더 이상 명나라 천자에게 조회할 방법이 없다는 말이다. 조종(朝宗)은 제후들이 봄과 여름에 천자를 찾아뵙는 것을 말한다. 《서경》 〈하서(夏書) 우공(禹貢)〉에 "강수와 한수가 바다로 모여든다.[江漢朝宗于海]"라는 말이 있는데, 제후가 천자를 찾아뵙는 것을 비유하는 말로 쓰인다.

149. 옥(玉)을 잡은 자: 원래는 효자가 어버이를 섬길 때 조심스럽고 경건한 태도를 지키는 것을 말하는데, 여기서는 경건한 태도로 조상의 제사를 받드는 사람을 의미하는 말로 쓰였다. 《예기》 〈제의(祭義)〉에 "효자는 마치 옥기를 손에 쥔 것처럼, 물이 가득 찬 그릇을 받들고 가는 것처럼 해야 한다.[孝子如執玉如奉盈]"라고 한 데서 나왔다.

정씨(丁氏) 집안 후손에 그칠 뿐이겠는가.

관찰공의 봉사손(奉祀孫)인 재희씨(載熙氏)가 유엽배에 대한 시를 지어 나에게 화답시를 청하였다. 내가 감동하여 간략히 이에 대한 기(記)를 지어서 보낸다. 나머지 자세한 내용은 여러 현자(賢者)의 글에 상세히 갖추어져 있다.

만국이 신종 황제에게 조회하던 날 생각하니	憶曾萬國覲神皇
공손히 바친 신선 술잔이 촉 지방에서 왔네	祇貢仙杯自蜀方
기이한 형태는 푸른 버들잎 모양으로 만들었고	異制做成青葉樣
배어 있는 기운은 자색 노을 향기 완연히 띠었네	餘醺宛帶紫霞香
쌍으로 알맞게 사용하여 세 감실에 올리고[150]	雙雙適用三龕薦
대대로 온전히 전하여 하나의 보배로 간직했네	世世傳完一寶藏
천자의 은총이 그릇되지 않음을 아나니	天子寵恩知非謬
전심이 응당 비추며 황류(黃流)에 담겨 있으리[151]	荃心應照在中黃
세상 사람들 오로지 공방형[152]만 사랑하니	世人徒愛孔方兄
지극한 보배가 버들잎 모양인 줄 그 누가 알랴	至寶誰知柳葉形

---

150. 세 감실(龕室)에 올리고: 사대부(士大夫)는 3대(代)를 제사지낸다는 고례(古禮)를 따른다는 말이다. 감실은 사당 안에 신주(神主)를 모셔두는 장(欌)을 말한다.

151. 전심(荃心)이……있으리: 전심은 원래 향초(香草) 이름인데, 임금의 마음을 의미하는 말로 쓰인다. 전국 시대 초(楚)나라 굴원(屈原)의 〈이소경(離騷經)〉에 "임금은 나의 충정을 살피지 않으시고, 도리어 참언을 믿고 벌컥 화를 내시는구나.[荃不察余之中情兮, 反信讒而齋怒.]"라고 한 데서 나왔다. 황류(黃流)는 강신(降神)할 때 쓰는 누런색의 울창주를 말한다.

152. 공방형(孔方兄): 돈을 말한다. 진(晉)나라 노포(魯褒)의 〈전신론(錢神論)〉에 "동전의 모습에는 건곤(乾坤)의 상(象)이 있다. 그래서 안은 땅처럼 네모진 구멍이 있고 밖은 하늘처럼 둥글게 되어 있다.……사람들은 그를 친하게 여겨 형처럼 대하며 공방이라고 부른다.[錢之爲體, 有乾坤之象, 內則其方, 外則其圓.……親之如兄, 字曰孔方.]"라는 내용이 보인다.

옥이 금빛 술잔 비추니 세 쌍이 아름답고　　　　　玉映金罍三耦美

잔에서 봄 술 기울이니 참으로 맑다네　　　　　　樽傾春酒十分淸

황제가 은혜 베풀어 궁궐에 간직한 기물 내리니　皇恩渙發瓊林貯

번국이 조회하여 영광스럽게 황제의 궁에 올랐네　藩聘榮登紫府行

강수와 한수 조종하던 곳 지금은 어디에 있나[153]　江漢朝宗今底處

〈비풍〉의 남은 슬픔[154] 백성들 심정 괴롭도다　　匪風餘怛惱輿情

시든 풀 싸늘한 연기 천자의 나라 덮었고　　　　　衰草寒煙鎖帝鄕

오직 유엽배만 남아서 봄빛을 지키고 있네　　　　獨留柳葉保春光

긴긴밤 이어지는 천지에 언제 새벽이 와서　　　　乾坤長夜何時曉

다시 저 하늘에 걸린 태양을 보게 될까　　　　　復覩中天揭太陽

---

153. 강수(江水)와……있나: 69쪽 주148 참조.
154. 비풍(匪風)의 남은 슬픔: 27쪽 주17 참조.

천자가 하사한 유엽배를 읊은 시 병서 생원 조규양[155]
又並序 生員趙葵陽

아아! 숭정(崇禎) 이후[156]로 중원(中原) 천지가 견양(犬羊)[157] 같은 오랑캐의 연호(年號)를 쓰는 세상 속에 빠졌기에, 초(楚)나라로 들어간 검(劍)과 사수(泗水)에 빠진 정(鼎)[158]은 까마득히 들리는 것이 없고, 은(殷)나라의 보가(黼斝)[159]와 노(魯)나라의 봉액(縫掖)[160]이 이미 곤명지(昆明池)의 겁회(劫灰)가 되고 말았으니,[161] 황하(黃河) 이북에서 명나라 3백 년간의 문물을 더 이상 논할 수가 없다.

그런데 다행스럽게도 우리나라 조종문(朝宗門)[162] 밖 영남(嶺南)에 있는[湖嶺之南] 정씨(丁氏) 집안에서 만력(萬曆) 때의 술잔을 능히 지켜낼 수 있었으니, 이는 만력 황제(萬曆皇帝)가 하사한 것이다. 아아! 참으로 특별한 일이다.

---

155. 조규양(趙葵陽): 1706~1776. 자는 향경(向卿), 호는 둔암(鈍巖), 본관은 한양(漢陽)이다. 1744년(영조20)에 사마시에 합격하였으나, 벼슬길에 뜻이 없어 학문에 몰두하였다. 저서로《둔암집》이 있다.

156. 숭정(崇禎) 이후: 27쪽 주18 참조.

157. 견양(犬羊): 하찮은 것들을 뜻하는 말로 오랑캐 등 외적을 멸시하는 일컫는 말이다. 여기서는 청나라를 가리키는 말이다.

158. 초(楚)나라로……정(鼎): 중원(中原)의 문물을 말한다. 초나라로 들어간 검(劍)은 68쪽 주144 참조. 사수(泗水)의 정(鼎)은 54쪽 주81 참조.

159. 은(殷)나라의 보가(黼斝): 문명국의 문물을 말한다. 보가의 보(黼)는 천자의 예복(禮服)에 화려하게 수놓은 문양인 보불(黼黻)을 말하고, 가(斝)는 은(殷)나라 때 사용한 술잔의 하나이다.

160. 노(魯)나라의 봉액(縫掖): 문명국의 문물을 말한다. 노(魯)나라는 공자(孔子)의 고국이고, 봉액은 옷소매가 넓은 유자(儒者)의 복장을 가리킨다. 《예기》〈유행(儒行)〉에 공자가 "저는 어려서 노나라에 살 때는 봉액의 옷을 입었고, 장성하여 송나라에 살 때는 장보의 관을 썼습니다.[丘少居魯, 衣縫掖之衣, 長居宋, 冠章甫之冠.]"라고 한 데서 나왔다.

161. 곤명지(昆明池)의……말았으니: 모두 사라지고 없다는 말이다. 곤명지는 섬서성(陝西省) 장안현(長安縣) 서남쪽에 있는 연못인데, 한(漢)나라 무제(武帝)가 곤명이(昆明夷)를 치려고 이 연못을 파서 수전(水戰) 훈련을 시켰다고 한다. 겁회(劫灰)는 세계가 파멸할 때 일어난다는 큰불의 재를 말하는 불교 용어이다. 무제가 곤명지를 팔 때 밑바닥에서 검은 재가 나왔는데, 서역(西域)의 중이 와서 '천지가 다 타고 남은 재'라고 했다는 고사가 전한다. 《御定駢字類編 卷138 黑灰》

162. 조종문(朝宗門): 창덕궁(昌德宮) 후원에 설치한 대보단(大報壇)에 있는 문이다.

지금 그 제도를 살펴보면, 모양이 버들잎처럼 생겼으니 술잔 이름이 유엽배(柳葉杯)인 것은 그 모양 때문이다. 처음에 정씨의 선조 관찰공(觀察公 정윤우(丁允祐))이 명나라 조정에서 이 술잔을 받을 때 천자가 전대(專對)의 임무를 훌륭히 수행한 배신(陪臣)을 가상히 여겨 하사한 것이니, 참으로 아름답도다. 오랑캐의 바람이 구역(九域)을 휩쓸고 오랑캐의 이슬이 삼정(三精)을 막아버려 동서(東西) 두 서울에 있던 한 조각 금과 한 치의 옥마저도 모두 선우(單于)의 손에 들어가게 되자,[163] 천하 사람들이 크게 보배로 여기며 만력의 본색을 잃지 않은 것은 오로지 정씨 집안의 유엽배 뿐이다.

내가 이에 일어나 관찰공의 7대손 재희씨(載熙氏)에게 말하기를 "그대가 이 기물을 대대로 전한 것이 거의 수백 년 오랜 세월에 이르렀으니 자손의 현명함 때문일 뿐만 아니라 하늘이 명나라의 기물을 영원토록 전하려 한 것입니다. 그대는 어찌 이 술잔을 우리 임금에게 올려서 대보단(大報壇)의 제향에 사용하는 제구(祭具)로 갖추지 않으십니까?"라고 하였다. 재희씨가 말하기를 "이것이 비록 명나라의 물건이기는 하지만 선조가 하사받고 자손이 이어서 사당(祠堂)에 제향 하는 제기(祭器)로 삼고 있으니, 이는 우리 집안의 사사로운 물건이기에 감히 임금께 올리지 못합니다."라고 하였다. 내가 말하기를 "그렇다면 반드시 열 겹으로 꽁꽁 싸서 이 찬란한 빛을 기미(箕尾)의 분야(分野)[164]에 빛나게 하지 말아야 할 것입니다. 혹시라도 중국에서 하늘의 기운을 살피는 자가 이곳에 유엽배가 있음을 알아차릴까 걱정됩니다."라고 하였다. 아아! 슬프다.

무릇 예천(醴泉)에는 이 술잔이 있고, 동쪽 화산(花山 안동(安東))에는 난삼(襴衫)이

---

163. 오랑캐의……되자: 명나라가 망하고 청나라가 들어섰다는 말이다. 구역(九域)은 구주(九州)와 같은 말로 중국 영토 전체를 일컫는 말이다. 삼정(三精)은 해와 달과 별을 말한다. 동서의 두 서울은, 명나라 태조가 처음 건국한 강남(江南) 응천부(應天府)와 성조(成祖)가 천도한 북경(北京)을 말한다. 선우(單于)는 흉노(匈奴)의 추장을 일컫는 말인데, 이들이 훗날 청나라를 건국한 만주족(滿洲族)이다.

164. 기미(箕尾)의 분야(分野): 64쪽 주126 참조.

있으며,[165] 북쪽 구성(龜城)에는《대학연의(大學衍義)》가 있다.[166] 이 세 가지는 모두 명나라의 물건이며 세 고을은 또 마치 솥의 세 발처럼 이웃해 있어서 하늘이 영남(嶺南) 고을을 명나라의 동방(東房)과 서서(西序)[167]로 삼은 것이니, 뜻있는 선비가 어찌 〈하천(下泉)〉의 눈물[168]을 끝없이 줄줄 흘리지 않을 수 있겠는가. 나 또한 명나라의 유민(遺民)이기에 느끼는 바가 있어서 짧은 설(說)을 지어서 기록하였다.

옥 술잔 받들고 왔던 천자의 시대 생각하니	玉爵攜來憶聖皇
서쪽 오랑캐가 바친 공물[169] 동방에 은총 내렸네	西夷攸貢寵東方
환히 빛나며 천년의 빛깔 변하지 않았고	煌煌不改千年色
술잔마다 아직도 만력의 향기 머금었네	葉葉猶含萬曆香
중원에 더 이상 명나라의 옛 기물이 없는데	無復中州餘舊物
다행히 화표 따라와[170] 소중히 간직되었네	幸從華表見遺藏
그대여 부디 대대로 지켜 길이 보존하시어	煩君世守長無缺
동쪽 울타리 누런 국화꽃 술잔에 띄우시기를[171]	泛以東籬秋菊黃

---

165. 동쪽……있으며: 42쪽 주55 참조.

166. 북쪽……있다: 42쪽 주55 참조.

167. 동방(東房)과 서서(西序): 고대 궁궐의 동쪽 방과 서쪽 행랑을 말한다. 주 성왕(周成王)이 죽을 때 생전에 간직하고 있던 보옥과 기물을 동방과 서서에 나열했다는 기록이《書經 顧命》

168. 하천(下泉)의 눈물: 27쪽 주17 참조.

169. 서쪽……공물(貢物): 유엽배(柳葉杯)는 중국 서쪽 사천성(泗川省) 촉(蜀) 지방에서 천자에게 공물로 바친 것이라고 한다.

170. 화표(華表) 따라와: 사신을 따라 우리나라로 왔다는 말로 보인다. 화표는 도로에 세워 이정표 역할을 하는 기둥을 말하는데, 여기서는 화표를 따라 조선으로 돌아온 사신을 일컬는 말로 보인다. 화표는 요동(遼東)을 가리키는 말로도 쓰이는데, 요동길을 따라서 조선으로 왔다는 말로도 이해할 수 있을 듯하다. 한(漢)나라 때 요동 사람 정령위(丁令威)가 신선술을 배우고 천 년 만에 고향 요동에 돌아와 화표에 앉았다는 고사가 전한다.《搜神後記》

171. 동쪽……띄우시기를: 동쪽 울타리 누런 국화꽃은 진(晉)나라 도잠(陶潛)의 고사를 말하는데, 두 왕조를 섬기지 않은 절개를 상징한다. 도잠은 진나라가 멸망하려 하자 진나라에 대한 의리를 지켜 은거하였다.《陶淵明集》

천자가 하사한 유엽배를 읊은 시 병서 채성[172]
又並序 蔡珹

금성(錦城 나주(羅州)) 정씨(丁氏) 집안에 보배가 있으니 유엽배(柳葉杯)이다. 유엽배는 어디서 났는가? 만력 천자(萬曆天子 신종(神宗))가 하사하였다.

만력 천자가 태평을 누리고 사방의 오랑캐를 어루만질 때는 금구(金甌)는 부서진 곳이 없고[173] 옥백(玉帛)이 모두 몰려들었다.[174] 이러한 때에 우리 선조(宣祖)께서 관찰사(觀察使) 정공(丁公 정윤우(丁允祐))을 명나라에 사신으로 보내셨는데, 공께서 천자의 조정에 옥처럼 아름답게 서서 훌륭한 사신의 풍모를 보이셨다. 이에 천자가 우리 임금의 대국을 섬기는 정성을 가상히 여기고 공의 전대(專對)의 능력을 칭찬하여, 특별히 여섯 개의 옥 술잔을 하사하라고 명하여 만국(萬國)의 모든 사신 앞에서 총애하는 은총을 보이셨으니, 참으로 보기 드문 큰 은혜였다.

공이 술잔을 받들고 우리나라로 돌아와 조상을 제사하는 제기(祭器)로 삼았으니 예에 맞는 일이었다. 나라를 빛내고 조상을 영광스럽게 하여 충효(忠孝)를 이룬 빛나는 명문가로 만든 것 또한 위대한 일이다.

이 술잔은 그 바탕은 오옥(烏玉)[175]이고 그 소리는 금속처럼 울리며 모양이 버들잎

---

172. 채성(蔡珹): 미상으로, 이치재(二恥齋) 신정모(申正模, 1691~1742)가 채성을 위해 지은 만사(挽詞)가 《이치재집》권5 부록에 수록되어 있다.

173. 금구(金甌)는……없고: 영토가 잘 보존되었다는 말이다. 금구는 금으로 만든 사발인데, 국가의 영토를 비유하는 말로 쓰인다. 남조(南朝) 양(梁)나라 무제(武帝)가 "우리나라는 마치 금 사발과 같아서 한 곳도 상하거나 부서진 곳이 없다.[我家國猶若金甌, 無一傷缺.]"라고 말한 데서 나왔다. 《梁書 侯景傳》

174. 옥백(玉帛)이 모두 몰려들었다: 사방의 이민족들이 예물을 조공(朝貢)으로 바쳤다는 말이다. 옥백은 옥과 비단으로, 제후가 천자에게 바치는 예물을 의미한다.

175. 오옥(烏玉): 68쪽 주142 참조.

과 같아서 유엽배라는 이름이 붙었으니, 진실로 노작(鸕酌)과 앵배(鸚杯)[176]에 비할 바가 아니다. 보배 가운데 이보다 더 훌륭한 보배가 어디에 있겠는가. 또 특이한 점이 있다. 처음에 이 술잔은 금성(錦城)[177] 땅에서 생산되어 만 리 먼 길을 거쳐 와서 천자의 대궐 창고에 들어갔다가 이역만리 먼 곳으로 와서 끝내 금성(錦城 나주(羅州))의 정씨(丁氏) 집안에 머물게 되었으니, 금성(錦城)이라는 두 글자가 이 기물의 처음과 끝의 터전이 될 줄 누가 알았겠는가.

아아! 천지 사이에 충만한 큰 기운이 사물에 모여 이 술잔이 하늘에서 나왔고, 천지 간에 충만한 큰 기운이 사람에게 모여 우리 공이 우리 조선에서 태어났다. 그런 사람과 그런 사물이 천하의 중심인 천자의 조정 위에서 서로 만나 휘황하게 보배로운 광채를 빛내며 길이 선덕로(宣德爐)[178]와 함께 우리 청구(靑邱) 땅에서 아름다움을 나란히 하는 것이 어찌 우연일 뿐이겠는가.

만력(萬曆) 연간에서 보자면 본래 이것은 하나의 술잔일 뿐이지만, 숭정(崇禎)[179] 연간 이후에서 보자면 참으로 신령한 기물이다. 이 기물이 우리나라로 온 지 채 50년도 되지 않아 하늘이 술에 취해 명나라의 국운이 막혀서 19대 동안 이어진 중화(中華)의 문물이 비린내 나는 오랑캐의 바람 속에 쓸어버린 듯 남겨진 것이 없게 되고 말았으니, 주(周)나라의 정(鼎)[180]과 한(漢)나라의 옥새(玉璽)[181] 또한 어디에서 떠도는지 모른다.

---

176. 노작(鸕酌)과 앵배(鸚杯): 노작은 노자(鸕鷀)라는 물새의 형상을 새겨 만든 술잔인 노자작(鸕鷀酌)을 말하는데, 노자작(鸕鷀杓)라고도 쓴다. 앵배는 바닷속의 앵무라(鸚鵡螺)로 만든 술잔인 앵무배(鸚鵡杯)를 말한다. 모두 진귀한 술잔이다. 당(唐)나라 이백(李白)의 시〈양양가(襄陽歌)〉에 "노자작 앵무배로, 백 년이라 삼만 육천 날을, 날마다 반드시 삼백 잔씩 기울여야겠네.[鸕鷀杓鸚鵡杯, 百年三萬六千日, 一日須傾三百杯.]"라고 한 구절이 있다.《李太白文集》

177. 금성(錦城): 58쪽 주104 참조.

178. 선덕로(宣德爐): 65쪽 주132 참조.

179. 숭정(崇禎): 27쪽 주18 참조.

180. 주(周)나라의 정(鼎): 54쪽 주81 참조.

181. 한(漢)나라의 옥새(玉璽): 춘추시대 초(楚)나라의 변화(卞和)가 얻은 옥인 천하의 보배 화씨벽(和氏璧)을 뒤에 진시황(秦始

그런데 오직 저 여섯 개의 버들잎 옥 술잔만은 우리나라 옛 사신의 집안에 보배로 간직되어서, 가시덤불에 덮여 눈물 흘린 구리 낙타[銅駝]가 되지 않았고[182] 사막에서 손 씻는 잔이 되지 않았으며, 상전벽해(桑田碧海)의 격변 속에 홀로 우뚝이 존재하여 오랜 세월을 겪으면서도 아무 탈이 없었다. 명나라 천하의 기운을 지키고 만력(萬曆)의 해와 달의 기운을 띠고서, 매서운 기상과 올곧은 자태로 늠름히 마치 바다를 건너가는 바위처럼[183] 얼굴에 던진 술잔처럼[184] 뜻있는 선비들로 하여금 백이(伯夷)의 고사리[185]를 담고 도연명(陶淵明)의 국화주를 따라서[186] 이 술잔을 두드리며 〈비풍(匪風)〉의 시[187]를 노래할 수 있게 하였으니, 신령한 기물이 아니고서야 이렇게 할 수 있었겠는가. 참으로 기이하도다.

皇)이 소유하여 옥새(玉璽)로 만들었는데, 진(秦)나라가 망한 뒤에 한(漢)나라에 전해졌고 한(漢)나라 말에 이 옥새를 우물에 던졌다는 고사가 전한다.

182. 가시덤불에……않았고: 65쪽 주128 참조.

183. 바다를 건너가는 바위처럼: 절개를 지킨 것을 비유한 것으로 보인다. 진시황(秦始皇)이 석교(石橋)를 만들어 바다를 건너가 해가 뜨는 곳을 보려고 하였다. 이에 바다의 신(神)이 바위를 불러 모아 달려가게 했고, 바위가 달려가지 않자 채찍을 마구 휘둘러 바위가 모두 피로 붉게 물들었다는 고사가 전한다. 《明一統志 卷25 登州府》

184. 얼굴에 던진 술잔처럼: 명나라 하충(何忠)의 고사를 말한 것으로 보인다. 하충이 평주 지주(平州知州)로 있을 때 반란을 일으킨 교지(交趾)를 토벌하다가 반적(叛賊)에게 사로잡혔는데, 반적이 술잔에 술을 따라 주며 하충을 회유하자 하충이 "나는 천자 조정의 신하인데 어찌 너의 개돼지의 음식을 먹겠는가.[我天朝人, 豈食汝犬豕食.]"라고 하고 술잔을 빼앗아 반적의 얼굴에 던졌다가 죽임을 당한 고사가 전한다.《明史紀事本末 安南叛服》

185. 백이(伯夷)의 고사리: 백이는 은(殷)나라 말 고죽국(孤竹國)의 왕자이다. 왕위를 마다하고 아우 숙제(叔齊)와 함께 문왕(文王)에게 귀의하려 하였으나 문왕이 이미 세상을 떠났고, 문왕의 아들 무왕(武王)이 은나라의 마지막 폭군 주(紂)를 정벌한 뒤 주(周)나라를 세우자 신하가 임금을 정벌한 주나라의 곡식을 먹지 않겠다고 수양산(首陽山)에 들어가 고사리를 캐 먹고 살다가 죽었다는 고사가 전한다.《史記 卷61 伯夷列傳》

186. 도연명(陶淵明)의 국화주를 따라서: 명나라에 대한 의리를 지키겠다는 뜻이다. 심양은 동진(東晉) 시대의 처사(處士) 도잠(陶潛)의 고향이다. 도잠은 특히 국화를 좋아했다. 도잠은 증조부 도간(陶侃)이 진(晉)나라 때 재상을 지냈다는 이유로 후대에 몸을 굽히는 것을 수치로 여겨, 동진(東晉) 안제(安帝)의 의희(義熙)까지는 연호를 쓰고 동진을 찬탈한 송 무제(宋武帝)의 영초(永初) 이후에는 연호를 쓰지 않고 갑자(甲子)만 적었다고 한다.《南史 隱逸列傳 陶潛》

187. 비풍(匪風)의 시: 27쪽 주17 참조.

아아! 만력 천자(萬曆天子 신종(神宗))가 은혜를 베푼 것이 어찌 다만 정씨 집안일 뿐이겠는가. 우리 동방 전체가 큰 은혜를 받은 것이 저 용사(龍蛇)의 변란[188] 때에 있다. 천자의 영험함이 멀리까지 펼쳐져 우리나라의 운명이 다시 살아났으니, 천지 같은 은덕과 부모 같은 은혜를 영원히 만세에 드리워준 것이 어찌 하나의 옥 술잔을 하사한 은혜와 같겠는가. 우리 동방의 임금과 백성들이 다시 살려준 은혜에 감격해 흐느끼며 영원토록 목숨을 바치겠다고 맹세하였다. 하지만 시운(時運)이 불행하여 우리나라는 병자년(1636, 인조14)의 치욕을 당하였고 명나라는 갑신년(1644)의 변고[189]가 있어서 대대로 이어온 명나라 천자의 제사를 받들지 못하게 된 지 지금 백여 년이 되었다.

이에 우리 임금과 백성들이 《춘추》의 의리[190]를 강론하고 마음속으로 복수를 다짐하며 와신상담(臥薪嘗膽)한 것이 여러 임금을 거치는 동안 하루도 변함이 없었다. 숙종 대왕(肅宗大王) 때 이르러 예(禮)에 따라 대보단(大報壇)을 쌓고 임금께서 친히 명나라 신종(神宗)을 제향 하였다. 아아! 그런데 이 보배로운 술잔의 쓰임을 어찌 임금께 아뢰지 않고 다만 한 집안의 사사로운 용도로만 쓸 뿐이겠는가. 만약 성천자(聖天子)가 총애로 하사한 이 기물을 성천자의 영령(英靈)을 부르는 제향에 공경히 올려서 우리를 다시 살려준 은혜에 영원히 보답하게 한다면, 성대하게 오르내리는 천자의 영령이 반드시 옛 기물을 보고 새로운 감회를 더할 것이며, 명나라의 아직 남은 광채와 정씨 집안의 대대로 지켜온 덕이 이에 해와 달처럼 빛나며 우주에 가득할 것이다. 그러니

---

188. 용사(龍蛇)의 변란: 임진왜란(壬辰倭亂)으로, 여기서는 임진년(1592)과 계사년(1593)을 의미한다. 용과 뱀은 간지로 보면 진년(辰年)과 사년(巳年)에 해당하는데, 이때는 현인(賢人)에게 불행이 닥치는 흉년으로 일컬어졌다. 《後漢書 卷35 鄭玄列傳》

189. 갑신년의 변고: 이자성(李自成, 1606~1645)의 반란으로 갑신년인 1644년에 명나라 의종(毅宗)이 자결하고 명나라가 망한 일을 말한다.

190. 춘추(春秋)의 의리: 천자인 주(周)나라 왕실을 높이고 오랑캐를 물리친다는 이른바 '존왕양이(尊王攘夷)'의 의리를 말한다. 여기서는 청나라를 몰아내고 명나라를 위해 복수하는 의리를 의미한다. 《춘추》는 공자(孔子)가 편찬한 노(魯)나라의 역사서이다.

이처럼 백 년이라는 오랜 세월 동안 한 집안에만 보관되어 묻혀있던 것과 비교하면 어떠하겠는가.

아아! 사물은 드러나고 묻힐 때가 있고 이치는 막히고 형통할 때가 있으니, 묻히고 막히는 것은 때가 있어서인가? 드러나고 형통하는 것은 운수가 있어서인가? 천지 사이에서 막혔다가 열렸다가 하는 것은 진실로 항상 막혀있는 이치가 없으니, 어찌 끝내 묻혀있는 사물이 있겠는가. 오늘날을 한번 살펴보건대 크게 어지러워진 것이 오래되었으니, 여섯 개 유엽배 위에 있는 한 줄기 명나라의 봄이 다시 회복될 때가 없을 것이라고 어찌 장담하겠는가.

아아! 천 년 뒤에 이 기물을 대하고 이 기물을 어루만진다면, 황극전(皇極殿)¹⁹¹에서 천자와 배신(陪臣)이 주고받던 자취가 아련히 떠오를 것이고, 오랑캐 손에 빠져든 이 세상에서 옛날과 오늘날 원한에 사무친 사람들의 얼굴빛이 마음에서 떠나지 않아, 사람들로 하여금 팔뚝을 흔들며 격앙하게 함이 있을 것이다. 부디 정씨(丁氏) 집안에서 대대로 보배로 여겨 잘 지켜서 황하(黃河)가 맑아지기를 기다린 뒤에¹⁹² 저 황룡부(黃龍府)에서 술을 따라 취하도록 마시고자 했던 것¹⁹³처럼 하며 서로 축하하기를 바란다.

관찰공(觀察公 정윤우(丁允祐))의 봉사손(奉祀孫) 재희씨(載熙氏)가 서문을 짓고 시를 지었기에, 나의 재주가 미치지 못함을 생각지 않고 그 운자에 따라 삼가 시를 지었다.

---

191. 황극전(皇極殿): 명나라 때 북경 자금성(紫禁城)에 있던 전각(殿閣) 이름이다.

192. 황하(黃河)가……뒤에: 본래 오랜 세월이 흐른 뒤를 가리키는데, 여기에서는 성군이 나타나 청나라를 소탕한 뒤라는 의미로 쓰였다. 황하의 물은 천 년에 한 번씩 맑아지는데, 황하가 맑아지면 성인이 세상에 나타난다고 한다. 《文選 卷53 運命論》

193. 황룡부(黃龍府)에서……것: 황룡부는 금나라의 수도로, 지금의 길림성(吉林省) 농안현(農安縣) 지역이다. 금(金)나라 장수가 군사를 이끌고 송(宋)나라에 투항하자 송나라의 충신 악비(岳飛)가 부하들에게 말하기를 "곧장 황룡부에 이르러서 그대들과 취하도록 술을 마시고 싶을 뿐이다.[直抵黃龍府, 與諸君痛飮爾.]"라고 한 고사가 전한다. 《宋史 卷365 岳飛列傳》

옥 술잔 세 쌍은 성천자가 하사했으니　　　　　玉斝三雙自聖皇

버들잎 모양으로 둥글지도 모나지도 않네　　　　形如柳葉不圓方

만력의 금경[194]의 서기(瑞氣) 아직도 머금었으니　尙含萬曆金莖瑞

대보단의 향긋한 울창주 올림에 합당하네　　　　宜薦靈壇鬱鬯香

중원 땅이 백 년 동안 지금 묻혀있는데　　　　　華夏百年今大沒

명나라 봄빛 한 줄기 여기에 간직되었네　　　　王春一脉此中藏

그대 집안 전하는 보배로 영원히 남았으니　　　爲君世寶無疆在

어느 날 황하 맑아져 다시 천자 조회할까　　　何日河淸更篚黃

옥절 잡고 당년에 천자의 나라에 조회하여　　　玉節當年聘帝鄕

은총으로 보배 하사받아 영원한 은택 입었네　　寵頒珍物永恩光

상전벽해 되도록 지금까지 아무 탈이 없으니　　滄桑此世能無恙

하늘 동쪽 우리 땅에서 한 줄기 빛을 보전했네　保得天東一線陽

---

194. 금경(金莖): 이슬을 받기 위해 만든 승로반(承露盤)을 떠받치는 구리 기둥을 말한다.

※草庵實記

천자가 하사한 유엽배를 읊은 시 병서 진사 정태응[195]
又並序 進士鄭泰膺

　유엽배(柳葉杯)는 촉(蜀) 땅에서 생산되었다. 명나라 만력(萬曆) 연간에 관찰사 정공(丁公 정윤우(丁允祐))이 사신의 임무를 받들고 북경(北京)에 가서 천자의 특별한 예우(禮遇)로 이 유엽배를 받아 돌아왔으니, 모두 세 쌍이다. 그 자손이 대대로 이를 지켰고 지금도 그 제사를 받드는 후손이 집에서 제사를 올릴 때 제기(祭器)로 사용하고 있으니, 참으로 세상에 드문 일이다.

　그 바탕은 옥(玉)과 같기도 하고 동(銅)과 같기도 하여 자세히 알 수 없지만, 모양이 버들잎과 비슷하기에 그 이름을 유엽배라 했다고 한다. 이것이 서쪽 촉(蜀) 땅에서 왔으니, 어찌 이백(李白)의 시에서 말한 '서주작(西州酌)'이라는 것[196]이 아니겠는가.

　아아! 명나라 천자가 재위할 때 밝은 덕으로 이룬 것을 신중하게 상으로 내렸고 한 번의 웃음과 찡그림을 보이고 해진 바지를 하사하는 것도 모두 마땅히 기다림이 있고 난 뒤에 행하였다.[197] 돌아보건대 이 여섯 개의 술잔은, 세상에 보기 드문 은혜를 만 리 밖 제후의 나라에서 온 한 미미한 배신(陪臣)에게 특별히 내린 것이다. 천자가 이런 은혜를 내린 것은 우리 조선의 역대 왕들께서 제후(諸侯)의 도리를 공손히 지키고 지성

---

195. 정태응(鄭泰膺): 1714~1798. 자는 중무(仲茂), 호는 취몽헌(醉夢軒), 본관은 동래(東萊)이다. 1759년(영조35)에 생원시에 합격하였다.
196. 이백(李白)의⋯⋯것: 당나라 이백(李白)의 〈청평조사 세 수 (清平調詞三首)〉주석에 "서양주의 포도주를 따랐다.[酌西涼州 蒲萄酒.]"라는 내용이 보이는데, 이를 말하는 것으로 보인다. 《全唐詩 卷164》
197. 한⋯⋯행하였다: 천자는 아무리 사소한 일도 반드시 함부로 행하지 않는다는 말이다. 전국 시대 한 소후(韓昭侯)가 해진 바지를 간직해 두라고 하자, 시자(侍者)가 그 이유를 물었다. 소후가 이르기를 "훌륭한 군주는 한 번 찡그리고 웃는 것도 아낀다고 하였다. 찡그리고 웃는 데도 까닭이 있어야 하니 바지에 비하겠는가. 나는 공(功)이 있는 사람에게 이 바지를 주겠다."라고 하였다. 《韓非子 內諸說上》

으로 천자를 받들었기 때문이다. 그렇다고 하더라도 실로 공이 사신의 임무를 훌륭히 수행하여 천자의 마음을 흡족하게 하고 우리 임금의 명을 욕되지 않게 하지 않았다면, 한 번 예물을 받들어 천자를 알현하는 사이에 어찌 이런 보배를 얻을 수 있었겠는가.

아아! 우리 명나라 천자가 동쪽 울타리인 우리 조선을 보살피고 돌보아준 것이 참으로 지극하였다. 예컨대 대홍의(大紅衣)[198]와 운금패(雲錦牌) 등 우리나라를 총애하여 내린 하사품은 진실로 이미 이전 시대에 대국(大國)이 소국(小國)을 사랑하여 하사했던 전례와 같지 않다. 그리고 저 용사(龍蛇)의 해[199]에 천자의 영험함이 멀리까지 펼쳐져 우리나라 종묘사직(宗廟社稷)이 다시 살아났으니, 우리나라 전역의 수많은 백성이 오늘을 맞을 수 있었던 것은 하나고 둘이고 모두 명나라 천자의 은혜이다. 그런데 상전벽해(桑田碧海)가 일어나 금구(金甌)의 주인이 바뀌어서[200] 19대 동안 이어진 중화(中華)의 문물이 가시나무 덤불과 덥수룩한 기장 밭에 파묻히고 말았다.[201]

그런데 이 유엽배는 마침내 작은 한 구역 우리 소중화(小中華)에 탈 없이 간직되어 모두가 사라진 큰 재앙 속에서 아무런 변화를 겪지 않을 수 있었다. 여섯 개의 유엽배는 여전히 주씨(朱氏) 왕조 만력(萬曆) 연간의 봄빛을 띠고 있으니, 유엽배여! 유엽배여! 이것이 어찌 다만 명나라 천자가 내려 준 큰 은혜일 뿐이고, 이것이 어찌 다만 제사에 사용하는 중요한 제기(祭器)일 뿐이겠는가. 또 이것이 어찌 다만 정씨(丁氏) 집안의 자손들이 보배로 여겨 애지중지 지키는 기물일 뿐이겠는가.

관찰공(觀察公 정윤우(丁允祐))의 사손(嗣孫) 재희씨(載熙氏)가 이 술잔이 시간이 오

---

198. 대홍의(大紅衣): 63쪽 주121 참조.

199. 용사(龍蛇)의 해: 78쪽 주188 참조.

200. 금구(金甌)의 주인이 바뀌어서: 명나라가 망하고 청나라가 들어섰다는 말이다. 금구는 금으로 만든 사발로 국가의 영토를 비유하는 말이다.

201. 가시나무……말았다: 나라의 멸망을 뜻한다. 가시나무 덤불은 65쪽 주128 참조. 기장 밭 55쪽 주92 참조.

래 지나 세상에서 사라져 더 이상 전하지 않을까 걱정하여, 사운시(四韻詩 율시(律詩))
세 수를 지어 원근의 사우(士友)들에게 화답하는 시를 지어달라고 청하였다. 나에게도
화답하는 시를 지어달라고 청하였는데, 내가 어찌 오랜 전통을 지닌 집안의 유적을 만
분의 일이라도 세상에 환히 드러낼 능력이 있겠는가. 하지만 명나라의 일에 대해 나도
마음속으로 북받치며 절치부심(切齒腐心)한 점이 있기에, 마침내 재희 씨가 지어 보내
온 시 중 두 시의 운(韻)에 삼가 차운(次韻)하여 세 수를 지어 돌려보낸다. 아울러 선로
(仙老)의 한 절구(絶句)의 말에 따라 느꺼워하고 탄식하는 감회를 붙였다.

명나라에서 하사한 기물 찬란하게 빛나니	明廷寵錫燦皇皇
특이한 모습 둥글지도 또 모나지도 않네	異制不圓又不方
당시에 내린 은총의 무거움을 띠고 있고	帶得當年恩禮重
대대로 이어진 꽃다운 향기 남아 전하네	留傳永世芬芬香
백 년 사이 중화가 상전벽해 겪었으나	百年華夏桑田變
만력 연간 봄기운이 유엽배에 간직되었네	萬曆王春柳葉藏
하늘과 땅 바라보며 오직 눈물만 흐르니	俛仰乾坤惟有淚
〈채미가〉 한 곡조 읊으며 울타리 국화 띄우네[202]	薇歌一曲酌籬黃

아아! 우리 명나라 황제 은혜 잊을 수 없으니 於難忘我聖神皇
다시 살려준 깊은 은혜 누가 비할 수 있으랴 再造恩深孰可方

---

202. 채미가(採薇歌)……띄우네: 〈채미가〉는 백이(伯夷)가 의리상 주(周)나라의 곡식을 먹을 수 없다고 여겨 수양산(首陽山)에
들어가 고사리를 캐 먹으면서 살다가 죽음을 눈앞에 두고 읊은 노래인데, 여기에서는 명나라에 대한 의리를 상징하는 말
로 쓰였다. 《史記 卷61 伯夷列傳》울타리 국화는 75쪽 주173 참조.

백 년 동안 옥백 바친 부끄러움 씻지 못하고[203]　　皮幣百年羞莫雪

몇 길 대보단에 강신주만 부질없이 향기롭네　　靈壇數仞祼空香

그날의 특별한 은총으로 보배로운 술잔 내렸으니　　偏憐當日珍盃寵

천년토록 우뚝해 감추어 둔 해진 바지와 같네[204]　　高出千秋幣袴藏

어떡하면 명나라의 문물 다시 볼 수 있어서　　安得漢宮儀復見

광주리에 검고 누런 비단 담아 재차 옛길 찾을까[205]　　重尋舊路筐玄黃

조나라 옥의 값어치가 연성벽이라 말하지 말라[206]　　休言趙璧價連城

사랑스러운 서방 정기 잎으로 본떠 만들었네　　愛爾金精象葉成

북방에서 모욕당하며 차마 오랑캐 술잔으로 쓰이랴　　北辱忍隨虜酌洗

동방에 하사해 다행히 사신 수레 따라서 왔네　　東頒幸逐使車橫

왼쪽 바다 조선의 풍랑 조금 잦아든 모습 보니　　卽看左海波稍淨

혹시 황하의 물이 다시 맑아질 수 있을는지　　倘得黃河水復淸

술잔 들어 하늘에 물어도 하늘은 말이 없으니　　擧酌問天天不語

옛 도읍의 남은 버들 잔에 부질없이 정만 머금었네　　故都殘柳謾含情

---

203. 백……못하고: 명나라가 멸망한 뒤 백 년 동안 청나라에 외교의 예물을 바친 부끄러움을 씻지 못했다는 말이다. 옥백은 외교의 예물을 지칭한다.

204. 천년토록……같네: 81쪽 주197 참조.

205. 광주리에……찾을까: 50쪽 주70 참조.

206. 조(趙)나라……말라: 조(趙)나라의 옥은 천하의 보배인 화씨벽(和氏璧)을 말하는데, 이 화씨벽도 유엽배의 가치에는 미치지 못한다는 말이다. 화씨벽은 원래 초(楚)나라의 변화(卞和)가 초왕(楚王)에게 바친 귀한 옥으로, 뒤에 조나라의 소유가 되었다. 연성벽(連城璧)은 화씨벽을 가리키는 말로, 진(秦)나라 소왕(昭王)이 연이은 15개의 성과 바꾸자고 조나라 왕에게 청한 고사에서 나온 말이다. 《史記 卷81 廉頗藺相如列傳》

천자가 하사한 유엽배를 읊은 시 병서 생원 구구옹 송익룡[207]
又並序 生員九九翁宋翼龍

유엽배(柳葉杯)는 중국 서쪽 지역 촉(蜀) 땅에서 생산되었는데, 옛날 나의 외고조(外高祖 정윤우(丁允祐))께서 만력(萬曆) 연간에 명나라에 조회했을 때 하사받은 옛 기물이다. 옥 같은 바탕에 금빛으로 장식하여 무한한 상서로운 빛을 띠고 지금까지 집안에 소중한 보배로 전하고 있으니, 이 상전벽해(桑田碧海)처럼 변해버린 세상에서 이 기물을 보며 안타까운 감회를 일으킨 지 오래되었다. 공의 종손(宗孫) 정선여(丁善餘 정재희(丁載熙)) 씨가 사운시(四韻詩 율시(律詩))를 먼저 읊었고 문원(文苑)의 여러 군자가 이어 화답시를 지었다. 내가 비록 늙고 병든 몸이기는 하나 외손(外孫)의 반열에 있기에 의리상 글재주가 없다는 이유로 스스로 주저할 수가 없어서, 이에 이처럼 병든 몸을 일으켜 엉성한 글이나마 엮어서 지난 일을 생각하며 느끼는 감회를 드러낸다.

성상의 간택 받아 천자에게 조회했으니	聖主簡賢聘上皇
이 술잔이 서쪽 땅에서 우리 동방에 이르렀네	盃從西域至東方
진귀한 잔에는 아직도 빈연(賓筵)[208]의 술 남았고	珍痕尙帶賓筵醹
상서로운 기운은 천자의 향기 길이 머금었네	瑞氣長含御榻香
군자의 향기 전하며 오 세 동안 은택 미치고	君子流芳伍世澤
후손들이 효성 생각하며 백년토록 간직했네	仍孫思孝百年藏

---

207. 송익룡(宋翼龍): 1683~1764. 자는 의여(意如), 호는 환성재(喚惺齋), 본관은 야성(冶城)이다. 구구옹 역시 호로 보인다. 1713년(숙종39)에 생원시에 합격하였다.
208. 빈연(賓筵): 손님을 대접하는 연회를 의미하는 말로, 여기서는 명나라 조정에서 조선 사신을 대접하던 연회 자리를 의미한다.

한 잔 술 따르며 제사에 참여하길 바라지만   願酬一葉精禋日
누런 머리카락으로 늙고 병든 이 몸이 어이하랴   將奈衰憊髮已黃

천자의 진귀한 보배가 궁벽한 고을에 이르렀으니   帝鄕珍器及竆鄕
지극한 은택 길이 남아 백세토록 빛나네   至澤長留百世光
아아! 유엽배가 이전과 다른 지금 세상 만났는데   嗟唔今時杯異柳
명나라 봄날의 옛날 밝은 빛만 없구나   獨無春日舊昭陽

※草庵實紀

천자가 하사한 유엽배를 읊은 시 병서 추연 송정훈[209]
又並序 秋淵宋廷薰

옛날 우리 신종 황제(神宗皇帝)가 동쪽 울타리 우리 조선을 돌보아준 은혜가 하늘처럼 끝이 없는데, 옛날 정묘년(1627, 인조5)에 신령(神靈)한 기물이 한 번 옮겨지고부터[210] 황금 상자와 옥 술잔에 대한 눈물[211]과 〈비풍(匪風)〉과 〈하천(下泉)〉에 대한 감회[212]가 예나 지금이나 서로 이어졌다.

명나라의 유물 가운데 지금 우리나라에 남아 있는 대홍의(大紅衣)[213]나 운금패(雲錦牌) 같은 것은 명나라 천자가 은총으로 내려준 빛을 완연히 띠고 있으며, 지금 정씨(丁氏) 집안에 간직한 유엽배(柳葉杯) 역시 그 가운데 하나이다. 둥글고 길쭉한 버들잎 모양의 특별한 생김생김에 대해서는 이미 앞선 현자(賢者)의 서술에 자세히 갖추어져 있다. 그리고 천자의 궁궐 창고에 보관되어 있던 진귀한 보배가 배신(陪臣)의 사묘(私廟)에서 강신주(降神酒)를 올리는 제기(祭器)로 사용되는 일로 말하자면, 칭찬받을 만하고 시로 읊조릴 만한 뛰어나고 아름다운 사신의 공으로 하사받은 것이니 어찌 단지 대홍의(大紅衣)나 운금패(雲錦牌)에 비할 바이겠는가.

삼가 살펴건대, 관찰공(觀察公 정윤우(丁允祐))이 우리 왕실의 엄한 명을 받아 명나라 조정에서 전대(專對)의 임무를 훌륭히 행하여 만 리 길을 돌아오는 사신의 수레에 여

---

209. 송정훈(宋廷薰): 자는 양길(兩吉), 호는 추연(秋淵), 본관은 야성(冶城)이다. 자세한 행적은 미상이다.

210. 옛날……옮겨지고부터: 청나라가 들어선 이후를 말하는 것으로 보인다. 정묘년인 1627년에 청나라 태조(太祖)를 이어 태종(太宗)이 등극하였고, 이해에 정묘호란(丁卯胡亂)이 일어났다.

211. 황금……눈물: 옛 기물을 보고 흘리는 눈물을 말한다. 황금 상자는 중요한 기물을 보관해 두는 상자를 말하며, 옥 술잔은 보배로운 기물을 의미하는 말로 쓰인다.

212. 비풍(匪風)과……감회: 27쪽 주17 참조.

213. 대홍의(大紅衣): 63쪽 주121 참조.

섯 개의 유엽배를 천자의 은총으로 받아 왔으니, 기물은 비록 작은 것이지만 그 의리는 참으로 크다. 후손들이 오래도록 전한 지 이미 7, 8대가 되어 홍라(紅羅)의 옛 기물이 오직 우리 조선의 한 구역에 남아 있으니, 그 임금을 환히 드러내고 그 조상을 환히 드러낸 것은 정씨(丁氏) 집안이 바로 그에 가까울 것이다.

전후로 명나라의 문물(文物)에 대해 읊은 시편들은 격앙되고 북받친 뜻을 쏟아낸 것인데, 거의 백 년간의 적막한 세월 동안 하늘 가득한 오랑캐의 더러운 기운을 씻어내었다는 말을 들은 적이 없으니, 어찌 우리 동방에 사람이 있다고 말할 수 있겠는가. 술에 취하면 술잔을 잡고 막남(漠南)²¹⁴ 오랑캐의 바람을 집어삼킬 수 있지만, 술에서 깨면 글을 지어 그저 시대를 아파하고 만물에 대해 느끼는 마음을 붙일 수 있을 뿐이니, 《춘추》를 지어 주(周)나라를 높인 의리²¹⁵도 아마 여기에 있을 것이다.

어느 해에 사신 부절 잡고 천자에게 절하였나	何年玉節拜神皇
궁궐 버들 술잔이 먼 나라에서 드러났네	葉葉宮杯表遠方
만력 천자의 은혜가 옛 기물에 남아서	萬曆恩光餘舊器
금성²¹⁶의 봄빛이 지금까지 향기롭네	錦城春色至今香
몇 천 리 밖에서 천자가 하사한 기물 받드니	幾千里外承天賜
이백 년 동안 바다 건넌 곳에 간직 되었네	二百年來渡海藏
저 바다로 모여드는 강수와 한수 잔에 따라서	酌彼朝宗江漢水
때때로 이 사신에게 황하 물 맑아질 때 물으리²¹⁷	時憑此使問河黃

---

214. 막남(漠南): 고비 사막 이남의 지역을 뜻하는 말로, 오랑캐가 거주하는 곳을 일컫는다.

215. 춘추(春秋)를⋯⋯의리: 78쪽 주190 참조.

216. 금성(錦城): 58쪽 주104 참조.

217. 저⋯⋯물으리: 유엽배로 제사를 올리며 명나라가 다시 일어나기를 기원한다는 말로 보인다. 강수(江水)와 한수(漢水)는 69쪽

천자가 하사한 유엽배를 읊은 시 병서 관악 송인호[218]
又並序 觀岳宋寅濩

나 역시 명나라의 유민(遺民)이기에 매번 대명 처사(大明處士)의 "단지 꽃과 잎을 보고서 계절의 바뀜을 알리라.[只看花葉驗時移]"라는 시구[219]를 읊조렸다. 어느 날 금성(錦城 나주(羅州)) 정공(丁公)이 나에게 유엽배(柳葉杯)를 읊은 시를 보여주면서 "그대께서 부디 화답해 주시기를 바랍니다. 이것은 만력 천자(萬曆天子 신종(神宗))가 관찰 선조(觀察先祖 정윤우(丁允祐))를 총애하여 하사한 유엽배인데, 우리 조선의 사대부(士大夫)들이 번갈아 서로 시를 읊고 감탄한 것입니다."라고 하였다. 내가 일어나 대답하기를 "알겠습니다."라고 하였다.

    내가 비록 시에 뛰어나지는 못하지만, 명나라의 옛 기물에 대해 어찌 아무 말이 없을 수 있겠는가. 게다가 기물은 비록 작으나 의리는 크니, 그 중요함을 말하자면 주(周)나라 왕실의 천구(天球)[220]와 같고, 그 아름다움을 말하자면 은(殷)나라 사람의 보가(黼斝)[221]와 같다. 더구나 이 술잔은 그 이름이 유엽배로서 건장궁(建章宮)의 버들과 변경(汴京)의 버들[222]에 봄빛이 다시 돌아온 것을 방불케 한다. 이에 명나라의 유민이

주148 참조. 황하 물은 79쪽 주192 참조.

218. 송인호(宋寅濩): 1830~1889. 자는 강수(康叟), 호는 관악(觀岳), 본관은 야성(冶城)이다. 유치명(柳致明)의 제자이다. 1882년(고종19)에 김우옹(金宇顒)의 문묘 종사를 청하는 상소에 소수(疏首)가 되었다.

219. 대명 처사(大明處士)의……시구: 대명 처사는 명나라에 대한 의리를 지켜 병자호란 이후 벼슬에 나아가지 않은 사람을 일컫는 말로, 여기에서는 정온(鄭蘊, 1569~1641)을 가리킨다. 정온의 자는 휘원(輝遠), 호는 동계(東溪), 본관은 초계(草溪)이다. 위에 인용한 시구는 《동계집》 권1 〈숭정 10년 역서에 쓰다[書崇禎十年曆書]〉라는 칠언 절구에 나오는 구절이다.

220. 주(周)나라 왕실의 천구(天球): 41쪽 주51 참조.

221. 은(殷)나라 사람의 보가(黼斝): 보가의 보(黼)는 천자의 예복(禮服)에 화려하게 수놓은 문양인 보불(黼黻)을 말하고, 가(斝)는 은(殷)나라 때 사용한 술잔의 하나이다.

222. 건장궁(建章宮)의……버들: 건장궁은 한(漢)나라 수도 장안(長安)의 궁전 이름이고 변경(汴京)은 송나라의 수도인데, 여기

이 기물에서 다시 명나라 만력 천자가 하사한 책력(冊曆)을 다시 보는 듯하니, 어찌 단지 앞에 나온 '꽃과 잎을 본다'라는 시 구절에 비할 뿐이겠는가.

그러나 저 신주(神州 중원(中原)) 전체가 견양(犬羊)²²³ 같은 오랑캐의 천지가 된 지 지금 2백여 년이 되었기에, 19대 동안 이어지며 명나라 태묘(太廟)의 행랑에 보관되었던 기물들이 깡그리 사라져 남은 것이 없다. 오직 이 유엽배만이 선덕(宣德) 연간의 노전(鑪篆)²²⁴ 및 가정(嘉靖) 연간의 난복(襴幞)²²⁵과 함께 우리나라 땅에 외로이 남아 있으니, 단지 우리나라 사람의 〈비풍(匪風)〉과 〈하천(下泉)〉의 감회를 더할 뿐이다. 그 마음에 임금의 사명(使命)을 받들고 명나라 대궐에 가서 천자의 광채를 직접 목도한 것처럼 여기는 자들은 어떤 사람들인가. 이 기물을 어루만지며 감격에 겨운 눈물을 스스로 그칠 수 없는 자들은 대체로 모두 인인(仁人)이요 군자(君子)로서 충후(忠厚)하고 슬프게 여기는 마음을 지닌 자들이다.

또한 나는 거듭 느끼는 바가 있다. 오래되어서 오늘날까지 보전하기 어려운 것은 기물이며, 오늘날에 옛날과 두루 관통할 수 있는 것은 마음이다. 명나라가 멸망한 이래로 많은 세월이 흐르며 인간의 올바른 윤리가 거의 무너져서 주(周)나라를 받드는《춘추》의 의리²²⁶를 강구(講究)하지 않은 지 오래되었건만 이 기물이 여전히 남아 있으니, 옛날과 오늘날을 두루 관통하며 사라지지 않을 수 있는 '마음'을 어찌 유독 지키지 않을 수 있겠는가. 이것은 비단 금성(錦城 나주(羅州))의 후손들이 힘써야 할 것일 뿐만 아니

서는 멸망한 나라의 도읍을 의미하는 말로 쓰였다. 버들은 궁궐에 심은 버드나무인 궁류(宮柳)의 의미이다.

223. 견양(犬羊): 72쪽 주157 참조.

224. 선덕(宣德) 연간의 노전(鑪篆): 65쪽 주132 참조.

225. 가정(嘉靖) 연간의 난복(襴幞): 가정은 명나라 세종(世宗)의 연호로, 1522년부터 1566년까지 사용되었다. 여기에서 가정(嘉靖) 연간이라고 한 것은 착오인 듯하다. 난복(襴幞)은 42쪽 주55 참조.

226. 주(周)나라를……의리: 78쪽 주190 참조.

※草庵實紀

라, 아! 우리 동방의 모든 사람이 힘써야 할 것이다.

태평 시절에 사신들 조회한 일 얼마나 다행인가	明時何幸使華皇
저 주나라 도읍 직방에 공물 올린 일 생각하네[227]	念彼周京貢職方
바닷길은 부절 잡은 사행이 유독 고생스럽고	航海偏勞朝玉節
천자가 내린 술잔에 아직도 그 향기 남아 있네	宮醪猶帶御鑪香
명나라 유민이 상전벽해의 눈물 끝이 없으니	遺民不盡滄桑淚
후세에 종묘의 제기로 간직해 전할 만하네	後世堪傳廟器藏
술잔마다 명나라의 봄빛을 보는 듯하니	葉葉王春看髣髴
건장궁의 안개 낀 버들인 양 황금빛이 곱도다	建章煙柳嫩金黃

---

227. 저……생각하네: 명나라가 성대할 때 사방의 이민족들이 공물을 올린 일을 생각한다는 말이다. 주(周)나라 도읍은 여기에
　　서는 명나라 도읍을 의미하며, 멸망한 것에 대한 비감(悲感)을 담고 있다. 직방(職方)은 사방에서 황제에게 바치는 공물을
　　담당하는 관서의 이름이다. 《시경》〈조풍(曹風) 하천(下泉)〉에 "저 차갑게 흘러내리는 샘물이여, 더부룩이 자라는 잡초를
　　적시도다. 한숨을 쉬며 내 잠 깨어 탄식하면서, 저 주나라 도읍을 생각하노라.[洌彼下泉, 浸彼苞稂. 愾我寤嘆, 念彼周京.]"
　　라는 구절이 보인다.

천자가 하사한 유엽배를 읊은 시 병서 권응진[228]
又並序 權應辰

세상 사람들이 보배로 여기는 것은 한둘이 아니니, 보배에는 옥(玉)이 있고 금(金)도 있다. 금과 옥은 진실로 보배이다. 또 기물 가운데 다른 나라에서 온 것이 있으면 반드시 이를 보배라고 하며, 존귀한 사람이 하사한 것이 있으면 또한 이를 보배라고 한다. 보배는, 사람들이 보배로 여기는 것은 모두 보배가 될 수 있다. 하지만 이 몇 가지 경우를 겸하여서 보배가 될 수 있는 것은 얻기가 어려우니, 만약 이런 것이 있다면 그 보배로움이 마땅히 어떠하겠는가. 나의 벗 정군 선여(丁君善餘 정재희(丁載熙))의 집에 옥으로 만든 술잔 세 쌍이 있는데 바로 이런 것이로다.

이 술잔은 그 겉면은 검은색이고 그 가운데는 황색이며 그 바탕은 옥이고 그 문양은 금빛이다. 그 형태는 길쭉하여 버들잎과 같으므로 이름을 유엽배(柳葉杯)라고 하였다. 내가 보고 기이하게 여겨서 묻기를 "그대는 가난한 선비인데, 이 물건이 어찌 그대에게 있는가?"라고 하였다. 선여(善餘)가 공손한 모습으로 대답하기를 "이것은 우리 집안에 전하는 오래된 유물이라네. 만력(萬曆) 연간에 우리 선조 관찰공(觀察公 정윤우(丁允祐))께서 전대(專對)의 임무를 띠고 명나라에 사신으로 가셨는데, 천자가 은총을 내려 이 옥 술잔을 하사하였네. 공께서 머리를 조아려 절하며 인사하고 받아 귀국하여 선조(先祖)를 제사하는 제기(祭器)로 삼았고, 자손에게 전해져 지금 나에게까지 이르렀네."라고 하였다.

내가 이 말을 듣고 나도 모르게 줄줄 눈물을 흘리며 슬퍼하고 몇 번이나 탄식하였다. 그리고 마침내 감탄하며 다음과 같이 말하였다.

---

228. 권응진(權應辰): 미상이다.

이 술잔은 다른 것과 다르니, 참으로 진정한 보배이다. 옥이라서 보배로 여기는 것이 아니고 금이라서 보배로 여기는 것이 아니다. 또 단지 다른 나라의 기물이요 천자가 하사한 것이라서 으레 보배로 여기는 것일 뿐만이 아니다.

관찰공은 여러 대에 걸쳐 집안에 전해진 충효의 전통을 이어받고 당시 사람들이 모두 우러르는 기대를 짊어졌으며, 빼어난 풍도와 덕 있는 모습으로 중원(中原)과 이민족의 사람을 감동하게 하였다. 이에 명나라 천자가 공을 한 번 보고서 기특하게 여겨 만국(萬國)의 신하가 회동(會同)하는 사이에 이처럼 평범하지 않은 총애를 내렸고 7, 8대 동안 오래도록 집안에 전해졌다. 이 술잔은 참으로 진정한 보배이니, 어찌 평범한 기물로 여길 수 있겠는가.

또 내가 이 술잔을 보배로 여기는 것은 단지 이러한 이유에서일 뿐만이 아니다. 지금 중원(中原)은 천지가 완전히 변하였고 해와 달이 바뀌어 산천(山川)과 문물(文物)이 모두 견양(犬羊)[229] 같은 오랑캐 소굴과 깜깜한 하늘로 덮인 나라에 들어가고 말았다. 그런데 오직 이 술잔만은 표연히 바다 너머 햇살이 선명한 우리나라에 전해져 누린내 나는 먼지의 더러움에 물들지 않고 명나라 조정의 옛 빛을 능히 보존할 수 있었으니, 이것이 어찌 우연이겠는가.

옛날에 강물 속에 빠진 정(鼎)이 있었는데[230] 이 술잔이 또 바다 밖의 우리나라에 빠져서 보존되었고, 옛날에 바다에 뛰어든 사람이 있었는데[231] 이 기물이 또 동쪽 바다에 뛰어들어 우리나라로 건너왔다. 기운을 먼저 감지하고 스스로 곧게 처신하는 의리가

---

229. 견양(犬羊): 72쪽 주157 참조.

230. 강물……있었는데: 54쪽 주81 참조.

231. 바다에……있었는데: 전국 시대 제(齊)나라의 고사(高士)인 노중련(魯仲連)의 고사를 말한다. 노중련이 조(趙)나라에 가서 있을 때 진(秦)나라 군대가 조나라의 서울인 한단(邯鄲)을 포위했는데, 이때 위(魏)나라가 장군 신원연(新垣衍)을 보내 진나라 임금을 천자로 섬기면 포위를 풀 것이라고 하였다. 이에 노중련이 "진나라가 방자하게 천자를 참칭(僭稱)한다면 나는 동해에 빠져 죽겠다."라고 하니, 진나라 장군이 이 말을 듣고 군사를 후퇴시켰다 한다. 《史記 卷83 魯仲連列傳》

사람이든 사물이든 막론하고 고금에 남다른 것이 아니라면 이와 같을 수 있겠는가.

아아! 이 술잔은 만력(萬曆) 이전에는 하나의 작은 기물인 술잔에 지나지 않는다. 하지만 숭정(崇禎) 이후[232]에서 보자면 그 귀함은 옥 술잔에 그칠 뿐만이 아니고 옛 기물일 뿐만이 아니니, 어찌 그대 집안의 사사로운 기물로만 삼아 상자 속에 간직해 두는 것이 옳겠는가. 진실로 나라에 바쳐 대보단(大報壇)에서 강신하는 제기(祭器)로 삼는다면 관찰공이 수행한 훌륭한 사신의 임무가 환하게 드러나게 될 것이며, 성천자(聖天子)의 옥여(玉汝)의 은혜[233]가 이에 또한 빛나게 될 것이다. 또 하늘에 있는 명나라 황제의 영령(英靈)이 대보단을 오르내리며 흠향하게 하면 또한 반드시 크게 보답하려는 우리의 정성에 감동할 것이다. 우리 곁에 있는 상제(上帝)는 하나의 이치로 묵묵히 응하시니, 끝내 어찌 형통한 운이 회복될 기약이 없겠는가.

이 술잔을 보는 사람들이 단지 그대 집안의 보배인 줄만 알고 온 나라의 보배인 줄 모르며, 단지 그 옥빛의 아름다움만을 일컫고 선조(先朝)의 옛 빛을 일컬을 줄 모른다면, 그것이 어찌 옳은 일이겠는가. 반드시 옥으로만 옥을 보아서는 안 되고 반드시 옥 속에 감추어진 옥의 진정한 의미를 찾아야 하고, 술잔만을 보배로 여겨서는 안 되고 반드시 술잔 너머에 감추어진 진정한 보배의 의미를 유추해 내어야만 한다. 그런 뒤에야 이 술잔의 진정한 의미를 얻을 수 있다.

그대 집안 옥 술잔 천자에게 하사받았으니	君家玉觶受天皇
평범한 여러 보배에 비길 바가 아니네	非是尋常衆寶方
총애로 하사받은 운금패와 나란히 빛나고	寵錫幷從雲錦煥

---

232. 숭정(崇禎) 이후: 27쪽 주18 참조.
233. 옥여(玉汝)의 은혜: 64쪽 주122 참조.

※草庵實記

은혜로 하사받은 난복[234]과 향기를 다투네   恩光爭與襆襴香

진나라 때 가시덤불에 묻힌 낙타[235] 어찌 따르랴   寧隨晉世駝荊沒

주나라 때 사수에 빠진 정[236]에 못지 않다네   不讓周時鼎泗藏

황하가 맑아져 양이 회복될 날 가만히 기다려   佇待河淸陽復日

광주리에 유엽배 담아 검고 누런 비단과 바꾸리[237]   簹斯柳葉替玄黃

명나라의 옛 유물이 우리나라에 전해졌는데   天朝舊物落吳鄕

여전히 당시의 일월의 광채를 띠고 있네   猶帶當年日月光

안타깝게도 중원 땅에 어둠이 길이 덮였으니   可惜神州長夜晦

음기 가득한 어느 곳에 봄날의 햇살 열릴까   窮陰何處啓三陽

---

234. 난복(襴襆): 42쪽 주55 참조.

235. 진(晉)나라……낙타: 65쪽 주128 참조.

236. 주(周)나라……정(鼎): 54쪽 주81 참조.

237. 황하(黃河)가……기다려: 79쪽 주192 참조.

천자가 하사한 유엽배를 읊은 시 병서 정자 황인채[238]
又並序 正字黃鱗采

어느 날 정군 선여(丁君善餘 정재희(丁載熙)) 씨가 집안에 소장한 유엽배(柳葉杯)를 읊은 시를 나에게 보여주었는데, 유엽배는 그의 선조인 관찰공(觀察公 정윤우(丁允祐))이 명나라에 사신으로 갔을 때 천자에게 하사받아서 가지고 온 것이다. 아아! 명나라의 옛 기물이 몇 백 년이 지난 뒤 정씨(丁氏) 집안 후손이 보배로이 간직한 기물이 되었다. 나처럼 글재주가 부족한 사람은 진실로 그 만분의 일도 환히 드러낼 수 없다. 하지만 정군의 참된 뜻을 감히 저버리지 못해 마침내 차운해서 올리니, 한 번 보고 웃지나 않으실지 모르겠다.

대보단 높이 쌓아 명나라 천자 생각하니	大報壇崇憶我皇
풍천의 남은 눈물[239] 동방에 가장 많네	風泉餘淚最東方
어느 해에 사신 부절 잡고 날듯이 가셨던가	何年使節翩翩去
이날에는 명나라 봄날이 술잔마다 향기로웠네	是日王春葉葉香
천지가 아득하여 바닷길로 조회하였으나[240]	天地蒼茫朝海路
귀신이 보호하여 옛 집안에 간직되었네	鬼神扶護故家藏

---

238. 황인채(黃鱗采): 1716~1799. 자는 여성(汝成), 호는 양몽재(養蒙齋), 본관은 창원(昌原)이다. 1754년(영조30)에 문과에 급제하였고, 제주 판관(濟州判官) 등을 지냈다.

239. 풍천(風泉)의 남은 눈물: 27쪽 주17 참조.

240. 천지가⋯⋯조회하였으나: 후금(後金)이 요동을 점거하여 조선 사신이 1621년(광해군14)부터 1637년(인조15)까지 바닷길을 통해 명나라로 사행을 다녀온 일을 말한다.

만력의 궁중에서 온 제기를 보며 상심하나니   傷心萬曆宮中瓚

누가 다시 거룩한 규장으로 황류를 따를까[241]   誰復峨璋酌彼黃

---

241. 누가……따를까: 누군가 나타나 다시 명나라를 일으켜 세워 역대 천자에 대한 제향을 이어가기를 바란다는 말이다. 규장(珪璋)은 반쪽 홀(笏)이다. 《시경》〈대아(大雅) 역복(棫樸)〉에 "의용이 엄숙한 임금이시여, 신하들이 규장을 받들고 있네. 규장 받든 의용이 거룩하거니, 준수한 선비로서 당연한지고.[濟濟辟王, 左右奉璋. 奉璋峨峨, 髦士攸宜.]"라는 구절이 보인다. 황류(黃流)는 62쪽 주118 참조.

천자가 하사한 유엽배를 읊은 시 현감 성영우
又 縣監成永愚

예스럽고 기괴한 황금 술잔은	古怪黃金卮
천왕 만력 봄에 만들어졌네	天王萬曆春
우리나라 내지처럼 여기고[242]	小邦同內服
특별한 하사품 배신에게 내렸네	殊錫及陪臣
천지 돌아보니 지금 어느 때인가	俯仰今何世
영락한 중에 유독 이 술잔 진귀하네	飄零獨此珍
황단에서 예전에 술잔 보았더니	皇壇曾見爵
제도가 지금 사람을 능가하네	制度出今人

242. 우리나라 내지처럼 여기고: 조선을 내복(內服)처럼 대우하며 은혜를 베풀어 주었다는 말이다. 내복(內服)은 요순시대의 제도로, 천자의 직할령인 왕기(王畿) 밖 500리마다 차례로 구역을 정하여 전복(甸服), 후복(侯服), 수복(綏服), 요복(要服), 황복(荒服) 등 5개의 등급으로 나눈 것이다.

※草虛彙報

천자가 하사한 유엽배를 읊은 시 진사 김엽[243]
又 進士金燁

옛 중국 갔던 사신 은총에 성황(聖皇) 떠올리니	舊使恩光憶聖皇
나푼나푼 육엽배 우리나라에 왔다네	翩翩六葉落東方
정성 깃든 마음 동궁을 주는 총애보다 더 낫고[244]	眖心爭似彤弓寵
손에 쥐니 술잔 향기 자랑할 만하네	到手堪誇藥玉香
만력의 세상 끼친 은택 남아 있어	萬曆乾坤遺澤在
삼한의 시례 익힌 옛집에 보관하였네	三韓詩禮古家藏
술잔 쥐고서 예전 조정의 일 차마 말할 수 있으랴	摩挲忍說前朝事
율리의 노란 국화 빛 뜬 술을 가득 따르네[245]	酌彼宜浮栗里黃

푸릇푸릇 버들은 봄 깃든 성에 자라니	靑靑楊柳在春城
술잔[杯棬]은 어느 해에 구부려 만들었나[246]	杯棬何年變化成
공물 채워 예전엔 멀리 물오리 나는 땅으로 갔고[247]	充篚昔從鳧域遠
사신 따라 또다시 가로지른 압록강을 넘어갔네	隨槎更越鴨江橫

---

243. 김엽(金燁): 1696~?. 자는 엽여(燁汝), 본관은 예안(禮安)이다. 1729년(영조5)에 진사시에 합격하였다.

244. 정성……낫고: 56쪽 주93 참조.

245. 율리(栗里)의……따르네: 율리(栗里)는 진(晉)나라 도연명(陶淵明)이 진나라가 쇠망의 길로 들어서자 팽택 영(彭澤令)의 벼슬을 버리고 은거하여 여생을 마친 곳인데, 집 울타리 아래에 국화를 심어 은자의 정취를 더하였다. 그의 〈음주(飮酒)〉에 "동쪽 울타리 밑에서 국화를 따다가, 느긋하게 남쪽 산을 바라보네.[採菊東籬下, 悠然見南山.]"라고 하였다.

246. 술잔은……만들었나: 고재(告子)가 말하기를, "성(性)은 마치 버들[杞柳]과 같고, 의(義)는 마치 술잔[杯棬]과 같은 것이니, 인성(人性)으로 인의(仁義)를 하는 것은 마치 버들을 구부려서 술잔을 만드는 일과 같다."고 한 데서 온 말이다.

247. 공물……갔고: 50쪽 주70 참조.

숭정 쓰던 이후론 하늘 취해 슬프고[248]   崇禎曆後悲天醉

대보단 가에선 바다 맑은 빛에 기뻐하였네[249]   大報壇邊喜海淸

'그릇은 옛 것을 구하지 말라'[250] 말하지 마오   莫用器非求舊語

우리나라 사람 이 구절에 누군들 감회 없으리오   東人到此孰無情

술잔 잡고 형제가 차례대로 따르며   肯與觥罍序弟兄

금옥 잔으로 모양 자랑하지 않네   不將金玉侈容形

세 감실[251]의 향탁에 정성스레 함께 올리고   三龕香卓誠同奠

만복 깃든 화려한 자리에 예를 같이 거행하네   萬福華筵禮共行

맑은 샘물 떠다가 따르니 샘물은 술인지라[252]   泂酌淸泉泉是醴

멀리 석양빛 머금어 해가 아직도 밝게 빛나네   遠含殘日日猶明

옛 갑자로 군탄의 해[253] 가까워 오니 몹시 애달파   重傷舊甲涒灘近

상전벽해 변한 세상 가련타 홀로 곧은 지조 지키네   桑海憐渠獨保貞

---

248. 숭정(崇禎)……슬프고: 중원의 땅을 청나라에 준 것을 한탄하는 말이다. 장형(張衡)의 〈서경부(西京賦)〉에 "옛날에 천제(天帝)가 진 목공(秦繆公)을 좋게 여겨 그를 회견하고서 천상의 음악으로 잔치를 베풀어주었다. 천제는 취하자 황금 책문(策問)을 만들어서 옹주(雍州) 지역의 땅을 하사하여 하늘의 순수(鶉首) 별자리 지역에 해당하는 하계(下界)의 토지를 잘라주었다.[昔者大帝說秦繆公而觀之, 饗以鈞天廣樂. 帝有醉焉, 乃爲金策錫用此土而翦諸鶉首.]"라는 내용이 보인다.

249. 대보단(大報壇)……기뻐하였네: 바다가 맑다는 말은 태평성대를 말한다. 주공(周公)이 성왕(成王)을 섭정(攝政)하던 때에 천하가 태평해지자, 월상씨(越裳氏)가 와서 주공에게 꿩을 바치면서 말하기를, "저의 나라의 노인들이 말하기를 '하늘이 오래도록 거센 비바람을 내리지 않고 바다에도 파도가 일지 않은 지 지금 3년이 되었으니, 아마도 중국(中國)에 성인(聖人)이 있는 듯한데, 왜 가서 조회하지 않느냐.'고 하므로, 왔습니다."고 했다는 데서 온 말이다.

250. 그릇은……말라:《서경》〈반경 상(盤庚上)〉에 "사람은 옛사람을 구하고, 기물은 옛것을 구하지 않고 새것을 구한다.[人惟求舊, 器非求舊, 惟新.]" 하였다.

251. 세 감실: 70쪽 주150 참조.

252. 맑은……술인지라:《시경》〈대아(大雅) 형작(泂酌)〉에 "저 길가에 고인 빗물을 멀리 떠다가, 저기에서 떠내고 다시 여기에다 붓는 정성만 지극하다면, 제사에 올리는 밥도 만들 수 있다.[泂酌彼行潦, 挹彼注茲, 可以饋饎.]"라는 말에서 유래한 것으로, 정성만 있을 뿐 변변찮은 제사 음식이라는 뜻의 겸사로 흔히 쓰인다.

253. 군탄(涒灘)의 해: 46쪽 주64 참조.

※草广实记

천자가 하사한 유엽배를 읊은 시 진사 권정옥[254]
又 進士權正玉

다시는 중원에 성황이 있지 않아	不復中原有聖皇
하천의 남은 생각[255]은 우리나라가 각별하네	下泉餘思最東方
구리 주전자 상전벽해 되었단 느낌 벌써 절실하고	銅罏已切滄桑感
옥 술잔 지금 살펴보니 유엽배 향기롭네	玉斝今省柳葉香
만력 원년에 천자께서 내리시니	萬曆元年天子賜
정씨 집안의 7세 후손이 보관하고 있네	丁家七世後孫藏
술잔 잡고 다시 황화곡[256]을 읊조리니	持杯更詠皇華曲
아직도 생각나네, 당시에 광주리에 누런 비단 담았던 일[257]	尙憶當時筐厥黃

예악 문물 갖춘 옛 황제의 땅	玉帛車書舊帝鄉
어느 해 사신이 황제를 알현했던가	何年使節近龍光
그대 집에 유엽배 천년의 빛깔 나는데	君家柳葉千年色
유독 명나라 봄빛[258] 한 줄기 양기 띠었네	獨帶王春一脉陽

---

254. 권정옥(權正玉): 1702~?. 자는 여광(汝光), 본관은 안동(安東)이다. 1747년(영조23)에 진사시에 합격하였다.

255. 하천(下泉)의 남은 생각: 27쪽 주17 참조.

256. 황화곡(皇華曲): 25쪽 주7 참조.

257. 광주리에……일: 50쪽 주70 참조.

258. 명나라 봄빛: 26쪽 주13 참조.

천자가 하사한 유엽배를 읊은 시 진사 김중횡
又 進士金重橫

기자(箕子)의 나라 유로는 신종 황제 위해 우는데	箕封遺老泣神皇
신선 술잔 어느 해에 먼 나라까지 은총 미쳤던가	仙罍何年寵遠方
옥 바탕은 완연히 궁궐 버들잎 모양이고	玉質宛成宮柳葉
금무늬는 아직도 황제의 술내 풍기네	金文猶帶御醪香
만력 연간의 일을 물을 데 없으나	無憑萬曆年間事
예대로 이름난 집안 상자 속에 보관하고 있네	依舊名家篋裏藏
술잔 잡고 명나라 쇠망을 돌아보니[259]	把玩顧瞻周家鞠
사신 떠나 채색 비단 바칠 수 없게 되었네[260]	皇華無地篚玄黃

앵무배와 노자표[261] 서로가 아우 형님이라	鸚鵡鸕鷀互弟兄
옥 바탕처럼 정갈해 절로 모양 이루었네	淨如玉質自成形
기이한 문양은 황제의 술에 얼마나 넘쳐났던가	奇紋幾泛皇王酒
성대한 은덕은 사행 행렬에 베풀었다네	盛渥曾沾遠价行
동쪽으로 건너와 명가의 보물로 남게 되었으나	東來留作名家寶
북쪽 바라보니 해대가 맑아질 날 기약도 없어라	北望無期海岱淸
조회 가던 옛길은 아득하기만 하니[262]	江漢朝宗迷舊路
술잔 잡고 소리 높여 읊조리며 마음 가누지 못하네	把杯高詠不勝情

---

259. 술잔……돌아보니: 《시경》〈비풍(匪風)〉에 주(周)나라 왕실(王室)이 쇠미해져 가는 것을 근심하고 탄식하면서, "주나라로 가는 길을 돌아보고는 마음속으로 서글퍼하노라.[顧瞻周道, 中之怛兮.]" 하였다. 이는 망국의 한을 말한 것인데, 여기서는 명나라의 멸망을 말한다.

260. 사신……되었네: 50쪽 주70 참조.

261. 앵무배(鸚鵡杯)와 노자표(鸕鷀杓): 76쪽 주176 참조.

262. 조회……하니: 69쪽 주148 참조.

102

천자가 하사한 유엽배를 읊은 시 권중기
又 權重機

옥 술잔 두고 예로 사신 전송 노래[263] 읊조려 왔는데	玉厄曾自詠皇皇
기이한 제도는 둥글지도 않고 모나지도 않았네	異制非圓亦不方
술잔 마다 어린 정채 삼세의 은덕	葉葉精光三世渥
쌍쌍이 진기한 채색은 구천의 향기	雙雙珍彩九天香
상전벽해 변한 세상에 더러운 먼지 피해서	滄桑界裏逃塵穢
옛 사신 집안 가운데 보배 되었네	舊使家中作寶藏
상제의 요궁[264]엔 아직도 취해있던가	上帝瑤宮猶醉否
황하의 물 한번 맑아진다는 소식[265]을 물어보네	一清消息問河黃
옥절 쥐고 어느 해에 북경으로 갔던가	玉節何年赴帝鄉
쌍쌍히 여섯 술잔 모두가 은총이라네	雙雙六葉摠恩光
운손이[266] 영세토록 아껴 보관한 곳	雲孫永世珍藏地
명나라 제도 아직도 한수의 북쪽에 남아 있네	明制猶存漢水陽

---

263. 사신 전송 노래: 25쪽 주7 참조.
264. 요궁(瑤宮): 전설 속에 나오는 신선들이 사는 궁전으로, 옥을 다듬어서 만들었다고 한다.
265. 황하(黃河)의……소식: 79쪽 주192 참조.
266. 운손(雲孫): 구름과 같이 멀어진 자손(子孫)이라는 뜻으로, 팔대(八代)의 자손(子孫)을 일컫는 말이다.

천자가 하사한 유엽배를 읊은 시 정자 박중경[267]
又 正字朴重慶

술잔 높이 들고 만력 황제에게 머리를 조아리니	擎瓚稽頭萬曆皇
배신의 은총은 여러 나라 중에 으뜸이었네	陪臣恩寵擢多方
금빛으로 정교하게 용지 모양 술잔 만들었고	金光巧作龍池葉
옥바탕에는 봉황 전각의 향내 머금었네	玉質偏含鳳殿香
상국 백년 전 정기(鼎器) 가라앉아버렸으나	上國百年沉鼎器
옛 명가 칠 세손에게 진기한 보물 남아있네	古家七世有珍藏
어찌하면 풍천[268] 밖에서 받들어 올릴까	何由奉獻風泉外
넘실거리며 노란 빛 앙제[269]를 정성껏 따르네	泂酌盎齊灩艶黃

여섯 개의 옥 술잔이 우리나라에 왔으니	珪觓六葉落桑鄕
사당에 올리고 등연에 나오니 광채 배가 되네[270]	薦廟登筵倍有光
상공이 절하는 날 보는 듯하니	如見相公稽拜日
찬연한 문물이 골짜기 남쪽에 있다네	燦然文物在峽陽

---

267. 박중경(朴重慶): 1726~1782. 자는 동원(東園), 호는 위여(威汝), 본관은 함양(咸陽)이이며 《동국통지(東國通志)》를 쓴 박주종(朴周鍾)의 증손이다. 1754년(영조30) 증광시 병과 22위로 급제하였다. 문집으로 《동원집(東園集)》이 있다.

268. 풍천(風泉): 27쪽 주17 참조.

269. 앙제(盎齊): 오제(五齊) 가운데 세 번째에 해당하는 제삿술이다. 제(齊)는 술의 농담(濃淡)의 도수를 뜻한다. 오제의 첫째는 범제(泛齊), 둘째는 예제(醴齊), 셋째는 앙제(盎齊), 넷째는 제제(緹齊), 다섯째는 침제(沈齊)이다. 《周禮 天官家宰 酒正》

270. 등연(登筵): 중신(重臣)이나 대신(大臣)이 용무(用務)로 인해 국왕(國王)에게 나가 뵙는 것을 말한다.

천자가 하사한 유엽배를 읊은 시 진사 조보양[271]
又 進士趙普陽

술잔 잡고 눈물 떨구며 신종 황제 떠올리니	把杯垂淚憶神皇
진기한 하사품이 분명 상방[272]에서 나왔네	珍賜分明出尙方
술잔 하나하나 궁궐 버들 모양으로 만들었고	葉葉裁成宮柳樣
쌍쌍이 아직도 임금 술 향기 띠고 있네	雙雙猶帶御醞香
주씨 세운 나라 안에 옛 물건 없더니	朱氏域中無舊物
그대 집 상자 안에 유물이 보이네	君家篋裏見遺藏
사신 가던 옛 나루는 어느 때나 갈 수 있으려나	朝宗古渡何時向
황하 맑아지는 모습[273] 못보고 내 머리털 누렇게 되었네	未睹河淸我髮黃

---

271. 조보양(趙普陽): 1709~1788. 자는 인경(仁卿) 또는 현경(見卿), 호는 팔우헌(八友軒), 본관은 한양(漢陽)이다. 1773년(영조 49) 증광시 병과 15위로 급제하였다. 소은(小隱) 이경익(李景翼)의 문하에서 수학하였으며 성균관 전적(成均館典籍), 병조 좌랑(兵曹佐郎) 등을 역임하였다. 문집으로 《팔우헌문집(八友軒文集)》이 있다.
272. 상방(尙方): 62쪽 주116 참조.
273. 황하(黃河) 맑아지는 모습: 79쪽 주192 참조.

천자가 하사한 유엽배를 읊은 시 이현경
又 李賢鏡

어느 해에 사신은 황제 뵈러 갔던가   何歲星槎近玉皇

세 쌍의 금빛 술잔 우리나라에 은총 내리셨네   三雙金罍寵箕方

붉은 비단 상서로운 빛 어른어른 비추고   紅羅瑞色斑斑照

궁궐 버들 봄 자태 술잔마다 향기롭네   宮柳春容葉葉香

중국 땅 백 년 동안 옛 제도 사라졌더니   中土百年無舊制

높은 집안에 칠 세손에게 진기한 보물 있었네   高門七世有珍藏

술잔에 의지해 세상의 운수를 물어보자니   憑渠爲問風輪數

어느 날에 한 줄기 누런 빛 황하 맑아지려나   幾日河淸一帶黃

※草庵實紀

천자가 하사한 유엽배를 읊은 시 진사 채식
又 進士蔡湜

예전 배신이 황제를 알현했을 적에 陪臣昔日拜瑤皇

궁궐 술잔 상방[274]에서 꺼내 내려주었네 內賜宮杯出尙方

옥 바탕 오묘하여 천하의 보배 玉質玄玄天下寶

금니 점점히 박혀 있어 상에 풍겨오는 향기 金泥點點案前香

번방의 사가에서 쓰도록 허락해주시고 藩邦許作私家用

세묘(世廟)의 제기로 보관하여 함께 쓰네 世廟同隨祭器藏

제사 지내며 때로 성덕을 노래하니 裸薦時時歌聖德

은덕의 물결 넘쳐나 아직도 누런 빛 흐르네 恩波洋溢尙流黃

---

274. 상방(尙方): 62쪽 주116 참조.

천자가 하사한 유엽배를 읊은 시 김정하
又 金正夏

중국 가는 수레 떠나던 날 사신을 전송했으니 星軺當日賦華皇
천자께서 내린 쌍쌍이 술잔 우리나라의 은총이네 雙觶自天寵遠方
둥글고 뾰족하니 기이한 모양 버들 잎사귀 떨어진 듯 異制圓尖楊失葉
가운데 빛나고 깨끗하니 술은 맑고 향기 풍기네 中心瑩潔酒清香
이름난 집안 후손 있어서 보배 술잔 간직했건만 名家有嗣瑤盃保
맑은 조정엔 술잔 관리할 사람 없다네 清廟無人瓚瓚藏
이 술잔은 세상 천지에 석과[275]와 같으니 此器乾坤猶碩果
양 기운 하나 아직도 남아 피가 검고 푸르다네[276] 一陽尚在血玄黃

---

275. 석과(碩果): 58쪽 주102 참조.
276. 피가 검고 푸르다네: 《주역》 〈곤괘(坤卦) 상육(上六)〉에 이르기를 "상육은 용이 들판에서 싸우니 그 피가 검고 누르다.[上六, 龍戰于野, 其血玄黃.]"라고 하였다.

※草庵實記

천자가 하사한 유엽배를 읊은 시 이래
又 李徠

백 년 동안 화려한 궁궐에 천자가 취하시니	百載瑤宮醉玉皇
중화의 옛 제도는 그저 우리나라에 남아 있다네	中華舊制但箕方
유엽배 그대 집안의 보물로 있으니 가장 사랑스럽고	最憐柳葉君家寶
천자의 궁궐에 가늘게 풍기는 향기 아직 띠었네	猶帶龍樓細篆香
박망후의 신선 뗏목[277] 어느 시절에 띄웠었나	博望仙槎何歲泛
오교의 은혜로운 하사품이 지금도 보관되어 있네	吾橋恩賜至今藏
술잔 잡고 서쪽으로 흐르는 물에 씻지를 마오	持盃莫向西流洗
더러운 비린내 풍기는 곤하[278]에 만 길이나 누렇다네	腥穢崑河萬丈黃

유엽배 어느 해에 북경에서 왔던가	柳葉何年自帝城
자연스러운 제도 술잔 만들어 놓았네	天然制度酒杯成
신종 황제 옛 유물 지금에도 남아 있어	神皇舊物今猶在
뜻있는 선비는 비감에 젖어 눈물 줄줄 흘리네	志士悲懷淚漫橫
바로 서생 한밤중에 술 마시기에 마땅할 뿐	正合書生中夜飲
어느 때에 시인이 황하 맑아진단 말[279] 쓰랴	何時詞客撰河淸

---

277. 박망후(博望侯)의 신선 뗏목: 사신이 타고 가는 배를 말한다. 박망후는 한나라 무제(武帝) 때의 신하인 장건(張騫)의 봉호(封號)이다. 무제가 장건으로 하여금 대하(大夏)에 사신으로 가서 황하(黃河)의 근원을 찾게 하였는데, 장건이 뗏목을 타고 가 은하수에 도착하여 견우(牽牛)와 직녀(織女)를 만났다고 한다. 《荊楚歲時記》

278. 곤하(崑河): 곤륜산과 황하를 말한 것이나 여기서는 청나라가 차지한 중국을 말한다.

279. 황하(黃河)……말: 79쪽 주192 참조.

술잔 가져다 황룡부에서 마시고 싶지만[280]　　持來欲酌黃龍府
다시 서호의 악비[281] 위로하며 꿈에서 마음 전하네　　更慰西湖夢告情

만전이나 되는 비싼 가격 어찌 따지리오　　何論高價萬錢兄
진기한 여섯 술잔 모양 아껴서 그런 것 아니라네　　非愛奇珍六葉形
총애로 내린 황제의 은덕 지금도 느껴지지만　　寵賜皇恩今日感
옥백 갖춘 도산의 모임[282] 지난날의 행렬일 뿐　　塗山會玉昔年行
제도는 서촉을 따라 어찌 만들어 놓은 것인지　　制從西蜀何方出
때는 중국의 상서로운 기운 밝았던 시절　　時則中朝瑞旭明
애석해라 중국 땅 끝내 보전치 못했으니　　可惜金甌終未保
우리나라 사람들 어찌 충정을 다하리오　　東人何以效忠貞

---

280. 술잔……싶지만: 79쪽 주193 참조.
281. 서호(西湖)의 악비(岳飛): 송(宋)나라의 충신 악비의 무덤이 항주(杭州) 서호(西湖) 가의 서하령(棲霞嶺) 입구에 있다.
282. 도산(塗山)의 모임: 황제가 제후를 불러서 접견하는 회합을 말한다. 하(夏)나라 우(禹) 임금이 도산에 제후를 불러 모았을 때, 옥백(玉帛)을 가지고 참석한 나라가 만국(萬國)이나 되었다는 고사에서 나온 것이다. 《春秋左傳 哀公 七年》

※艸庵實記

천자가 하사한 유엽배를 읊은 시 윤덕항
又 尹德恒

연남의 부로들[283] 신종 황제 위해 우는데	燕南父老泣神皇
세상의 어디에서 대방[284]을 보리오	何處乾坤見大方
푸른 잎 닮은 세 쌍 술잔 맑은 이슬 빛 띠고	綠葉三雙湛露色
자천에서 나온 황하 천년 만에 맑아진 듯[285] 상서로운 노을 향기 풍기네	
	紫泉千一瑞霞香
갑신년[286] 후로 끝없는 슬픔	甲申年後無窮痛
정씨 집안에 있는 하나의 보물	丁氏家中一寶藏
대보단 밝은 제사 드리는 곳	大報靈壇明享處
이 술잔에 담아 제물 올리고 싶네	願添斯爵奠蕉黃
유엽배 동쪽 하늘 바다 너머 땅에 와서는	葉落東天海外鄉
봄바람 속 궁중 버들마냥 밝게 빛나네	春風御柳大明光
지금에는 상국엔 이름난 그릇이 없건마는	卽今上國無名器
누가 다시 낙수의 북쪽 땅에 사신 가려나	誰復皇華洛水陽

---

283. 연남(燕南)의 부로들: 연남(燕南)은 '연남조북(燕南趙北)'이라 일컬어지는 곳으로 대체로 황하의 이북 땅을 가리킨다. 이 땅에는 예로부터 강개한 사람이 많다고 알려졌는데, 그 대표적인 인물이 형가(荊軻)와 고점리(高漸離)다. 《史記 刺客列傳》

284. 대방(大方): 대가(大家)란 뜻으로, 《장자》〈추수(秋水)〉에서 하백(河伯)이 자신이 다스리는 하수(河水)의 물이 불어나자 의기양양하다가 북해(北海)에 이르러서는 끝없이 펼쳐진 물을 보고는 그만 탄식하면서 "내가 길이 대방지가(大方之家)에 비웃음을 사겠다."라고 한 말에서 유래하였다.

285. 황하(黃河)……듯: 79쪽 주192 참조.

286. 갑신년(甲申年): 명나라가 망한 1644년을 말한다.

천자가 하사한 유엽배를 읊은 시 태응서
又 太應瑞

그대의 집 보물은 명나라 황제가 내리신 것	君家寶自大明皇
은혜로운 천자의 마음 우리나라 총애 했다네	恩賜天心寵海方
술잔 속엔 천자의 술 넘쳐나는 듯하고	芎卣想盈丹陛液
사신의 옷엔 응당 궁궐 향로 향기 풍겨나네	使衣應惹御鑪香
낮게 드리운 궁궐 버들 쌍쌍이 세 벌	低垂宮柳雙三葉
먼 시대부터 후손은 소중히 보관하였네	遐代雲仍十襲藏
중국의 제도 만들 곳 없어	制度中州無處做
공연히 옥 술잔 누런 술 구슬퍼라	空傷玉瓚在中黃

신종 황제 보마 타고 백운향에 노니는데[287]	神皇寶馬白雲鄕
천자가 금술잔 내리시니 아직도 광채가 남아있네	御賜金杯尙有光
누가 알았으랴, 상전벽해처럼 달라진 세상 뒤에[288]	誰識桑塵遷變後
늘어진 버들잎 술잔만 완연히 봄볕에 완연할 줄	依依柳葉宛春陽

---

287. 백운향(白雲鄕)에 노니는데: 세상을 떠났음을 뜻한다. 백운향은 신선이 사는 하늘 나라로, 《장자》〈천지(天地)〉에 "저 흰 구름을 타고 제향에 이른다.[乘彼白雲, 至於帝鄕.]" 한 데서 유래하였다. 소식(蘇軾)의 〈조주한문공공묘비(潮州韓文公廟碑)〉에 "공은 옛날에 용을 타고 백운향에서 노닐며 손으로 은하수를 찢어서 하늘의 문장 나누었지.[公昔騎龍白雲鄕, 手扶雲漢分天章.]" 하였다.

288. 상전벽해(桑田碧海)처럼……뒤에: 명나라가 망하고 청나라 들어서서 세상이 완전히 이전과는 달라졌다는 말이다.

※草庵實紀

천자가 하사한 유엽배를 읊은 시 황제대
又 黃濟大

황제 내린 술잔 잡으니 천자 생각에 느꺼워지는데	手把遺杯感聖皇
어느 해에 이 물건 서쪽에서 왔던가	何年此物自西方
사신에게 내린 은혜 하늘과 같아서	恩霑使節天同大
사당의 그릇 술 또한 향기 풍겨나네	器用先祠酒幷香
후대에 끼쳐 빛이 남에 사람들 모두 흠모하고	垂後有光人盡慕
이전 가격도 매길 수 없는 보물 대대로 누가 보관하고 있나	從前無價世誰藏
이 술잔 마주하고 중국 가는 길 슬프게 보노라니	對玆悵望中州路
눈길 다한 곳엔 비린 먼지에 햇빛도 누렇다네	目極腥塵日色黃

천자가 하사한 유엽배를 읊은 시 이지
又 李祗

술잔 어루만지니 우리 천자 마주 대하는 듯	撫杯如對我明皇
모양이 둥글지도 않고 모나지도 않았네	制度非圓亦不方
만력 연간에 넘치도록 술 따랐을 테고	萬曆年中經大酌
부상 나무[289] 그림자 안에 홀로 향기 짙구나	扶桑影裏守孤香
어느 때에 황제 탑상에서 쌍쌍히 내려 주셨나	何時帝榻雙雙錫
여러 대 동안 그대 집안에 대대로 보관하였네	累世君家繼繼藏
버들잎 상서로운 빛은 아직도 한이 있어서	柳葉祥光猶有恨
옛 둑 회복치 못하고 봄날에도 누런 빛 띠었네	古堤無復帶春黃

---

289. 부상(扶桑) 나무: 부상은 동쪽 바다에 있는 전설상의 나무 이름으로, 해가 뜰 때 이 나무 아래에서 솟아나 나무를 스치고 떠오른다고 한다.

※草庵寶輯

천자가 하사한 유엽배를 읊은 시 황형경
又 黃亨慶

사신으로 전대하는 재주는 신종 황제를 감동시켜	才能專對感神皇
더욱 바닷가 한 귀퉁이 우리나라 중히 여겼네	增重吳東海一方
옥 술잔 내린 은혜는 삼대에 빛나고	玉觶恩光三代煥
사신 갔다 남은 자취는 백년의 향기 풍기네	星槎遺蹟百年香
상전벽해처럼 변해버린 중국의 세상	桑塵縱變中華世
유엽배는 여전히 온전하여 옛 제도 간직했네	柳葉猶全舊制藏
역시나 우리 집안에도 세 보물 남아 있어서	亦有吳家三寶在
맑은 향기 사람들마다 익성공[290] 황희 칭송하네	淸芬人誦翼成黃

---

290. 익성공(翼成公): 황희(黃喜, 1363~1452)의 시호이다.

천자가 하사한 유엽배를 읊은 시 진사 김성윤

又 進士金成胤

수정에서 어느 날에 선황 곡하였던가[291]	壽亭何日哭先皇
북쪽 바라보니 지금은 옛 기방 아니라네[292]	北望今非舊冀方
화로의 전서엔 공연히 선덕의 호만 남았고[293]	爐篆空留宣德號
중화의 이름 헛되이 대명의 향기 띠었네	華名虛帶大明香
누가 알리오 우리나라 정씨 집안 보물이	誰知海外丁家寶
예전엔 천조의 내부에 보관되었단 것을	曾是天朝內府藏
빛나는 여섯 술잔 빛깔 변치 않아	六葉煌煌光不改
의연히 빈석의 술잔 누런 빛 띠었네	依然賓席瓚中黃

황제의 혼령은 백운향[294]에 오르내리는데	皇靈陟降白雲鄉
술잔 마주하니 은총 받드는 듯하네	對此如承寵錫光
서쪽 교외 해 떨어져 봄빛도 저물어가는데	日落西郊春色暮
어디가 소양[295]인지 알지 못하겠네	不知何處是昭陽

---

291. 수정(壽亭)에서……곡하였던가: 수정은 북경 만수산(萬壽山)에 있는 정자인 수황정(壽皇亭)을 가리킨다. 1644년(숭정17) 3
   월 19일에 이자성의 군대가 북경을 함락하자 숭정제는 만세산으로 올라가 수황정 누각 앞의 괴목(槐木)에 목을 매어 자결
   하였다.

292. 기방(冀方): 하우(夏禹) 시대의 구주(九州) 가운데 하나인 기주(冀州)로, 지금의 북경 일대를 가리킨다.

293. 선덕로(宣德爐): 65쪽 주132 참조.

294. 백운향(白雲鄉): 112쪽 주287 참조.

295. 소양(昭陽): 소양전(昭陽殿) 혹은 소양궁(昭陽宮)으로 한나라 궁궐의 이름이다.

※草庵實記

천자가 하사한 유엽배를 읊은 시 김동협

又 金東協

사신 수레 옛 적에 명나라 황제 찾아갔더니	星軺昔日覲朱皇
옥 술잔 받아 우리나라에 있게 되었네	拜受玉杯出海方
이름엔 명나라 궁궐 버들 잔영이 남아있고	名繫大明宮柳影
술잔엔 만력의 울금 향기 머금었네	器含萬曆鬱金香
백년 종주국이 잿더미로 변했으나	百年宗國歸灰劫
배신의 칠 세손이 보배로 삼았다네	七世陪臣作寶藏
높디 높은 제단 융숭한 보답 하는 곳에	屹彼靈壇崇報地
대신 올리는 술잔에 담긴 황류(黃流)²⁹⁶ 제격이네	端宜替薦在中黃

어느 해에 기이한 기물 먼 땅으로 왔던가	何年異器落遐鄕
우리나라 배신에게 빛나는 물건 주었네	小國陪臣與有光
누가 말했던가 의관 다 사라진 뒤에	誰道衣冠掃蕩後
되레 박괘(剝卦)의 석과(碩果)²⁹⁷ 남은 양기 보존 되어 있다고	還同剝果保殘陽

---

296. 황류(黃流): 62쪽 주118 참조.
297. 박괘(剝卦)의 석과(碩果): 58쪽 주102 참조.

천자가 하사한 유엽배를 읊은 시 홍대항
又 洪大恒

아득하구나, 천자를 뵈러 갔던 그 해 邈矣當年覲聖皇

남은 제도 우리나라에 있는 줄 지금보네 今看遺制在東方

모양은 여섯 잎사귀 넘치는 은혜 머금고 形成六葉啣恩溢

기운은 세 쌍 술 향기 간직했네 氣吸三雙斂酒香

대대로 쌓은 음덕 사신 가던 날에 징험되어 世德有徵聘价日

보배로운 빛 탈 없이 상자에 보관하고 있네 寶光無恙篋笥藏

가련하구나, 우리나라 다함없는 한이라면 偏憐下國無窮恨

서호에 조공 했다는 말 듣지 못했네 不聞西湖貢篚黃

※ 草庵實紀

천자가 하사한 유엽배를 읊은 시 이경
又 李坰

명나라의 천자는 옛 우리의 황제였으니	大明天子昔吳皇
사해에 넘치는 빛이 우리나라에도 미쳤네	四表餘光被海方
사신은 어느 해에 제왕 칭송 받았던가	玉節何年承帝奬
금 술잔 여섯 개 술 향기 띄었네	金杯六葉帶醞香
신하는 임금의 은혜 입어 세 감실[298]에 쓰고	臣霑聖渥三龕用
후손은 선조에게 받아 칠세토록 보존했네	孫受祖貽七世藏
옛 보물 보니 더더욱 감개에 젖게 되니	舊物看來增感慨
대보단에 올림 마땅하니 황류(黃流) 담겨있네	大壇宜薦在中黃

---

298. 세 감실(龕室): 70쪽 주150 참조.

천자가 하사한 유엽배를 읊은 시 도사 권달국
又 都事權達國

휘황한 중국으로 사신 가서 천자에게 절하고	仗節煌煌拜上皇
삼허[299]에서 만든 술잔 우리나라에 빛나네	參墟攸産耀箕方
모양은 버들잎 닮아 호련의 아름다움 갖추고	形肯柳葉瑚璉美
황제 은혜 옥잔에 넘쳐나니 향기 풍기네	恩滿玉杯芬苾香
만일의 황금인들 어찌 귀하다던가	萬鎰黃金何足貴
구중궁궐에서 총애 내리시니 받아 간직했네	九重寵錫受言藏
보배 그릇 공연히 세상에 전해짐 안타까우니	堪嗟寶器空傳世
중국엔 얼마나 사신 왕래 없었던가	中土幾年曠篚黃

중국 간 사신 그날 고향으로 돌아오니	星槎當日返桑鄉
행장 속엔 옥 술잔 밝은 덕[300] 입었네	裝裏玉杯襲耿光
대대로 가문에 전해져 아직도 완연하니	累世傳家猶宛爾
어느 때사 다시 봄볕 돌아옴 볼 수 있으려나	何時再見復春陽

---

299. 삼허(參墟): 64쪽 주124 참조.

300. 밝은 덕: 중국 황제의 덕을 말한다. 《서경》 〈입정(立政)〉에 주공(周公)이 성왕(成王)에게 "문왕(文王)의 경광을 보시고 무왕(武王)의 큰 공렬을 드날리소서." 한 말에서 유래하였다.

※草庵實記

천자가 하사한 유엽배를 읊은 시 채윤일
又 蔡允一

오래되었네, 화려한 궁궐에 천자가 취해	久矣瑤宮醉玉皇
미인의 소식 중국에서 적막한지도	美人消息寂西方
무얼 꾀해볼까 푸른 바다 뽕나무밭 된 뒤론	何圖滄海桑田後
남긴 술잔 버들잎 모양 향기 보려네	得見遺杯柳葉香
예전 천자가 은덕으로 내려주시니	天子昔年恩以賜
배신은 영세토록 보배로 여겨 간직하네	陪臣永世寶而藏
지금 술잔 올려 제사에 쓰는데	至今把作蒸嘗用
주나라 네 필 말[301] 보다 훨 좋다네	絶勝周家賚乘黃

---

301. 주(周)나라……말: 《시경》〈진풍(秦風) 위양(渭陽)〉에 춘추 시대 진 강공(秦康公)이 외삼촌인 진 문공(晉文公)을 전송할 적에 이미 돌아가신 자기 모친을 몹시 그리워하는 마음에서 위양에 이르러 "내 외삼촌을 전송하여, 위양에 이르렀노라. 무엇을 선물로 드릴꼬. 노거와 노란 말 네 필이로다.[我送舅氏, 日至渭陽. 何以贈之? 路車乘黃.]"라고 하였다.

천자가 하사한 유엽배를 읊은 시 권익수
又 權翼洙

빛나고 빛나는 중국 간 사신 천자에게 절하니	煌煌使節拜天皇
정월 초하루 경하하느라 만방에서 모였네	進慶三元會萬方
해바라기 해를 향하듯 정성 독실하고	葵藿向陽誠摯篤
세상천지 만물 덮듯 은덕 향기롭구나	乾坤覆物德馨香
한 때 특별한 은혜 지금도 여태 기억하여	一時殊渥今猶記
여섯 술잔 세상 드문 보물 대대로 간직하고 있네	六葉稀珍世所藏
세 감실302에 올려서 정녕 예를 갖추었으니	用薦三龕眞成禮
보배로운 빛 오래도록 청황 빛 띠었네	寶光悠久葆靑黃

계찰이 주나라 보고 바닷가 고향으로 돌아오니303	季札觀周返海鄕
백년 남긴 유물 화려한 빛 띠었네	百年遺物帶榮光
아득히 대보단 우러르니 마음엔 갖은 느낌	遙瞻大報心多感
우두커니 중국이 회복될 날 바라보네	佇見中州剝復陽

---

302. 세 감실(龕室): 70쪽 주150 참조.

303. 계찰(季札)이……돌아오니: 중국으로 사신을 다녀왔다는 뜻이다. 춘추 시대 오(吳)나라 계찰(季札)이 노(魯)나라에 사신으로 가서 당시의 어진 사대부들과 사귀며, 주(周)나라 음악 연주를 보고 주 나라가 천자 노릇하게 된 까닭과 열국들의 치란과 흥망을 알았다. 《춘추좌씨전》 노양공(魯襄公) 29년 기사에 "오나라 공자 계찰이 내빙하였다……주나라의 악무(樂舞)를 보여 주기를 청하였다.[吳公子札來聘……請觀於周樂.]"는 기록과 함께 비평한 내용이 자세히 실려 있다.

※草庵實紀

천자가 하사한 유엽배를 읊은 시 김익경
又 金翼景

공의 그리움 중국 천자 생각할 뿐만 아니라	匪獨公懷憶聖皇
신인[304]의 은총 먼 우리나라에 빛났다네	神人恩寵耀遐方
미앙궁의 버들은 들쭉날쭉 잎사귀 분명하고	未央柳分參差葉
선덕 시대 화로[305]엔 향내 풍겨오네	宣德鑪移苾馥香
온 나라에 둘도 없는 종묘 제기 있으니	通國無雙宗器在
집안에 칠대토록 집안 보물로 소장하였네	傳家滿七舊甎藏
대보단서 눈물은 술잔에 떨어지는데	報壇淚入杯心滴
주나라 묘정엔 누가 술잔에 술 따르랴	周廟誰將瑟瓚黃

---

304. 신인(神人): 유엽배를 하사한 만력제(萬曆帝)를 말한다.
305. 선덕(宣德) 시대 화로: 65쪽 주132 참조.

천자가 하사한 유엽배를 읊은 시 박성해
又 朴成楷

여섯 금 술잔 상서로운 빛 띠었으니	六顆金觴瑞色皇
오묘한 형상은 우리나라의 물건 아니라네	竗模非產海東方
상공께서 그 당시 사신 임무로 이름이 났었고	相公當日稱專對
천자께서 은총 내려 기이한 향기 머금었네	天子龍光帶異香
신이한 그릇은 변해 더러운 비린내 땅에 있고	神器變爲腥穢地
보배로운 솥은 오랑캐 추장이 갖게 되었네	寶鉉今作虜酋藏
그대 집안에 홀로 중화의 남은 기물 보관하고 있으니	君家獨保華遺物
누가 수정[306]에서 저 술을 따르련가	誰向壽亭酌彼黃

---

306. 수정(壽亭): 116쪽 주291 참조.

※草庵實紀

천자가 하사한 유엽배를 읊은 시 홍대관
又 洪大觀

중국 조회 가던 당시 명나라 황제 말들 하지만	朝天時事說明皇
예물 갖추어 지금 누가 북경으로 향하던가	執玉今誰向冀方
문물은 자취 없이 옛 티끌세상만 남았고	文物蕩然塵跡舊
보물 술잔엔 완연히 천자의 술 향기 풍겨오네	寶巵宛爾御醪香
뜻있는 선비 명나라 감회에 유독 상심하고	偏傷志士前朝感
이름난 집안 후예 보관한 술잔 가장 아끼네	最愛名家後裔藏
사신 전대할 적 은덕은 유엽배에 빛이 나니	專對恩光煌六葉
명나라 조정에서 조공 바치던 일 보는 듯	明廷如見篚玄黃

천자가 하사한 유엽배를 읊은 시 재와 최승우
又 梓窩崔昇羽

아득히 추억하니, 정공께서 천자 만났을 때	緬憶丁公拜聖皇
누차 총애로 내리신 하사품 우리나라 빛냈지	便藩寵賚耀箕方
사신 수레 옥절 쥐니 왕명을 받은 것이고	星軺玉節含王命
버들잎 닮은 진기한 술잔은 임금의 향 띠었네	柳葉珍杯帶御香
결국 중국 조정의 황실 물건이	竟使中朝內帑物
단지 우리나라 고가(故家)의 소장품 되었네	只爲東土故家藏
지금 와서 신주의 일[307] 차마 말할 수 있으리오	于今忍說神州事
망국의 눈물 다시 노란 국화주에 더하네	黍淚重添菊泛黃

---

307. 신주(神州)의 일: 전국 시대 제(齊)나라 추연(鄒衍)이 중원(中原) 지방을 '신주적현(神州赤縣)'이라고 일컬은 데서 중국땅을 말한다. 이제 명나라가 망하고 청나라 세상이 되었음을 말한 것이다.

※草庵實記

천자가 하사한 유엽배를 읊은 시 대호군 고헌 정내석
又 大護軍顧軒鄭來錫

중국 가는 수레 떠나던 날 사신 전송했더니	星軺當日詠華皇
은덕으로 진기한 하사품 내려 먼 나라 빛나게 했네	恩賜珍杯耀遠方
명나라 봄빛308 띤 여섯 술잔 예전 빛깔 그대로	六葉王春依舊色
사묘 세 감실309에다 남긴 향기 올리네	三龕私廟薦遺香
인정으로야 차마 단문의 눈물 말할 수 있으리	人情忍說端門淚
천자의 보물 영원히 보관되기에 마땅하네	天寶宜爲永世藏
부들자리에서 신선 술을 따르는 끝없는 뜻	蒲酌瓊霞無限意
한번 맑아진다는 소식 황하에 물어보네310	一淸消息問河黃

---

308. 명(明)나라 봄빛: 26쪽 주13 참조.
309. 세 감실(龕室): 70쪽 주150 참조.
310. 한번……물어보네: 79쪽 주192 참조.

천자가 하사한 유엽배를 읊은 시 정유귀
又 鄭遊龜

하천의 슬픈 눈물[311] 신종 황제 떠올리는데 　　　　下泉悲淚想神皇

버들잎 모양 술잔은 어느 해에 먼 나라에 왔던가 　　柳葉何年落遠方

부절 잡고 사신 가는 일 영광인데 옛 은택 내리시고 　玉節榮光遺古澤

금무늬 화려한 빛깔에는 남은 향 감도네 　　　　　金文華色帶餘香

술잔 앞 몇 번에나 세 감실[312]의 보물이었나 　　　樽前幾作三龕寶

상자 안에 여전히 소중하게 보관하여 온전하였네 　篋裏猶完十襲藏

옛 감회에 지금도 슬퍼 더욱 아껴 완상하니 　　　感舊傷今增愛玩

집안에 전하는 술잔이 상자 가득 황금보다 낫고말고[313] 　傳家不啻滿籝黃

---

311. 하천(下泉)의 슬픈 눈물: 27쪽 주17 참조.

312. 세 감실(龕室): 70쪽 주150 참조.

313. 집안에……낫고말고: 한나라 때 추로(鄒魯)의 대유(大儒)라고 일컬어졌던 위현(韋賢)이 네 아들을 잘 가르쳐 모두 현달(顯達)하게 하였으므로, 당시에 "황금이 가득한 상자를 자식에게 물려주기보다는 경서 한 권을 제대로 가르치는 것이 훨씬 낫다.[遺子黃金滿籝, 不如一經.]"라는 말이 유행하였다.

※草庵實記

천자가 하사한 유엽배를 읊은 시 이식춘
又 李植春

옥이랑 비단 가득 신고 천자 조회 가니	玉帛紛紜朝聖皇
호련 같은 재주[314] 우리나라 총애 하였네	瑚璉才器寵東方
여섯 술잔 내리시니 둑의 나뭇잎 모양	錫以六杯堤葉樣
사묘에 치장하니 개울가 마름 향기[315]	侈於私廟澗蘋香
천하에 진기한 물건 없겠는가마는	豈無天下奇珍有
무엇이 남정에 보관하던 옛 보물과 견줄 수 있겠나	孰與南廷舊物藏
한수의 찬 물결 오열하듯이 흐르니	漢水寒波塢咽逝
공의 혼령은 응당 술잔 보며 울리라	公靈應泣在中黃

---

314. 호련(瑚璉) 같은 재주: 호(瑚)와 연(璉)은 주(周)나라 종묘에서 제사 지낼 때 곡식을 담는 데 사용하던 아름다운 그릇인데, 재능이 있어 큰 임무를 감당할 만한 사람을 비유할 때 쓰이는 말이다. 《논어》〈공야장(公冶長)〉에 공자의 제자 자공(子貢)이 "저는 어떠한 그릇입니까?[何器也]" 하고 묻자, 공자가 "자네는 호련이다.[瑚璉也]"라고 대답한 내용이 있다.

315. 사묘(私廟)에……향기: 정성스럽게 제수(祭需)를 마련하여 조상을 받든다는 뜻이다. 《시경》〈소남(召南) 채빈(采蘋)〉에 "마름 풀 뜯으러 남쪽 시냇가로 가네. 마름풀 뜯으러 저 개울가로 가네.[于以采蘋, 南澗之濱. 于以采藻, 于彼行潦.]"라는 구절이 나온다.

천자가 하사한 유엽배를 읊은 시 채형
又 蔡泂

융숭한 은덕으로 술잔 내리니 신종 황제 사무치고	錫拜隆渥感神皇
보배 품고 돌아오니 사방에서 추앙하네	懷寶歸來聳四方
금인 듯 옥인 듯[316] 상서로운 빛 토해내고	金裏玉衣光吐瑞
봄여름 제사에 술을 따르니 향기 더해지네	春嘗夏禴灌添香
선현이 남긴 은택 아련히 남아 있고	先賢遺澤依依在
후손의 깊은 정성 꼭꼭 담고 있네	後裔深誠襲襲藏
머리 돌리자 천지는 온통 변해버렸으니	回首乾坤桑海變
중국 가는 사신은 어디로 조공가려나	星槎何處篚玄黃

---

316. 금인……듯: 정윤우의 7세손 정재희(丁載熙)의 〈유엽배명(柳葉杯銘)〉에 "술잔은 모양이 버들잎 같아 유엽배라 하고 검은
색을 띠고 소리가 금옥 소리가 나며, 바탕은 옥인 듯하며 청동 안에 금도금을 해놓은 것 같다.[其形如柳葉然, 故名曰柳葉
杯. 其色黑, 其聲鏗, 其質如玉, 而如銅裏面塗金.]"라고 하였다.

※草庵實紀

천자가 하사한 유엽배를 읊은 시 황관대
又 黃觀大

재주 없는데도 칭찬을 천자에게 받아	匪器之嘉受我皇
중국 조정의 옛 보물 먼 우리나라에서 보았네	皇朝舊物見遐方
천자의 은혜 한 잔 한 잔 봄빛 머물러 있고	天恩葉葉留春色
정성스레 올리는 술에는 쌍쌍이 울금향 감도네	洞酌雙雙帶鬱香
중국 사신 갔던 백 년 간 전아한 법식 드물더니	觀國百年稀古典
집안에 전해져 팔세 지난 지금도 보관하고 있네	傳家八世至今藏
술잔이여 중국의 일을 물어나 보자	杯乎試問中朝事
궁궐 버들은 해마다 누굴 위해 시들어 가는지	宮柳年年孰爲黃

천자가 하사한 유엽배를 읊은 시 유성능
又 柳聖能

어느 해에 현명한 선조가 중국으로 사신 갔던가	何年賢祖詠原皇
보배 술잔 특별한 은혜입어 상방[317]에서 내주었네	寶斝殊恩出尙方
검푸른 빛 봄이 와 궁궐 버들 빛 돌아온 듯	烏綠春回宮柳色
파 서린 듯 바람결에 황제 화로에 향내 풍기네	蟠蔥風遞御爐香
조상 공경하는 효자는 세 감실[318]에 술잔 올리고	明禋孝子三龕用
진중한 그대의 집안 칠세동안 간직하고 있네	珍重君家七世藏
손으로 매만지니 되레 상전벽해 세상 더욱 느껴지니	手撫却增桑海感
누굴 위해 오늘날 중국으로 조공가려나	爲誰今日篚玄黃

---

317. 상방(商方): 62쪽 주116 참조.
318. 세 감실(龕室): 70쪽 주150 참조.

※ 草庵寶紀

천자가 하사한 유엽배를 읊은 시 안유세
又 安維世

중국으로 떠난 사신은 천자께 사무쳐	乘槎海客感天皇
은덕 내리시어 상방[319]에서 꺼내주었네	錫履恩光出尙方
아름다운 제도엔 가만히 궁궐 버들 빛 드리워 있고	美制陰垂宮柳色
맑은 의용엔 일찍이 황제 향로 향기 감도네	淸儀曾惹御罏香
만력의 쌍쌍 채색을 옮겨다가	移將萬曆雙雙彩
삼한에다 겹겹이 싸매 보관해 두었네	留作三韓襲襲藏
정씨 가문 이후로 웅대해졌으니	丁氏門閭從此大
잠영가에서 대대로 몇이나 분황[320] 했던가	簪纓世世幾焚黃
중국 사신 간 그해 황제가 다스리는 땅에 갔으니	扰玉當年至帝鄕
맑은 의용 가까이서 뵙고 황제의 은총 받았네	淸儀咫尺襯龍光
황제 가상타고 우악한 은덕 내려 주셨으니	宸心嘉乃優恩貺
알겠구나, 문장이 북경을 진동하게 만든 줄	知把文章動洛陽

---

319. 상방(尙方): 62쪽 주116 참조.
320. 분황(焚黃): 관직이 추증될 경우, 사령장(辭令狀)과 누런 종이에 쓴 사령장의 부본(副本)을 주면, 그 자손이 추증된 이의 무덤 앞에서 이를 고하고 누런 종이의 부본을 불태우는 일을 말한다.

천자가 하사한 유엽배를 읊은 시 생원 안견룡
又 生員安見龍

전해오는 술잔 여섯 개 신종 황제 기리니 　　　　杯傳六葉頌神皇

각별하신 예우 당시 어떤 물건이 견줄까 　　　　異數當時孰與方

상서로운 채색은 쌍쌍이 황제 은택 입었고 　　　　瑞彩雙雙霑睿澤

맑은 빛엔 하나하나 하늘 향 은근하네 　　　　清光箇箇藹天香

그대의 조상 전대 잘 했을 뿐만 아니라 　　　　不惟乃祖能專對

보물 잘 보관한 현명한 후손 축하하네 　　　　多賀賢孫善護藏

중국은 하늘이 취한 지 오래라[321] 되레 한스러우니 　　却恨中州天醉久

붓 적셔 역사 기술하며 노랗게 꽃 피우노라 　　　　濡毫書史泣花黃

사신 가던 그해 황제 땅 찾아가니 　　　　拭玉當年聘帝鄉

황금 술잔 여섯 대 은덕의 빛 감도네 　　　　金杯六葉帶恩光

대보단의 혼백 부르는 화로 불을 보니 　　　　回看大報靈爐火

너와 함께 한 줄기 양기 부지하네 　　　　與爾共扶一脉陽

---

321. 하늘이……오래라: 세상이 어지럽다는 뜻이다. 장형(張衡)의 〈서경부(西京賦)〉에 "옛날에 천제(天帝)가 진 목공(秦繆公)을 좋게 여겨 그를 회견하고서 천상의 음악으로 잔치를 베풀어주었다. 천제는 취하자 황금 책문(策問)을 만들어서 옹주(雍州) 지역의 땅을 하사하여 하늘의 순수(鶉首) 별자리 지역에 해당하는 하계(下界)의 토지를 잘라주었다.[昔者大帝說秦繆公而觀之, 饗以鈞天廣樂. 帝有醉焉, 乃爲金策錫用此土而翦諸鶉首.]"라는 내용이 보인다. 여기에서는 중원의 땅을 청나라에 준 것을 한탄하는 말이다.

※草庵賓勧

천자가 하사한 유엽배를 읊은 시 김정
又 金綎

신이한 기물 가라앉아 옛 황실에서 잃어버리니 　神器沉淪喪舊皇

중국의 남긴 제도 어느 곳에서 찾을 수 있으려나 　中朝遺制覓何方

신선 술잔 완연히 밝은 시대의 보배이니 　仙杯宛是雙明寶

황실 버들 의연히 여섯 나뭇잎 향기 감도네 　宮柳依然六葉香

옛날의 은혜 황제께서 내리신 것이니 　在昔恩光天陛賜

지금까지 기이한 술잔 오래된 집안에 보관되어 있네 　至今奇玩古家藏

맑은 술 따라 가슴 속 응어리 씻으려니 　欲酌淸醪澆磈礧

백년 황하의 물줄기 오랫동안 온통 누렇다네[322] 　百年河水久渾黃

322. 백년……누렇다네: 79쪽 주192 참조.

천자가 하사한 유엽배를 읊은 시 이효삼
又 李孝三

천년토록 남긴 보물 신종 황제 때의 물건이니	千年遺寶閟神皇
명나라 봄빛 먼 우리나라에 아직도 빛나네	尙帶王春耀遠方
겉모습은 하늘하늘 궁궐 버들 잎사귀 같고	外飾婀娜宮柳葉
가운데는 향내 짙은 울금향 머금었네	中含濃郁鬱金香
우리나라에서 그대 집안만 간직하고 있으니	海東獨有君家守
천하 사람 중 누가 이 보물 술잔 수장하리	天下人誰是器藏
술잔에다 명나라 갑자를 새기고 싶으니	杯面欲書明甲子
심양 집 울타리에 누런 국화 피었으리[323]	潯陽籬畔菊垂黃

---

323. 술잔에다……피었으리: 77쪽 주186 참조.

※草庵實紀

천자가 하사한 유엽배를 읊은 시 송익태
又 宋翼台

특별한 예우 어느 해 우리 천자에게서 왔던가	異數何年自我皇
사신 맞는 자리 후한 선물 내려 우리나라까지 왔네	賓筵嘉貺落遐方
빛나는 무늬에 여전히 명나라 봄빛 감돌고	彩藻尙帶王春色
구리 기둥에 옥이슬 향기를 받는 듯하네[324]	金莖如承玉露香
중국의 은혜는 유독 제기 그릇에 깊이 사무쳤고	周澤偏深彝鼎器
한나라 망했을 때 누가 있어 철퇴를 숨겼나[325]	韓亡誰有鐵椎藏
천추에 뜻있는 선비 끝없는 한 품었으니	千秋志士無窮恨
차마 원수의 조정에 조공갈 수 있으랴	忍向讎廷篚厥黃

---

324. 구리……듯하네: 승로반(承露盤)의 구리 기둥을 가리킨다. 한 무제(漢武帝)가 일찍이 신선을 사모하여, 건장궁(建章宮)에 20장(丈) 높이의 구리 기둥을 세우고 이슬을 받는 선인장(仙人掌)을 그 기둥 위에 설치하여 이슬을 받아서 옥가루에 타서 마셨다고 한다. 《漢書 郊祀志》

325. 한(韓)나라……숨겼나: 멸망한 명나라를 위해 원수를 갚을 사람이 없다는 뜻이다. 장량(張良)은 전한(前漢)의 공신(功臣)으로, 대대로 한(韓)나라의 대신(大臣)이었는데 진(秦)나라에게 망하자 창해역사(滄海力士)를 시켜 진 시황(秦始皇)을 철퇴(鐵椎)로 저격했던 일이 있다. 《史記 卷55 留侯世家》

천자가 하사한 유엽배를 읊은 시 이인복
又 李寅馥

부절 쥐고 사신 떠나 우리 천자를 뵈었는데	玉節星槎拜我皇
우리나라에 여섯 술잔 총애 내린 해 언제던가	六杯何年寵逮方
지금 하늘 취해 술 깨는 날 없더니	卽今天醉醒無日
남은 버들 황폐한 북경에 부질없이 누런 빛 띠었네	殘柳荒都謾帶黃
명나라 봄빛 여섯 술잔 머나먼 우리나라에 들어오니	王春六葉落遐鄕
정씨 집안의 영원한 영광이네	丁氏家中百世光
버들 솜 어느 때에 북쪽으로 떠 가려나	柳絮何曾流北去
우리나라 참으로 진나라 심양과 닮았네[326]	東方眞似晉潯陽

---

326. 우리나라……닮았네: 77쪽 주186 참조.

※草庵寶籍

천자가 하사한 유엽배를 읊은 시 임도
又 林塗

영공께서 명나라 황제 조회하던 그날	令公當日覲明皇
빛나는 옥 술잔 먼 우리나라에 하사 하셨네	玉觶煌煌下遠方
술잔 잡아 완상하니 아직도 봄버들 빛 감돌고	披玩尙依春柳色
높이 받들어 오니 황제 술 향기 풍겨오는 듯	擎來如帶御樽香
상전벽해 변한 세상에도 여전히 보관하여	滄桑世界猶能保
먼 우리나라 먼지 낀 상자에 다행히 한참 소장했네	遐土塵箱幸久藏
뒤늦은 감회 제사 술잔 쓰려는데	曠感欲題瓊斝酌
글 써내며 노란 국화 술 떠 마시네327	筆端聊挹菊英黃

---

327. 글⋯⋯마시네: 77쪽 주186 참조.

천자가 하사한 유엽배를 읊은 시 유방
又 柳방

예전 우리나라 명나라 황제 조회할 때 떠올리면	憶曾侯服大明皇
예악 문물 갖춰 온 세상 통일했었지	玉帛車書統萬方
신선 술 술잔에 부으니 버들잎 날리는 듯	仙醞泛盃飄柳葉
중국 갔던 사신 조선 땅 돌아오니 천자의 향 띠었네	星槎返海帶天香
백년 강한에 되돌아갈 곳 없건만	百年江漢無歸處
여섯 술잔 진기한 보물 여기에 보관되어 있네	六片奇珍有此藏
서호에 술 금하는 영이 풀릴 때 기다려	會待西湖除禁日
봄바람에 서촉의 누런 술잔 장쾌하게 기울이리라	春風快倒蜀州黃

※草庵寶物

천자가 하사한 유엽배를 읊은 시 현감 류규[328]

又 縣監柳湀

황홀한 하늘 술잔 옥황에서 떨어져 나와	恍惚天杯落玉皇
미인 은총으로 서방에서 오게 되었네	美人恩寵自西方
짙은 색 몸체는 궁궐의 푸르디푸른 빛	濃身禁苑青青色
둥근 배엔 신선 부엌의 좋은 향기 감도네	彙腹仙廚艷艷香
오랑캐 감히 성대의 보물 독차지할 수 있으랴	黑羯敢專昭代寶
상전벽해 변한 세상 멀리 떨어져 고가에 소장되었네	滄桑遠隔故家藏
술잔 하나 왕실에 보내어	分將一葉輪王府
대보단에서 누런 울창주 따르게 하네	大報壇邊灌鬱黃

---

328. 류규(柳氵+奎): 1730~1806. 자는 사극(士極)·수부(秀夫), 호는 임여재(臨汝齋), 본관은 풍산(豊山)이다. 1791년(정조15)
채제공(蔡濟恭)의 천거로 의금부도사에 제수되었고 사직령(社稷令), 경산 현령(慶山縣令) 등을 지냈다. 저서로 《임여재문
집》이 있다.

천자가 하사한 유엽배를 읊은 시 지평 권상룡
又 持平權相龍

임진왜란 때 만력 황제께서	兵亂龍蛇萬曆皇
부모 같은 은혜 우리나라에 베푸셨네	恩同父母我東方
그해 황실에서 화려한 보물 내려 주시니	當年內榻宣頒佟
지금 정씨 집안 강신주에 향기 풍기네	今日丁家灌薦香
버들잎은 떨어지는 신선 이슬을 오래도록 받고	柳葉長承仙露滴
옥 꽃부리 도리어 해태 종이[329]에 보관하니 우습구나	玉英還笑海苔藏
술잔 잡고 차마 중국의 일 말할 수 있으랴	凭茲忍說中州事
어느 곳에 아가위 꽃 희고 노랗게 피었을까[330]	何處棠華白且黃

---

329. 해태 종이: 측리지(側理紙)라는 종이는 남쪽 지방에서 해태(海苔)를 재료로 해서 만드는데, 그 결이 종횡으로 이루어져 붙여진 이름이라고 한다. 왕기(王沂)의 《이빈집(伊濱集)》권7 〈고려에 돌아가는 식 스님을 전송하며[送式上人還高麗]〉라는 칠언율시 미련(尾聯)에 "새로운 시 짓거들랑 부디 측리에 써서, 벽운의 멋진 시구 사람이 전하게 하시기를.[好把新詩書側理, 碧雲佳句要人傳.]"이라는 표현이 나온다.

330. 아가위……피었을까: 아가위 꽃은 우애 깊은 형제를 비유하는 말인데 여기서는 명나라와 우리나라의 관계를 말하는 듯하다. 《시경》〈소아(小雅) 상체(常棣)〉의 "아가위 꽃송이 활짝 피어 울긋불긋, 지금 사람 중에 형제만 한 이는 없지.[常棣之華, 鄂不韡韡, 凡今之人, 莫如兄弟.]"라는 말에서 유래하였다.

※草庵實紀

천자가 하사한 유엽배를 읊은 시 이중록
又 李重祿

유엽배라는 이름의 술잔 천자께서 내려주셨으니	杯名柳葉自天皇
아름다운 모양새 둥글지도 모나지도 않다네	妙制非圓亦不方
여섯 술잔 특별한 은혜 당시에 무거웠고	六片殊恩當日重
세 감실[331] 올리는 맑은 술은 백년의 향기 풍기네	三龕淸酌百年香
정성에 감동하여 배신까지 총애 미쳤으니	格誠幷及陪臣寵
덕을 밝히고자 옛 보물 소장하게 되었네	昭德仍爲舊物藏
술잔만 남고 사람은 떠나 감개 일어나는데	器在人亡多感慨
더구나 치욕 참으며 술잔 올림에랴	況堪忍恥奉篚黃

---

331. 세 감실(龕室): 70쪽 주150 참조.

천자가 하사한 유엽배를 읊은 시 김덕형
又 金德亨

예전에 영공께서 천자를 조회하러 갔을 때	憶昔令公覲聖皇
중국 황실 은혜로운 하사품 멀리 우리나라에 왔네	天朝恩賜及遐方
황실 버들 쌍쌍이 비취빛으로 꾸며있고	粧來御柳雙雙翠
신선 술 풀풀 향기 풍겨오네	帶得仙醪苾苾香
어찌 알았으랴, 서촉에서 조공으로 가져 온 물건이	豈料西州侯服貢
영원히 우리나라 선비 집에 소장될 줄	永爲東國士家藏
사신 수레 오가는 옛 길에 상전벽해로 변해 슬픈데	星軺舊路悲桑海
오랑캐가 황제의 옷 입은 꼴 차마 볼 수 있으랴	忍看胡酋着柘黃

※草庵實紀

천자가 하사한 유엽배를 읊은 시 정언수
又 鄭彦修

그 옛날 중국의 우리 천자께서	伊昔中疆我聖皇
크나큰 은혜 우리나라에만 후하게 대해주셨지	鴻恩偏重海東方
중국 가는 사신 악수[332]엔 천 층 겹쳐 있고	星槎鰐水千層闊
조공 예물 연잠[333]의 갖은 품목에서 향기 풍기네	玉帛鰱岑庶品香
남의 나라에서 아직도 제왕은 취해 있고	旄宿百年猶帝醉
유엽배 여섯 잔 옛 신하 소장하던 것이라네	柳杯六葉舊臣藏
비장한 노래 칼을 어루만지고 때로 서쪽 바라보며	悲歌撫劍疆西望
다시 한 줄기 누런 강물 맑아질 황하 기다리네[334]	更待河淸一帶黃

---

332. 악수(鰐水): 일반적으로 악수(鱷水)는 한유(韓愈)가 좌천되어 부임한 조주(潮州)에 있던 악계(鱷溪)란 시내로 배소(配所)를 뜻할 때 쓰는 말이나 여기서는 험난한 사행의 여정을 말한다.

333. 연잠(鰱岑): 제잠(鯷岑)은 통상적으로 우리나라의 별칭으로 쓰이는 말인데 연잠은 어디를 두고 한 말인지 자세하지 않다. 혹 유엽배가 서촉(西蜀)에서 만들어졌다하니 이곳을 두고 한말인 듯하다.

334. 누런……기다리네: 79쪽 주192 참조.

천자가 하사한 유엽배를 읊은 시 권진덕
又 權進德

사해에 은덕 깊은 만력황제	四海恩深萬曆皇
중국 황실 옛 보물 먼 우리나라에 내려주셨네	天朝舊物錫遐方
옥인 듯 금인 듯 제도가 남다르고	似玉似金殊制度
굉(觥)도 유(卣)도 아닌데 향기로운 술내 풍기네	匪觥匪卣挹馨香
한 아름 모두 여섯 술잔 모양 닮아 있고	一包幷六杯形合
둘씩 술잔 세 벌 있으니 주례 위해 보관하였네	二用兼三酒禮藏
보물 그릇 부질없이 명나라 망하고도 남았으나	寶器空餘淪沒後
중국 땅에 조공 갈 길 없구나	中原無路篚玄黃

※草庵實記

천자가 하사한 유엽배를 읊은 시 노종옥
又 盧宗玉

어느 해에 명나라 황제 전대[335]하였나	何年專對大明皇
남다른 은혜 내리셔서 먼 우리나라 총애하였네	恩錫非常寵遠方
여섯 잎사귀 술잔 황궁 버들 모양으로 만들어 있고	六葉杯成宮柳樣
아홉 겹 궁궐 봄 오자 임금 술향 풍겨나네	九重春散御醪香
누가 알리오 외국 배신의 집에	誰知外國陪臣宅
홀로 중국의 옛 보물 보관하고 있음을	獨保中州舊物藏
성스런 덕 지니신 선왕께서 한번 보셨더라면	盛德先王如一見
그 당시 버들 노란 빛 같은 술잔 더더욱 빛났으리	增輝當日嫩金黃
오색구름 머무는 곳에 풍천의 감회 일어나는데[336]	風泉曠感伍雲鄉
그 당시 배신은 만력제 뵈었네	當日陪臣覲耿光
명나라 황실의 옛 보물 술잔 아직도 남아있어	明家舊物杯猶在
우두커니 보네, 하늘의 마음 양(陽)의 기운 이어짐을	佇見天心剝後陽

---

335. 전대(專對): 외국에 사신으로 나가서 독자적으로 응대하며 일을 잘 처리하는 것을 말한다.

336. 오색구름……일어나는데 : 오색구름이 머무는 곳은 본래 신선이 사는 곳을 가리키는데, 전하여 여기서는 제왕(帝王)의 처소를 미화하여 선경(仙境)에 비유한 것이다. 풍천(風泉)의 감회는 27쪽 주17 참조.

천자가 하사한 유엽배를 읊은 시 박주용
又 朴周鏞

버들술잔 삼허의 보물[337] 신종 황제에게서 나와	柳巵參珍出顯皇
사신 수레 따라 와선 우리나라에 빛나네	星輈隨轉耀箕方
금장[338]이 보배지만 유신은 충을 보배로 여기고	金章縱寶儒忠寶
울창주가 향기로운 게 아니라 제왕 덕이 향기롭네	鬱鬯非香帝德香
만리에서 함께 와 선묘에 올리고	萬里同來先廟薦
온 신이 보호하사 옛집에 보관하였네	百神相護故家藏
옛 보물 하늘 끝에 와 있는 게 마음 상하지만	傷心舊物天涯外
여전히 명나라 봄 술잔마다 노란빛 띠리라	猶帶明春葉葉黃
전폭의 홍라(紅羅) 칠향으로 들어갔어도[339]	全幅紅羅入漆鄕
여섯 술잔의 감춘 빛 흘러 나오네	六杯超出葆前光
때때로 공의 혼령과 만나는 날에는	時時宛與公靈會
보배로운 기운과 충정이 태양을 꿰뚫으리	寶氣忠精貫太陽

---

337. 삼허(參墟)의 보물: 유엽배를 말한다. 삼허는 64쪽 주124 참조.

338. 금장(金章): 금(金)으로 만든 인장(印章)으로 대개 재상이 이를 패용하였으므로 고관 재상을 뜻하는 말로 쓰이기도 한다.

339. 전폭(全幅)의……들어갔어도: 명나라 전역이 청나라로 바뀌었다는 말이다. 홍라(紅羅)는 명나라를 일컫는 말이다. 태조(太祖) 주원장(朱元璋)의 별칭이 홍라진인(紅羅眞人)인 데서 나왔다. 칠향(漆鄕)은 청나라를 가리키는 말로 보인다.

※草庵實記

천자가 하사한 유엽배를 읊은 시 권홍모
又　權弘模

어느 해 성천자 배알하고 하사 은총 입었나	恩賜何年拜聖皇
세 쌍 버들 술잔 동방에 드러났네	三雙柳盞著東方
바탕은 금옥 다듬어 만들어졌고	質惟金玉成規制
예식 땐 제사에 향기로운 향 술잔 올리네	禮用蒸嘗薦苾香
상전벽해 변했어도 상서로운 무늬 엉켜있고	閱劫瀛桑凝瑞彩
궁궐 버들 생각하며 진기한 보물 간직했다네	憑懷御柳護珍藏
명나라 이 보물 꽤나 기이하고 옛 것이건만	紅羅此物頗奇古
천자 조회하러 가서 조공 선물 차마 말하리오	忍說朝天篚厥黃

천자가 하사한 유엽배를 읊은 시 김경호
又 金擎昊

압록강 가에서 옛 천자 생각하니	鴨綠江頭憶舊皇
어디에다 흐르는 눈물 보태려나	憑添垂淚向何方
상전벽해 변한 세상 옛 천자의 봄[340] 차마 보랴	桑田忍見王春古
유엽배는 여태 천자의 술 향기 묻어나네	柳葉猶痕御醞香
만 리 떠난 사신은 넘치는 총애 받아서	萬里輕槎承寵渥
한 가문 맑은 상자에는 진기한 보물 빛나네	一家淸篋耀珍藏
육엽배 술잔에는 울밑 꽃이슬 배어나니	杯心欲裹籬花露
늦은 절기에도 찬 떨기에 홀로 노랗다네	晚節寒叢獨也黃
황홀한 옥잔 신선 동네에서 떨어져 나와	瓊觴恍惚落仙鄕
명문가에 보관되어 백년토록 빛나네	藏得名家百世光
술잔 잡아 보니 상전벽해 변한 세상 눈물 참지 못해	把玩不堪桑海淚
황실의 안개 낀 버들 석양에 묻혔네	未央煙柳鎖殘陽

---

340. 천자의 봄: 26쪽 주13 참조.

※草庵寶翫

천자가 하사한 유엽배를 읊은 시 이병화
又 李秉樺

봄버들 자란 북경으로 천자를 배알하러 가니	堯柳春城謁聖皇
잎 닮은 하사 술잔 서방에서 왔네	恩杯如葉自西方
붉은 충정은 상전벽해로 변한 한을 바꾸지 않고	丹衷不改滄桑恨
푸른 바탕엔 중국의 향기가 배어 있네	綠質偏含析木香
옥도 금도 아니지만 천하의 보배	非玉非金天下寶
뇌(罍)와 찬(瓚)[341] 닮아 사당에 보관하였네	如罍如瓚廟中藏
알겠노라, 신주 땅[342] 회복하는 날엔	也知恢復神州日
사관이 동쪽하늘에 상서로운 광채임을 알릴 거라고	史奏東天瑞彩黃

---

341. 뇌(罍)와 찬(瓚): 의례에 쓰던 제기의 종류이다.

342. 신주(神州) 땅: 신주는 제(齊)나라 추연(鄒衍)이 중원(中原) 지방을 '신주적현(神州赤縣)'이라 한데서 온 말로, 여기에서는
청나라에 빼앗긴 중국의 영토라는 의미가 있다.

천자가 하사한 유엽배를 읊은 시 호군 송천흠
又 護軍宋天欽

금박 상자에 옥 술잔 신종 황제 위해 흐느끼니	金箱玉盌泣神皇
그래도 다행히 초연하게 우리나라에서 나왔네	尙幸超然出我方
난복은 여전히 가정 시대 제도를 쓰고[343]	襴幞至今嘉靖制
제단의 꽃에선 예전대로 명나라의 향 풍기네	壇花依舊大明香
은하수 따라서 비린내를 씻어내고	銀河若酌腥塵洗
북두성으로도 숨긴 보배 광채 헤아리기 어렵다네	北斗難斟寶彩藏
당시의 덕 삼가 닦는 일 이 술잔에 있으니	愼德當年惟器用
중국인들은 촉나라 공물이라 말하네	華人傳說蜀筐黃

---

343. 난복(襴幞)은……쓰고: 42쪽 주55 참조.

천자가 하사한 유엽배를 읊은 시 진사 봉하 송홍익
又 進士 鳳下宋鴻翼

동풍에 멀리 사신 가며 황화 노래[344] 읊조리니	東風行邁詠華皇
한 잎 명나라 봄빛 먼 나라에 보냈네	一葉王春寄遠方
우리나라 칭송하며 아직도 옛 복식 입고	青海謳歌猶舊服
명나라의 은혜 아직도 남은 향기 있네	紅羅雨露尙餘香
배신의 전대 세 감실[345]에 완연하니	陪臣專對三龕宛
천자의 특별한 은혜라 백년토록 보관한 것이네	天子殊恩百世藏
이 유엽배를 대보단(大報壇)에 쓰게 된다면	此物若敎參大報
응당 옥찬처럼 함께 황류(黃流)를 따르리라[346]	應隨瑟瓚共流黃
봄바람 금수강산으로 불어오니	春風來到錦江鄉
초승달처럼 반짝이는 술잔 보니 황제를 뵙는 듯	帝胐皇曦若覲光
세발 솥 잠긴 산하[347]에 유엽배만 남아	淪鼎山河杯獨守
푸르디푸른 궁궐 빛 밝은 양기 띠었네	青青宮色帶昭陽

---

344. 황화(皇華) 노래: 25쪽 주7 참조.
345. 세 감실(龕室): 70쪽 주150 참조.
346. 옥찬(玉瓚)처럼……따르리라: 옥찬은 옥 손잡이에 바닥은 금으로 된 국자인데, 강신할 때 쓴다. 황류(黃流)는 62쪽 주118 참조.
347. 세발……산하(山河): 54쪽 주81 참조.

천자가 하사한 유엽배를 읊은 시 송고 곽순
又 松皐郭淳

중국으로 떠난 사신 천자 배알하니	聘使中華拜上皇
촉서에서 바친 공물 해동에 오게 되었네	蜀西攸貢海東方
지금도 여전히 명나라 봄빛 감돌고	至今猶帶王春色
옛적 생각하니 천자 술 향기 머금고 있는 듯	感舊如含御酒香
만력 연간에 천자의 하사품 무거우니	萬曆年間恩賜重
세 감실[348] 사당 안에 깊이 보관하여 빛나네	三龕廟內耀深藏
황금보다 옥보다 더 귀한 전래된 보물	愈金愈玉傳來寶
누가 알리오, 그 안에 점점이 누렇다는 것을	誰識其中點點黃

여섯 유엽배 진기한 술잔 만 리 고을로 와	六葉珍杯萬里鄉
여전히 홀로 옛 봄빛 띠고 있다네	依然獨帶舊春光
명나라 당시의 일을 이로 인해 생각해보면	大明時事因追想
아득히 상전벽해 변한 세상 석양에 눈물만 줄줄	桑海茫茫淚夕陽

---

348. 세 감실(龕室): 70쪽 주150 참조.

※草庵實紀

천자가 하사한 유엽배를 읊은 시 죽하 장석목
又 竹下張錫穆

중국 가는 사신 언덕과 습지에서 찬란한 꽃 읊고[349]	使華原隰詠皇皇
천자가 내려주라 하니 상방[350]에서 꺼내왔네	皇曰賜之自尙方
푸른 잎은 아직도 궁궐의 잎 빛깔 머금었고	綠葉猶含禁苑色
자줏빛 연기는 유독 천자 화로 향기를 띠었네	紫煙惟帶御鑪香
봄가을 제사에 갖춰 해마다 올리고	春秋禮備年年享
산과 바다 같은 은혜 깊어 대대로 보관하였네	山海恩深世世藏
관덕묘 앞에 성대한 제사 지낼 때	觀德廟前殷薦際
천연히 옥 술잔에 울창주를 따르네	天然玉瓚在中黃

---

349. 중국⋯⋯읊고: 25쪽 주7 참조.
350. 상방(尙方): 62쪽 주116 참조.

천자가 하사한 유엽배를 읊은 시 소림 이근한

又 小林李根漢

만 리 떠난 사신 천자를 배알하니	星槎萬里拜瑤皇
총애는 바다 건너 우리나라에만 깊이 베풀었네	聖眷偏深海外方
여섯 술잔 봄빛을 상국과 나누었고	六葉春光分上國
밝은 시대에 대대로 보물로 수장하게 하였네	雙明世寶許中藏
모양은 옥 술잔 같아 늘 함부로 하는 것 싫어하고	制同瓚玉嫌常褻
울금 따르기에 알맞아 기이한 향내 엄습해오네	斟合鬱金襲異香
먼 후손까지 남겨 삼가 받들고 지키니	遺與雲仍勤奉守
푸른빛 술잔 바구니 가득한 황금보다 낫다네	片靑不啻滿籝黃

※卓庵實記

천자가 하사한 유엽배를 읊은 시 이이찬
又 李以鑽

천지의 긴 밤에 우리 천자를 추억하니	長夜乾坤憶我皇
배신에게 총애 선물 내려 우리나라에 빛나고 있네	陪臣寵錫耀東方
만 리 천리 밖 천자의 은혜 무거운데	萬千里外天恩重
이백 년 전부터 버들잎 향기 풍겨오네	二百年來柳葉香
운수는 순환하지 않아 수치를 씻어내지 못했고	運不循環羞莫雪
보물은 전해 지켜 오랜 세월에도 간직하고 있네	寶當傳守久猶藏
지금도 되레 전 왕조의 일이 한스러우니	于今却恨前朝事
고사리 캐던 산 중에 진나라 국화 노랗게 피었네[351]	採蕨山中晉菊黃

---

351. 고사리……피었네: 절개를 지킨다는 뜻이다. 중국의 무왕(武王)이 주(紂)를 치자, 백이(伯夷)는 주(周)나라의 불의(不義)한 곡식을 먹지 않겠다 하고는 수양산(首陽山)에 들어가서 고사리를 캐어 먹다가 굶어서 죽었다. 또 진(晉)나라의 도연명은 진나라가 쇠망의 길로 들어서자 팽택 영(彭澤令)의 벼슬을 버리고 심양(潯陽)의 율리(栗里)로 돌아가 여생을 마쳤는데, 집 울타리 아래에 국화를 심었다. 《史記 伯夷列傳》《晉書 卷94 隱逸列傳 陶潛》

천자가 하사한 유엽배를 읊은 시 이이급
又 李以伋

어느 해에 중국으로 사신을 갔던가   何年上國使華皇
천자 내리신 금 술잔 상방[352]에서 꺼내 왔네   天眖金卮出尙方
만력 연간의 봄빛은 옛 물건에 머물러 있고   萬曆王春留舊物
구중궁궐 신선 술 남은 향기 풍기네   九重仙醞挹餘香
대보단 안에 술잔 올리는데 적합하니   端宜大報壇中薦
마침내 배신의 사당 안에 보관하게 되었네   遂作陪臣廟裏藏
어떻게 하면 동해 바닷물을 떠다가   安得斟來東海水
중국 땅 누런 먼지를 한번 씻어 볼까   神州一洗穢塵黃

352. 상방(尙方): 62쪽 주116 참조.

※草庵實記

천자가 하사한 유엽배를 읊은 시 참봉 이정상
又 參奉李鼎相

술잔마다 은혜로운 빛 천자를 칭송하는데	恩光葉葉頌於皇
궁궐 버들 닮은 술잔 봄에 우리나라에 오게 되었네	御柳春歸左海方
개암나무 감초에 부치니 그 당시 감격스럽고	庸寅榛苓當日感
아직도 거창주[353] 남아 옛적 향기 풍겨오네	猶餘秬鬯舊時香
쌍쌍의 유엽배 천자가 마음으로 하사하니	雙雙天陛心中貺
대대로 집안 사당 안에 보관하네	世世公家廟裏藏
후손에게 전하여 깨끗이 씻어내니	付與來雲勤拂拭
비린내 나는 먼지가 어찌 제사 술잔 더럽히랴	腥塵不敢汚流黃

---

353. 거창주(秬鬯酒): 거창(秬鬯)은 검은색이 나는 기장과 울금 및 향초를 버무려서 빚은 술로, 고대에 제사 지낼 적에 강신(降神)을 하거나 공이 있는 제후에게 술을 하사할 때 쓰였다.

천자가 하사한 유엽배를 읊은 시 송정석
又 宋廷奭

우리나라가 백세토록 천자 위해 흐느끼니	百世吳東泣聖皇
외진 나라 바다처럼 포용하고 하늘처럼 덮어 주었네	海涵天覆一偏方
옥 부절 잡고 직접 전성기의 제후를 만나보고	玉節躬逢全盛候
금 술잔에 따라 마음껏 태평성대의 향기에 취했네	金杯心醉至治香
중국의 상전벽해 변한 세상 차마 볼 수 있으랴	忍看華夏三桑變
명나라 봄빛 남은 유엽배 여섯 잔에 마음 깃드네	獨寓王春六葉藏
그 당시 총애로 내린 선물 전대해 받은 것이니	當時寵錫由專對
묘식[354]에 울창주로 강신하기에 알맞네	廟食端宜祼鬱黃

---

354. 묘식(廟食): 사당이 세워져서 제향(祭饗)을 받는 것을 말한다.

草庵實紀

천자가 하사한 유엽배를 읊은 시 김낙응
又 金洛應

우리 임금의 명을 받고서 천자를 배알하니	受命吳王拜上皇
촉서에서 바친 공물 우리나라에 오게 되었네	蜀西珍物海東方
가상하다 여겨 중국 조정에서 은총 남달랐고	嘉乃天朝恩寵異
술잔 올리니 선조 사당엔 아름다운 향 풍기네	薦于祖廟芯芬香
남쪽 나라 천추토록 옛 생각에 한스럽건만	南國千秋懷古恨
명나라 여섯 보물 지금도 보관하고 있다네	大明六寶至今藏
푸릇푸릇 버들잎 닮은 유엽배 보관한 금성댁[355]엔	靑靑柳葉錦城宅
곧 도연명처럼 노란 국화를 띄우리라	便作淵明泛菊黃

---

355. 금성댁(錦城宅): 정윤우의 관향인 나주(羅州) 정씨 집안을 말한다.

천자가 하사한 유엽배를 읊은 시 석서 여철행
又 石西呂轍行

배신이 머리 숙여 우리 천자 배알하고	陪臣稽首拜吳皇
하늘 한쪽 편 고향으로 돌아왔네	歸臥鄉山天一方
구중궁궐에서 하사품 내려준 은혜 잊기 어려우니	九重難忘恩澤賜
천추토록 아직도 황실 향로 향기 풍기네	千秋猶帶御爐香
위성의 아침 비에 푸릇푸릇한 빛 띠었고[356]	渭城朝雨青青色
사당의 봄가을 제사 지내며 대대로 보관하였네	廟宇春秋世世藏
악덕을 지금도 씻어내지 못했으니	穢德至今斟未去
운세 순환 어느 날에나 황하 맑아 질려나	運環何日清河黃

---

356. 위성(渭城)의……띠었고: 유엽배가 버들잎 모양으로 푸른빛을 띠었다는 말이다. 이 구절은 당나라 왕유(王維)의 〈송원이사안서(送元二使安西)〉에 "위성의 아침 비 가벼운 먼지 적시니, 객사에는 푸릇푸릇 버들 빛도 싱그럽네. 그대에게 권하노니 다시 한 잔 드시오. 서쪽으로 양관을 나서면 친구가 없다오[渭城朝雨浥輕塵, 客舍青青柳色新. 勸君更進一杯酒, 西出陽關無故人.]" 한 데서 유래한다.

천자가 하사한 유엽배를 읊은 시 김기응
又 金箕應

어느 해에 부절 잡고 사신 떠났던가	何年杖節詠華皇
고국 떠난 외로운 사신 한 켠 바라보네	去國孤臣望一方
만력 연간 가을날에 상전벽해 변한 감흥 깊었고	萬曆秋深桑海感
구중궁궐 봄날엔 유엽배 술잔 향기에 취한다네	九重春醉葉杯香
조금도 보답치 못했지만 충성스런 제단에 높았고	涓埃未報衷壇屹
영원토록 함께 하잔 맹세 보배 문서에 담겨있네[357]	礪帶同盟寶券藏
태평성대의 모습 다시는 보기 어려우니	聖代容儀難復見
슬픈 바람이 율리 울타리 국화[358]에 쓸쓸히 부네	悲風凄帶栗籬黃

여섯 유엽배 술잔 표표히 만리 땅으로 와서	六葉飄飄萬里鄉
옛 궁궐의 봄빛은 안개 빛과 어우러졌다네	舊宮春色和煙光
술잔 어루만지며 명나라 제도라 눈물 흘리니	摩挲感涕明朝制
새것인 양 술잔은 태양이 비치네	杯棬如新見太陽

---

357. 영원토록……담겨있네: 명나라와 조선이 영원토록 동맹을 유지한다는 의미이다. 여대(礪帶)는 한 고조(漢高祖)가 천하를 통일하고 나서 공신들을 봉작하는 서사(誓詞)에 "황하가 띠처럼 가늘어지고, 태산이 숫돌처럼 닳는다 하더라도, 나라는 영원히 보존되어, 후손에게 대대로 영화가 미치게 하리라.[使黃河如帶, 泰山若礪, 國以永存, 爰及苗裔.]" 한 데서 온 말이다.
358. 율리(栗里) 울타리 국화: 77쪽 주186 참조.

천자가 하사한 유엽배를 읊은 시 거관 김태응

又 居觀金台應

정공께서 부절 잡고 천자를 배알하니	丁公持節拜朱皇
은혜로운 여섯 유엽배 머나먼 우리나라에 왔다네	六葉恩杯落遠方
동모 의식[359] 노래 수창할 곳 없고	無地可酬同瑁頌
하늘에서 내려온 듯 울금향 풍겨나네	自天如降鬱金香
삼천리 밖 이역에 바쳐져	三千里外殊邦獻
이백년 간 옛 사당에 보관하고 있다네	二百年間古廟藏
중국 땅 이미 바뀌어 신이한 술잔 중하거늘	冀壤已遷神器重
난공불락 요새인들 술잔을 얻을 수 있으리오	一丸那得冀中黃

---

359. 동모(同瑁) 의식: 동모의 동(同)은 제사 지낼 때 사용하는 술잔의 이름이며, 모(瑁)는 옥으로 만든 홀(笏)로서 천자가 조회할 때 사용하는 것이다. 《서경》〈주서(周書) 고명(顧命)〉에, "마침내 동(同)과 모(瑁)를 받아, 왕이 세 번 술잔을 들고 신에게 나아간다.[乃受同瑁, 王三宿.]"라고 하였다. 주(周)나라 성왕(成王)이 승하하자 강왕(康王)이 그 뒤를 이어 즉위할 때 행한 의식의 하나이다.

천자가 하사한 유엽배를 읊은 시 진사 이해종
又 進士李海宗

중국 사신 가던 그때 찬란하다 노래하니	皇華當日詠皇皇
내부의 진기한 술잔 이역 땅에 총애하여 내려주었네	內府珍盃寵外方
명나라 망해 길이 서글퍼지고	周道匪風長寓感
한나라 그릇 속 감로[360] 아직도 향기 남아있네	漢盤甘露尚留香
지금까지도 밝은 시대의 보물이라 말하니	至今傳說雙明寶
옛 것 구한다면 백세토록 보관하기에 알맞다네	求舊端宜百世藏
명나라 봄빛 띤 여섯 유엽배 우리나라로 오니	六葉王春移左海
계주의 버들 노란 싹을 차마 어찌 보리오[361]	忍看薊柳嫩金黃

---

360. 한(漢)나라……감로(甘露): 135쪽 주322 참조.
361. 계주(薊州)의……보리오: 계주는 일명 계구(薊丘)라고도 하는 연경(燕京) 근처의 지명이다. 조선 사신들이 연행 가는 노정에 있었다. 여기서는 버들잎을 닮은 유엽배이기에 청나라 땅으로 변한 중국 땅의 버들잎을 차마 보지 못하겠다는 말이다.

천자가 하사한 유엽배를 읊은 시 외암 이진화
又 畏庵李鎭華

관찰공[362]께서 예전에 천자를 배알했더니	觀察公曾拜聖皇
휘황한 유엽배 내려주셔서 우리나라 빛내네	煌煌柳葉耀箕方
만력 연간 명나라 봄빛 재단해 만들어	裁成萬曆王春色
세 쌍에 임금 술 향기 남아 있네	留帶三雙御酒香
상국에선 예전 모습 보물 없다고 한탄하건만	上國嗟無依舊物
명가엔 아직도 남겨진 보물 보관하고 있다네	名家猶有見遺藏
술잔 받드니 명나라의 일 갑절로 아파오는데	擎來倍切天朝事
책 속에 변한 세상 노란 국화에 눈물 흘리네	書史桑田淚菊黃

---

362. 관찰공(觀察公): 정윤우(丁允祐)를 말한다.

천자가 하사한 유엽배를 읊은 시 담와 이운상
又 澹窩李雲相

사신 수레 북쪽 향하여 천자를 뵈었는데	輶星拱北覲天皇
여섯 유엽배 봄빛 띠고 바닷가 모퉁이로 왔다네	六葉春歸海一方
십리 연기에 싸였어도 옛 빛깔 그대로이고	十里籠煙依舊色
세 쌍 술잔 이슬에 젖어 남은 향기 감도네	三杯和露浥餘香
오열하는 홍두 노랫가락 차마 듣지 못하고[363]	忍聽紅荳民謠咽
대대로 내려온 가보 사당에 보관하고 있네	留作靑氈廟貌藏
상전벽해 변한 세상 돌아오며 눈물 흘리는데	閱變滄桑齎感淚
아득한 중국 땅엔 누런 먼지 넘쳐나네	關河漠漠漲塵黃

---

363. 오열하는⋯⋯못하고: 망국이 되어 버린 명(明) 나라를 사모하는 뜻이다. 홍두(紅荳)의 별명이 상사자(相思子)이므로, 고인 (古人)들의 시문(詩文)에서 홍두는 흔히 애정(愛情)이나 서로 사모하는 것을 상징한다. 왕유(王維)의 〈상사(相思)〉에 "홍두 는 남국에서 나는데, 봄이 오매 몇 가지나 피었고, 원컨대 그대는 이 꽃을 많이 따게나, 이 꽃을 가장 사모한다오.[紅荳 生南國, 春來發幾枝? 願君多採擷, 此物最相思.]" 하였다.

천자가 하사한 유엽배를 읊은 시 만수 최영옥
又 晩睡崔永鈺

듣자니 이 보물 천자에게서 나왔다는데	聞來此物自明皇
옥 바탕에 금칠해서 수미가 반듯하네	玉質金含首尾方
덕 쌓은 가문에 다함없는 보물	種德家中無盡寶
제사 올리는 제단 위에 남은 향 풍기네	薦俎壇上有餘香
조상 공렬 공경히 이어받으니 사람마다 놀라고	祇承祖烈人人警
천자 은혜 감사하며 대대손손 보관하였네	感祝天恩世世藏
푸르디푸른 유엽배 아직도 부족한지	柳葉蒼蒼猶不足
만년의 봄기운 검노란 술에 감도네	萬年春氣酒玄黃

※草庵實記

천자가 하사한 유엽배를 읊은 시 김병호
又 金秉護

당년에 중국 간 사신 신종 황제 배알하니	當年使節拜神皇
세 쌍의 유엽배 먼 우리나라에 오게 되었네	柳葉三雙落遠方
주나라 샘물 차디차단 노랫가락도 그만두었고[364]	詩歌爲廢周泉冽
황실 향기[365] 은혜로운 하사품과 진실로 같다네	恩賜眞同漢署香
만력의 산하는 재앙에 휩싸였으나[366]	萬曆河山成浩劫
한 가문에 빛나는 기운 진장한 보물에 남아있다네	一家光氣在珍藏
동해 천 층의 바닷물 떠다가	願斟東海千波水
누런 요기(妖氣)에 휩싸인 중국 땅 깨끗이 씻어내고 싶네	滌盡中州穢祲黃

---

364. 주(周)나라……그만두었고: 27쪽 주17 참조.

365. 황실 향기: 한(漢)나라 이후 상서성(尚書省)의 낭관(郎官) 등 임금을 가까이에서 모시는 시종신들이 임금에게 가까이 가서 아뢸 때는 입 냄새를 제거하기 위해 계설향(鷄舌香)을 입에 물었다고 한다.

366. 만력(萬曆)의……휩싸였으나: 만력은 중국 명나라의 제13대 황제인 만력제(萬曆帝) 때의 연호(1573~1620)이다. 호겁(浩劫)은 불교에서 말하는 인간의 큰 재화(災禍)이다.

천자가 하사한 유엽배를 읊은 시 배진순
又 裵震淳

부절 받들고 떠난 사신 당년에 천자를 배알하니	奉節當年拜上皇
황제의 은혜 우리나라 편애하셨네	皇恩偏重海東方
진기한 보물 특별히 하시니 이웃나라 신하의 정	奇珍特賜臣隣誼
궁궐에서 자주 술잔 기울여 황제의 술향기 풍기네	禁苑頻傾御酒香
봄빛 머금은 어린 잎사귀 연년세세 남아 있고	含春嫩葉年年在
압해[367]의 명문가에서 대대로 보관하고 있다네	押海名家世世藏
진나라 역사책에 존주의 의리를 써서[368]	題來晉史尊周義
도연명의 국화주를 따르네	酌以淵明菊露黃

---

367. 압해(押海): 나주(羅州)의 고호(古號)로, 정윤우(丁胤祐)의 본관이다.

368. 진(晉)나라……따르네: 명나라를 존숭한다는 뜻한다. 존주(尊周)의 의리는 주(周)나라 왕실을 존숭하는 의리로, 본문에서는 명나라에 대한 존숭을 비유한다. 도연명(陶淵明)의 국화주는 77쪽 주186 참조.

※草庵實紀

천자가 하사한 유엽배를 읊은 시 김국영

又 金國永

천자 조정에서 의당 상 내리니 선비는 천자 생각하고   天朝宜賞士思皇
버들잎 닮은 그 술잔 먼 우리나라에 내려 주었네   柳葉其杯賜遠方
정씨 집안에선 해마다 제사에 올리고   丁氏年年行獻享
자손 대대로 경건하게 보관하고 있다네   子孫世世敬持藏

천자가 하사한 유엽배를 읊은 시 대계 이승희[369]
又 大溪李承熙

사신 수레 타고가 우리 천자 배알한 일 회상하니	憶昔星軺拜我皇
은혜 가득한 보배로운 기운 먼 땅에 오게 되었네	恩霑寶氣落遐方
궁궐 버들 가을 날려 상서로운 잎으로 남아 있고	御柳秋飄留瑞葉
신선 복숭아 봄날에 취해 하늘 향기 머금었네	仙桃春醉吸天香
이백년 후 지금엔 비린 악취 넘쳐나도	二百年今腥臭漲
여섯 유엽배 예로부터 세가에 보관 중이네	兩三枚古世家藏
다시 먼 후손까지 맡겨져 공경스레 전해지는데	更囑雲仍傳得謹
훗날 천년에 한번 맑아지는 황하[370]를 떠보리라	千淸他日酌河黃

369. 이승희(李承熙): 자는 계도(啓道), 호는 강재(剛齋)·대계(大溪)·한계(韓溪), 본관은 성산(星山)이다. 성리학자 한주(寒洲) 이진상(李震相, 1818~1886)의 아들이다. 항일 독립운동을 전개하였고, 민족교육에도 심혈을 기울였다. 저서로 《대계집》·《한계유고》 등이 있다.
370. 천년에……황하(黃河): 79쪽 주192 참조.

※草庵實紀

천자가 하사한 유엽배를 읊은 시 여원규

又 呂源奎

신종 황제 배알해 명나라에서 받은 하사품	聖朝受賜拜神皇
하늘 가 바다 모퉁이에서 노래부르며 칭송하네	歌頌天涯海一方
깃으로 변한 듯 은빛 장식하니 어찌 보물 아니며	化羽飾銀豈物寶
축수에 알맞은 술잔에 봄 향기 따르네	介眉稱器酌春香
현인을 표창하던 그날 특별한 은혜 무거웠고	表賢當日殊恩重
덕을 쌓은 그 집안 영원토록 보관하고 있네	種德其家永世藏
여섯 유엽배 푸른빛은 오래도록 변하지 않아	六葉靑光長不變
아직도 흰 옥 누런 금보다 낫다네	猶愈玉白與金黃

천자가 하사한 유엽배를 읊은 시 여심연
又 呂心淵

고단한 사신 길에 저 찬란한 꽃	原隰之間彼皇皇
큰길 구불구불 바다 모퉁이 땅까지 이어져 있네	周道逶遲海一方
위수[371] 도성 서쪽에 당나라 옛 사신	渭水城西唐舊使
건장궁[372] 안에는 한나라의 남은 향기	建章宮裏漢餘香
태평성대 특별한 은혜 무엇을 주었던가	盛世殊恩何錫予
옛 천자 보물 영원토록 보관하고 있네	先王寶器永修藏
진한 술 변화시켜 중히 반사하니	化若醇醪頒賜重
가을날 그날에 황감주[373]에 취하리라	九秋當日醉柑黃
동쪽으로 인풍[374]이 번져 봄볕이 깔리니	東漸仁風布春陽
술잔의 버들잎도 그 덕에 빛나네	杯中楊柳賴有光
허다한 세속 시름 아직도 씻어내지 못했으니	許久塵愁猶未滌
뒷날 느긋하고 긴 날[375]을 어찌 만나볼려나	那當他日舒而長

---

371. 위수(渭水): 장안(長安) 근처에 있던 물 이름으로, 여기서는 북경을 가리킨다.

372. 건장궁(建章宮): 한나라 장안(長安)의 궁전인 건장궁으로, 여기서는 명나라 궁궐의 대칭으로 쓰였다.

373. 황감주(黃柑酒): 동정호(洞庭湖) 주변에서 나는 밀감으로 만든 술로, 맛과 향과 색깔이 모두 뛰어났다 한다.

374. 인풍(仁風): 동풍인 봄바람으로, 일반적으로 제왕(帝王)이나 수령의 덕정(德政)을 비유한다.

375. 느긋하고 긴 날: 태평성대의 세상이라 날이 느긋하고 길게 느껴진다는 뜻으로, 청나라가 지배하고 있는 중국이 언제쯤 세상이 바뀌어 태평성대를 맞이할지 하는 한탄과 바람을 표현한 구절이다. 후한(後漢) 왕부(王符)의 《잠부론(潛夫論)》에 "화국의 나날은 느긋하고 길다.[化國之日舒而長]"라는 말이 있다.

천자가 하사한 유엽배를 읊은 시 현감 이매구
又 縣監李邁久

사신 수레 만 리 길 나서며 찬란하다 노래하니[376]	星軺萬里詠皇皇
두터운 총애 높고도 깊으니 같은 부류라서라네	寵渥隆深類聚方
하늘에서 떨어진 버들잎 닮은 술잔 하늘을 본떴고	柳葉隕天模厥像
땅에 부은 울금주 남은 향기 풍겨나네	鬱金灌地挹餘香
어진 신하 아름다운 자태 상서로운 나라에 등용되고	霖雨美姿禎國用
천자 생각 떠오르는 술잔 보가에 보관하였네	羹墻追慕寶家藏
먼 후손 황제 모신 것처럼 경건히 지켜서	雲仍敬守如臨帝
대대로 봉행하니 울창주가 담겨 있다네	世世奉行中在黃

376. 사신……노래하니: 25쪽 주7 참조.

천자가 하사한 유엽배를 읊은 시 소매 정기락
又 少梅鄭基洛

공경히 옥백을 가지고 찬란하다 노래하니	恭將玉帛賦皇皇
총애 선물 영광스럽게도 만방에 드러내었네	寵賜光榮表萬方
십대 동안 흠도 없이 여섯 유엽배 전해지고	十世靡虧傳六葉
백 년 동안 바꾸지 않고 삼향[377] 제사를 올렸네	百年無替奠三香
우리 후대가 흠모하여 이를 칭송하고	凡吾後輩欽斯誦
마땅히 그대 자손 삼가 잘 보관하리라	宜爾子孫愼厥藏
명나라의 옛 업적은 가시넝쿨 속에 묻혀버려	紅羅舊業荊榛沒
만력의 봄 마음이라 유엽배 유독 노랗다네	萬曆春心柳獨黃

---

377. 삼향(三香): 유엽배를 제사상에 올렸다는 말로 추정되지만, 삼향이 정확히 무엇을 말하는지 미상이다.

※草庵實記

천자가 하사한 유엽배를 읊은 시 곡포 이능윤
又 谷圃李能允

명나라 가는 사신 찬란하게 핀 꽃노래 부르니[378]	明廷奉使賦華皇
마음 우러난 천자 선물 촉 땅에서 만들어진 것이네	聖睨中心産蜀方
버들잎 닮은 진기한 술잔 특별하게 은혜 베푸시고	柳葉珍杯特地恩
궁궐에서 내린 천자 술은 하늘 향기 풍겨나네	楓宸御醞自天香
삼묘[379]에 벌려 술잔 올리니 천자 하사품 빛나고	廟三列薦榮皇賜
십대동안 전해져 가문에 소장하니 보배라네	世十相傳寶爾藏
장수하신 신종 황제 어찌 인재 진작시키지 않으리[380]	壽考神宗遐不作
옥 술잔에 누런 빛깔 좋은 술 있다 노래하네	詠歌玉瓚在中黃

---

378. 명(明)나라……부르니: 25쪽 주7 참조.

379. 삼묘(三廟): 고대에는 신분에 따라 사당의 수를 달리하였는데, 이는 대부에 해당하는 것이다. 《예기》 〈왕제(王制)〉에 "대부
는 3묘(廟)이니, 1소(昭), 1목(穆)에 태조의 사당까지 셋이 된다.[大夫三廟, 一昭一穆, 與太祖之廟而三.]"라고 하였다.

380. 장수하신……않으리: 신종 황제를 문왕(文王)과 같은 훌륭한 임금이라 칭송한 것이다. 《시경》 〈대아(大雅) 역박(棫樸)〉에
"크나큰 저 은하수여, 하늘의 문장이 되었도다. 주왕이 장수를 누리시거니, 어찌 인재를 진작하지 않으리오.[倬彼雲漢, 爲
章于天. 周王壽考, 遐不作人?]"라고 하였다.

천자가 하사한 유엽배를 읊은 시 율산 손묵영
又 栗山孫默永

공께서 신종 황제 감동시켜 특별한 대우 받은 일 생각하니　　　　憶公殊遇感神皇

천자 은혜 높고도 깊어 먼 우리나라에 쏟아주었네　　　　　　　　聖渥隆深注遠方

바다 세 번 뽕밭 변해버리니 오늘날 한이 되고　　　　　　　　　海變三桑今日恨

술잔 여섯 버들 모양 옛 시절의 향기 풍겨나네　　　　　　　　　杯傳六柳舊時香

명나라 천자 은혜 끝도 없으니　　　　　　　　　　　　　　　　大明天子恩無極

백세토록 후손은 보물 소장하고 있다네　　　　　　　　　　　　百世雲孫寶有藏

대보단에 제사 지내게 된다면　　　　　　　　　　　　　　　　若用報壇將祼薦

음식 나눌 때 옥 술잔에 누런 빛깔 좋은 술 따르리　　　　　　　享儀能及瓚流黃

정호에서 용을 타고 백운향으로 올라가셨으니[381]　　　　　　　鼎湖龍駕陟雲鄕

총애하셔 내린 진기한 술잔 아름답게 빛나네　　　　　　　　　　寵錫珍杯蔚有光

만력의 봄기운 여섯 유엽배에 남아 있어　　　　　　　　　　　　萬曆王春遺六葉

큰 과일에 미약한 양의 기운 남은 줄 징험하네[382]　　　　　　驗來碩果保微陽

---

381. 정호(鼎湖)에서……올라가셨으니: 제왕(帝王)의 죽음을 뜻한다. 정호는 하남성(河南省) 형산(荊山) 아래에 있는 지명으로,
　　황제(黃帝)가 일찍이 형산 아래서 솥을 주조한 데서 붙여진 이름이다. 황제가 솥을 다 주조하고 나서 용을 타고 승천할 적
　　에 군신(群臣)과 후궁(後宮)으로 함께 따라 올라간 자가 70여 인이었고, 여기에 함께 따라가지 못한 소신(小臣)들은 용의
　　수염을 잡고 있다가 용의 수염이 빠지는 바람에 모두 떨어져 버렸다는 고사가 전한다. 백운향(白雲鄕)은 신선이 사는 하늘
　　나라를 뜻한다.《史記 封禪書》

382. 큰……징험하네: 58쪽 주102 참조.

천자가 하사한 유엽배를 읊은 시 소헌 이규현
又 小軒李奎現

언덕과 늪에 피어난 꽃 찬란하니[383]	華生原隰正皇皇
욕되지 않게 한 충심 사방에 미치게 되었네	不辱忠心達四方
은혜 천자에게서 내려와 금옥처럼 중하고	恩降自天金玉重
예우 융숭해 땅에 부으니 옥 술잔에 향기 풍기네	禮優灌地瓚圭香
큰 나라 사랑하신 은택 작은 나라에 미쳤고	大邦字澤禑邦到
선대가 남긴 보물 후세에도 보관하고 있네	先世遺珍後世藏
태평성대에 어찌 절조에 대한 생각 더뎌	聖際如何遲節想
지금껏 분황[384]하며 알리지 못하였나	至今尙闕告焚黃

---

383. 언덕과······찬란하니: 25쪽 주7 참조.
384. 분황(焚黃): 133쪽 주320 참조.

천자가 하사한 유엽배를 읊은 시 최만수
又 崔萬壽

옥과 비단 예물 갖춰 천자를 뵈었더니   玉帛曾將謁聖皇

황제 은택 특별히 하사해 먼 우리나라에 베풀었네   皇恩殊錫眷遐方

서쪽 땅 특별한 물건 동쪽 땅으로 나오게 되었으니   西州異產東藩出

만력의 봄바람 여섯 유엽배에 향기 풍겨나네   萬曆春風六葉香

많은 재앙 무수히 겪어도 귀신이 보호하였고   沙惻累經神鬼護

천자 뵙는 듯 흠모하며 자손이 보관하고 있네   羹墻如見子孫藏

지금도 예전 그대로 천자 보러 가는 길   至今依舊朝天路

무정한 변경의 누런 버들[385] 차마 볼 수 있으랴   忍看無情汴柳黃

---

385. 변경(汴京)의 누런 버들: 청나라에 빼앗긴 북경 유역의 버들을 말한 것이다. 송나라 제10대 임금 고종(高宗)이 수도인 변
경(汴京)을 금(金)나라에 빼앗기고 도읍을 양자강 아래의 임안(臨安)으로 옮겨 남송(南宋) 시대를 열었다.

※草庵實紀

천자가 하사한 유엽배를 읊은 시 김우형

又 金瑀衡

여섯 유엽배 일찍이 만력황제 거쳤는데	六葉曾經萬曆皇
서쪽 땅에서 만들어져 우리나라로 나오게 되었네	産於西土出東方
길쭉한 바깥 모양 동그랗게 교묘히 만들어졌고	橢模外樣長圓巧
술은 술잔 속에 넘쳐나 넘실넘실 향기 풍기네	酒凸中心瀲灩香
무엇이 그때 은총 특별히 내린 물건과 같으랴	何等當年恩特賜
지금까지 대대로 소중히 보관하고 있다네	至于今日世珍藏
술잔 만지며 중국 가던 사신 아득히 추억해보니	摩挲緬憶天朝使
안팎이 누런 술 담긴 옥 술잔과 들어맞네	表裏相孚玉瓚黃

천자가 하사한 유엽배를 읊은 시 서익수
又 徐翊洙

배신이 중국으로 사신 가 찬란하다 꽃 노래하니[386]   陪臣觀樂詠華皇
총애로 내린 진기한 술잔 먼 땅으로 오게 되었네   寵錫珍杯自遠方
세상에 드문 큰 은혜 바다 빛에 더하시고   不世洪恩添海色
집안의 아름다운 덕에 하늘 향기 풍겨 나오네   乃家令德聞天香
아홉 계단 궁궐에서 술 내리시니 응당 특별한 대우   醞宣九陛應殊遇
세 감실[387]에 울창주 부으니 아직도 보물로 간직하네   鬯灌三龕尙寶藏
만력의 봄빛은 여섯 유엽배에 남아 있어서   萬曆春光餘六葉
우리나라 사람들 옛 황하에 감흥 일으키네[388]   東人興感舊江黃

---

386. 중국으로……노래하니: 24쪽 주7 참조.
387. 세 감실(龕室): 70쪽 주150 참조.
388. 옛……일으키네: 79쪽 주192 참조.

※草庵實記

천자가 하사한 유엽배를 읊은 시 최해철
又 崔海轍

숨겨진 덕과 그윽한 광채 천자 감격하니	潛德幽光感聖皇
여섯 술잔 비로소 우리나라에 내려주셨네	六杯始下我東方
구리와 옥으로 신중히 다듬어져 바탕 마냥 문채나고	穩成銅玉文如質
집안에 지켜오며 대대로 제사 지내며 쓰고 있다네	傳守家庭世奉香
꿈결에도 아득한 중국 땅 남은 물건 귀하고	夢遠紅羅餘物貴
겁먹어 창해 건너니 변한 세상에도 보관중이네	愓經蒼海變時藏
성심으로 은혜 보답하고자 봄에 버들잎 돋아나면	誠心結草春生柳
역사의 잎사귀 누런 몇몇 책에 푸르게 드리우리라	史葉靑垂數卷黃

천자가 하사한 유엽배를 읊은 시 고헌 김덕련
又 顧軒金德鍊

여섯 버들잎 닮은 은혜로운 술잔 천자에게 받으니	六葉恩杯受我皇
명나라의 봄빛이 우리나라로 오게 되었네	皇明春色出東方
옥 부절 잡고 천자 뵈어 약속한 말 실천하였고	執玉朝天言可復
울금주 땅에 부으니 덕이 향기처럼 풍겨나네	鬱金灌地德猶香
누가 말했나, 대보단에 응당 올려야 한다고	孰云大報壇宜獻
지금 다행히도 사가의 사당에 보관하고 있다네	今幸私家廟自藏
중국 땅에서 제사 그릇 옮겨와 음식 갖췄어도	燕輪祭器齊羞大
황하의 운수 늦게 맑아져[389] 저 누런 유엽배 우러르네	河運遲淸仰彼黃

푸릇푸릇 버들 빛 고향 가는 길에 가져오니	靑靑柳色帶歸鄕
상국의 은혜로운 술잔 하토에 빛나는구나	上國恩杯下土光
시들어 떨어져도 지금까지 오직 너만은 남아서	搖落如今惟汝在
명나라 봄빛 한 줄기 미약한 양기 간직하고 있네	王春一脉保微陽

---

389. 황하(黃河)의……맑아져: 79쪽 주192 참조.

※草庵實紀

천자가 하사한 유엽배를 읊은 시 김주섭
又 金周燮

임금 섬겨 남은 정성 천자를 감동시켜	事君餘悃感天皇
대대로 높은 벼슬한 집안 큰 나라에 드러났네	世襲簪纓闡大方
버들잎 닮은 세 쌍의 술잔 후한 상으로 받아	柳葉三杯承厚賞
무궁화 핀 우리나라 맑은 향기 의지하게 되었네	槿花八域賴淸香
이제 알겠네, 공훈과 업적 쇠로 만든 성처럼 중하니	從知勳業金城重
남긴 글 석실[390]에 보관되어 오랫동안 한이 되었네	久恨遺文石室藏
하물며 또다시 섬 오랑캐 침범한 날에	矧又島夷侵犯日
친히 쓰신 교서로 몇 번이나 은혜 입었던가[391]	幾蒙親製教書黃

아름다운 이름 덕업으로 북경에 자자하여	令名德業菀京鄕
다행히도 사문(斯文)에 다시 빛나게 되었네	幸使斯文復有光
콸콸 솟아나는 진짜 근원은 어디인가	混混眞源何處是
낙동강 북쪽에 우뚝 솟은 도산에 있다네[392]	陶岑特秀洛波陽

---

390. 석실(石室): '석실금궤(石室金匱)'의 준말로, 나라에서 귀중한 글을 보관해 두는 장서각(藏書閣)을 가리킨다.

391. 섬……입었던가: 임진왜란 당시 명(明)나라 신종(神宗)이 군사를 피격하여 도와준 일을 두고 한 말이다.

392. 낙동강……있다네: 우리나라의 유학의 근원이 퇴계(退溪) 이황(李滉)에게 있음을 말한 것이다. 도산(陶山)은 퇴계가 강학하던 도산서원을 말한다.

천자가 하사한 유엽배를 읊은 시 황치묵
又 黃致默

우리 임금 가까이서 섬기다 멀리 중국 사신 갔는데	邇事吳君遠使皇
외람되이 우리나라가 천자의 은혜 입게 되었네	皇恩猥被海東方
버들잎 밖에 장식하니 길이 봄빛 띠었고	柳緣外飾長春色
옥으로 가운데 만드니 술 향기 넘쳐나네	玉以中虛注酒香
만약 스스로 착한 덕을 쌓지 않았던들	苟匪自家修善悳
어찌 천자 은총으로 진기한 보물 내려 주셨겠는가	何由天寵及珍藏
고명한 집안 옛 물건 오직 이 보물뿐이니	明家舊物惟玆寶
후손에게 많은 재산 물려주는 것도 부럽지 않네	不羨籯金萬鎰黃

천자가 하사한 유엽배를 읊은 시 최현찬
又 崔鉉燦

선생께서 아침 일찍 명나라 황제 조회 가서	先生朝早大明皇
예의 갖춰 술잔 하사하여 우리나라로 오게 되었네	禮讓恩杯出海方
한 뙈기 동쪽 땅에 홀로 다한 충성 성대하고	一區東土孤忠烈
만력의 봄빛 여섯 유엽배에 향기로 피어나네	萬曆春光六葉香
상전벽해 변한 세상 황금 사발 같던 땅 바뀌어도[393]	滄桑旣變金甌易
천자 총애 높고도 깊어 대대로 보관하고 있다네	寵渥隆深累世藏
주씨가 만든 물건[394] 정씨 집안 옛집에 남아있어	朱氏制餘丁古宅
마음 상해 물으려니 황급했던 시절 말하네	傷心欲問說蒼黃

---

393. 황금……바뀌어도: 황금사발은 흠이 없고 견고하다 하여 강토(疆土)에 비유된다. 여기에서는 황금 사발 같던 명나라가 청나라로 바뀌었음을 말한다. 남조(南朝) 양 무제(梁武帝)가 "우리나라는 마치 황금 단지와 같아서 하나도 상하거나 부서진 곳이 없다.[我家國猶若金甌, 無一傷缺]"라고 하였다.

394. 주씨(朱氏)가 만든 물건: 42쪽 주54 참조.

천자가 하사한 유엽배를 읊은 시 병서 문암 손후익[395]
又 並序 文巖孫厚翼

나라에서 권장하고 상을 내리는 것은 분명 허울로 하는 것이 아니다. 동궁(彤弓 붉은 활)[396]은 훌륭한 신하에게 좋은 하사품을 내린 것이고, 폐고(弊袴 해진 바지)[397]는 마음으로 공을 세운 자에게 대우하고자 한 것이다. 더구나 보통의 경우와는 다르게 은총으로 내린 보물이 멀고 먼 나라에 이르게 되었으니 어떻겠는가?

초암 정 선생(丁先生 정윤우(丁允祐))께서는 소경왕(昭敬王 선조(宣祖)) 시대에 나라가 위태로울 때 번얼(藩臬)[398]의 직임을 내리자 이에 응하였는데, 왕이 조서를 내려 덕과 행실을 칭찬하고 격려해 주셨고, 제사를 지낼 때에는 유림에서 우뚝이 빼어났다 하셨다.[399]

그의 사적이나 행적이 수록된 문헌이 별도로 있지는 않지만 이것으로 그 사람의 대략을 알 수 있다. 예전에 사신으로 북경에 가니 만력황제가 그의 전대(專對)를 가상히 여겨 내부에 소장하고 있던 술잔 세 쌍을 꺼내 하사하셨으니, 안쪽에는 금으로 도금하고 겉은 동으로 만들었으며 기장쌀[黍子]같은 단사(丹沙)로 장식하여 보배로 여길 만했다. 두 쌍도 아니고 네 쌍도 아니라 반드시 그것을 세 쌍으로 한 것은 아마도 이 역시

---

395. 손후익(孫厚翼): 1888~1953. 자는 덕부(德夫), 호는 문암(文巖), 본관은 월성(月城)이다. 이병호(李炳鎬), 이만규(李晩煃), 장석영(張錫英) 등에게 수학하였다. 독립운동에 적극적으로 참여한 인물이다. 저서로 《문암문집》이 있다.

396. 동궁(彤弓): 56쪽 주93 참조.

397. 폐고(弊袴): 81쪽 주197 참조.

398. 번얼(藩臬): 중국의 번사(藩司)와 얼사(臬司) 즉 포정사(布政司)와 안찰사(按察司)의 장관이라는 뜻으로, 우리나라의 절도사(節度使)와 관찰사(觀察使)를 가리킨다.

399. 제사……하셨다: 정윤우(丁允祐)의 장례일인 1605년(선조38) 9월 19일에 선조(宣祖)가 예조 좌랑 이식립(李植立)을 보내 제사를 하사하고 내린 제문에 "유림에서 우뚝이 빼어났도다[擢秀儒林]"는 말이 있다.

※草庵實記

사신에게 잔치를 베풀고 극진한 은총을 내린 뜻이리라.

〈춘추〉의 전기(傳記)가 기록된 이후로 상국에 사신으로 갔다가 배신에게 은총을 내린 일이 얼마나 많겠는가마는 태상(太常)[400]의 진기한 보물을 간곡하게 내려주는 일은 드물었다. 또한 조선이 나라를 세우고 지위가 순임금이 서옥(瑞玉)을 거두시는 반열[401]에 있지 않았고, 영토는 우공의 제후를 봉하는 문서[402]에도 속해 있지 않았다. 조공을 하러 간 성실한 신하를 좌우에서 먼저 추천해 주고[403] 가까이서 당겨 끌어주지 않았는데도 사문[404]이 화목하고, 제왕이 한번 돌아보고서는 바로 은총을 내리셔서 입 기운이 서린 연어(燕御)의 물건을 주시니 밝은 천자와 어진 대부라는 것을 오랜 세월이 흐른 지금에도 상상할 수 있다. 선생께서 돌아가시고 나서 자손이 집안 사당에 보관하여 제사 지낼 때마다 사용하고 있다.

장효왕(莊孝王 정조(正祖)) 때의 초계문신 학서(鶴西) 류이좌(柳台佐)가 경연에서 이에 대해 말을 하니 "당연히 선덕(宣德) 중에 반사(頒賜)한 허리띠 고리[條環]·도검(刀劍)과 더불어 똑같이 우리 땅을 빛내는 물건이다."라고 비답 하였다.[405] 이에 세상의 붓을 잡은 자들이 계속해서 봄바람에 술이 익어갈 때면 노래 부르고 칭송하였고 또 이

---

400. 태상(太常): 국가의 제례와 왕의 시호 제정 등의 일을 맡던 관청이다.

401. 순(舜)임금이……반열: 제후의 반열을 뜻한다.《서경》〈우서(虞書) 순전(舜典)〉에 "다섯 등급의 서옥(瑞玉)을 거두시니 한 달이 다 되자, 날마다 사악(四岳)과 군목(群牧)을 만나 보시고 서옥을 여러 제후들에게 나누어 돌려주셨다.[輯五瑞, 旣月, 乃日覲四岳群牧, 班瑞于群后.]"라고 하였다.

402. 우공(禹貢)의……문서: 제후에 봉해지는 것을 말한다. 우공은 중국 구주(九州)의 지리와 산물에 대하여 기술한 고대의 지리서로,《서경》〈하서(夏書)〉의 편명(篇名)이다. 옛날 천자가 제후를 봉할 때에는 그 땅의 방위에 걸맞은 색깔의 흙을 단에서 떠서 흰 띠풀[白茅]에 담아 수여했다.《書經 夏書 禹貢 孔安國傳》

403. 좌우에서……주고: 전한(前漢) 추양(鄒陽)의 〈우옥중상서자명(于獄中上書自明)〉에 "반목의 뿌리는 기괴하기 이를 데 없는데 만승천자가 사용하는 그릇이 되는 것은 어째서인가? 좌우 근신이 먼저 수식[容]을 하기 때문이다.[蟠木根柢, 輪囷離奇, 而爲萬乘器者, 何則? 以左右先爲之容也.]" 하였는데, 그 주(註)에 "용(容)은 새기고 꾸미는 것이다." 하였다.

404. 사문(四門): 제후들이 조회(朝會)할 때에 출입하는 사방의 문을 말한다.《書經 夏書 舜典》

405. 류이좌(柳台佐)가……하였다: 37쪽 주35 참조.

것을 마침내 간행하여 세상에 공개하였다. 먼 후손 규혁(奎赫)이 아직도 널리 간행되지 못한 것을 걱정하여 다시 말을 잘 하는 지금의 어진 이들에게 부탁하니, 나에게까지 요청하게 되었다.

아, 물건 중에 형체를 갖춘 것은 오래 가지 못한다. 그래서 옛 사람이 철로에 대해 탄식한 것이다.[406] 주나라 묘정의 열 개의 석고(石鼓)[407]는 견고한 것이었으나 팔대 뒤에 매몰된 이후에는 방숙(方叔)과 소호(召虎)에게 내린 규(圭)의 사적[408]과 연어와 잉어를 버드나무로 꿴다는 시[409]를 자세히 기록하지 못하는 것과 같이 되었다. 하물며 명나라가 망하고 조선이 침륜하여 종묘의 제기를 지키지 못하였고, 세가의 교목[410]에 꽃이 피지 못하였는데도 중국 사행으로 가져온 옛 물건만은 홀로 남아 금성(錦城 나주(羅州))의 집안에 봄빛이 되었으니, 어찌 우연이겠는가.

내가 이에 대해서는 따로 감회가 있다. 성왕이 어진 신하에게 물건을 하사하는 이유는 문무의 재질이 갖추어져서이다. 들쑥날쑥하거나 치우쳐진 면이 없지 않지만 유독 음식 담는 그릇을 하사하는 것은 어째서인가. 나뭇잎이 갸름하여 둥글지 않고, 배 부분

---

406. 옛……것이다: 당(唐)나라 유종원(柳宗元)이 영주(永州)에 있을 때 지은 〈철로보지(鐵爐步志)〉라는 글에서 "전에는 철공소(鐵工所)가 있었으므로 철로보(鐵爐步)라 하였지만 지금은 철로가 없는데도 그대로 철로보라 하니 이름만 있고 실제는 벌써 없어졌다."라고 한 고사가 있다.《柳河東集 卷28》

407. 주(周)나라……석고(石鼓): 주 선왕(周宣王)이 험윤(玁狁)을 정벌하고 문왕과 무왕 때의 영토를 되찾은 중흥의 업적을 북 모양의 돌에 새긴 것을 말한다. 석고는 북 모양으로 된 10개의 석조 유품으로, 돌 표면에 진대(秦代)의 전자(篆字)에 가까운 문자가 새겨져 있는데, 중국 최고(最古)의 금석문으로 꼽힌다. 석고에 대해서는 이설이 많으나, 주 선왕이 사냥한 내용을 사주(史籒)가 송(頌)으로 지었다는 것이 일반적인 통설이다.

408. 방숙(方叔)과……사적: 방숙과 소호(召虎)는 주 선왕(周宣王) 때의 현신(賢臣)이다. 방숙은 북벌(北伐)에 참여한 뒤 반란을 일으킨 형만(荊蠻)을 평정하였으며 소호는 회이(淮夷)를 정벌하였다. 송(宋)나라 소식(蘇軾)의 〈후석고가(後石鼓歌)〉에 "방숙(方叔)과 소호(召虎)는 나란히 홀(笏)과 검은 기장술 하사받았다오."라고 하였다.

409. 연어와……시: 당(唐)나라 한유(韓愈)의 〈석고가(石鼓歌)〉에 "장생이 손에 석고문을 가지고 와서[張生手持石鼓文]"라는 구절에 주(註)에 석고문 중에 판독이 가능한 구절 중에 "물고기는 무엇인가? 연어와 잉어로다. 무엇으로 꿰는가? 버드나무와 수양버들이다.[其魚維何? 維鱮維鯉. 何以貫之? 維楊維柳.]"하는 구절이 있다고 하였다.

410. 세가(世家)의 교목(喬木): 여러 대 동안 중요한 지위에 있어 국가와 운명을 같이한 집안이나 인물을 비유한다.

※草庵實記

이 불룩하고 머리 부분이 없는 것 또한 많다. 그것을 하필이면 유엽배라고 이름을 붙인 것은 또 어째서인가. 봄기운을 얻은 것 중에는 버드나무보다 앞서는 것이 없고, 다른 사람 마음을 펴는 데는 술보다 빠른 것이 없으니 천도의 음기가 다하고, 사람 마음의 울적함이 심하기 때문이다. 음기가 다하면 반드시 봄이 오고, 울적함이 심하게 되면 반드시 펴지게 된다. 이 술잔이 명나라 궁궐에서 나와서 조선 땅에 보관되어 다시 오늘날의 세상에 밝혀 드러내려 하는 것은 운수와 관련된 것이 아니겠는가. 그러나 신종이 하사하시고 선생께서 이를 받은 것은 어찌 뜻이 있어서 그런 것이겠는가. 물건이 보물이 되는 데는 이치가 반드시 있어야 하고, 이치가 깃들게 되면 기가 반드시 따라온다. 하늘에서 보관하고, 시대가 되면 이것에 응답하니, 이것이 바로 조화가 행하는 기함(機緘)⁴¹¹의 오묘함이어서 물건은 그 자취를 가릴 수 없는 것이다. 천하를 위해 잔악한 적을 없애고, 호랑이나 표범 같은 이⁴¹²를 멀리하여 오랑캐를 응징하는 것은 하늘이 명한 관리이다. 하늘이 명하는 것을 어찌 형상이 있어 가리킬 수 있겠는가. 아름다운 향기의 덕에 응하여 술이 익는 조짐을 드러내는 것은 이 또한 자연스런 이치 속에서 그렇게 하지 않았는데도 반드시 이르게 되는 기운에 혹여 어그러짐이 없는 것이다. 이러한 점을 보지 못하면서 순순한 명⁴¹³을 구하려고 한다면 어찌 이 술잔에 대해 함께 말할 수 있겠는가.

---

411. 기함(機緘): 기관(機關)에 묶여 있는 것으로, 사물을 움직여 발생하게 하고 변화하게 하는 힘을 말한다. 《장자》〈천운(天運)〉에 이르기를 "하늘은 운행하려 하고, 땅은 그치려 하고, 해와 달은 장소를 다투는데, 이것을 누가 주관하고 누가 벼리지우고 누가 할 일 없이 앉아서 추진하는가, 아니면 어떤 기틀에 묶여 있어서[機緘] 그칠 수 없는 것인가?"라고 하였다.

412. 호랑이나……이: 청나라를 비유한 말이다. 《초사(楚辭)》〈초혼(招魂)〉에 "호랑이와 표범이 아홉 겹의 하늘 문을 지키면서, 아래 세상 사람들이 못 들어오게 잡아먹네.[虎豹九關, 啄害下人些.]"라는 말이 나온다.

413. 순수한 명(命): 만장(萬章)이 맹자(孟子)에게 묻기를, "순(舜)이 천하를 소유한 것은 누가 준 것입니까?" 하자, 맹자가 하늘이 주었다고 답하였다. 이에 만장이 다시 묻기를, "하늘이 주었다는 것은 직접 자상하게 명한 것입니까?[天與之者, 諄諄然命之乎?]" 하니, 맹자가 답하기를, "아니다. 하늘은 말씀하지 않는다. 행동과 일로써 보여 주실 뿐이다."라고 하였다. 《孟子 萬章上》

아, 시 또한 어찌하여 짓게 되었는가? 주나라 도가 쇠약해져 변풍(變風)⁴¹⁴이 생겨나게 되었다. 이때 주나라의 예가 노나라에 있게 되었고, 노나라 또한 쇠약해지자 주공도 다시는 볼 수 없게 되어 변풍이 또한 끝나게 된 것이다. 공자께서 시를 산정하면서 비거(匪車)와 침소(侵蕭)⁴¹⁵로 끝을 삼았으니 그 뜻을 알 수 있다. 우리 숭정황제께서 만수산에 거둥한 이후로⁴¹⁶ 천하가 오랑캐 차지가 되었다. 그러나 우리나라의 문물은 본래 중화와 같아서 이 유엽배가 중국에 있지 않고 기필코 우리나라의 중화가 된 것이다. 그러나 대보단(大報壇)이 설치되기는 했지만 조공을 가지고 가는 사신은 유연(幽燕)⁴¹⁷의 길에 끊이지 않기 때문에 이 유엽배를 두고 영탄하고 깊은 뜻을 부친 앞 사람들은 도연명이 다섯 버들을 심은 뜻⁴¹⁸과 문정이 몇 순배의 술을 마신 회포⁴¹⁹가 있었으니, 풍(風)의 변한 것이 오래되었다. 오늘 또 무궁화가 다 떨어져서 변화가 극에 달하고 끝이 났다. 우리의 가마솥을 씻고 기장묘에 비를 내리는 감회⁴²⁰에 슬퍼하면서도 분개하는 것은 풍(風)에서 움직여 물건에서 소리를 내는 것이다. 이 역시 천리가 떳떳한 천

---

414. 변풍(變風) :《시경》〈국풍(國風)〉 중의 패풍(邶風)에서 빈풍(豳風)까지 열세 나라의 시를 말한다. 모시서(毛詩序)에 "변풍이 정(情)에서 나와서 예의에 그쳤으니, 정에서 나옴은 백성의 성(性)이고, 예의에 그침은 선왕의 은택이다.[變風發乎情, 止乎禮義, 發乎情, 民之性也, 止乎禮義, 先王之澤也.]" 하였다.

415. 비거(匪車)와 침소(侵蕭): 비거는《시경》〈회풍(檜風) 비풍(匪風)〉의 "바람이 몰아쳐서도 아니요, 수레가 급히 달려서도 아니라네. 주나라로 가는 길 돌아보고는 중심에 서글퍼하노라.[匪風發兮, 匪車偈兮. 顧瞻周道, 中心怛兮.]"에 나오는 말로, 주나라 왕실이 쇠미한 것을 보고 어진 사람이 탄식하는 뜻이다. 침소(侵蕭)는《춘추좌전》노희공(魯僖公) 삼십년(三十年) 조(條)에 "개인(介人)이 소(蕭)나라를 침공(侵攻)하였다.[介人侵蕭]"라는 말이 나오는데, 소(蕭)는 송나라의 부용국으로 아주 작은 나라라 한다. 작은 나라를 침공하여 이를 한탄한 내용을 담고 있다.

416. 숭정황제(崇禎皇帝)께서……이후로: 114쪽 주289 참조.

417. 유연(幽燕): 옛날 유주(幽州)와 연(燕)나라 지방으로 지금의 하북(河北)과 요녕(遼寧) 일대이다. 조선의 사행이 의주에서 북경까지 대부분 이 지역을 통과하였으므로, 중국 내 연행로를 지칭하는 용어로 쓰이기도 하였다.

418. 도연명(陶淵明)이……뜻: 77쪽 주186 참조.

419. 문정(文定)이……회포: 문정은 시호로 추정된다. 정확히 누구와 관련된 고사인지 미상이다.

420. 가마솥을……감회: 쇠망해가는 세상을 당하여 옛날 융성했던 시대를 그리워하는 뜻으로,《시경》〈비풍(匪風)〉과〈하천(下泉)〉에서 유래하였다. 27쪽 주17 참조.

※草屋實記

성의 감회를 어쩔 수 없어서 그런 것이다. 세상의 뜻이 있는 자들은 아마도 혹시 이것을 보고서 여기에 감흥을 일으킬 것이다. 시는 다음과 같다.

명나라 세상에 빛나신 천자	紅羅天地帝於皇
버들잎 봄을 나눠 우리나라에 주셨네	柳葉分春海一方
계찰은 처음 음악 듣고 소(韶)를 아름답게 여겼고[421]	季子初觀韶石美
숙손이 세 번 절하니 덩굴 풀 향기 풍겼네[422]	叔孫三拜野苓香
밝게 비추는 하토에선 은총 생각하고	映輝下土懷恩命
제사 지내는 어진 후손은 잘 보관하고 있네	報祀賢仍賀善藏
어찌하면 산하 되찾고 옛 물건 찾아내어	安得山河尋舊物
울창주 다시 내려 고명(誥命)[423] 하려나	黑秬重降誥麻黃

---

421. 계찰(季札)은……여겼고: 123쪽 주304 참조.
422. 숙손(叔孫)이……풍겼네: 《국어(國語)》 〈노어 하(魯語下)〉에 숙손목자(叔孫穆子)가 진(晉)나라에 빙문 갔을 때, 진 도공(晉悼公)이 사신으로 온 숙손목자의 노고를 위로하기 위해 연향을 베풀어 〈사하(肆夏)〉·〈문왕(文王)〉·〈녹명(鹿鳴)〉 등 여러 음악을 연주하였는데, 음악이 연주되던 내내 묵묵히 앉아 있던 숙손목자는 〈녹명〉 3장을 연주하자 일어나 절을 한 고사가 있다. 《시경》 〈녹명(鹿鳴)〉에 "울어대는 사슴이여 들에 덩굴 풀을 뜯고 있네.[呦呦鹿鳴, 食野之苓.]"라는 구절이 있다.
423. 고명(誥命): 중국에서 황제의 조칙(詔勅)을 황마지(黃麻紙)에 쓴 데에서 나온 말로 조서(詔書)나 칙서(勅書)를 말한다.

천자가 하사한 유엽배를 읊은 시 이기만
又 李紀萬

중국 가던 사신 당시에 찬란하다 노래하니	使華當日詠皇皇
황궁의 버들 봄빛 우리나라 동쪽으로 오게 되었네	御柳春光東我方
보탑(寶榻)에서 선물 주시니 푸릇푸릇한 빛 돌고	酬來寶榻蒼蒼色
선조 사당에 제사 올리니 술잔마다 향기 풍겨나네	奉奠先祠葉葉香
하사 물건 아름다운데다 은총이 무겁고	物不徒美恩渥重
전승은 아끼고 효심으로 보관한 것 아니겠는가	傳何自愛孝心藏
상국에다 제사 지내려 해도 지금 어디에 있는가[424]	祼將上國今安在
저 울창주 부어 탄식하니 옥 술잔만 누렇다네	噫彼中流玉瓚黃

---

424. 상국(上國)에다……있는가: 상국인 명나라가 망해 제사 드릴 곳이 사라졌다는 탄식이다.

※草庵實紀

천자가 하사한 유엽배를 읊은 시 허만선
又 許萬璿

유엽배 한 잔 한 잔은 중국 사신 가서 받은 것	柳杯葉葉使華皇
만력의 봄빛 우리나라에 훤히 빛나네	萬曆王春爛一方
규장[425]으로 만들어져 유독 아름다울 뿐 아니라	制以圭璋罔獨美
울창주 기울이면 향기 최고라네	傾來鬱鬯最憐香
조종의 대업 이루신 천자 조회 갔으니	祖宗大業朝天義
후손은 깊은 정성으로 대대로 보물 소장하였네	孫裔深誠世寶藏
그 당시 맡았던 사신의 임무 생각해보면	想像當年專對事
재주는 임금 보좌할 만하네	才堪補袞繡裳黃

---

425. 규장(圭璋): 고대 조빙(朝聘)에 사용하던 옥으로 만든 매우 귀중한 예기(禮器)이다.

천자가 하사한 유엽배를 읊은 시 이기희
又 李紀曦

상국으로 사신 가 찬란하다 노래하니[426]	觀風上國賦皇皇
황실 버들 이른 봄빛 우리나라에 왔다네	御柳先春海我方
마음으로 내린 하사 하루아침에 종과 북 벌여 주니[427]	心貺一朝鍾鼓饗
효도 생각 백세토록 아름다운 향기 풍겨나네	孝思百世苾芬香
유생은 노나라 그릇 안아볼 수 없으나	諸生無地魯器抱
옛 사수에는 오래도록 우임금 솥 간직하네[428]	古泗多年禹鼎藏
이 때문에 풍천의 남은 감회[429] 더욱 많아지니	因此風泉遺感倍
서쪽으로 가서 누가 다시 조공 바치려나	西歸誰復篚玄黃

---

426. 상국(上國)으로……노래하니: 27쪽 주7 참조.
427. 마음으로……주니: 진심으로 주는 선물을 뜻한다. 《시경》〈동궁(彤弓)〉에 "시위 느슨한 붉은활을 고이 받아 간직했더니, 나에게 훌륭한 손이 있어 진심으로 주려는지라, 종과 북을 벌여 놓고 하루아침에 내려 주노라.[彤弓弨兮, 受言藏之. 我有嘉賓, 中心貺之. 鍾鼓旣設, 一朝饗之.]"라고 하였다.
428. 사수(泗水)에는……간직하네: 54쪽 주81 참조.
429. 풍천(風泉)의 남은 감회: 27쪽 주17 참조.

천자가 하사한 유엽배를 읊은 시 권영익
又 權寧翼

유엽배 명나라 천자에게서 나온 것이니	葉杯來自大明皇
인간 세상에 귀중함 무엇과 겨룰까	愛重人間孰與方
옛적에 천자 조회가 아름다운 보물 주셨으니	意昔朝天遺寶美
지금 사당에 남아 있어 울금향에 예를 갖추네	至今留廟挹金香
숭정[430]의 운세 다했으니 누가 다시 회복할까	崇禎運去誰能復
관찰공[431]이 돌아오니 이 술잔만 보관되어 있네	觀察公歸此獨藏
술잔 받들어 보니 쌍쌍이 다르지 않으니	奉玩雙雙無等別
어떤 요설로 감히 고칠 수 있으랴[432]	阿那饒舌敢雌黃

---

430. 숭정(崇禎): 27쪽 주18 참조.

431. 관찰공(觀察公): 정윤우(丁允祐)를 가리킨다.

432. 어떤……있으랴: 유엽배 하나하나가 다 소중하다는 의미로 쓴 것이다. 자황(雌黃)은 옛날에 황지(黃紙)에 글씨를 쓰다가 잘못 썼을 경우에 이것을 사용해서 글자를 지우고 그 위에 다시 썼으므로, 전하여 시문(詩文)을 개찬하거나 의론과 평론, 선악과 시비를 말하는 뜻으로 쓰인다.

천자가 하사한 유엽배를 읊은 시 김덕영
又 金德泳

만국이 함께 만력황제에게 조회 가니	萬國同朝萬曆皇
버들잎 닮은 술잔 은총으로 해동 땅에 건너왔네	柳杯恩渡海東方
사신은 풍모 맑아서 옥과 비단 드리고	使節風淸將玉帛
황제 화로 연기 가늘어 울금향 풍겨나네	御爐煙細鬱金香
중화의 문물 새로운 세상으로 들어오니	文物中華新世入
자손은 오늘 옛집에 보관하고 있다네	子孫今日古家藏
다시 홍의며 운금패 하사해 주시니[433]	又賜紅衣雲錦牌
천년토록 역사 속에 전해지리라	千載宜傳史筆黃

---

433. 다시……주시니: 명나라 황제가 내린 하사품이나 구체적으로 누구에게 어떤 하사품을 내린 것인지는 확인되지 않는다. 홍
의(紅衣)는 명나라 신종 황제(神宗皇帝)가 선조(宣祖)에게 하사한 망룡의(蟒龍衣)를 말하는 듯하다. 망룡의는 망의(蟒衣)
라고도 하는데, 붉은 바탕에 큰 구렁이 무늬를 수놓은 예복을 가리킨다. 명나라 제도에 금의위 당상관(錦衣衛堂上官)이
붉은 망의를 입고, 또 재상과 외국 임금에게도 내려주었다고 한다.

천자가 하사한 유엽배를 읊은 시 장내필
又 蔣來苾

조칙 내린 붉은 섬돌에서 천자를 배알하니	詔賜丹墀拜聖皇
휘황한 보배 채색 우리나라를 빛나게 하네	煒煌寶彩耀東方
명나라 봄빛 유엽배 빛깔이라 아름다운 물건 되고	王春爲色成佳品
술을 내려 술잔에 담기니 멀리까지 향기 풍기네	宣醞在中播遠香
어진 후손은 지금도 집안 사당에 받들고 있고	賢裔至今私廟奉
특별한 은총 어찌 해진 바지[434]와 같을 뿐이랴	殊恩豈特弊袴藏
푸릇푸릇한 여섯 유엽배 천연히 만들어졌으니	蒼蒼六葉天然作
상전벽해 변한 세상 가을 서리에도 누렇게 변치않네	桑海秋霜不染黃

---

434. 해진 바지[弊袴]: 81쪽 주197 참조.

천자가 하사한 유엽배를 읊은 시 자하 권두영

又 紫下權斗永

아득히 만력황제 생각해 보니	我想悠悠萬曆皇
황제 술잔 어찌 우리나라에 있게 되었나	皇杯胡在海東方
배신에게 그 당시 사신 임무로 상을 주시니	陪臣當日賞專對
대대로 제사 사당에서 울금주 따르네	奕世禋祠斟鬱香
영험한 술잔 어찌 병화에 불타 버리겠는가	靈器曷由兵燹燒
자애로운 후손 오랜 세월 지나도 보관하고 있다네	慈孫能涉惘塵藏
이름은 유엽배라 하지만 버들과는 달라서	名雖柳葉異於柳
봄이 오면 푸르지도 가을 오면 누렇지도 않다네	春不爲青秋不黃

천자가 하사한 유엽배를 읊은 시 이지구
又 李之久

풍천의 감회[435] 옛 신종 황제 생각나게 하니	風泉我思昔神皇
유엽배 어느 봄에 우리나라에 왔던가	柳葉何春落海方
진기한 술잔 촉땅 예물이라 하니 옥으로 깎았고	珍稱蜀筐雕玉質
자질은 주나라 종묘에 어울려 울금향 따른다네	材宜周廟灌金香
공경히 황제 대하니 진심으로 선물 내려 주서서	恭將天陛中心貺
홀로 정씨 집안에 보존하여 영원토록 소장했네	獨保丁家永世藏
우리나라 중흥시켰어도 운세 한번 바뀌어 버렸으니	再造靑邱嗟一運
도문[436]에 다시 나가 가을 국화꽃을 띄워 마시네	陶門且進泛秋黃

---

435. 풍천(風泉)의 감회: 27쪽 주17 참조.

436. 도문(陶門): 도잠(陶潛)의 문이라는 말로, 도령문(陶令門)이라고도 한다. 도잠은 77쪽 주186 참조.

천자가 하사한 유엽배를 읊은 시 장내면
又 蔣來冕

만력의 봄빛 천자에서 나와서는	萬曆春光自聖皇
휘황한 여섯 유엽배 우리나라에 왔다네	煌煌六葉海東方
중국 땅에 제때 내린 비 이미 빛깔 젖어들고	勻天化雨曾沾色
재앙 내려 상전벽해 변한 세상 홀로 향기 보존했네	浩劫滄桑獨保香
노나라 사당의 호련[437] 이 기물과 같고	魯廟瑚璉同此器
주나라 손님에게 내린 궁시[438]처럼 영원히 보관했네	周賓弓矢永言藏
세모에 산의 개암나무에 가슴 아픈 일 많으니[439]	山榛歲暮多傷感
다시는 제후국에서 조공 바치지 않는다네	無復侯藩筐厥黃

---

437. 호련(瑚璉): 129쪽 주315 참조.

438. 궁시(弓矢): 천자가 공로가 있는 제후나 대신을 예우하여 내려 주는 아홉 가지 물품 기물로서, 거마(車馬)·의복(衣服)·악기(樂器)·주호(朱戶)·납폐(納陛)·호분(虎賁)·궁시(弓矢)·거창(秬鬯) 가운데 하나이다.

439. 세모(歲暮)에……많으니: 그리운 사람이 있다는 말로 여기서는 명나라 혹은 신종 황제를 말한다. 《시경》〈패풍(邶風) 간혜(簡兮)〉에 "산에는 개암나무가 있으며 습지에는 감초가 있도다. 누구를 그리워하는고, 서방의 미인이로다.[山有榛, 隰有苓. 云誰之思? 西方美人.]"라고 한 데서 나온 말이다.

※草庵實紀

천자가 하사한 유엽배를 읊은 시 이기호
又 李紀鎬

높은 하늘 총애해 제왕 위대하시니   九天寵渥帝於皇

푸르디푸른 여섯 유엽배 먼 나라에 오게 되었네   六葉靑靑落遠方

진기한 공물 날라다 제후국으로 배 실어 보내니   珍貢輪來藩海航

화려한 장식에 궁궐 향로 향기 묻어나네   瓊裝惹出御爐香

크나큰 은혜 추모하니 감격 끝이 없고   追慕鴻恩惶感極

세상에 전해진 보배 그릇 공경히도 보관하였네   世傳寶品敬恭藏

제사 받드는 먼 후손마저 음복하게 되니   奉奠雲仍仍飮福

아름다운 옥잔에 가득 부은 울창주 노래한다네   歌吟瑟瓚在中黃

천자가 하사한 유엽배를 읊은 시 김정식
又 金廷植

술잔 속 일월은 천자를 받들어	盃中日月戴明皇
몸통은 둥글고 길며 술잔 홈은 네모졌네	體欲圓長口欲方
술잔 당겨 짙은 천자의 술 가득 채우니	引白滿濃天陛液
푸른 빛 머금은 데다 궁궐 화로 향기 띠었네	含青更帶御爐香
여섯 술잔 하나로 겹쳐지니 왕부에서 나왔고	一包統六來王府
셋씩 짝을 이루니 사당에 보관하여 장식하였네	兩對成三節廟藏
상전벽해 변한 세상 옛 물건에 변경버들 노래하니[440]	桑海著簪歌汴柳
신령한 제단에 어느 날에나 제사 지내려나	靈壇何日奠蕉黃

---

440. 변경(汴京)버들 노래하니: 180쪽 주385 참조.

※草庵寶翰

천자가 하사한 유엽배를 읊은 시 최필원
又 崔弼遠

여섯 술잔 버들잎 닮아 찬란한 모습 아름답고	六盂柳葉美皇皇
상으로 천자가 내려주니 먼 우리나라에 오게 되었네	褒賞自天渡遠方
바탕은 옥과 구리 닮아서 옛 빛깔 그대로이고	質近玉銅守舊色
품격은 희상[441] 같아 남긴 향 맡네	品同犧象挹遺香
현제[442]의 은총 내린 하사품 남아 있으니	尙存顯帝恩高賜
공가에 대대로 보관할 만하다네	堪作公家世寶藏
명나라 조정에 친히 맑은 술 따를 수 있다면	若使明朝親洞酌
함께 옥잔에 황류[443]를 가득 채워보리라	共隨瑟瓚滿流黃

---

441. 희상(犧象): 고대의 주기(酒器)로서, 그 모양에 대해서는 여러 이설(異說)이 있다. 《예기》〈명당위(明堂位)〉의 '준용희상(尊用犧象)' 소(疏)에는 "춤추는 봉황의 그림을 그리고 상아(象牙)로 장식한 것이다." 하였고, 《춘추좌전》 정공(定公) 11년 소(疏)에는 "희상은 주기(酒器)로 희준(犧尊)과 상준(象尊)인데, 희준은 비취로 장식한 것이고, 상준은 봉황 모양으로 만든 것이다." 하였고, 《삼례도(三禮圖)》에는 "희준은 소 그림을 그린 것이고, 상준은 코끼리 그림을 그린 것이다." 하였다.

442. 현제(顯帝): 명(明)나라 신종 황제(神宗皇帝)의 시호이다.

443. 황류(黃流): 62쪽 주118 참조.

천자가 하사한 유엽배를 읊은 시 진사 김호상
又 進士金鎬相

천자 조회하던 당일에 황제 배알하니	朝天當日拜瑤皇
버들 술잔 특별한 은총으로 먼 나라에 내려주었네	葉盞殊恩降遠方
만 리 떠난 봄 사신 버들 빛 실어오고	萬里春輈來柳色
구중궁궐 신선 수레 복숭아 향기에 취하였네	九重仙御醉桃香
신주의 대기[444]는 아직도 변천하고 있으나	神州大器猶遷幻
옛 가문의 기이한 옥잔은 지금도 보관하고 있다네	舊閥奇玖迄保藏
유엽배 바라보니 훌륭한 사신 임무 떠오르는데	見此應追專對美
사당에 길이 술 따르니 황류[445]가 담겨있네	祝祊長祼在中黃

---

444. 신주(神州)의 대기(大器): 전국 시대의 학자인 추연(鄒衍)이 중국을 신주(神州)라고 하였는데, 그 후로 중국의 별칭이나 황제가 있는 황성(皇城)을 뜻하는 말로 쓰인다. 대기는 제왕의 자리 혹은 천하를 말한다.《漢書 賈誼傳》
445. 황류(黃流): 62쪽 주118 참조.

※草庵實記

천자가 하사한 유엽배를 읊은 시 심암 최홍재
又 心庵崔鴻在

초암공⁴⁴⁶께서 예전에 중국 사행 떠나시니	草庵公昔賦華皇
진기한 유엽배 술잔 하늘 모퉁이 나라에 오게 되었네	六葉珍杯天一方
타원형 모양 아름다운 호⁴⁴⁷보다 훨씬 좋고	橢容勝似三瑚美
울창주 제사에 향기로운 이유⁴⁴⁸보다 낫다네	鬯祼賢於二卣香
해달처럼 은총 빛나니 태평시대에 내려 주어서	恩光日月明時錫
춘추 같은 의리로 어지러운 세상에도 보관했네	義本春秋亂世藏
정씨 가문에 버들 빛 잘 보존하고 있으니	丁氏護持堯柳色
금성의 집안⁴⁴⁹에 금성 고을 노래리라	錦城家裏錦城黃

---

446. 초암공(草庵公): 정윤우(丁允祐)의 호이다.

447. 호(瑚): 129쪽 주314 참조.

448. 이유(二卣): 유(卣)는 은나라 때 제사에 사용된 울창주(鬱鬯酒)를 담는 그릇이다. 《서경》〈주서(周書) 낙고(洛誥)〉에 "왕께서 사람을 보내와 은나라 사람들을 경계하시고 나에게 편안히 있으라고 명하시되 검은 기장과 울금(鬱金)으로 빚은 술 두 그릇으로 하시고 말씀하기를 '밝게 공경하노니, 두 손을 맞잡고 머리를 조아려서 아름다이 향례(享禮)를 올린다.'하였습니다.[伻來毖殷, 乃命寧予, 以秬鬯二卣曰, 明禋, 拜手稽首, 休享.]"라고 하였다.

449. 금성(錦城)의 집안: 58쪽 주104 참조.

천자가 하사한 유엽배를 읊은 시 진사 전규병
又 進士全奎炳

여섯 유엽배 은총 내리니 천자를 칭송하고	六葉恩杯頌聖皇
황제의 봄 한 줄기 우리나라에 오게 되었네	皇春一脉在東方
아직도 황극전 푸른 유리 윤기가 남아있고	尙留極殿靑琉渥
완연히 중국 황실 붉은 기운 향기 풍겨나네	宛帶天宮紫氣香
만력 연간 옛 물건 남아 있어	萬曆年間遺舊物
금성의 집안⁴⁵⁰에 대대로 소중히 보관 중이네	錦城家裏世珍藏
오랜 세월에도 가운데 빛깔 마멸되지 않아서	劫灰不泐中央色
구리바탕 금무늬에 간간히 노란 빛 띠었네	銅質金文間間黃

---

450. 금성(錦城)의 집안: 58쪽 주104 참조.

※草庵實紀

천자가 하사한 유엽배를 읊은 시 최장식
又 崔章植

번신⁴⁵¹의 충의가 천자를 감동시켜	藩臣忠義感天皇
사방에 사신 가서 우리 임금 욕되게 않았네⁴⁵²	不辱吾君使四方
엄숙한 기운 늘 인자한 임금 은혜 남아 있고	肅氣恒存仁主澤
엷은 그을음 젖었어도 황실 화로 향기 풍기네	淡煤惟濕御爐香
흠모하고 존경할 만해 천추토록 전해질 자취	可欽可敬千秋蹟
선조 닮은 후손 백세토록 보관하고 있네	浩刼滄桑至此極
우리나라 언제쯤 누런 강물 맑아지려나⁴⁵³	東邦何日淸河黃

---

451. 번신(藩臣): 관찰사(觀察使)·병사(兵使)·수사(水使) 등의 관직에 있는 신하를 번신(藩臣)이라 한다. 정윤우가 관찰사를 지낸 적이 있으며, 또 여기서는 번국의 신하라는 뜻으로도 해석이 가능하여 중의적인 의미가 담겨 있다.

452. 사방에……않았네: 《논어》〈자로(子路)〉에 공자의 제자 자공(子貢)이 선비에 대해서 묻자, 공자가 이르기를 "처신하는 데에 부끄러움이 있으며, 사방에 사신으로 가서는 군주의 명을 욕되게 하지 않으면 선비라 이를 만하다.[行己有恥, 使於四方, 不辱君命, 可謂士矣.]"라고 하였다.

453. 누런 강물 맑아지려나: 79쪽 주192 참조.

천자가 하사한 유엽배를 읊은 시 박동주

又 朴東柱

사신 갔던 그해에 천자를 뵈었는데	使節當年拜聖皇
여섯 유엽배 우리나라 총애해 내려주었네	六杯柳葉寵遐方
뾰족하니 둥글어서 명나라 봄빛 만들어 내었고	尖圓鑄得王春色
가운데는 넓어서 황궁 술 향기 담아내었네	中闊含容御醞香
상국에서 무거운 은총 내린 때가 언제던가	上國何時恩渥重
명가에서는 예전처럼 대대로 보배로 간직하네	名家依舊世珍藏
유민은 아직도 풍천의 감회[454] 있건만	遺民尚有風泉感
누가 다시 중국 땅에 조공가려나	誰復神州篚厥黃

---

454. 풍천(風泉)의 감회: 27쪽 주17 참조.

※草庵實記

천자가 하사한 유엽배를 읊은 시 최영학

又 崔泳鶴

미미한 충정에 감격해 천자가 기쁜 기색 보이시니	微衷感激賜顔皇
더구나 또 먼 지방에 있는 제후국이라네	況又藩邦在遠方
중국으로 사신 가 신하의 직책 수행하고	奉使天門臣子職
유엽배에 술 내려주니 황실 화로에 향기 풍겨나네	醞宣柳葉御爐香
상전벽해 자주 변해 진실로 보존하기 어렵건만	滄桑累變誠難保
오랜 세월이 지나도 탈 없이 보관하였네	劫海窮塵無恙藏
총애 내려주시니 분명히 옛 예의 남아 있을 터	寵錫分明存古禮
사묘 활짝 열어 분황[455]하며 올리네	洞開私廟薦焚黃

---

455. 분황(焚黃): 133쪽 주320 참조.

천자가 하사한 유엽배를 읊은 시 최용식
又 崔容植

지척에서 윤음 내려져 곧바로 사신 떠나니	綸音咫尺卽皇皇
먼 나라 땅 미천한 신하 감격하게 하였네	感激微臣在遠方
여섯 유엽배 천고의 보물로 전해지고	六葉杯傳千古寶
구중궁궐의 술맛은 백년의 향기 풍겨나네	九重酒味百年香
서천의 해와 달 명나라에 나타나서	西天日月大明顯
동쪽 우리나라 집안에 영원토록 보관중이네	東土邦家永世藏
자자손손 정성껏 지키고 있는 뜻은	子子孫孫謹守意
태산이 숫돌처럼 닳고 황하가 띠가 될 때까지라네[456]	泰山若礪帶河黃

---

456. 태산(泰山)이……때까지라네: 영원히 변치 않는다는 뜻이다. 한 고조(漢高祖)가 천하를 통일한 뒤 공신에게 작위와 봉지(封地)를 정해 주고 맹세하기를 "황하수가 띠처럼 되고 태산이 숫돌만큼 닳아도 나라와 함께 길이 보전하며 후손에게까지 미칠 것이다.[使黃河如帶, 泰山若礪, 國以永寧, 爰及苗裔.]"라고 하였다.

※卓庵實紀

천자가 하사한 유엽배를 읊은 시 7세손 정재로[457]
又 七世孫載老

띠집 사람들 그리워 우리 천자 제사 지내려는데	茅屋人思祭我皇
우리나라에선 슬픈 노래 절로 나온다네	悲歌自作海東方
누가 알리오, 칠세 배신의 집에	誰知七世陪臣宅
여태 명나라 봄빛 닮은 유엽배 향 보전한다는 걸	尙保王春六葉香
옥 바탕 금무늬라 더더욱 예스럽고	玉質金章看愈古
은나라와 주나라의 술잔처럼 아껴 소장중이네	殷瑚周瓚愛兼藏
술잔에다 명나라의 갑자를 쓰려하니	杯心欲寫中朝甲
사당 밖 찬 꽃에는 이슬 노랗게 젖었네	祠外寒花露裏黃

---

457. 정재로(丁載老): 1731~1802. 자는 현지(玄之), 호는 사무(四無), 본관은 나주(羅州)이다. 1756년 진사시에 합격하였다.

천자가 하사한 유엽배를 읊은 시 7세손 정재대[458]
又 七世孫載大

우리나라의 중흥은 천자 덕택이니	箕邦再造賴明皇
명나라 멸망 후 유민들은 우리나라로 왔었네	劫後遺民卽一方
신주의 대기[459]는 백년 지난 오늘날 더럽혀졌고	神器百年今日穢
여섯 개의 금 술잔에는 옛 시절 향기 풍겨나네	金杯六葉舊時香
우리 가문에 칠세토록 전래된 보물	吳家七世傳來寶
옛 제도대로 세 감실[460]에 제사 드리며 보관중이네	古制三龕奠後藏
저 바다로 모여드는 물을 따라다가[461]	酌彼朝宗于海水
늘 돌아온 사신에게 황하의 소식 묻네	每因歸使問河黃

| 여섯 황실 술잔 먼 땅으로 오게 되니 | 六葉宮杯落遠鄕 |
| 황실에서 세 번 내리니[462] 은총 빛나네 | 皇家三錫寵恩光 |

---

458. 정재대(丁載大): 1717~1785. 자는 임여(任汝), 호는 학파(鶴坡), 본관은 나주(羅州)이다.

459. 신주(神州)의 대기(大器): 206쪽 주444 참조.

460. 세 감실(龕室): 70쪽 주150 참조.

461. 바다로……따라다가: 《서경》〈우공(禹貢)〉에 "온갖 물줄기가 바다로 모여든다.[江漢朝宗于海]"라고 하였는데, 그 주를 참고해 보면 '강수와 한수가 형(荊)에서 합류하여 바다로 흘러감이, 제후들이 천자를 조회함과 같다'라는 의미로, 신하가 임금에게 조회(朝會)하는 것을 표현할 때 쓰인다.

462. 세 번 내리니: 옛날에 제왕이 대신(大臣)을 예우하여 주던 세 가지 기물을 말한다. 여기에서는 유엽배가 정조 년간 안동향교의 복두(幞頭)·난삼(襴衫), 김륵(金玏)의 《대학연의》와 함께 영남지역 대명의리(對明義理)의 세 가지 상징적 물건이므로, 이를 두고 한 말로 추정된다.

※草庵實記

곤명 이후[463] 오랜 세월에도 아직 남았으니   昆明劫後看猶在

벼와 기장[464] 시들어 석양에 눈물 뿌리네   禾黍蘦殘淚夕陽

---

463. 곤명(昆明) 이후: 명나라가 완전히 멸망한 이후를 말한다. 1644년 북경(北京)이 청(淸)나라에 의해 함락되어 명나라가 멸
망하자, 명나라 왕실의 일족이 화중(華中)·화남(華南)에 남명(南明)을 세웠는데, 1662년 곤명(昆明)에서 영력제가 살해됨
으로써 남명(南明)은 멸망하였다.

464. 벼와 기장: 망한 나라에 대한 슬픔을 말한 것이다.《사기》〈송미자세가(宋微子世家)〉에 "기자가 주나라에 조회를 가다가 옛
은나라 터를 지나며 궁실이 무너지고 벼와 기장이 자라는 것에 슬픔을 느꼈다.[箕子朝周, 過故殷墟, 感宮室毀壞生禾黍.]"
라고 하였다.

천자가 하사한 유엽배를 읊은 시 7세손 정재희[465]
又 七世孫載熙

명나라 해와 달 우리나라 밝게 비추고	皇明日月耀箕鄕
옥 술잔에 남은 향 밝은 빛 띠었네	玉罍餘醺帶耿光
애석하게도 중국 땅 긴 밤 되어 어두워지니	可惜中州長夜晦
임금 향한 마음 어디에서 밝은 빛 향해 보랴	葵心何處向傾陽

휘황한 여섯 유엽배 황제의 땅에서 왔으니	六葉煌煌自帝鄕
오색구름[466] 언제 은총의 빛깔 띠었던가	伍雲何日帶恩光
미약한 후손 영원히 궁음의 시대[467]에도 지켜내니	殘孫永守窮陰會
하늘의 뜻 오히려 양기 하나를 보존하였네	天意猶存保一陽

---

465. 정재희(丁載熙): 1711~1779. 자는 택규(宅揆), 본관은 나주(羅州)이다.

466. 오색구름: 본래 신선이 머무는 곳을 의미하는데, 여기서는 제왕의 처소를 비유하는 말로 쓰였다.

467. 궁음(窮陰)의 시대: 음기(陰氣)가 꽉 찼다는 뜻으로 한 해가 저무는 겨울을 가리키는데, 여기서는 중의적(重意的)으로 쓰여 청(淸)나라가 천하를 제패하고 있는 시국을 뜻한다.

※草庵實紀

천자가 하사한 유엽배를 읊은 시 7세손 정재권[468]
又 七世孫載權

황화시[469] 읊조리고 신종 황제에 예 갖추니	皇華詩誦禮神皇
동쪽 제후국에 내린 은총 만국에서 으뜸이었네	寵錫東藩首萬方
제도 밝게 빛나니 배신 하사품 버들잎 모양이고	昭制陪臣形柳葉
은혜 입고 사신 돌아와 선묘에 울금향 따르네	歸恩先廟酌金香
백 년 동안 왕국은 변고 겪었어도	百年王國經塵劫
칠세토록 우리 가문에서 보물로 소장하고 있다네	七世吳家作寶藏
술 부어 제사 드리니 어찌 성덕을 잊을까	灌薦其能忘聖德
오늘날 조공 예물 드릴 곳 없어 한탄스럽네	嗟今無地貢玄黃

---

468. 정재권(丁載權): 1735~1812. 자는 득중(得中), 호는 도헌(桃軒), 본관은 나주(羅州)이다.
469. 황화시(皇華詩): 27쪽 주7 참조.

천자가 하사한 유엽배를 읊은 시 9세손 정문교[470]
又 九世孫文教

우리 선조께서 천자 조회 갔을 때 생각하니	憶曾吳祖勤瑤皇
여섯 유엽배 은총 내려 우리나라 빛나게 하였네	六葉恩杯耀遠方
예로부터 풍천의 감회[471] 뜻있는 선비 흐느끼는데	從古風泉志士感
지금까지 상전벽해 변했어도 보배 술잔 향기 풍기네	至今滄海寶巵香
안동의 복두와 난삼[472] 어찌 홀로 아름다우리	福州襆幞寧專美
선덕제의 조환[473] 함께 조심스레 보관하였네	宣德條環并護藏
서쪽 바라보니 그저 간담을 더욱 비장해져	西望只增輪膽激
언제쯤 다시 한 번 맑아지는 황하 보려나[474]	何時復見一淸黃
지극한 보배 어디에서 이 궁벽한 땅에 왔던가	至寶從何此僻鄉
천자 은총으로 내린 하사품 옛 봄빛 띠었네	天王恩錫舊春光
슬프도다, 만력 연간의 일이여	塢呼萬曆年間事
홀로 남은 술잔 잡고 석양에 눈물 쏟네	獨把遺杯淚夕陽

---

470. 정문교(丁文教): 1781~1867. 자는 무맹(武孟), 호는 유재(遺齋), 본관은 나주(羅州)이다. 정재로(丁載老)의 손자이다.

471. 풍천(風泉)의 감회: 27쪽 주17 참조.

472. 안동(安東)의 복두(幞頭)와 난삼(襴衫): 42쪽 주55 참조.

473. 선덕제(宣德帝)의 조환(條環): 1435년(세종17)에 선덕제(宣德帝)가 중관(中官) 창성(昌盛)을 통해 세종에게 조환(條環)과 도검(刀劍)을 보낸 일이 있다.

474. 맑아지는……보려나: 79쪽 주192 참조.

천자가 하사한 유엽배를 읊은 시 11세손 정기섭[475]
又 十一世孫箕燮

우리 선조께서 신종 황제 배알한 일 생각하니	憶曾吾祖拜神皇
은총 내린 여섯 유엽배 상방[476]에서 꺼내주신 거라네	六葉恩杯出尙方
기이한 형상 완연히 궁궐 버들 모양하고	異制宛成宮柳樣
남은 술 향기에 아직도 황제 술 향기 풍겨나네	餘醺猶帶御醪香
중국 명나라의 하사품 받아서	獲承華夏前朝賜
봄가을 제사 지내고 옛 사당에 보관하였네	祼獻春秋古廟藏
천년 뒤에 맑아진 강물을 따라다가	欲酌千年淸後水
옛 도성 먼지 씻고 황하 소식 묻고 싶네	舊都塵滌問河黃

---

475. 정기섭(丁箕燮): 1832~1886. 자는 우룡(禹龍), 본관은 나주(羅州)이다.
476. 상방(尙方): 62쪽 주116 참조.

천자가 하사한 유엽배를 읊은 시 11세손 정홍섭[477]
又 十一世孫洪燮

어진 하늘의 해와 달 같은 명나라 황제	仁天日月大明皇
대국이 소국을 보살 핀 은혜 해외 땅 적셨네	字小恩沾海外方
고단한 사신 길[478] 다녀와 삼가 보고하였고	隙有煌燁謹報命
술잔 장식 버들 모양 아름다운데다 향기 더했네	杯粧柳姸倍生香
충과 예로 창성한 시대 만났고	以忠以禮昌辰遇
자손에게 전하여 영원토록 보관하고 있다네	傳子傳孫永世藏
해마다 제사 지내는 날이면	歲歲年年將事日
공경히 울창주 담긴 옥 술잔 기울이네	欽傾玉瓚在中黃

---

477. 정홍섭(丁洪燮): 1846~1873. 자는 치운(致雲), 본관은 나주(羅州)이다.
478. 고단한 사신 길: 25쪽 주7 참조.

※草庵實紀

천자가 하사한 유엽배를 읊은 시 12세손 정규한[479]
又 十二世孫奎翰

사신 명령 받고 삼가 천자 배알하고는	奉命謹身拜上皇
부절 잡고 충성과 예의로 힘을 다하였네	交符忠禮各彈方
천자가 총애하여 우리나라 중히 여기시고	蒙天眷佑邦家重
땅 귀퉁이 강신하는 사당에선 술 향기 풍겨나네	周地降灌廟宇香
어찌 주나라 장군에게 붉은 활 내린 일[480]과 다르리	何殊周將彤弓貺
한 소후가 해진 바지 보관한 일[481]과 다르지 않네	不獨韓侯弊袴藏
당년의 천자 조회 하던 자리 아득히 생각해보면	遙想當年際會席
광주리 가득 화려한 폐백에 채색 비단 있었네	滿筐華幣備玄黃

---

479. 정규한(丁奎翰): 1856~1911. 자는 치수(致壽), 본관은 나주(羅州)이다.
480. 주(周)나라……일: 56쪽 주93 참조.
481. 한 소후(韓昭侯)가……일: 81쪽 주197 참조.

천자가 하사한 유엽배를 읊은 시 12세손 정기원[482]
又 十二世孫基遠

당년에 우리 선조가 천자 은총 입었으니　　　　　　當年我祖荷龍光

신주[483]가 양기 회복하지 못한 일 차마 말할 수 있으랴　忍說神州未復陽

다만 전형이 유엽배에 남아있는 모습 보니　　　　　祗見典型餘柳葉

만년의 봄빛 한 가문에 길이 빛나고 있네　　　　　萬年春色一家長

---

482. 정기원(丁基遠): 1862~1929. 자는 효가(曉可), 본관은 나주(羅州)이다.

483. 신주(神州): 206쪽 주444 참조.

※草庵實記

천자가 하사한 유엽배를 읊은 시 12세손 정규혁[484]
又 十二世孫奎赫

우리 할아버지께서 신종 황제 배알하여	粤吳崇祖拜神皇
은총으로 진기한 술잔 내리니 상방[485]에서 꺼내주셨네	寵錫珍杯自尙方
한 잔 한 잔 여섯 호[486] 온화한 옥 바탕이고	葉葉六瑚溫玉質
향기로운 술 세 번 따르니 울금향이라네	芬芬三祼鬱金香
특별 은총으로 내린 버들 닮은 술잔 봄빛 남았고	殊恩堯柳春光保
상전벽해 변한 세상 대대로 보물로 보관하고 있네	浩劫滄桑世寶藏
영원히 아름다운 향기 이 그릇에 있으니	永久流芳存此物
잔약한 후손 옥술잔에 울금주 부어 사모하네	孱孫玄慕瓚中黃

---

484. 정규혁(丁奎赫): 1889~1942. 자는 군첨(君瞻), 호는 도암(桃庵), 본관은 나주(羅州)이다. 음직으로 궁내부 주사를 지냈다.

485. 상방(尙方): 62쪽 주116 참조.

486. 호(瑚): 128쪽 주312 참조.

천자가 하사한 유엽배를 읊은 시 12세손 정규병[487]
又 十二世孫奎柄

넓은 아량과 성덕 지니신 명나라 황제   包洪聖德大明皇

우리나라 작은 땅까지 미쳤네   編及吾東一小方

술잔 여섯 하늘에서 내려오니 하늘의 감흥 있었고   葉六降天天有感

띠 집 세 칸 땅에 술 부으니 땅에서 향기 오르네   茅三灌地地生香

나라 보답 성심 깊어 천자가 칭찬하셨고   報國誠深蒙璿獎

종통 계승에 길이 계책 있어 보물로 간직하네   承宗謨永有寶藏

지금도 사당엔 남은 은택이 전하니   至今祠屋留餘澤

노란 명나라의 봄 고운 빛 간직하고 있네   保守王春嫩色黃

---

487. 정규병(丁奎柄): 1870~1889. 자는 포한(浦閒), 본관은 나주(羅州)이다.

천자가 하사한 유엽배를 읊은 시 12세손 정규섭[488]
又 十二世孫奎暹

당년에 하사품 받아 천자 배알하니	當年受賜拜明皇
아득한 내 마음 하늘 한 켠에 있네[489]	渺渺余懷天一方
만든 모양새 궁궐 버들잎 그려내었고	鑄得應描宮柳葉
받들어 잡아보니 아직도 황실 화로 향기 남아있네	奉持猶帶御鑪香
사당에 예법 있으니 세 번 올리고	廟中有禮三行獻
궤짝 속에 먼지 없이 소중히 간직하네	櫝裏無塵十襲藏
푸른 바다 뽕밭 되어 세상사 한탄스러운데	碧海桑田吁世事
다시 어디로 조공하러 간단 말인가	更從何處篚玄黃

---

488. 정규섭(丁奎暹): 1888~1963. 자는 응첨(應瞻), 본관은 나주(羅州)이다.

489. 아득한……있네: 명나라 천자를 그리워한다는 말이다. 소식(蘇軾)의 〈적벽부(赤壁賦)〉에 "아득하고 아득한 내 마음이여! 미인을 바라보니 하늘 한 켠에 있네.[渺渺兮余懷, 望美人兮天一方.]"라고 하였다.

천자가 하사한 유엽배를 읊은 시 13세손 정남진[490]
又 十三世孫南鎭

신령스런 천자의 덕 빛나니 　　　　　　　　　　　神明天子德於皇

술 따른 금 술잔 먼 우리나라에 하사해주셨네 　　　賜醞金杯降遠方

후손들 넉넉히 할 좋은 계책 옛 물건 전하시고 　　　裕後嘉謨傳古物

선조 빛낼 은총 내리니 지금도 향기 풍기네 　　　　光先恩渥至今香

큰 변천 겪어 온 세상 온전한 데 없으나 　　　　　三桑擧世無全局

유엽배 우리 가문에 남아 보물로 소장하고 있네 　　六葉吳家有寶藏

해마다 잔약한 후손 제사 지낼 때 　　　　　　　歲歲殘孫奔駿席

울창주 부을 때면 누런 옛 명나라 땅에 슬프네 　　祼玆悵憶舊封黃

---

490. 정남진(丁南鎭): 1923~?. 본관은 나주(羅州)이다.

※草庵實記

천자가 하사한 유엽배를 읊은 시 12세손 정규철
又 十二世孫奎喆

만 리 사신 떠나 천자를 뵈었더니	萬里星軺見玉皇
중국 조정에서 일찍이 우리나라 은총내렸네	天朝曾是眷東方
선조 사당에 올릴 술잔 없지 않지만	薦之祖廟非無酌
아름다운 사람이 내려주시니 더욱 향기 풍기네	貽自美人倍有香
신이한 그릇 세상에 오래도록 보전하기 어려운데	神器世間難久保
보배 술잔 이 땅에 홀로 깊숙이 보관하고 있다네	寶巵此地獨深藏
전쟁 겪은 산하 예전과는 달라져	鐵馬山河殊異昔
그날 준마 탔던 일 아득히 생각하네	緬思當日駕飛黃

천자가 하사한 유엽배를 읊은 시 11세손 정화섭
又 十一世孫化燮

사신 임무 잘 해내어 천자에게 사은하고	使能專對謝天皇
선조께서 시에 오묘한 뜻 담으셨네	先祖於詩惡義方
푸르디푸른 여섯 술잔 버들 빛깔 띠었고	六葉青青楊柳色
향기로운 세 쌍 술잔에서 울금향 풍겨나네	三雙苾苾鬱金香
예전 상국에서 은총으로 하사품 내렸기에	昔時上國由恩賜
지금도 우리 집안 보물로 소장하고 있다네	今日吳家是寶藏
아득한 세상일 몇 번이나 뒤집혔던가	蒼茫世事幾翻覆
오직 천지 사이에는 혼란함 남아 있네	惟存穹壤自玄黃

※草庵實紀

천자가 하사한 유엽배를 읊은 시 12세손 정규익[491]
又 十二世孫奎翊

선조께서 어느 해에 천자 뵈었던가	先祖何年覲上皇
촉 땅에서 온 진기한 술잔 우리나라에 하사하셨네	蜀西珍器眷東方
버들잎 본떠 뾰쪽하니 둥근 타원형이고	摹形柳葉尖圓橢
제사 음식 올리며 울금주 따르니 향기 풍겨나네	明薦蘋藻灌鬯香
상전벽해 변한 세상 옛 전형이 없건만	桑海變遷無舊典
먼 후손 전수하여 지금도 소장하고 있다네	雲仍傳受至今藏
누가 있어 다시 중국의 역사를 쓰려나	有誰更寫中州史
이슬 젖은 울타리의 꽃 홀로 노랗게 피었네[492]	浥露籬花獨也黃

---

491. 정규익(丁奎翊): 1897~1985. 자는 성오(星五), 호는 석초(石樵), 본관은 나주(羅州)이다.
492. 이슬……피었네: 77쪽 주186 참조.

천자가 하사한 유엽배를 읊은 시 13세손 정위진[493]
又 十三世孫位鎭

천자 은혜 내려준 유엽배 모두 빛나고 빛나는데	皇恩柳葉共皇皇
여섯 술잔만이 우리나라에 남아 있다네	六酌惟存海一方
생산지 특별하여 장식 만드니 아름다운 옥 바탕이고	特產粧成麗玉質
종사 이어 성심으로 올리니 울금향 풍겨나네	嗣宗誠薦鬱金香
소라처럼 겹겹이 모양 전체 형상 드러나고	疊如螺疊全形露
꾀꼬리처럼 교묘하여 반쪽은 숨어 있다네	巧若鸎身半面藏
아리따운 봄빛이 오래도록 남아 있어	裊娜春光長鎭在
하늘과 땅 사이 이 보배 검고 누런 빛 띠었네	乾坤此寶帶玄黃

---

493. 정위진(丁位鎭): 1940~1874. 자는 기숙(奇叔), 호는 사암(思菴), 본관은 나주(羅州)이다.

※草菴實記

천자가 하사한 유엽배를 읊은 시 13세손 정호진

又 十三世孫虎鎭

여섯 술잔 유엽배 명나라 황제 그리워지는데 　　六杯柳葉戀朱皇
새것인 듯 아리땁고 갸름하니 네모나지 않네 　　娿娜如新橢不方
용광로에서 단련하여 쇠가 펄펄 뛰어오르는 듯 　　煉出坩堝金躍氣
제사 술 따르니 옥이 뿜어 나오듯 향기 풍기네 　　灌來醴醳玉噴香
흥망의 오랜 세월 겪어도 무탈하여 감탄하고 　　多經浩劫嗟無恙
집안 사당에서 영원토록 지켜 기쁘게 소장하네 　　永守宗祠喜有藏
만력황제 은총의 물결 늘 넘실거리니 　　萬曆恩波常瀲灩
가볍고 옅은 보배로운 빛 푸르고도 누렇다네 　　寶光輕淺綠兼黃

천자가 하사한 유엽배를 읊은 시 13세손 정광진[494]
又 十三世孫廣鎭

초암 선조[495]께서 천자를 배알하니	草庵先祖謁天皇
그 은택 우리나라에 골고루 젖어들었네	惠澤均沾海外方
티끌 없이 깎아내니 깨끗한 옥과 같고	刻得無塵如玉潔
술을 기울이니 울금향 풍겨오네	傾來有酒鬱金香
은총 입어 만 리 길에 가슴 속 품어온 물건	承恩萬里懷中物
아껴 완상하여 천년토록 상자 속에 보관하네	愛玩千秋篋裏藏
도잠과 함께 역사에 기록될 만하니	可與陶潛同寫史
금성(나주(羅州)) 울타리 곁에 노란 국화를 따리라[496]	錦城籬下採花黃

---

494. 정광진(丁廣鎭): 1902~?. 본관은 나주(羅州)이다.

495. 초암(草庵) 선조(先祖): 정윤우(丁允祐)를 가리킨다. 초암은 정윤우의 호이다.

496. 도잠(陶潛)과……따리라: 77쪽 주186 참조.

천자가 하사한 유엽배를 읊은 시 13세손 정사진[497]
又 十三世孫四鎮

예전에 우리 선조 신종 황제 배알하였으니 　　　　昔年吳祖拜神皇

은총이 우리나라에 미쳤다네 　　　　　　　　　　恩及東藩海一方

혁혁한 이름 대대로 전해지는 보물 　　　　　　　赫赫聲名傳世寶

성대한 은총 천자 내린 술에 향기 풍기네 　　　　斌斌優渥御醑香

특별히 총애하여 내린 술잔 천추토록 증거 되고　特蒙寵錫千秋證

다행히도 빈한한 가문에 백대토록 보관한다네　幸得寒門百代藏

원근의 잔약한 후손들이 추모할 때에 　　　　　遠近屠孫追慕事

하늘땅처럼 오래도록 분황[498]하리라 　　　　　天長地久獻焚黃

---

497. 정사진(丁四鎮): 1919~1980. 자는 성유(聖維), 본관은 나주(羅州)이다.
498. 분황(焚黃): 133쪽 주320 참조.

유엽배명 진사 포로 김익경
柳葉杯銘 進士 抱爐金翼景

찬란한 신종 황제	於皇神考
만방이 신하로 복종하니	臣服萬方
수레와 문자 하나로 통일하여[499]	車書一統
옥 비단 바치러 험한 길 건너왔네	玉帛梯航
이때에 정공(丁公 정윤우(丁允祐))께서	時維丁公
고생하며 중국 조정에 사신 갔더니	原隰于朝
황제께서 말씀하시길 아,	皇帝曰噫
멀리서 왔도다, 어질고도 수고했으니	逖矣賢勞
아름다운 하사품 없다면	不有嘉貺
무엇으로 마음으로 전할까	曷以懷來
이에 하사품을 내리니	于以賜之
유엽배라네	曰柳葉杯
큰 것이 작은 것을 감싸 안은 것은	以大抱小
왕의 덕이고	王者德也
가운데는 누렇고 겉은 검은 것은	中黃外玄
하늘과 땅의 색깔이네	天地色也

---

499. 수레와……통일하여: 《중용장구》 제28장에, "지금 천하에는 수레는 바퀴의 궤도가 같으며, 글은 문자가 같으며, 행동은 차서가 같다.[今天下, 車同軌, 書同文, 行同倫.]"라고 한 데서 온 말로, 온 천하가 통일된 것을 이른다. 여기에서는 명나라가 주변국의 종주국 또는 상국(上國)이 되므로 이렇게 말한 것이다.

※草庵賓艸

선왕께서 예를 만들어	先王制禮
대부는 삼묘[500] 쓰게 하니	大夫三廟
울창주를 붓고 음식 올려	以灌以薦
충효 더욱 면려하였네	益勉忠孝
공이 머리 조아려 절하며	公拜稽首
황제 운세 무궁하리라 하니	聖籙無疆
삼허의 보배 기운[501] 내려	參墟寶氣
우리나라에 영화롭게 빛나네	鰈域榮光
명나라 갑자기 기울어져	神器忽傾
문물이 마침내 변해버리니	文物遂變
심원하고 청정한 사당	於穆淸廟
누가 술잔을 올리려나	瑟瓚誰薦
동해 돌아보니	顧惟東海
뽕밭으로 되지 않아	不作桑田
명가의 옛 물건	名家舊物
오랑캐 하늘 벗어나 있네	蟬蛻胡天
진나라 먼지에 물들지 않았으니	秦垢莫汚
어찌 반드시 사수에 빠지랴[502]	豈必淪泗

---

500. 삼묘(三廟): 177쪽 주379 참조.

501. 삼허(參墟)의 보배 기운: 유엽배를 말한다. 삼허는 64쪽 주124 참조.

502. 진(秦)나라……빠지랴: 유엽배가 구정처럼 진나라 같은 폭악한 나라에 넘어가지 않았다는 말이다. 소식(蘇軾)의 〈후석고가(後石鼓歌)〉에 "전해 듣기로는 구정을 사수에 빠뜨리고는 일만 명 인부 시켜 물속에 들어가 찾게 했다지. 폭군이 욕심을 부려 인력을 한껏 동원했지만, 신물은 의리 지켜서 더러운 진나라 위해 나타나지 않았지.[傳聞九鼎淪泗上, 欲使萬夫沈水取. 暴君縱欲窮人力, 神物義不汚秦垢.]" 하였다.

왕의 복은 아직 끊어지지 않아	王福未艾
영원히 제사 지내네	永用將事
유엽배 어루만지며 가만히 생각하니	摩挲靜思
마음 상해 감회 일어나네	感傷興言
동쪽 귀퉁이 작은 땅엔	東隅黑子
인물 아득히 보이지 않아	人物渺然
계단 모기 울 밑 뱁새	階蚊籬鷦
소리와 냄새 전하지 않았네[503]	聲臭無傳
공의 덕업으로	維公德業
삼세에 나라 위해 계책 세우니	三世謨猷
창성한 때를 만나	際會昌辰
천자 뵙자고 중국에 사신 갔다네	夢鈞觀周
사신의 능력 뛰어나서	才優專對
총애 극진하셔 하사품 내리시니	寵極申錫
이로 인해 하늘 동쪽 우리나라에	是以天東
이 술잔 있게 되었네	有此爵兮
삼한 땅 한 구역도	三韓一域
만력황제 남긴 종자[504]인데	萬曆遺類
요임금 봉토도 이미 바뀌고	堯封旣改

---

503. 소리와……않았네: 《시경》〈대아(大雅) 문왕(文王)〉에 "하늘이 하시는 일은 소리도 나지 않고 냄새도 나지 않는다.[上天之載, 無聲無臭.]"라고 한데서 유래한 말로, 겉으로 드러난 자취가 없어 하늘의 의중을 헤아릴 수 없다는 뜻이다.
504. 만력(萬曆)황제……종자: 임진왜란이 일어나자 만력제가 군사를 파견하여 조선을 구원했다는 의미로 보인다.

한나라 제도 더욱 귀해졌다네[505]	漢制愈貴
신인이 보배로 여기사	神人所寶
원근에서 앞 다투니	遠邇爭先
난삼 연건[506]과	襴衫軟巾
영원히 함께 전해지네	永世同傳
모든 우리 사류와	凡我士類
그대 후손들은	暨爾孫支
천금 같은 보물 소중히 여겨	千金十襲
변함없이 보존하고 간직하리니	勿替護持
공이 회상할 뿐만 아니라	匪惟公懷
신종 황제도 이를 생각하리라	神考是思

---

505. 요(堯)임금……귀해졌다네: 중국 땅에 명나라가 망하고 청나라가 들어서서 중화의 문물이 사라졌다는 말이다.

506. 난삼(襴衫) 연건(軟巾): 42쪽 주55 참조.

유엽배명 병서 7세손 정재희
又並序 七世孫載熙

집안에 소장한 유엽배는 만력(萬曆)의 유물이다. 명나라 만력 연간에 선조 관찰공(觀察公 정윤우(丁允祐))께서 선묘의 배신으로 부절을 쥐고 북경으로 가시니 천자가 은총으로 이 술잔을 하사하셨다. 술잔은 여섯 개로 삼세를 제사 지낼 때 사용하는 것이니 은혜가 크지 않겠는가. 다만 병란이 있고 난 후에 또 상사가 잇따라서 집안의 기록에는 공에 대한 기록이 꽤 빠져있다. 중국으로 사신을 가서 돌아온 연대와 사명을 띠고 일을 주관했던 근거가 이로 인해 끝내는 상세하게 알지 못하게 되었다. 다만 집안에 대대로 전해오는 말에 근거하게 되니 진실로 통탄스럽다.

이 술잔은 서촉(西蜀)에서 만들어졌는데, 이것은 오랑캐가 왕부(王府)에 바친 방물 가운데 작은 그릇 중 하나였을 것이다. 그 모양이 버들잎 같아서 유엽배(柳葉杯)라 한다. 그 빛깔은 검고, 그 소리가 쟁그렁 거리며, 그 바탕이 옥과 같고 구리 같은데 안에 금칠을 하였고, 그 형상이 술잔[爵]과 같으면서도 박과 같은데 양쪽에 귀가 달려 있고, 또 좌우 사이에는 조금 단사(丹沙)가 떨어져 나가 구멍이 생겨서 지금은 납으로 막았다. 그 중 하나는 조금 큰데 지금의 유엽배와 같고 그 다음은 작으며, 또 그 다음은 또 작다. 합치면 하나의 물건이 되고 분리하면 각각의 기물이 되니, 다 기이하다.

아아, 예전 성스러운 황제와 밝은 임금 중에 사신을 총애한 사람 얼마나 많겠는가마는 어떤 때는 금과 옥을 주고, 어떤 때는 벼슬과 부유함을 주었으나 그저 그 자신의 몸에 영광일 뿐인 경우가 많았다. 오직 이 아름다운 하사품은 물건이 비록 작다고는 하지만 천자의 은총을 받은 것이니 제사를 지내는 데 사용하게 되면 우리 자손들이 보배로 여겨서 아끼는 마음이 어찌 한때 금과 옥의 하사품이나 벼슬이나 많은 재물을 내려준 경우와 비교할 수 있겠는가. 하물며 지금 중국은 천지가 변하고, 해와 달이 어두침침해져 버렸다. 성천자가 우리나라를 늘 생각하는 은혜와 중국의 청묘와 동서[507]의 소장품은 온데 간데 없어 남아 있는 것이 없다. 〈비풍(匪風)〉의 슬픔과 〈하천(下泉)〉의 생각[508]은 사람들의 마음에 모두 절실하다. 그런데 한 모퉁이 작은 땅덩어리에 옛적의 여섯 유엽배만이 선황의 남긴 총애를 간직하고 있으니 미약한 후손들이 대대로 간수하여 잃어버리지 않아 지금까지 수백 년이 되었으니 또한 하늘이 명나라의 보기(寶器)를 오래도록 유지하게 하여 영원히 우리 선왕께서 사대하는데 성의를 다했다는 것을 표창하려 한 것이 아니겠는가. 지각 있는 신물을 가지고 창상의 세계를 미리 점쳐 곧바로 화산(花山 안동(安東))의 복두(幞頭), 난삼(襴衫)과 구성(龜城 영주(榮州))의 《대학연의(大學衍義)》[509]와 함께 우리 영남에서 아름다움을 나란하게 하려는 것인가. 이 어찌 우연히 그렇게 된 것이겠는가.

아아, 세상의 강개한 선비는 이 하사품을 보고서 아직도 무릎을 치며 탄식하고, 그렁그렁 눈물을 흘리니, 하물며 나와 같은 후손들이 추모하는 마음이야 응당 어떠하겠는가. 상자에 보관하여 영원토록 보배로 삼아서 서쪽을 돌아보며 읊조리려 하여도 사적이 남아 있지 않으니, 이것이 불초한 내가 유엽배를 잡고 눈물을 흘리는 까닭이다. 이때에 당대에 글을 쓰는 한두 분에게 부탁해서 이미 그 사적을 서술하여 이 아름다움을 드러내었고 불초한 나 역시 짤막한 글을 써서 이 일을 기술하고 시를 지어 화답하기를 구하며, 명(銘)을 지어 붙인다.

---

507. 청묘(淸廟)와 동서(東序): 청묘는 원래 주(周)나라 문왕(文王)을 제사 지내던 곳인데, 후에는 종묘(宗廟)를 가리키는 말로 쓰였다. 동서(東序)는 종묘(宗廟)의 보기(寶器)를 보관하던 장소이다. 《詩經 周頌 淸廟》《書經 顧命》

508. 비풍(匪風)의……생각: 27쪽 주17 참조.

509. 화산(花山)의……대학연의(大學衍義): 42쪽 주55 참조.

쌍쌍의 옥술잔은	雙雙玉杯
천자가 내린 것	天子之償
사당에 올리니	薦之家廟
선조의 영광이로다	于先之光
천자의 은총	天子之恩
내 어찌 잊게 하리오	俾也可忘
자손이 이를 간수하니	子孫保之
칠세동안 소장하고 있네	七世之藏
더욱더 오래도록 소장하여	藏之彌久
영원히 전하리라	永垂無疆

가장
家狀

부군은 휘(諱)가 윤우(允祐), 초휘(初諱)가 윤우(胤祐), 자가 천석(天錫)이다. 성(姓)은 정씨(丁氏)이며, 호가 초암(草庵)이다. 당나라 문종조(文宗朝)에 휘 덕성(德盛)이 있었는데, 대승상(大丞相)의 신분으로 일 때문에 우리나라로 나왔는데 곧 신라 헌안왕(憲安王) 때이며, 실로 정씨(丁氏)의 상조(上祖)이다. 이분이 휘(諱) 응도(應道)를 낳았는데 금성군(錦城君)에 봉해졌다. 금성은 곧 지금의 나주(羅州)인데, 정씨의 본관이 나주가 된 것은 이 때문이다.

3대를 지나 휘 광순(光純)이 있었는데, 고려조에 문하시중을 지냈다. 이분이 휘 우(祐)를 낳았는데, 이부 전서(吏部典書)를 지냈다. 이분이 휘 지백(之伯)을 낳았는데, 검교 별장(檢校別將)을 지냈다. 이분이 휘 윤하(潤夏)를 낳았는데, 공부 전서(工部典書)를 지냈다. 이분이 휘 남만(楠滿)을 낳았는데, 좌익공신(佐翼功臣)으로 무안군(務安郡)에 봉해졌다. 이분이 휘 성휘(聖徽)를 낳았는데, 부원군(府院君)이다. 이분이 휘 변(抃)을 낳았는데, 예부 전서(禮部典書)를 지냈다. 이분이 휘 형(夐)을 낳았는데, 도승지(都承旨)를 지냈다. 이분이 휘 윤종(允宗)을 낳았는데, 대장군을 지냈다. 8대를 지나 조선조에 들어와 휘 안경(安景)이 있었는데, 좌우위 낭장(左右衛郎將)을 지냈다. 신라 · 고려에서부터 여기에 이르기까지 20여 대 동안 훈업(勳業)과 헌면(軒冕)이 우뚝하고 혁혁하게 끊어지지 않았다. 이분이 휘 연(衍)을 낳았는데, 덕을 숨기고 벼슬하지 않았다. 이분이 휘 자급(子伋)을 낳았는데, 교리(校理)를 지냈으며 부군에게 고조(高祖)가 된다. 증조는 휘는 수강(壽岡)이고, 호는 월헌(月軒)으로, 대사헌(大司憲)을 지냈으며 좌찬성(左贊成)에 추증되었다. 조부는 휘가 옥형(玉亨)이고, 병조 판서를 지냈으며, 좌찬성에 추증되었고, 금천군(錦川君)에 봉해졌으며, 시호가 공안(恭安)이다. 선친은 휘가 응두(應斗)[510]이고, 우찬성(右贊成)을 지냈고, 영의정에 추증되었으며, 시호가 충정(忠靖)이다. 선비(先妣)는 정경부인 은진 송씨인데, 문과에 급제하여 군수를 지냈고 이조판서에 추증된 세충(世忠)의 따님이다. 슬하에 4남(男)을 두었다. 장남 윤조(胤祚)는 전첨(典籤)[511]을 지냈다. 그다음은 윤희(胤禧)로, 호가 고암(顧庵)이며 퇴계의 문인으로 관찰사를 지냈다. 그다음은 윤우(胤祐)로, 곧 부군이다. 그다음은 윤복(胤福)으로 대사헌을 지냈으며 영의정에 추증되었다.

부군은 중종 기해년(1539) 8월 19일에 고양현(高陽縣) 무원리(茂院里) 집에서 태어났다. 명종(明宗) 정묘년(1567)에 사마시에 합격하였고, 선조(宣祖) 경오년(1570)에 문과에 급제하여 홍문관에 선보(選補)되었다. 홍문관 정자(弘文館正字)를 시작으로 관례에 따라 박사(博士)에 승진되었다. 형조·예조·병조(兵曹) 세 조의 좌랑(佐郎)을 역임했으며 황해도사(黃海都事)에 제수되었는데, 가는 곳마다 직책을 잘 수행하였다.

임신년(1572) 2월에 충정공(忠靖公)[512]의 상을 당해 예에 따라 여묘살이를 하였으며, 갑술년(1574)에 상복을 벗고서 다시 형조 좌랑이 되었다가 형조 정랑으로 승진하였으며 곧장 사헌부 지평에 제수되었다. 다시 사헌부 장령(司憲府掌令)으로 천직(遷職)되었고, 의정부 검상(議政府檢詳)으로 옮겼다가 의정부 사인(議政府舍人)에 승진하였으며, 성균관 사예(成均館司藝)·사성(司成) 및 사간원 정언을 역임하였으며, 얼마 뒤에 사간원 헌납으로 승진되었고 사복시 첨정(司僕寺僉正)을 지냈다.

경진년(1580)에 모친상을 당하여 임오년(1582)에 상복을 벗고서 다시 사헌부 지평

---

510. 정응두(丁應斗): 1508~1572. 자는 추경(樞卿), 본관은 나주(羅州)이다. 1534년 식년 문과에 장원으로 급제하였고, 대사헌, 경상도 관찰사 등을 지냈다. 시호는 충정(忠靖)이다.
511. 전첨(典籤): 종친부의 정4품 벼슬이다.
512. 충정공(忠靖公): 정윤우(丁允祐)의 부친 정응두(丁應斗)를 말한다.

에 제수되었다. 을유년(1585)에 사간원 헌납(司諫院獻納)이 되었다. 기축년(1589)에 사간원 사간으로서 통정대부(通政大夫)에 올랐고, 외직으로 동래 부사(東萊府使)와 여주 목사(驪州牧使)에 제수되었는데, 우뚝한 치적이 있었다. 신묘년(1591)에 광주 목사(光州牧使) 겸 독포사(督捕使)에 제수되었다.

임진년(1592)에 왜구가 창궐하자 공이 분격하여 제 몸을 돌보지 않고 순찰사를 만나서 국내의 정세를 극언(極言)하였다. 대가(大駕)가 서쪽으로 파천했을 때 위험을 무릅쓰고 힘든 길을 걸어서 행재소(行在所)에 도착하니 특별히 호부(戶部)의 일을 섭행(攝行)하라는 명이 내려졌다.

병신년(1596)에 성균관 대사성(成均館大司成)이 되었다가 곧장 사간원(司諫院)에 들어가 대사간(大司諫)이 되었다. 정유년(1597)에 동부승지(同副承旨)·직제학(直提學)에 옮겨 제수되었다가 얼마 뒤에 충청도 관찰사(忠淸道觀察使) 겸 순찰사(巡察使)에 제수되었다. 교서가 있는데, 그 대략에 "내가 생각건대 경은 부친 때부터 우리 선왕(先王)을 위해 수고하여 그 훌륭한 계책이 왕실에 기록되어 있다."라고 하였고, 또 말씀하기를, "여주(驪州)의 수령을 맡겼더니 여주 사람들이 지금까지 그 은덕을 잊지 않고 있으며, 발탁하여 근신(近臣)의 자리에 두었더니 왕명(王命)의 출납이 윤당(允當)하였다."라고 하였다. 또 말씀하기를, "요해(要害)를 설치할 적에는 유리한 지형을 장악할 계책을 먼저 세우며, 군량을 조처할 적에는 수요에 적절히 공급할 대책을 서둘러 강구하라."라고 하였고, 또 말하기를, "동남(東南)의 보장(保障)[513]이 되어서 관보(關輔)의 번위(藩衛)[514]를 웅장하게 세우라."라고 하였다.

부군은 명을 받은 뒤로는 시기를 살펴서 임무에 응하고 기미에 응해서 대처하면서

---

513. 동남(東南)의 보장(保障): 24쪽 주5 참조.
514. 관보(關輔)의 번위(藩衛): 24쪽 주6 참조.

임금의 중대한 부탁한 저버릴까 두려워하여 하룻밤 사이에 머리털이 하얗게 세어버렸다.

무술년(1598)에 내직으로 들어가 호조 참의·홍문관 부제학이 되었다. 기해년 (1599)에 강원도 관찰사에 제수되었다가 일 때문에 체직(遞職)되어 의흥위 부호군(義興衛副護軍)에 부처(付處)되었다.

신축년(1601)에 승정원 도승지에 발탁되어 제수되었다가 병조 참의에 옮겨 제수되었는데, 병이 심해서 누차 소를 올려 윤허를 받아 산장(山庄)으로 돌아왔다. 옛 학업을 찾아 다시 연구하며 그 사는 곳에 편액하기를 '초암(草庵)'이라 하고는 시골에서 삶을 마칠 계획을 세웠다.

명나라에 사신으로 갔던 일이 무슨 일로 언제 있었는지는 모르나 신종 황제(神宗皇帝)가 은총을 내려 유엽배(柳葉杯) 여섯 매(枚)를 주었는데 지금까지도 가묘(家廟)에 술을 따라 올리는 용도로 사용하고 있으니, 부군께서 사절의 임무를 잘 수행하였음을 또한 볼 수 있을 따름이다.

선조(宣祖) 을사년(1605) 8월 7일에 병으로 침실에서 세상을 떠났으니, 향년 67세였다. 임금이 부고를 듣고서 슬퍼하시고 특별히 이조 판서에 추증하고 예조 좌랑 이식립(李植立)을 보내어 치제(致祭)를 올리게 하였다. 치제문(致祭文)의 대략에 "맑은 지조와 훌륭한 명망은 유림에서 빼어났네. 대부(臺府)[515]의 임무를 역임함에 사람들이 외로운 충정에 탄복하였네. 부절을 차고 변방을 다스림에 교화가 봄바람처럼 행해졌네." 라고 하였으니, 어수지계(魚水之契)[516]와 풍운지회(風雲之會)[517]를 알 수 있다. '유림에

---

515. 대부(臺府): 사헌부와 사간원을 말한다. 대부는 관리의 잘못을 규탄하는 곳이므로 이곳에서 칭송받는다면 명예로운 것이다.

516. 어수지계(魚水之契): 임금과 신하의 긴밀한 관계를 말한다. 유비(劉備)가 제갈량(諸葛亮)을 매우 좋아하여 "나에게 공명(孔明)이 있음은 물고기에게 물이 있음과 같다."라고 한 말에서 나왔다. 《漢書 獻帝本紀》

517. 풍운지회(風雲之會): 한 시대에 성군(聖君)과 현신(賢臣)이 서로 만나는 것을 말한다. 《주역》〈건괘(乾卦) 문언(文言)〉에 "구름은 용을 따르고, 바람은 범을 따른다.[雲從龍, 風從虎.]"라고 한 데서 유래하였다.

※草庵實紀

서 우뚝이 빼어났네.[擢秀儒林]' 한 구절의 말은 그 중흥의 업을 찬양한 것일 뿐만이 아니다. 그해 9월 19일에 고양현(高陽縣) 무원동(茂院洞) 축좌(丑坐)의 언덕에 장사 지냈다.

정조(正祖) 기미년(1799)에 교리 류이좌(柳台佐)[518]가 경연에서 올린 말로 인하여 유엽배를 취하여 완상하고 몹시 칭찬하면서 "당연히 선덕(宣德) 연간에 반사(頒賜)한 조환(條環)·도검(刀劍)과 더불어 이것은 우리나라에 함께 빛나는 물건이다."라고 하였다.

철종 기미년(1859)에 예천의 선비들이 외루(畏壘)의 논의[519]가 있었는데, 그 통문의 대략에 "충근(忠勤)을 다해 중흥의 업을 도와 이루다."라고 하였고, 또 말하기를, "공업이 사직에 존재하고 훈업이 후손에게 드리웠으니 진실로 '죽으면 그 사(社)에 제사할 만하다.'[520]라는 말에 합치된다."라고 하였다. 이는 대개 상도(常道)를 지키는 천성(天性)이 있었기에 전현(前賢)을 흠모한 것으로 만약 실제로 아름다운 행실이 없었다면 어찌 이런 일이 있었겠는가.

배위(配位) 정부인(貞夫人) 청송 심씨(青松沈氏)는 판관(判官) 응록(應祿)의 따님으로 슬하에 3남 5녀를 두었다. 장남 호겸(好謙)은 진사이고, 차남 호양(好讓)은 감찰이며, 삼남 호근(好謹)은 진사이다. 장녀는 윤홍업(尹弘業)에게 출가하였고, 그 다음은 노선(盧宣)·심후(沈詡)·윤지양(尹知養)·한겸윤(韓謙胤)에게 각각 출가하였다. 증

---

518. 류이좌(柳台佐): 37쪽 주35 참조.

519. 외루(畏壘)의 논의: 사당을 지어 제사를 받들자는 논의를 말한다. 노자(老子)의 제자 경상초(庚桑楚)가 노자의 도(道)를 터득하고, 북쪽의 외루(畏壘)라는 산에 들어가 살면서 첩이나 하인 가운데 지혜로운 자는 멀리하고 어리석은 자들만을 데리고 살았는데, 그곳에 산 지 3년 만에 그곳에 큰 풍년이 듦으로써 백성들이 그를 성인에 가까운 분이라고 존경하여 그를 임금으로 모시려고까지 하였고, 그의 사후에는 그곳 백성들이 그를 존경하여 제사를 지내주려 했다는 고사가 있다. 《莊子 庚桑楚》

520. 죽으면……만하다: 그 지방 출신의 학자나 절의가 높은 사람이면 사당을 짓고 제사할 수 있음을 뜻한 것이다. 당(唐)나라 한유(韓愈)의 〈송양거원소윤서(送楊巨源少尹序)〉에 "옛날에 이른바 '향선생(鄕先生)'으로 죽어서 사(社)에 제사한다.'라는 것은 바로 이 사람에게 있을 것이다.[古之所謂鄕先生沒而可祭於社者, 其在斯人歟]"라고 하였다.

손 이하는 번거로워 다 기록하지 않는다.

아아! 부군은 하늘이 준 청수(淸粹)한 성품을 받아 대대로 충정(忠貞)이 독실한 집 안에서 태어나서 두 형과 한 아우와 함께 평소 함께 지낼 적에는 순정하고 의리적인 학문을 강론하고 토론하는 날이 많았다. 조정에 나가 임금을 섬김에 있어서는 잘못된 것을 바로잡으려는 정성으로 진퇴(進退)가 일치하였고, 막아서 지키는 대책에서는 한결같은 지조로 이험(夷險)을 함께 하였다. 사헌부 낭관(郎官)이나 사간원에 입직하는 날에는 직언의 말이 없지 않았고, 반장(泮長 성균관 대사성)이나 고을의 목사(牧使)가 되어서는 반드시 진작시키는 풍도가 많았다.

대개 출사하여 조정에서 정사를 보거나 물러나 초암에서 거처하거나 한 가지 일도 학문에 바탕을 두지 않음이 없었으나, 전후의 저술과 사적들이 전란과 화재로 소실되어 지금은 징험할 수 있는 것이 없다. 오직 명나라에서 은총으로 내려준 유엽배로 사신의 명을 받들고서 황제의 마음에 부합하였음을 미루어 알 수 있고, 임금의 교지로 각 방면(方面)에서 인망(人望)을 얻었음을 볼 수 있다.

이런 까닭으로 일등의 녹훈(錄勳)과 열 줄의 치제문(致祭文)은 모두 당시 임금이 노고에 보답하고 어짊을 장려한 성대한 은전이었는데, 다만 조정에서는 이조 판서의 증직(贈職)만 있었고 절혜(節惠)의 은전[521]은 입지 못했으며, 본 고을에서는 서원을 세우자는 의론이 있었고 사당에 배향되지 못한 것은 실로 본가의 쇠락으로 말미암은 것이고 도리어 태평성세의 흠이니, 후손들의 통한과 선비들의 탄식이 마땅히 어떠하겠는가.

지난 광무(光武) 경자년(1900)에 족숙(族叔) 영섭(永燮)이 족보를 간행하려다가 채

---

521. 절혜(節惠)의 은전(恩典): 《예기》〈표기(表記)〉에 "선왕께서 시호로써 이름을 높이되, 한 가지 선으로써 절취하니, 이름이 행실보다 지나친 것을 수치로 여기기 때문이다.[先王謚以尊名, 節以壹惠, 恥名之浮於行也.]"라고 한 데서 나온 말로, 시호를 내림을 뜻한다.

※草庵實紀

집한 약간의 문자를 활자본으로 한 권을 만들어 자손들이 개인적으로 보관할 계획을 하였는데, 원문(原文)은 시 한 수와 편지 두 통뿐이고, 나머지는 모두 부록으로 유엽배에 수창(酬唱)한 시들이 대부분이다. 그 편차가 거꾸로 되어 잘못된 것과 글자가 비거나 잘못되어 모호한 것이 많으므로 당대에 안목을 갖춘 이에게 교감을 받는 것이 합당하다. 게다가 삼가 생각건대 덕을 형용하는 글이나 서문에 넣을 글은 돌아가신 지 300여 년이 되었음에도 아직 부탁한 것이 없다.

아, 불초한 내가 오래될수록 더욱 없어지게 될 것을 너무 걱정해서 참람하고 망령됨을 헤아리지 않고서, 이에 감히 가전(家傳)되어 존재하는 것을 대략적으로 기술함에 선계(先系)를 제일 앞에 두고 자손의 기록을 부록으로 덧붙여서 글을 부탁하는 자료로 삼았으니, 대개 천에 열이고 백에 하나이다. 만약 혹여 외람한 말을 해서 스스로 더럽히거나 누를 끼쳤다면 실로 불초한 나의 죄이다.

일찍이 듣건대 당나라의 허원(許遠)이 한문공(韓文公 한유(韓愈))의 글을 얻어서 수양 태수(睢陽太守) 장공(張公 장순(張巡))과 더불어 중국에 영원히 함께 드러나게 되었다[522]고 한다. 아, 한문공 뒤에 또 어찌 한문공의 글이 없겠는가. 다만 어질지 못하고 지혜롭지 못한 내가 스스로 믿고서 우러러 하소연하니, 성대한 덕을 지닌 군자가 반드시 남의 아름다운 일을 도와서 이루고, 또 알려지지 않은 것을 밝히고 은미한 것을 드러내기를 바란다.

경자년(1900)에서 25년 뒤인 갑자년(1924) 소춘(小春)[523] 상한(上澣)에 12세손 규혁(奎赫)[524]이 삼가 글을 쓰다.

---

522. 당(唐)나라의……되었다: 허원(許遠)의 재능이 비록 장순(張巡)만 못하지만, 한유(韓愈)가 〈장중승전후서(張中丞傳後敍)〉에서 장순과 함께 허원의 공적을 서술함으로써 허원이 후세에 이름을 남기게 되었다는 말이다. 장순과 허원은 당나라 현종(玄宗) 때의 충신들로, 안녹산(安祿山)의 난 끝까지 항전하다가 전사하였다.
523. 소춘(小春): 음력 10월을 말한다.
524. 정규혁(丁奎赫): 223쪽 주484 참조.

묘갈명
墓碣銘

나의 종 선조(從先祖) 통정대부(通政大夫) 행 홍문관 부제학 증(贈) 가선대부(嘉善大夫) 이조 판서 공이 돌아가신 지 4백 년이 되었다. 그 옷과 신이 묻힌 곳은 경기도 고양군(高陽郡) 무원리(茂院里) 축좌(丑坐)의 언덕에 있었다. 섬 오랑캐가 몰래 이 나라를 점거하여 포학한 짓을 자행하면서부터 공의 무덤이 있는 땅이 군대 사용지로 편입되어 빨리 옮기라고 독촉하였다. 그 후손 모모(某某) 등이 마지못해 예천군 용문면 둔지산 손향(巽向)의 언덕으로 옮겨 봉안하였는데, 대개 그 후손들이 사는 가까이에 옮겨 보살피고 수호하는 데 편하게 하고자 해서였다.

이미 또 서로 모의하여 말하기를, "우리 선조의 무덤에 의위(儀衛)[525]가 없어서는 안 됩니다. 예전에는 비석만 있고 비문이 없었으니 지금 또한 갖추지 않을 수 없습니다."라고 하였다. 이에 돈을 모으고 돌을 깎아서 나에게 비문을 요구하였다. 나는 방예손(傍裔孫)의 반열에 있으므로 진실로 감히 사양할 수 없었다. 그렇지만 공의 사행(事行)에 대해서는 빠트리고 기술된 것이 없고, 지금은 세대가 아득히 머니 어찌 공의 죽음을 자세히 기술할 수 있겠는가?

소경왕(昭敬王 선조(宣祖))이 예관(禮官)을 보내어 치제(致祭)하였는데, 그 글에 이르기를,

| 아, 영령이여! | 惟靈 |
| 타고난 품성은 온화하고 돈후하였고 | 天賦和厚 |

---

525. 의위(儀衛): 의장(儀仗)과 위사(衛士)를 합하여 이르는 말이다. 여기서는 무덤에 설치하는 각종 석물을 뜻하는 듯하다.

기국과 도량은 크고도 깊었으며	氣量宏深
맑은 지조와 고아한 명망은	淸操雅望
유림에서 우뚝이 빼어났도다	擢秀儒林
대부⁵²⁶의 직책을 두루 역임할 땐	歷敭臺府
사람들이 외로운 충심에 감복하였고	人服孤忠
부절을 차고 중요한 변방에 나가서는	佩符名藩
봄바람 같은 교화를 펼쳤네	化行春風
내직과 외직에서 공적 세우며	內外有績
처음부터 끝까지 흠결이 없었으니	終始無玷
왜구의 난리가 일어났을 때	逮于寇亂
군량이 넉넉하지 않았네	兵餉不贍
인재 얻기 어려운 이런 때에	才難此際
모든 이가 공을 천거하여	僉擧攸屬
관중에서 군량을 조운하고	關中轉漕
하내로 곡식을 옮겨주면서⁵²⁷	河內輸粟
애태우며 생각을 다하느라	焦心殫思
머리털이 온통 하얗게 변했네	鬢髮渾白
옥으로 만든 부절을 주어서	授以玉節
호서와 영동 두 고을 다스리게 하니	湖嶺二方

---

526. 대부(臺府): 243쪽 주513 참조.

527. 관중(關中)에서……옮겨주면서: 36쪽 주32 참조.

감당의 노래[528]가 서로 들려왔고	棠歌相聞
다스림의 공로가 더욱 드러났네	治效益彰
병을 핑계로 물러나 돌아가	引疾還歸
고향에서 쉬며 수양했으니	休養故山
혹여 병이 완전히 나아서	庶幾或瘳
함께 어려움을 구제하길 바랐었네	共濟時艱
갑작스레 부고가 전해져서	遽報云亡
온 나라 사람들 놀라고 슬퍼했네	國人驚惻
하물며 내가 옛 신하를 생각함에	矧予念舊
슬프고 애석함을 어찌 견디랴	曷勝悼惜
운운[529]	云云

이 글에서 공이 임금에게 지우를 받은 것이 두터웠음을 볼 수가 있으며, 또한 임금이 공을 얻은 대략을 상상할 수 있거늘, 지금 어찌 감히 장황하고 근거 없는 말로써 끝내 선왕을 속이는 데로 귀착하겠는가. 삼가 보첩(譜牒)을 참고하여 세계(世系)와 관력(官歷)의 순서를 간략하게 기술할 만하다.

공은 휘(諱)가 윤우(允祐), 자가 천석(天錫), 자호가 초암(草庵)이다. 성은 정씨(丁氏)이고, 나주(羅州)가 본관(本貫)이다. 고려 검교 대장군 휘 윤종(允宗)이 그 시조이

---

528. 감당(甘棠)의 노래: 24쪽 주4 참조.

529. 운운(云云): 치제문을 바탕으로 뒤의 내용을 추가하면 다음과 같다. "특별히 종축에게 명해, 조촐한 예물로 제향하게 하노니, 이승과 저승은 이치가 하나이기에, 영령이여 임하여 흠향하소서.[特命宗祝, 爰擧菲儀. 幽明一理, 靈其格思.]" 종축(宗祝)은 종백(宗伯)과 태축(太祝)을 합한 말로 원래 종문(宗門)의 제사를 주관하는 관직인데, 여기서는 사대부 집안의 제사에서 축관을 가리켜 말한 것이다.

※草庵實紀

다. 고려 말에 휘(諱) 연(衍)이 있었는데, 성조(聖朝)[530]가 흥기하였으나 망복(罔僕)의 의리[531]를 지키며 은거하고 벼슬하지 않았다. 아들 자급(子伋)은 세조조(世祖朝)에 이르러 비로소 문과에 급제하여 벼슬이 교리(校理)였는데, 공에게 고조(高祖)가 된다. 증조는 휘가 수강(壽岡)인데, 연산조(燕山朝)에 부제학으로서 청맹(靑盲)[532]을 핑계로 물러나 벼슬하지 않다가 중종반정으로 정국공신(靖國功臣)에 녹훈되었고, 벼슬이 대사헌에 이르렀으며, 좌찬성에 추증되었고, 호가 월헌(月軒)이다. 조부는 휘가 옥형(玉亨)인데, 벼슬이 병조 판서였고, 좌찬성에 추증되었으며, 시호가 공안(恭安), 호가 월봉(月峯)이다. 부친은 휘가 응두(應斗)[533]이고, 벼슬이 좌찬성이고 영의정에 추증되었으며, 시호가 충정(忠靖), 호가 삼양재(三養齋)이다. 군수(郡守) 은진(恩津) 송세충(宋世忠)의 따님에게 장가들어 중종 기해년(1539) 8월 19일에 공을 낳았다.

융경(隆慶) 정묘년(1567)에 생원 진사 모두 합격하였고, 경오년(1570)에 문과에 급제하여 홍문관 정자를 거쳐 형조(刑曹)·예조(禮曹)·병조(兵曹)의 좌랑(佐郎), 황해도 도사(黃海道都事)를 역임하였다. 임오년(1582)에 형조 정랑으로 승진하였고, 사헌부 지평·헌납(獻納)·장령(掌令), 의정부 검상(議政府檢詳)·사인(舍人)을 역임하였다. 기축년(1589)에 사간원 사간으로서 통정대부(通政大夫)에 승차하였고, 외직으로 동래 부사(東萊府使)·여주 목사(驪州 牧使)·광주 목사(光州牧使) 제수되었고 독포어사(督捕御史)를 겸하였다. 병신년(1596)에 성균관 대사성(成均館大司成)에 제수되

---

530. 성조(聖朝): 이성계(李成桂)가 세운 조선을 말한다.

531. 망복(罔僕)의 의리: 망국(亡國)의 신하로서 의리를 지켜 새 왕조의 신복이 되지 않으려는 절조를 말한다. 은(殷)나라가 망하려 할 무렵 기자(箕子)가 "은나라가 망하더라도 나는 남의 신복이 되지 않으리라.[商其淪喪, 我罔爲臣僕]"라고 한 말에서 유래하였다. 《書經 微子》

532. 청맹(靑盲): 겉으로 보기에는 눈이 멀쩡하나 앞을 보지 못하는 눈. 또는 그런 사람을 말한다. 청맹과니·당달봉사라고 부른다.

533. 정응두(丁應斗): 242쪽 주512 참조.

었고, 또 사간원(司諫院)에 들어가 대사간(大司諫)이 되었다. 정유년(1597)에 동부승지(同副承旨)·직제학(直提學)으로 옮겼고, 얼마 뒤에 충청도 관찰사(忠淸道觀察使)에 제수되었다. 무술년(1598)에 호조 참의(戶曹參議)·부제학(副提學)이 되었다. 기해년(1599)에 강원도 관찰사(江原道觀察使)에 제수되었다. 신축년(1601)에 도승지(都承旨)에 발탁되어 제수되었고, 또 병조 참의(兵曹參議)로 옮겼다.

공은 연로(年老)하고 병이 많다는 이유로 마침내 사직소를 올리고 영남(嶺南)의 예천(醴泉)에 물러나 지내다가 을사년(1605) 7월 8일에 집에서 세상을 떠났다. 임진년(1592)에 호종(扈從)한 공훈으로 가선대부 이조 참판에 추증되고 아울러 관례대로 하였다.

공이 여주 목사로 있을 적에 정사를 잘 다스렸는데, 이미 떠나갔어도 사람들이 그를 사모하기를 그만두지 않았다. 일찍이 호조(戶曹)의 직임을 섭행(攝行)하여 호서(湖西)에서 식량을 관리할 때에는 유능하다는 평판이 조정에 알려졌다. 본도(충청도)의 관찰사로 삼고서 특별히 교서를 내려 중요한 병한(屏翰)[534]과 전권을 위임하는 것으로써 효유(曉諭)하였다. 공의 훌륭한 재능과 위대한 인망은 여기에서 살펴볼 수 있고 또한 알수 있는데, 대가 고증할 수 있는 것이 이러한 것이다.

만력 연간에 공이 또 일찍이 사신의 임무를 받들고 조천(朝天)하였는데 신종 황제가 그를 가상히 여기고 은총을 내려 유엽배 여섯 매(枚)를 주었는데, 지금도 집안에 보물로 보관하고 있다.

공의 부인은 정부인(貞夫人) 청송 심씨(靑松沈氏)로 판관(判官) 응록(應錄)의 따

---

534. 병한(屏翰): 울타리와 기둥이라는 뜻으로 나라를 지키는 군사인 번병(藩兵)과 국가를 지탱하는 기둥을 말한다. 《시경》〈판(板)〉에 "큰 제후국은 병풍이 되고, 종자(宗子)는 기둥이 된다.[大邦維屏, 大宗維翰.]"라고 한 데서 나온 말로, 지방관을 가리킨다.

님인데, 공보다 11년 뒤에 운명하여 같은 묘소에 합부(合祔)되었다. 3남 5녀를 낳았는데, 장남 호겸(好謙)은 진사인데, 후사가 없다. 호양(好讓)은 감찰(監察)이며, 호근(好謹)은 진사(進士)이다. 딸들은 현령(縣令) 윤홍업(尹弘業), 노선(盧宣), 심후(沈詡), 부사(府使) 윤지양(尹知養), 한겸윤(韓謙胤)에게 출가하였다. 감찰(監察)의 아들 언보(彦輔)는 진사이고, 언범(彦範)은 부사직(副司直)을 지냈으며, 그리고 언수(彦秀)이다.[535] 윤홍업의 아들 구(球)는 판관이고, 딸은 조원징(趙元徵)에게 출가하였다. 노선의 아들 원기(遠器)는 봉사(奉事)이고, 홍기(弘器)는 문과에 급제하였고, 중기(重器)는 진사이다. 노선의 딸들은 현령(縣令) 이여목(李汝木), 고부천(高傅川), 권정중(權正中)에게 출가하였다. 심후의 아들 세탁(世鐸)은 지평(持平)이고, 세정(世鼎)은 승지(承旨)이며, 심후의 딸은 안종지(安宗智)에게 출가하였다. 윤지양(尹知養)의 아들은 거(鐻)·추(錘)·석(錫)이며, 딸들은 김계(金啓)·이창완(李昌完)에게 출가하였다. 한겸윤의 아들은 율(瑈)·필(瑾)·절(瑏)·구(球)이고, 딸들은 홍경형(洪景亨)·이규영(李奎英)·무영장(武營將) 성진문(成震炆)에게 출가하였다. 증손 이하는 번거로워 다 기록하지 않는다. 명(銘)은 다음과 같다.

타고난 품성이 넓고 돈후하며　　　　　資稟宏厚

대대로의 충근함을 계승하였네　　　　世繼忠勤

유림에서 성대한 명망이 있었고　　　　儒林盛望

국왕의 신신[536]이었네　　　　　　　王國藎臣

---

535. 언범(彦範)은……언수(彦秀)이다:《초암실기》와《나주정시대동보》에는 감찰(監察) 호양(好讓)의 아들이 아닌 호근(好謹)의 아들로 되어 있다.

536. 신신(藎臣): 충애(忠愛)가 돈독한 충신을 말한다.

대부[537]에서 우뚝이 섰고	挺立臺府
교화가 이름난 고을에 행해졌네	化行名藩
마음을 다하고 힘을 다하여	殫心竭力
시종 두루 통섭하였네	始終彌綸
공로가 있고 공적이 있으니	有勞有績
어려운 때를 구제하였네	濟于時艱
내가 감히 아첨하는 것이 아니고	匪我敢諛
밝은 임금의 말씀이 있다네	聖明有言
전기적 자료가 없고	紀傳則闕
후현의 기술도 없기에	後無從述
이렇게 소상하게 알리노니	揭此昭昭
영원히 질정할 수 있으리라	百歲可質

　　알봉돈장년(閼逢敦牂年)[538] 유하절(維夏節)[539]에 종후손(從後孫) 태진(泰鎭)이 삼가 짓다.

---

537. 대부(臺府): 244쪽 주515 참조.
538. 알봉돈장년(閼逢敦牂年): 갑오년(甲午年)인 1954년을 말한다. 고갑자(古甲子)로 알봉은 갑(甲)이고, 돈장은 오(午)이다.
539. 유하절(維夏節): 음력 4월을 말한다. 《시경》〈사월(四月)〉에 "사월에 여름이 되면 유월에 무더워진다.[四月維夏, 六月徂暑.]"라고 한 데서 온 말이다.

※草庵實記

행장
行狀

공은 휘가 윤우(允祐), 자가 천석(天錫), 초암(草庵)이 그의 자호(自號)이다. 성은 정씨(丁氏)이고, 그의 선대는 나주(羅州)의 압해현(押海縣) 사람이다. 고려 검교대장군(檢校大將軍) 휘 윤종(允宗)이 시조가 된다. 몇 대를 전하여 휘 연(衍)에 이르러, 고려의 국운이 다하자 망복(罔僕)의 의리[540]를 지키며 덕을 숨기고 본조(本朝 조선)에 벼슬하지 않았는데 추은(推恩)으로 이조 판서(吏曹判書)에 추증되었으니 공에게 5대조가 된다. 이후로 대대로 문과에 급제하여 족보에 끊이지 않았으니, 과연 '정공(丁公)의 은거(隱居)로 자손이 음덕을 입었다'는 시골 향요(鄕謠)를 징험하였다.

고조는 휘가 자급(子伋)인데, 광해조(光廟朝)에 벼슬이 소격서 영(昭格署令) 영을 지냈고 예조 판서(禮曹判書)에 추증되었다. 증조는 휘가 수강(壽岡)이고 호가 월헌(月軒)이다. 연산조(燕山朝)에 부제학으로 있으면서 청맹(靑盲)[541]을 핑계로 물러나서 다시는 벼슬을 하지 않았다. 중종반정으로 정국원종공신(靖國原從功臣)에 녹훈되고 벼슬이 병조 참판에 이르렀으며 좌참찬에 추증되었다. 문집이 있어 세상에 간행되었다. 조부는 휘가 옥형(玉亨)인데, 병조판서를 지냈고, 시호가 공안(恭安), 호가 월봉(月峯)이다. 선친(先親)은 휘가 응두(應斗)[542]인데, 좌찬성(左贊成)을 지냈고, 영의정에 추증되었으며, 시호가 충정(忠靖)이다. 덕망과 학업이 모두 융성하였으며 호가 삼양재(三養齋)이다. 선비(先妣)는 정경부인(貞敬夫人) 은진 송씨(恩津宋氏)로 문과에 급제하여

---

540. 망복(罔僕)의 의리: 251쪽 주531 참조.
541. 청맹(靑盲): 251쪽 주532 참조.
542. 정응두(丁應斗): 242쪽 주512 참조.

군수를 지냈고 이조 판서에 추증된 세충(世忠)의 따님이고, 종실(宗室)의 주계군(朱溪君) 심원(深源)[543]의 외손이며, 가정(嘉靖) 기해년(1539) 8월 19일에 공을 낳았다. 공의 형제는 모두 4명인데, 모두 준재(俊才)로서 통현(通顯)[544]하였는데, 공이 그 셋째이다. 공은 태어나면서부터 특출난 자질을 지녀서 단정하고 침착하였으며, 노는 것과 웃고 말하는 것이 보통 아이들과 달랐다. 조금 성장해서는 학문을 좋아하며 게을리하지 않아 예업(藝業)이 날로 진보되었다. 성동(成童)이 되어서는 고암(顧庵) 중형(仲兄)[545]을 따라 도산에서 퇴계(退溪) 이 선생(李先生)을 배알하고서 곁에서 학문하는 지결(旨訣)을 들었다.

융경(隆慶) 정묘년(1567)에 생원·진사 모두 합격하였는데, 공의 아우 윤복(允福)도 나란히 합격하여 당시 사람들이 영광스럽게 여겼다. 경오년(1570) 문과에 급제하여 홍문관에 선보(選補)되었다. 정자(正字)를 시작으로 관례적으로 박사(博士)에 승진하였고, 형조(刑曹)·예조(禮曹)·병조(兵曹)의 좌랑(佐郎)과 황해도 도사(黃海道都事)를 역임했는데, 가는 곳마다 직책을 잘 수행하였다. 임신년(1572) 2월에 충정공의 상을 당해 예에 따라 여묘살이를 하였다. 갑술년(1574)에 상복을 벗고서 다시 형조 좌랑(刑曹佐郎)이 되었다가 정랑(正郎)으로 승차하였으며, 곧장 사헌부 지평에 제수되었다가 장령(掌令)으로 천직되었고 의정부 검상(議政府檢詳)·사인(舍人)으로 옮겨 제수되었다. 성균관 사예·사성(司成), 사간원 정언을 역임하였고, 잠시 뒤에 헌납(獻納)으로 승차되었으며, 사복시 첨정(司僕寺僉正)을 지냈다. 경진년(1580)에 모친상을 당

543. 이심원(李深遠): 1454~1504. 자는 백연(伯淵), 호는 성광(醒狂)·묵재(默齋), 본관은 전주(全州)이다. 태종(太宗)의 둘째 아들인 효령대군(孝寧大君)의 증손이다.

544. 통현(通顯): 지위가 높아서 세상에 널리 알려짐을 이른다.

545. 중형(仲兄): 정윤희(丁胤禧, 1531~1589)를 말한다. 자는 경석(景錫), 호는 고암(顧庵)·순암(順庵)·해월헌(海月軒), 본관은 나주(羅州)이다. 이황(李滉)의 문인이다. 1556년 알성 문과에 장원으로 급제하였고, 이조 정랑·강원도 관찰사 등을 역임하였다. 저서로 《고암집》이 있다.

※草庵實記

하여 임오년(1582)에 상복을 벗었고, 다시 사헌부 지평에 제수되었다. 을유년(1585)에 헌납이 되었다. 기축년(1589) 섣달에 제수되어 달마다 옮겼는데, 사간(司諫)으로서 통정대부에 올랐으며, 외직으로 동래 부사(東萊府使)에 제수되었으며 몇 개월 되지 않아 파직 당했다가 곧장 여주 목사(驪州牧使)에 제수되어 훌륭한 명성과 공적을 이루었다. 신묘년(1591)에 광주 목사(光州牧使) 겸 독포어사(督捕御使)에 제수되었다.

임진년(1592)에 왜구가 창궐하여 부산을 짓밟고 동래를 함락하여 조령을 넘고 충주호를 건너 곧장 서울로 향하였다. 공이 분격하여 몸을 돌보지 않고 가서 순찰사를 만나 근왕(勤王)의 뜻을 극언하였다. 대가가 서쪽으로 파천했을 때 위험을 무릅쓰고 힘들 길을 걸어서 행재소에 나아가니 특별히 호부(戶部)의 일을 섭행(攝行)하라는 명이 내려졌다. 병신년(1596)에 성균관 대사성이 되었다가 곧장 사간원(司諫院)에 들어가 대사간(大司諫)이 되었다. 정유년(1597)에 동부승지(同副承旨)·직제학(直提學)에 옮겨 제수되었다가 얼마 뒤에 충청도 관찰사 겸 순찰사에 제수되었는데, 특별히 교서를 내려 효유하였다. 무술년(1598)에 내직으로 들어가 호조 참의(戶曹參議)·부제학(副提學)이 되었다. 기해년(1599)에 강원도 관찰사(江原道觀察使)에 제수되었다가 일 때문에 체직되어 의흥위 부호군(義興衛副護軍)에 부처되었다. 신축년(1601)에 도승지(都承旨)에 발탁되어 제수되었다가 병조 참의로 옮겨 제수되었는데, 연로하고 병이 많다는 이유로 누차 소를 올려 윤허를 받았다. 이에 예천의 복천우사(福泉寓舍)로 물러나 수양하다가 마침내 수를 다하여 을사년(1605) 7월 8일에 세상을 떠났으니, 향년 67세였다. 원근의 사림이 달려와서 모여서 곡하지 않음이 없었다. 예월(禮月)[546]로써 고양(高陽) 무원리(茂院里) 미향(未向)의 언덕에 장사지내니 선영(先塋)을 따른 것이다.

---

546. 예월(禮月): 신분에 따라 정해지는 장례하는 달을 말한다. 죽은 뒤 천자는 일곱 달, 제후는 다섯 달, 대부는 석 달, 선비는 한 달이 지나서 장사 지낸다. 여기서는 정윤우를 대부의 신분으로 보고 석 달을 예월로 여겨 10월에 장사지냈다.

뒤에 호성원종공신(扈聖原從功臣)으로 녹훈되었고 이조 참판에 추증되었으며 관례대로 겸직하였다.

부인은 정부인 청송 심씨로, 판관(判官) 응록(應祿)의 따님이다. 부덕(婦德)을 고루 갖추었으며 공보다 11년 뒤인 병진년(1616)에 졸(卒)하여 무덤을 왼쪽에 합부(合祔)하였다. 3남 5녀를 두었는데, 장남 호겸(好謙)은 진사(進士)인데 일찍 죽어 후사가 없다. 차남 호양(好讓)은 감찰(監察)을 지냈으며, 막내 호근(好謹)은 진사(進士)이다. 딸들은 현령(縣令) 윤홍업(尹弘業), 노선(盧宣), 심후(沈詡), 부사(府使) 윤지양(尹知養), 한겸윤(韓謙胤)에게 각각 출가하였다. 감찰(監察)의 아들 언보(彦輔)는 진사이고, 언범(彦範)은 부사직(副司直)을 지냈으며, 그리고 언수(彦秀)이다.[547] 윤홍업은 1남 1녀를 두었는데, 아들 구(球)는 판관이고, 딸은 조원징(趙元徵)에게 출가하였다. 노선은 3남 3녀를 두었는데, 아들 원기(遠器)는 봉사(奉事)이고, 홍기(弘器)는 문과에 급제하였고, 중기(重器)는 진사이다. 딸들은 현령(縣令) 이여목(李汝木), 고부천(高傅川), 권정중(權正中)에게 출가하였다. 심후는 2남 1녀를 두었는데, 아들 세탁(世鐸)은 지평(持平)이고, 세정(世鼎)은 승지(承旨)이며, 딸은 안종지(安宗智)에게 출가하였다. 윤지양(尹知養)은 3남 2녀를 두었는데, 아들은 거(鐻) · 추(錘) · 석(錫)이며, 딸들은 김계(金啓) · 이창완(李昌完)에게 출가하였다. 한겸윤은 4남 3녀를 두었는데, 아들은 율(瑮) · 필(瑾) · 절(瑠) · 구(球)이고, 딸들은 홍경형(洪景亨) · 별제(別提) 이규영(李奎英) · 무영장(武營將) 성진문(成震汶)에게 출가하였다. 내외 증손은 번거로워 다 기록하지 않는다.

공은 대대로 벼슬을 한집안에서 태어나 시례(詩禮)를 이어받았고 덕기(德器)를 일찍 이루어서 밖으로는 엄한 사우(師友)를 따랐고, 안으로는 어진 부형이 있었는데, 고

---

547. 언범(彦範)은······언수(彦秀)이다: 253쪽 주535 참조.

※草庵實紀

암(顧庵) 중형(仲兄)[548]은 곧 대현(大賢)[549]의 고제(高弟)다. 함께 학문을 강마(講磨)한 것이 경전의 뜻에서 얻은 것이 아님이 없었으니, 그 학문의 연원은 그 유서(遺緒)가 있다. 본성은 순수하고 행실은 독실하여 부모를 봉양함에 그 지극함을 다하지 않음이 없었다. 모부인(母夫人)이 백씨(伯氏) 전첨공(典籤公)의 임천(臨川) 임소(任所)에서 돌아가시자 무척 더운 여름날임에도 불구하고 공이 힘을 다해 주선하여 500리 먼 길을 반구(返柩)하여 안장(安葬)하였다. 계씨(季氏) 대헌공(大憲公 정윤복(丁胤福))이 의주(義州)로 대가(大駕)를 호종하다가 가는 도중에 가산(嘉山)에서 병으로 죽자, 공이 직접 난리 속에서 빈렴(殯斂) 하였다가 왜구가 약간 후퇴하자 반장(返葬)할 수 있었으니, 효성과 우애의 독실함을 미루어 상상할 수 있다.

공이 세상을 떠나자 임금이 예관(禮官)을 보내어 제문(祭文)을 내렸는데, 그 내용에서 "왜구의 난리가 일어났을 때, 군량이 넉넉하지 않았고 인재 얻기 어려운 이러한 때에 모든 이가 공을 천거하였도다. 관중에서 군량을 조운(漕運)하고 하내(河內)로 곡식을 옮겨주면서[550] 마음을 다하고 생각을 쏟느라 머리털이 온통 백발로 변했도다."라고 하였으니, 이는 효가 충으로 옮겨졌음을 볼 수 있는 것이다.

일찍이 만력 연간에 사신의 명을 받들고 조천하였는데, 신종 황제가 그 문례(問禮)[551]와 사신 임무 수행의 명민함을 가상히 여겨 특별히 서촉(西蜀)에서 생산되는 유엽배(柳葉杯) 여섯 매(枚)를 하사하여 제사에 쓰도록 하였으니 참으로 특별한 예우이다. 지금까지도 집안에서 보물로 간직하고 있다.

아아! 지금은 공의 시대와의 거리가 멀며, 간혹 난리를 겪었고 계속해서 화재가 있었

---

548. 중형(仲兄): 256쪽 주545 참조.
549. 대현(大賢): 퇴계(退溪) 이황(李滉, 1501~1570)을 말한다.
550. 관중(關中)에서……옮겨주면서: 36쪽 주32 참조.
551. 문례(問禮): 중국의 사신으로 가서 관원에게 의례에 관하여 문의하는 일을 말한다.

다. 공사(公私)로 지은 글이 많았으나 없어지고 전하지 않으며 남아 있는 것도 거의 없으니 개탄스러울 따름이다.

하루는 공의 후손 재권(載權)[552]이 시골의 집으로 나를 찾아와서《가전(家傳)》과《행략(行略)》을 가지고 나에게 행장(行狀)을 부탁하였다. 내가 말하기를, "일은 신중함과 관계됩니다. 사람도 그 적합한 사람이 아니고 문장도 졸렬하고 고루하니 어찌 감히 만에 하나라도 기려서 찬양할 수가 있겠습니까?"라고 하였으나, 그 청이 더욱 간곡하여 끝내 사양할 수 없어서 경개(梗槩)를 위와 같이 간략히 기술하여 대군자(大君子)가 채택하여 윤색해 주기를 기다린다.

인천(仁川) 채시주(蔡蓍疇)[553]가 삼가 행장을 짓다.

---

552. 정재권(丁載權): 1735~1812. 자는 득중(得中), 호는 도헌(桃軒), 본관은 나주(羅州)이다. 통덕랑(通德郎)을 지냈다.
553. 채시주(蔡蓍疇): 1739~1819. 자는 서범(筮範), 호는 운재(芸齋), 본관은 인천(仁川)이다. 청대(淸臺) 권상일(權相一)과 대산(大山) 이상정(李象靖) 두 문하에서 수학하였다.

※草庵實記

사림 통문
士林通文

기미년 11월 일에 통문(通文)을 짓고 박주용(朴周鏞)이 발문(發文)하였다. 이때 파임(爬任)은 다 기록하지 않는다.

    이 글은 통유(通諭)하는 일입니다. 엎드려 생각건대, 대현의 고제(高弟)들은 모두 존모(尊慕)의 정성이 간절하였고, 중흥의 신신(藎臣)[554]은 일제히 은혜에 보답하는 의식이 있었습니다. 삼가 생각건대 우리 고암(顧庵) 정 선생(丁先生)은 직접 퇴계를 뵙고 지결을 받았습니다. 사문(師門)에서 장려하고 인정한 뜻이 대부분 왕복(往復)의 편지에서 드러났으며, 유집(遺集)에 보이는 것이 한두 판(板)일 뿐만이 아닙니다. 또《동국명신록(東國名臣錄)》에 실려 있으니 그 학문의 순정(純正)함을 크게 알 수 있습니다. 저 초암(草庵) 정 선생(丁先生 정윤우(丁允祐)) 같은 분은 임진년 왜적이 창궐할 적에 선조(宣祖) 임금이 남쪽 지방을 지키는 임무를 맡기고 빛나는 교서를 내린 것이 수백 마디일 뿐이 아닙니다. 그 교서에서 "경은 부친 때부터 우리 선왕(先王)을 위해 수고하여 훌륭한 공적이 있도다."라고 하였고, 또 말하기를, "요해(要害)를 설치할 적엔 유리한 지형을 장악할 계책을 먼저 세우며, 군량을 조처할 적에는 수요에 적절히 공급할 대책을 서둘러 강구하라. 동남(東南)의 보장(堡障)[555]이 되고 관보(關輔)의 번위(藩衛)[556]가 되어라."라고 하였습니다. 선생이 명을 받은 이후로 우러러 중대한 부탁을 따르고 위급

---

554. 신신(藎臣): 253쪽 주536 참조.
555. 동남(東南)의 보장(堡障): 25쪽 주5 참조.
556. 관보(關輔)의 번위(藩衛): 25쪽 주6 참조.

한 선무(宣撫)[557]에 굽어 전념하며 기미를 살펴 임무에 임하고 조운(漕運)을 통한 곡식 운반으로 하룻밤 사이에 머리가 하얗게 세었습니다.

선생이 운명하자 임금이 크게 슬퍼하며 특별히 제문을 내렸는데, 그 가운데, "맑은 지조와 고아한 덕망을 지녔고, 유림에서 우뚝이 빼어났다."라는 두 구절은 공업을 찬양하고 아끼는 것일 뿐만이 아닙니다. 이름이 일등(一等) 원종공신녹권(原從功臣錄券)과 《임진정기록(壬辰正氣錄)》에 실려 있으며, 신종 황제가 칭찬하며 내려준 유엽배(柳葉杯) 여섯 매(枚)는 지금도 본가의 사당 제사에서 술을 따라 올리고 있습니다.

정조 기미년(1799) 겨울에 영남의 신하들이 경연에서 아뢰자, 넉넉히 비지(批旨)를 더하며 "유엽배는 신종 황제께서 배신(陪臣)에게 은총으로 내리신 것이니, 당연히 선덕(宣德) 중에 반사(頒賜)한 조환(條環) · 도검(刀劍)과 더불어 이 하토(下土)에 동일하게 영광스러운 물건이다. 그런데 지금까지 영남으로 유락(流落)하여 아득히 소재(所在)를 알 수 없은 지가 2백여 년 만에 비로소 그 소식을 들었으니, 결코 우연한 일이 아니기에 더욱더 크게 탄식한다. 그대가 이미 이렇게 말했으니 또한 전에 그 잔을 본 적이 있을 것이다."라고 하였습니다.

그 계씨(季氏) 선생 대헌공(大憲公 정윤복(丁胤福))은 청요직을 두루 역임하였고 총애를 두루 입었으며, 중씨(仲氏) 선생과 함께 왜란을 당하여 힘을 다해 왕을 호위하다가 대가(大駕)가 서쪽으로 파천할 적에 때마침 병이 심하여 병상에 있으면서 스스로 일어날 수가 없을 지경인데도, "교목세신(喬木世臣)[558]이 임금의 파천(播遷)을 보면서 한 가닥 숨이 끊어지지 않았거늘 어찌 감히 집에서 나뒹굴 수 있겠는가?"라고 하고는 마침내

---

557. 선무(宣撫): 조정에서 병란이나 재해가 일어난 지역에 대신을 파견하여 군민(軍民)을 안무하고, 일을 상황에 적의하게 처리하도록 하는 것을 말한다.

558. 교목세신(喬木世臣): 190쪽 주410 참조.

※草庵實知

억지로 일어나서 병든 몸을 이끌고 대가(大駕)를 호종하다가 가산(嘉山)에 이르러서 결국 세상을 떠났으니, 곧 임진년(1592) 10월이었습니다. 임금이 애통해 마지않으면서 특별히 영의정(領議政)으로 추증하였습니다.

우복(愚伏) 정 선생(鄭先生)[559]이 공의 묘갈명을 찬하였는데, 그 대략에 "공은 자품(資稟)이 순수하고 아름다웠으며, 지행(志行)이 순후하고 성실하였다. 어린 시절부터 제자(弟子)의 직분을 부지런히 힘썼으며, 벼슬길에 나아간 뒤에도 오히려 이를 게을리하지 않았다. 또한 음식을 공양하고 잠자리를 보살피는 등 어버이를 봉양하는 일을 한결같이 지성스러운 마음으로 하였다. 글 읽기를 좋아하여 공무(公務)에서 물러난 뒤에는 곧바로 책을 펼쳐 읽었으며, 선현(先賢)들의 격언(格言) 가운데에서 특히 수용(受用)하는 데에 절실한 것을 보면 그때마다 곧바로 기록해 두었다가 가슴속에 새겨 실천하는 데 대비하였다. 특히 《논어》를 좋아하여 자신이 직접 베껴서 고요한 때면 매번 단정한 자세로 앉아 책을 펼쳐 놓고 읽었다. 경악(經幄 경연(經筵))에 있을 적에는 강설하는 것이 정확(精確)하면서도 뜻을 곡진하게 설명하였으며, 대성(臺省)[560]으로 있을 적에는 논의를 펴는 것이 평이하고 관대하였으며, 토여(吐茹)[561]하지 않았다."라고 하였습니다. 곧 이 글이 믿을 수 있는 글이니, 대개 선생 학행(學行)의 만에 하나를 볼 수 있는 것입니다.

---

559. 정 선생(鄭先生): 정경세(鄭經世, 1563~1633)를 말한다. 자는 경임(景任), 호는 우복(愚伏), 본관은 진주(晉州)이다. 1586년 알성 문과에 을과(乙科)로 급제하였고 예조 판서, 이조 판서, 대제학 등을 지냈다. 시호는 문장(文莊)이며, 저서로 《우복집》, 《양정편》, 《주문작해》 등이 있다.

560. 대성(臺省): 대간(臺諫)과 같은 말로, 사헌부와 사간원의 벼슬을 통틀어 이른다. 이들 관직은 모두 청요직(淸要職)으로 일컬어진다.

561. 토여(吐茹): 토(吐)는 토하는 것이고 여(茹)는 삼키는 것으로, 언론(言論)이 꼿꼿하여 강포한 자에 대해서도 겁내지 않고 탄핵하였다는 뜻이다. 《시경》〈증민(烝民)〉에 "부드러워도 삼키지 아니하고, 강해도 뱉어 내지 아니하나니, 홀아비와 과부 업신여기지 아니하고, 강포한 자 두려워하지 아니하느니라.[柔亦不茹, 剛亦不吐, 不侮矜寡, 不畏彊禦.]"라고 하였다.

아아! 선생 형제분은 훌륭한 자품(資稟)과 뛰어난 기국(器局)으로 한집에서 태어나 학문과 기예에 깊이 잠심하여 대현(大賢 이황)의 문하에서 추허(推許)를 입었고, 심력을 다해 충근(忠勤)하여 중흥의 업을 도와 이룩하였습니다. 도덕과 훈업(勳業)이 이렇게 훌륭하고 빛나는 것은 함께 강학하여 일과 학업을 하나로 꿰뚫은 것이 아님이 없습니다. 공훈(功勳)은 사직에 남아 있고 유업(遺業)은 후세에 드리웠으니, 진실로 죽어서 사직(社稷)에 제사 지낼 만한데도 애석하게도 본손(本孫)이 단약(單弱)하고 재력이 없어서 세월만 보냈습니다. 돌아가신 지 수백 년이 지나 오늘에 이르기까지 제사지낼 사당 하나 없습니다. 이것은 비록 사문(斯文)이 겨를이 없었던 탓이기도 하지만 어찌 백세토록 공의(公議)를 함께 모아 깊이 개탄할 일이 아니겠습니까. 대의(大義)가 있으니 우리 고을에서부터 선현을 위해 연명(聯名)으로 안(案)을 만들어야 합니다.

다만 생각해 보니 일이 함께 존숭해야 할 것이기에 한쪽에서만 의론을 천명해서는 안 됩니다. 이에 감히 남긴 공적을 대략 진술하여 향내와 도내에 두루 알립니다. 떳떳한 본성을 누구나 좋아하는 마음은 피차 같으리라 생각됩니다. 엎드려 바라옵건대 여러 군자(君子)께서는 합의하고 도모하여 일심동체로서 힘써주시면 매우 다행이겠습니다.

《초암실기》종(草庵實紀終)

발문
跋文

나의 벗 금성(錦城 나주(羅州)) 정선여(丁善餘)가 그의 7대조 관찰사(觀察使 정윤우(丁允祐)) 공이 명나라에 사신 갔을 적에 신종 황제(神宗皇帝)가 내려준 유엽배 여섯 척(隻)으로써 시를 지어서 그 일을 노래하였다. 이에 원근의 친지들이 서(序)와 시(詩)를 지어서 아름답게 여긴 것이 여러 편이었다. 애당초 정선여(丁善餘)와 서로 알지 못하는 사람도 그 일을 듣고서 화운(和韻) 하였으니, 아, 어찌 이리도 성대하단 말인가.

나는 일찍이 지금 사람이 그 선고(先故)가 남긴 것에 대해 비록 그다지 이상히 여기지 않으며 반드시 이를 위해 남에게 영가(詠歌)를 구하여 다그친 뒤에야 마지못해 호응하며, 이따금 비웃음과 기롱을 받게 됨을 병폐로 여겼다. 이와 같은 자는 아마 그만 둘 수 없을 것이다. 드러내고자 한다면 다만 누가 될 뿐이다.

지금 선여(善餘)가 하는 것은 본디 이와 다르다. 변방 소국의 한 사신이 이렇게 천자의 총애를 받아 유엽배를 하사받음에 있어서 직책을 잘 수행하지 않고서도 가능하였겠는가? 7대를 지나도록 흠결 없이 전하여 보전함에 있어서 정성껏 보호하지 않고서도 가능하였겠는가? 이는 진실로 그 질정의 여하(如何)와 형제(刑制)의 여하(如何)를 논하지 않더라도 이미 노래할 만한 것이다.

의(義)로 하여금 여기에 그치도록 하였다면 한 집안의 사사로움에 불과하지만, 지금 신주(神州 명(明)나라)가 무너진 지 몇 년이 되었으나, 우리나라 군주와 백성들은 하루라도 명나라 황제가 내려준 것을 잊은 적이 없으며, 서쪽을 향해 대의를 펼 수 없었던 것이 무릇 몇 대가 되었다.

생각건대, 지금 백 년 이내에 무릇 주씨(朱氏)가 남긴 물건[562]은 마땅히 이미 다 없어져서 남아 있는 것이 없으며, 중국의 옛 백성들도 오래되어 이미 다시 밝은 천자가 있음을 기억하지 못한다. 그렇지만 이 유엽배는 곧 능히 흥망성쇠에도 무탈하였으니, 이를 보는 사람의 두 눈에 눈물이 흘러 얼굴을 덮고 풍천(風泉)의 비통함[563]이 더해지지 않음이 없게 한다. 이는 더욱 노래하지 않을 수 없는 것이며 이전에 말한 한 집안의 사사로움일 뿐만이 아니다. 그렇지 않다면 어찌 단지 이와 같을 수 있었겠는가. 또 게으름을 피우고서 이렇게 힘쓸 수 있다는 말은 듣지 못했다.

나는 혹시나 이 뜻을 알지 못할까 염려하여 외람되이 지금 사람이 하는 일례(一例)를 들어서 보인 것이다. 이에 그 책 뒤에 써서 남겨 둔다. 선여(善餘)가 나에게 시(詩)가 없을 수가 없다고 했지만, 나는 진실로 시에 능하지 못하며 게다가 제현의 서술에 다 말했으니, 어찌 군더더기 말을 하겠는가.

숭정(崇禎) 기원후 236년 계미년(1763) 모춘(暮春)에 함양(咸陽) 박신경(朴申慶)[564]이 삼가 발문을 짓다.

---

562. 주씨(朱氏)가 남긴 물건: 42쪽 주54 참조.

563. 풍천(風泉)의 비통함: 27쪽 주17 참조.

564. 박신경(朴申慶): 1713~1790. 자는 천휴(天休), 호는 능고(能皐), 본관은 함양(咸陽)이다. 과거를 포기하고 평생 위기지학 (爲己之學)에 전념하여 성리서(性理書)를 깊이 연구하였다. 저서로《능고집》이 전한다.

후발
後跋

이는 고(故) 관찰사(觀察使) 초암(草庵) 정공(丁公 정윤우(丁允祐))의 실기(實紀)이다. 이 실기(實紀)는 유문(遺文)에 시 한 수, 편지 두 통, 부록(附錄)으로 선조(宣祖) 임금의 교서(教書)와 사제문(賜祭文), 명나라 임금이 유엽배를 은총으로 내려주어 보관하고 있다는 글, 정조(正祖) 임금이 경연에서 신하가 아뢴 것을 을람(乙覽)[565]하고 내린 비답, 여러 명현(名賢)이 찬송(贊頌)한 시, 고을 선비들이 사당을 짓고자 의론한 통문인데, 또한 공의 실상을 기록하지 않음이 없으니, 편우(片羽)[566]로도 그 전체의 빛남을 알 수 있고 방조(旁照)[567]로도 그 영향(景響)[568]을 알 수 있다.

아! 공은 충정공(忠靖公 정응두(丁應斗))의 세가에서 태어나고 형제가 한집에서 태어나 맑은 지조와 순수한 학문으로 유림의 고아한 덕망이 있었고, 문과에 급제하여 대부(臺府)[569]를 두루 역임하면서는 항상 충언과 정직의 풍모를 품었었고, 영동과 호서의 관찰사가 되어서는 소당(召棠)의 교화[570]를 이어 펼쳤으며, 난리에 임해 충성을 바쳤고 어가를 호종함에 위험을 막았으며, 요새를 설치하고 임기응변을 잘하느라 하룻저녁에 머리털이 하얗게 세었으니, 이것이 선무원종(宣武原從) 1등 공신에 녹훈된 이유이다.

---

565. 을람(乙覽): 을야지람(乙夜之覽)의 준말로, 임금이 정무를 끝내고 취침하기 전인 10시경에 독서를 하는 일과이다. 하룻밤을 갑·을·병·정·무의 다섯으로 나눠 계산할 때 을은 10시경에 해당한다.

566. 편우(片羽): 길광(吉光)의 편우(片羽)를 말한다. 길광은 고대 전설 속의 신수(神獸)인데 일설에는 신마(神馬)라고도 한다. 길광의 털 하나처럼 아주 뛰어난 예술 작품 또는 문인들의 시장(詩章)이 겨우 발견된 것을 이른다. 여기에서는 정윤우의 시문 일부를 가리킨다.

567. 방조(旁照): 해당 글이 없을 때 비슷한 글을 참조하는 것을 말한다.

568. 영향(景響): 그림자가 형체를 따르는 듯하고 메아리가 소리에 호응하듯 함을 말한다.

569. 대부(臺府): 244쪽 주515 참조.

570. 소당(召棠)의 교화: 24쪽 주4 참조.

명나라에 사신을 가서 황제에게서 진귀한 잔을 하사받는 특별한 은전을 입고서 가묘 (家廟)의 제향에 술잔을 올렸으니, 이것이 명석(名碩)들이 찬송한 바이다. 고을 선비들의 사당을 짓자는 의론이 있었으나 나라의 금령(禁令)으로 실행하지 못했으니, 이것이 자손들의 통한(痛恨)인 것이다.

지난 경자년(1900)에 후손 영섭(永燮)이 약간의 글을 모아서 보첩(譜牒)을 간행하는 일로 인하여 한 권으로 만들어 자손들이 개인적으로 보관할 계획을 삼았으나, 덕을 형용하는 글과 서문의 글을 받지 못했다. 지금 그의 12대손 규혁(奎赫)이 선조(先祖)가 저술한 유문(遺文)과 일을 수행한 유적(遺蹟)이 죄다 병란과 화재로 없어진 것을 애통해한 나머지 그 서술의 잘못된 것을 편차하고 행장(行狀) · 묘갈명(墓碣銘) · 서발(序跋) 등의 글을 널리 구하여 선계(先系)를 제일 앞에 두고 자손들의 기록을 덧붙여서 《실기(實紀)》 한 편을 만들어서 3백 년 동안 인몰(湮沒)된 뒤에 천양(闡揚)하여 영원히 전하고자 하였으니, 이는 어진 마음을 지닌 자손들로 인하여 초암공이 의탁하여 영원히 남게 되는 것이 또한 여기에 있는 것이다. 내가 그 정성을 가상히 여겨 그 뒤에 발문을 적어 고산경행(高山景行)[571]의 생각을 지극히 하고, 또한 〈비풍(匪風)〉과 〈하천(下泉)〉의 마음[572]을 붙인다.

병인년(1926) 4월 상순에 여강(驪江) 이능윤(李能允)[573]이 삼가 발문을 짓다.

---

571. 고산경행(高山景行): 옛사람 중에 높은 덕을 지닌 자를 사모하고, 밝은 행실이 있는 자를 모범으로 삼아 행한다는 뜻이다. 《시경》 〈거할(車舝)〉에 "높은 산을 우러러보며 큰길을 간다.[高山仰止, 景行行止.]"라고 하였다.

572. 비풍(匪風)과 하천(下泉)의 마음: 27쪽 주17 참조.

573. 이능윤(李能允): 1850∼1930. 자는 순일(舜一), 호는 곡포(谷圃), 본관은 여주(驪州)이다. 회재(晦齋) 이언적(李彦迪)의 후손으로, 과거에 실패한 이후 성리학 연구에 뜻을 두어 학문에 전념하고 후학을 양성하였다.

※草庵實紀

지
識

우리 선조(先祖) 초암공(草庵公 정윤우(丁允祐)은 선조(宣祖)의 배신(陪臣)으로서 부절(符節)을 차고서 명나라에 사신을 갔는데 천자가 그 문장의 탁월함을 기특하게 여겨서 은총으로 이 술잔을 하사하였다. 술잔의 숫자는 여섯 매이고 모양이 버들잎을 닮았다고 하여 이를 이름하기를, '유엽배(柳葉杯)'라 하였다. 보관해서 대대로 제향의 그릇으로 삼았으니, 은혜가 무엇이 이것보다 크겠으며, 보배 중에 무엇이 이것보다 막중하겠는가. 다만 여러 차례 전란을 겪고 여기에 화재까지 더해져서 중국에서 고국으로 돌아오면서 읊조린 나이, 사신으로 일을 맡게 된 원인, 평소 저술한 글들이 상자 속에 보관되어 있었으나 간행되지 못하고 끝내 묻혀버렸으니 참으로 한탄스럽고 죄송스럽다. 단지 남은 시 한 수와 편지 두 통은 대개 선조께서 덕을 지킴이 순수하고 삼가며, 자신을 단속함이 청렴하고 결백하며, 가학을 계승하였고 학문에 연원이 있었기에 이를 발하여 문장을 지은 것이다. 비록 편언척자(片言隻字)이나 본디 성정의 올바름을 근원하였고 요점은 모두 이치가 넉넉하고 말이 요약되어 많은 것을 자랑하고 뽐내는 버릇이 없으니, 어리석은 후손들이 어찌 감히 그 만에 하나라도 아첨하고 사사로운 뜻이 있겠는가. 일찍이 우리 종고조(從高祖)가 이미 그 일을 기술한 시에 서문을 붙여서 당시에 글 하는 군자에게 화운(和韻)을 구하여 지금에 이르러서 뜻을 잇고서 수록한 것이 거의 편질(篇帙)을 이루었다. 그러므로 보첩(譜牒)을 간행할 즈음에 함께 인쇄하여 각처의 자손에게 배포하려 하였다. 어리석은 나도 감히 소지(小識)를 짓고서 술잔을 잡고 감읍하며 중국을 돌아볼 따름이다.

숭정(崇禎) 기원후 다섯 번째 경자년(1900) 중추(仲秋 8월) 초길(初吉)에 불초손 영섭(永燮)이 삼가 기록하다.

후지
後識

금성(錦城 나주(羅州)) 정규혁(丁奎赫) 군이 그의 선조(先祖) 관찰사 공(觀察使公 정윤우(丁允祐))의 《초암실기(草庵實紀)》를 가지고 동두(東杜)의 낡은 집으로 무려 세 번이나 나를 찾아와서 한 번 살펴봐 줄 것을 간곡히 청하였다. 내가 공경히 받고서 삼가 살펴보니, 유문에는 단지 시 한 수와 편지 두 통뿐이었다. 그 이유를 물어보니 원고(原稿)는 유사(遺事) 한 통과 함께 화재로 잃어버려서 이렇게 보잘것없게 되어버렸다고 했다. 부록(附錄)으로 교서(敎書)·사제문(賜祭文)·비답(批答) 및 사림통문(士林通文)이 있었다. 여기에서 또한 그의 재기(才器)가 국가의 중임을 맡기에 마땅하고 행의(行誼)가 사림의 추앙이 되었음을 볼 수 있었다. 또 황제가 내려준 유엽배에 대한 서(序)와 시(詩)가 있었는데, 이를 찬술하고 이를 노래하니 그 일이 매우 성대하였으니 곧 만력 연간에 공이 사신의 임무를 받들고 조천할 적에 신종 황제가 특별히 이것을 총애하며 하사하면서 사당의 제향에 쓰도록 하였다. 이는 실로 천자가 우리나라를 깊이 돌봐주심에서 나온 것이며 또한 어진 사신이 임무를 수행하면서 천자의 마음을 감발시킨 것이니 물건은 참으로 귀한 것이고 일은 참으로 드문 것이다. 불행하게도 명나라 사직이 갑자기 망하고 신기(神器)[574]가 쉽게 변했으나 오직 이 여섯 매(枚)의 유엽배(柳葉杯)는 오히려 만력 연간에 보장(保藏)되어 의연히 우리나라 배신(陪臣)[575]의 집에 있었으니, 한때 여러 군자들의 풍천(風泉)[576]에 대한 생각이 물건을 보고 더욱 감회를 일으

---

574. 신기(神器): 제위(帝位)를 계승하는 데 수반되는 보물 즉 옥새(玉璽)·보정(寶鼎) 따위로, 천자의 자리를 뜻한다.

575. 배신(陪臣): 제후국의 신하가 천자에 대하여 자신을 이르는 말이다.

576. 풍천(風泉): 27쪽 주17 참조.

※草庵實紀

킨 것은 마땅하다.

아아! 오늘날 망하지 않은 우리 조선의 백성은 곧 옛 명나라의 유민(遺民)이다. 우리나라를 다시 일으켜 세워주고 하루아침에 망해버렸다. 말이 지난 일에 이르자 가슴속에 의분이 샘솟았다.

내 비록 정씨(丁氏)가 대대로 보관한 보배로운 술잔을 완상(玩賞)하지는 못했지만, 죽은 황제의 구물(舊物)에 대한 흔적을 시가(詩歌)로 발하여 이 《실기(實紀)》에 두루 실어놓았으니, 한(漢)나라 도읍에 대한 비감을 노래한 〈서리(黍離)〉[577]의 곡조를 장차 지금에 다시 지어서 함께 회복한 것이다. 다만 그 초편(初編)이 제대로 정리되지 못해서 한스러웠는데, 규혁씨(奎赫氏)가 그 종중(宗中)의 의론으로 인해 장차 다시 새겨서 세상에 오래 전하고자 이미 한 차례 교감(校勘)의 과정을 거쳤는데, 또 나를 찾아와 그 교감을 요구한 것이다. 책을 어루만지며 눈물을 흘리니 이 어찌 예의상 사양할 수 있겠는가. 이에 그를 위해 순서를 다시 정하고서 마음속에 느낀 바를 서술하여 책 후미에 적어서 그를 돌려보낸다.

숭정(崇禎) 기원후 283년 병인년(1926) 천중절(天中節)에 동두기인(東杜棄人) 여강(驪江) 이능렬(李能烈)이 쓰다.

---

577. 한(漢)나라……서리(黍離): 55쪽 주92 참조.

위 유집(遺集)은 우리 선조 관찰공(觀察公 정윤우(丁允祐))의 옛 자취이다. 삼가 생각 건대 당시 선조가 중국에 사신 갔던 일은 국가가 선택한 것이고, 보배로운 잔을 받은 것은 황제가 상으로 준 것이다. 그 덕행과 문장은 반드시 살펴볼 만한 저술이 상자에 가득했겠지만 오랜 세월을 겪으면서 여러 차례 병란과 화재를 겪어서 기(杞)나라와 송 (宋)나라처럼 고증할 만한 문헌이 없어지게 되었으며,[578] 단지 두세 편만 찾아서 책 앞 에 두고 부록으로 이어서 겨우 한 권을 만들었다.

예전 경자년(1900) 가을에 족형(族兄) 영섭(永燮)이 시간을 끌다가 혹 망실(亡失) 될까 두려워서 마침내 간행하여 자손들의 집마다 배포하였으니 효성스러운 생각과 정 성스러운 마음을 다했다고 이를 만하다. 그러나 오직 글이 보잘것없지만 다만 집에 사 적으로 보관하고 있는 것도 합쳐야만 했다. 이를테면 공업을 칭송한 것은 세상에 공포 (公布)해도 부끄럽지 않은 것이었다. 여러 의론이 같아서 모두 빨리 도모하고자 했다. 족질(族姪) 규익(奎翊)·규학(奎學)이 정고(貞固)하게 일을 주선하여 인쇄의 일을 마 치고서는 나에게 그 전말을 기록해달라고 요구하였기에 감히 참람되고 외람됨을 잊고 서 위와 같이 대략 기록할 따름이다.

경자년(1960) 모춘(暮春 3월)에 11세손 병섭(柄燮)이 삼가 쓰다.

---

578. 기(杞)나라와……되었으며: 문헌(文獻)이 남아 있지 않아 전통을 고증할 수 없음을 말한다. 기는 주 무왕(周武王)이 하(夏) 나라 우(禹)의 후손인 동루공(東樓公)을 봉해 준 나라 이름이고, 송(宋)은 주 무왕이 은(殷)나라 주왕(紂王)을 주벌하고 주 왕의 서형(庶兄)인 미자(微子) 계(啓)를 봉해 준 나라 이름이다. 공자는 하나라와 은나라의 예제(禮制)를 고증하려 하였으 나, 이 두 나라를 계승한 기와 송의 문헌이 없어서 고증할 수 없음을 한탄하였다.《論語 八佾》

아아! 이것은 우리 선조(先祖) 초암공(草庵公 정윤우(丁允祐))의 유집(遺集)이다. 과거 경자년(1900) 가을에 나의 종숙(從叔) 영섭(永燮)이 선조의 유적이 흩어져서 전해지지 못하게 될 것을 두려워하여 마침내 인쇄하여 자손에게 배포하였으니 참으로 잘한 일이다.

지금 천도(天道)가 순환하여 중하(中夏)를 차지하던 오랑캐가 말끔히 사라지고 동쪽을 병탄하던 왜적이 망하였으나, 오직 푸르고 푸른 버들잎이 오랜 세월을 겪었어도 오히려 만 리 밖 옛 나라 배신(陪臣)의 집에서 대명(大明)의 봄빛을 띠고 있는 것을 보니, 어찌 특별한 은총이 아니겠는가. 이 술잔을 어루만지며 우리나라를 돌아보니 또한 예전의 때가 아닌데도 더욱이 〈서리(黍離)〉의 비감(悲感)[579]이 배가 된다.

책 속에 실려 있는 것은 모두 선배들이 그 일에 대해서 시를 읊고 그 행적을 서술하여 탄식한 것이다. 선조(先祖)의 의덕(懿德)과 훈업(勳業)은 후손들이 경모함이 마땅하다. 이는 집에서 개인적으로 준 것으로 세상에 공포할 만한 것은 안 된다. 더군다나 적들이 비록 제거되었다고 하나 풍진이 안정되지 않았으니 태평한 시절이라 말할 수 없다. 만약에 또 한 번의 난리를 겪는다면 나머지 후손들에게 보관되어 있는 것이 어찌 민몰(泯沒)되지 않음을 보장할 수 있겠는가. 이에 족친들을 모아 널리 배포할 계획을 도모하였는데, 모두의 의론이 하나로 모아졌지만 단지 부족한 것이 재원이었다. 다행히도 족형 규익(奎翊)이 일을 주선하여 인쇄에 부쳐 겨우 뜻대로 할 수 있었으니, 어찌 감히 전인(前人)에게 과시하려는 것이라고 말하겠는가. 일이 끝마쳐져서 마침내 그 전말을 이렇게 기록할 뿐이다.

숭정(崇禎) 기원후 여섯 번째 경자년(1960) 늦봄에 12세손 규학(奎學)이 손을 씻고 삼가 쓰다.

---

579. 서리(黍離)의 비감(悲感): 55쪽 주92 참조.

소서
小敍

삼가 생각건대 우리 초암(草庵 정윤우(丁允祐)) 선조(先祖)의 실행(實行)과 훌륭한 공적을 후세에 전할 만한 것이 반드시 많았을 것으로 생각되나 병란을 겪고 융풍(融風)[580]이 갑자기 닥쳐서 책 상자가 텅 비었고, 남은 것은 다만 시 한 수와 편지 두 통 및 선조(宣祖)의 교서(敎書)·사제문(賜祭文), 천자가 하사한 유엽배에 대해 읊은 시와 서(序)·명(銘) 뿐이다.

지난 경자년(1900) 보첩(譜牒)을 간행할 적에 주자판(鑄字板)으로 약간 본을 인출(印出)하여 족친들 집으로 나누어주었다. 그러나 간혹 흠정(欠正)하고 미비하여 또한 세상에 공포(公布)하지 않은 것이 있었다. 그러므로 돌아가신 백형(伯兄)이 일찍 이를 개탄하고는 결락되고 누락된 것을 수집(蒐輯)하고 명유 석학(名儒碩學)들이 나중에 화운(和韻)한 시들을 널리 구하였으나, 간행하지 못하고 갑작스레 세상을 떠났다. 이 때문에 어리석고 무지한 내가 슬퍼하고 통탄한 것이 이에 지금 20년이 되었으나 아직도 그 뜻을 이어 그 일을 행하지 못하였는데, 올봄에 족숙(族叔) 병섭(柄爕)과 족제(族弟) 규학(奎學)이 오래될수록 더욱 없어지게 될 것을 두려워하여 빨리 이 일을 도모하고자 하였다. 그러나 내가 일찍이 겨를이 없었던 것을 되돌아보고는 감히 선뜻 대답하지 못했다. 그 뜻을 함께하고 그 힘을 도와 이를 석판에 부치고서 느낀 바를 서술한다. 경자년(1960) 단양절(端陽節)에 12세손 규익(奎翊)이 삼가 쓰다.

---

580. 융풍(融風): 화재를 발생시키는 동북풍(東北風)이다. 《춘추좌씨전》 소공(昭公) 18년에 "병자일에 바람이 크게 불었다. 노(魯)나라 재신이 말하기를 '이것은 융풍이라 하는데 화재의 전조(前兆)이니 7일 뒤에 화재가 일어날 것이다.'하였다.[丙子, 風. 梓愼曰 '是謂融風 火之始也, 七日, 其火作乎.']"라는 말이 나온다.

※草庵實記

(부록)

유사
遺事

선생의 성은 정씨(丁氏)로 선계(先系)는 나주(羅州) 압해(押海)이다. 휘 윤종(允宗)이
있었는데 고려(高麗) 검교대장군(檢校大將軍)이었다. 그 뒤 7대를 지나서 휘 원보(元
甫)는 호군(護軍)이었는데 처음으로 개성(開城)에서 살았다. 손자 휘 안경(安景)에 이
르러서 또 배천[白川]으로 옮겼는데, 이때부터 대대로 현달하고 귀하였다. 휘 연(衍)을
낳았는데, 덕을 숨기고 벼슬하지 않았으나 향리에서는 그의 행의(行義)를 칭송하였으
며, 이조 참판에 추증되었다.

　고조(高祖)는 휘가 자급(子伋)이고, 생원으로 문과에 급제하여 부교리(副校理)를
지냈고, 읍재(邑宰)가 되어서는 정사를 펼침에 청렴하고 결백하여 거사비(去思碑)가
세워졌으며, 소격서 영(昭格署令)으로 졸관(卒官)하였고, 예조 판서에 추증되었다. 증
조(曾祖)는 휘가 수강(壽崗)[581]이고 호가 월헌(月軒)이며, 고요함을 즐겨 구차스럽게
벼슬길에 진출하지 않았다. 일찍이 집현전(集賢殿)의 장이 되었는데, 연산(燕山)이 정
사를 어지럽게 하자 병을 핑계로 물러나 한가롭게 지내다가 중종조(中宗朝)에 벼슬이
병조 참판에 이르렀고, 나이가 많고 덕이 높아서 세상에 중망(重望)을 받았으며, 좌찬
성(左贊成)에 추증되었다. 조부는 휘가 옥형(玉亨), 호가 월봉(月峯)으로 병조 판서와

---

581. 정수강(丁壽崗): 1454~1527. 자는 불붕(不崩), 호는 월헌(月軒), 본관은 나주(羅州)이다. 강원도 관찰사, 동지중추부사 등
　　을 지냈다. 저서로 《월헌집》이 있다.

참찬(參贊)을 지냈으며, 숭정대부 의정부 좌찬성에 추증되었고 시호가 공안(恭安)이다. 선고는 휘가 응두(應斗), 호가 삼양재(三養齋)이다. 의정부 좌찬성(議政府左贊成)으로 금계군(錦溪君)에 봉해졌으며, 대광보국숭록대부(大匡輔國崇祿大夫) 의정부 영의정에 추증되었으며, 시호가 충정(忠靖)이고 세상에서 후덕대인(厚德大人)이라 일컬었다. 비(妣)는 은진 송씨(恩津宋氏)로 정경부인(貞敬夫人)에 봉해졌으며, 문과에 급제하여 군수를 지내고 이조 판서에 추증된 세충(世忠)의 따님이다. 가정(嘉靖) 18년 중종(中宗) 기해년(1539) 8월 19일에 선생을 낳았다.

선생은 휘가 윤우(允祐), 자가 천석(天錫), 호가 초암(草庵)이다. 29세 때인 융경(隆慶) 원년 명종(明宗) 정묘년(1567)에 생원과 진사시에 모두 합격하였고, 융경(隆慶) 4년 경오년(1570) 문과에 급제하여 홍문관 정자(弘文館正字)에서 박사(博士)로 옮겼고, 형조·예조·병조의 좌랑으로 있다가 얼마 뒤에 황해도 도사(黃海道都事)로 옮겼다.

선생은 어린 시절부터 제자(弟子)의 직분을 부지런히 힘썼으며, 어버이를 섬김에 기쁘게 해드렸고 공무의 여가에는 반드시 곁에 모시면서 어버이의 마음을 즐겁게 하였다. 임신년(1572)에 충정공(忠靖公 정응두(丁應斗))의 상을 당하여 슬픔이 남을 감동시켰고 상을 치르며 예제(禮制)를 넘었으며, 3년 동안 비바람이 몰아치더라도 성묘를 그만두지 않았다. 경진년(1580)에 정경부인의 상을 당하였는데, 한결같이 부친상처럼 하였다. 임오년(1582)에 상복을 벗고서 형조 정랑에 제수되었고, 계미년(1583)에 사헌부 지평을 지냈다. 이로부터 명망과 실제가 모두 드러났으며, 탁용(擢用)됨이 날로 융숭해져서 사헌부 장령을 거쳐 사복시 첨정(司僕寺僉正)으로 천직되었다.

병술년(1586)에는 사간원 헌납, 의정부 검상(議政府檢詳)·사인(舍人)으로 승진하였다. 기축년(1589)에는 사간원 사간으로 승진하였으며 종부시 정(宗簿寺正)으로 전직되었다가 특별히 통정대부의 품계가 더해졌다. 외직으로는 동래 부사(東萊府使)·

광주 목사(光州牧使) · 여주 목사(驪州牧使)에 제수되었고, 호남과 영남의 독포어사(督捕御使)를 겸하였다. 임진년(1592)에 왜적이 부산(釜山)을 함락하자 조정에서 문관이라는 이유로 체직하였다. 이때 대가(大駕)가 서쪽으로 파천하였는데, 선생이 행재소에 나아가서 위험한 사태를 막고 충성을 다하였다. 양산과 밀양이 연달아 함락되었다는 소식을 들은 뒤로는 식자(識者)들은 저들이 빈틈을 타서 곧장 올라오게 될 것을 걱정하여 간담이 써늘하지 않음이 없었다. 이때 순찰사(巡察使 이광(李洸))가 나주에 있었는데, 사람들이 모두 하루빨리 병사를 이끌고 서울로 들어와 구원해 주기를 바랐다. 선생이 순찰사를 가서 보고 근왕(勤王)[582]의 뜻을 극력으로 말했으나 순찰사는 막연히 들으며 걱정하지도 않기에 선생이 민망히 여기며 그저 물러 나왔다. 이윽고 징병(徵兵)의 명이 내려지자 이광(李洸)[583]이 황급하게 의병이 사방에서 일어나도록 하였다. 선생이 의롭게 떨쳐 일어나 적개심을 가지고 계획과 계책을 세우며 일사부정(一絲扶鼎)의 의론이 있었다.

병신년(1596)에 특별히 대사성 · 대사간에 제수되었다. 정유년(1597)에 동부승지에 제수되었다가 직제학(直提學)을 지냈으며 얼마 있다가 강원도 관찰사(江原道觀察使)에 제수되었고, 또 어떤 일로 인해 체직되었다. 신축년(1601)에 다시 도승지(都承旨)에 제수되었으며 여러 차례 병조 참의로 전직되었다. 일찍이 사명을 받들고 천자에게 조회하였는데, 황제가 그 탁월함을 가상히 여기고 대정(大政)을 자문하고서는 특별히 유엽배(柳葉杯) 6매(枚)를 하사하였다. 정유년에 충청도 관찰사로 있을 적에 교서를 내렸는데, 그 대략적인 내용은 "군사와 군량을 조발(調發)하고 대책을 세워 사태에 대응

---

582. 근왕(勤王): 왕실의 일에 힘을 다한다는 말이다. 《춘추》에, 호언(狐偃)이 진후(晉侯)에게 말하기를, "제후(諸侯)를 구하려면 근왕하는 것밖에 없다." 하였으므로, 후세에 의병을 일으켜 왕실을 구원하는 것을 근왕이라 하였다.

583. 이광(李洸): 1541~1607. 자는 사무(士武), 호는 우계산인(雨溪散人), 본관은 덕수(德水)이다. 1574년(선조7) 문과에 급제하였고, 함경도 관찰사 겸 순찰사 · 호조 참판 · 지중추부사 겸 전라도 관찰사 등을 역임하였다. 저서로 《우계집》이 있다.

하는 번다한 일과 왕명을 받들어 제반 업무를 처리하는 책임은 그만한 사람이 아니면 해낼 수 없다. 내가 적임자를 뽑기가 어려워 대신(大臣)에게 물어보았더니 모두 경(卿)을 좋다고 했다. 내가 생각건대 경은 부친 때부터 우리 선왕(先王)을 위해 노고하여 그 훌륭한 계책이 왕실에 기록되어 있는데 집안이 대대로 충근(忠勤)을 계승하여 집안의 가르침을 받들고 선인(先人)의 아름다움을 이어 돈실(敦實)과 근신(謹愼)으로써 부족한 나를 보필하며 대성(臺省 대간(臺諫))의 요직을 역임한 지가 이미 여러 해이다. 여주(驪州)의 수령을 맡겼더니 여주 사람들이 지금까지 그 은덕을 잊지 않고 있으며, 발탁하여 근신(近臣)의 자리에 두었더니 왕명(王命)의 출납이 진실로 합당하였다."라고 하였다. 또 말하기를, "오늘날의 사세(事勢)는 건곤일척(乾坤一擲)의 위태한 상황에 놓여 있다. 완만하게 하면 대사를 그르치게 될 것이요 급박하게 하면 인심이 먼저 무너질 것이니, 이런 지경에 이르러서는 나도 경을 위해 대책을 말해 줄 수 없다. 오직 경이 강(剛)·유(柔)를 잘 조절하여 합당한 조처를 내릴 것이며, 요해(要害)를 설치할 때에는 유리한 지형을 장악할 계책을 먼저 세우며, 군량을 조처할 때에는 수요에 적절히 공급할 대책을 서둘러 강구하라. 가서 나의 뜻을 잘 헤아려 우리 백성을 살리라. 동남(東南)의 보장(保障)[584]이 되어 관보(關輔)의 번위(藩衛)[585]를 웅장하게 하라."라고 하였다.

만력(萬曆) 을사년(1605) 7월 8일에 예천(醴泉) 복천(福泉) 별장에서 세상을 떠났으니, 향년 67세였다. 이달 16일에 임금이 소식을 듣고 매우 슬퍼하며 전교 내리기를, "정모가 죽었단 말인가. 일찍 시종(侍從)한 사람이거늘 해사(該司)에서는 어찌 계문(啓聞)하지 않았단 말인가."라고 하였다. 임진 원종공신 1등으로서 가선대부(嘉善大夫) 이조 판서 겸 동지경연(同知經筵) 춘추관(春秋館) 성균관사(成均館事) 세자좌부빈

---

584. 동남(東南)의 보장(保障): 24쪽 주5 참조.
585. 관보(關輔)의 번위(藩衛): 24쪽 주6 참조.

객(世子左副賓客)에 추증하고서 예관(禮官)을 보내어 조제(弔祭)[586]를 내렸는데, 제문의 대략적인 내용은 "타고난 품성은 온화하고 돈후하였고, 기국과 도량은 크고도 깊었으며, 맑은 지조와 고아한 명망은, 유림에서 우뚝이 빼어났도다. 대부(臺府)[587]의 직책을 두루 역임할 때 사람들이 외로운 충심에 감복하였고, 부절을 차고 중요한 변방에 나가서는 봄바람 같은 교화를 펼쳤네. 내직과 외직에서 공적 세우며, 처음부터 끝까지 흠결이 없었도다. 왜구의 난리가 일어났을 때 군량이 넉넉하지 않았고, 인재 얻기 어려운 이런 때에 모든 이가 공을 천거하였도다. 관중에서 군량을 조운하고, 하내(河內)로 곡식을 옮겨주면서[588] 애태우며 생각을 다하느라, 머리털이 온통 하얗게 변했도다. 옥으로 만든 부절을 주어서, 호서와 영동 두 고을 다스리게 하니, 감당의 노래[589]가 서로 들려왔고, 다스림의 공로가 더욱 드러났네. 병을 핑계로 물러나 돌아가, 고향에서 쉬며 수양했으니, 혹여 병이 완전히 나아서, 함께 어려움을 구제하길 바랐더니, 갑작스레 부고가 전해져서, 온 나라 사람들 놀라고 슬퍼했네. 하물며 내가 옛 신하를 생각함에, 슬프고 애석함을 어찌 견디랴? 운운(云云)[590]" 하였다.

　안팎의 뜻있는 선비들이 선생의 서거 소식을 듣고 모두가 실성(失聲)하며 서로 조문하였는데, 비록 얼굴을 본 적이 없는데도 스스로 눈물을 흘리는 줄도 몰랐다. 선생이 겉으로는 지극히 넉넉하여 부족함이 없는 것 같았으나 실제로는 걱정과 탄식을 안고서 삶을 마쳤기 때문이다.

---

586. 조제(弔祭): 임금이 신하에게 부의(賻儀)를 하사하고 조문하여 제사 지내는 것을 말한다. 문무(文武)와 음관(蔭官)으로서 2품 이상의 실직(實職)을 역임한 신하가 사망한 경우에 임금이 부의를 내리고 제사를 지내주었다.

587. 대부(臺府): 244쪽 주515 참조.

588. 관중(關中)에서……옮겨주면서: 36쪽 주32 참조.

589. 감당(甘棠)의 노래: 24쪽 주4 참조.

590. 운운(云云): 250쪽 주529 참조.

선생이 사간원에 있을 적에 관례도 없이 의관(醫官)을 승진시키는 것을 바로잡고 또 인도(人道)가 무너지지 않고 유지되도록 열어준 것은 이륜(彝倫)이 있었기 때문이다. 근래 강상(綱常)의 변고가 해마다 없는 때가 없었고 올해는 또 도성에서 변고가 나왔는데 특별히 성지(聖旨)를 내리게 하여 그 잘못된 풍속을 변화시켰다.

세 번이나 병부(兵部)에 들어가서 건장하고 용감한 인재를 선발하여 병법을 훈련시키고 진법을 익히게 함을 어지럽지 않고 정연하게 하여 완급(緩急)의 쓰임에 대비하였다. 환란과 변고를 겪은 이후로 법전(法典)이 서로 어긋나자 더욱 산정(刪定)하기를 청하였는데, 풍덕(風德)을 보고 들은 사람들은 누구나 진정으로 기뻐하고 마음으로 심취하여 "세상에 한 분밖에 없는 분이다."라고 칭송하였다.

아아! 생각건대 선생은 태어나면서 특이한 자질을 지녔으며 일찍이 외과(巍科 문과(文科))에 선발되어 안으로는 그 아름다움을 채우고, 밖으로는 그 정화로움을 떨쳤다. 청묘(淸廟)[591]에 올라서는 중대한 계책을 올림에 주도면밀하니 임금의 대우가 변치 않았다. 시험 삼아 지방관의 임무를 맡기니 갓난아이 보호하듯이 백성들을 어여삐 여겨 어루만지고 애통하게 여겼는데, 임기를 마친 지 얼마 안 되어 추로(鄒魯)의 유풍(遺風)[592]이 있게 되었다. 남쪽 지방에서 부절(符節)을 받고 번병(藩屛)[593]의 중요한 임무를 맡았다. 그러므로 완악하고 흉포한 이들을 토벌하여 위엄을 떨치고 교화를 점차 펼쳤다. 계획을 펼쳐서 전조(轉漕)[594]로 식량을 공급하느라 침식할 겨를도 없었고 앉으나

---

591. 청묘(淸廟): 왕의 태묘(太廟)로서 국가의 정교(政敎)를 행하는 곳을 말한다. 여기에서는 조정을 말한다.《周禮 考工記 匠人》

592. 추로(鄒魯)의 유풍: 주(周)나라 말기 공자(孔子)는 노(魯) 나라에서 출생하였고, 맹자(孟子)는 추(鄒) 땅에서 출생하여 이들 지방에 문풍(文風)이 크게 일어났으므로, 이를 비유하여 말한 것이다.

593. 번병(藩屛): 지방을 믿고 맡길 수 있는 관찰사를 가리킨다.《시경》〈판(板)〉에 "덕이 큰 사람은 나라의 울타리며, 많은 무리는 나라의 담이며, 큰 제후국은 나라의 병풍이며, 대종(大宗)은 나라의 정간(楨幹)이다.[价人維藩, 大師維垣, 大邦維屛, 大宗維翰.]"라고 하였다.

594. 전조(轉漕): 식량을 운반할 때, 육로(陸路)를 통해 수레로 운반하는 것을 전(轉)이라 하고, 수로(水路)를 이용하여 배로 운반

※草庵實紀

서나 탄식하며 걱정하였다. 모두가 말하기를, "선생은 지방관의 임무를 마치고 조정에 들어가서는 부조(父祖)들이 실행한 충(忠)을 이어서 마쳤도다."라고 하였다.

이윽고 느슨하지도 않고 급하지도 않게 하며 늙고 병들었다는 이유로 사직을 고하고 영남(嶺南)으로 물러감에 모두가 선생의 행실이 국가의 경중에 관계됨을 애석해하며 동문(東門)에 조장(祖帳)[595]을 마련하니 보는 사람들이 탄식하지 않음이 없었다.

선생이 먼 고을에 있을 적에 신중하고 공손하니 사대부들이 높이 추앙하고 원근에서 본받으면서 "초암 선생은 본디 타고난 자질이 순박하고 후덕하여 부화한 것을 좋아하지 않았고, 나랏일에 마음을 다하였으며 이험(夷險)을 피하지 않았다. 평소에는 평탄하였으나 일에 임해서는 과감하였으며, 조정에서는 공을 자랑하지 않고 청렴결백하게 스스로 닦았다. 평안하고 고요히 물러나 수양하였으며, 벼슬이 덕에 차지 않았다. 그리하여 청덕(淸德)을 향유하며 의론할 만한 한 가지 흠도 없었고 끝내 맑은 이름으로 스스로를 지켰다."라고 칭송한 것은 또한 이 때문이다.

그해 9월 19일에 고양군(高陽郡) 토당리(土堂里) 동편(東便) 무원리(茂原里)에 장사 지냈는데, 지금의 지도면(知道面) 행신리(幸信里) 축좌(丑坐)의 언덕으로 선영(先塋)이다.

부인은 정부인(貞夫人) 청송 심씨(靑松沈氏)로 판관 휘 응록(應祿)의 따님이다. 태어난 해는 징험할 수 없고 태어난 날은 6월 21일이며, 병진년(1616) 7월 25일에 죽었다. 무덤은 선생의 묘에 합부(合祔)하였는데, 표석(表石)이 있다.

슬하에 3남 5녀를 두었는데, 장남 호겸(好謙)은 진사이고, 차남 호양(好讓)은 음직

하는 것을 조(漕)라 한다.

595. 조장(祖帳): 옛날 먼 길을 떠나는 사람을 보낼 때, 교외의 길가에서 전별(餞別)하기 위해 설치한 장막을 말하는데, 보통 송별하는 주연(酒筵)을 가리킨다.

(蔭職)으로 감찰을 지냈고, 삼남 호근(好謹)은 통덕랑(通德郎)이다. 딸들은 현령 윤홍업(尹弘業), 노선(盧宣), 심후(沈詡), 부사(府使) 윤지양(尹知養), 한겸윤(韓謙胤)에게 각각 출가하였다. 손자(孫子)·증손(曾孫) 이하는 보첩(譜牒)에 실려 있기 때문에 지금 다 기록하지 않는다.

아아! 선생이 공사(公私) 간에 주고받은 문장이 반드시 많을 것이나 여러 차례 병란을 겪었고, 또 집안에 화재가 심하여 단지 남아 있는 것은 시 한 수와 편지 두 통, 그리고 소차(疏箚) 약간뿐이다. 유엽배(柳葉杯)는 금과 옥 같으며 형질이 빛나는데, 대개 황조(皇朝)의 특별한 은혜이고 상례(常例)와는 다른 보배이다. 지금 봄가을로 별묘(別廟)에 제향하는 용도가 되고 있다. 뒷날의 명현들이 흠모하여 찬술함이 많으며 풍천(風泉)의 느낌을 붙였다. 정조(正祖) 기미년(1799)에 교리(校理) 류이좌(柳台佐)[596]가 경연에서 이 일을 아뢰자, 정조가 비답(批答)하기를, "당연히 선덕(宣德) 연간(年間)에 반사(頒賜)한 조환(條環)·도검(刀劍)과 더불어 이것은 우리나라에 함께 빛나는 물건이다."라고 하였다. 선생이 임진란에 근왕(勤王)한 행적이 제봉(霽峯) 고경명(高敬命)[597]의《정기록(正氣錄)》과《동사(東史)》에 실려 있으니, 믿을 만한 글이라 할 수 있다.

절혜(節惠)의 추증[598]이 없고 무덤에 비문도 없어서 철종 기미년(1859)에 사림(士林)에서 서원을 세우자는 의론을 내었으나 끝내 실행하지 못하였다. 선생에게는 비록 더해지고 덜해짐이 없으나 후손에게는 대대로 통한(痛恨)만 더해진 것이다. 신미년(1931)에 보첩 간행이 마무리됨에 상진(尙鎭) 아우와 세진(世鎭) 종제(從弟)가 의론하여 말하기를, "우리 선조의 행업은 마땅히 비갈(碑碣)을 세워 덕을 새기어 세상에 알려

---

596. 류이좌(柳台佐): 37쪽 주35 참조.
597. 고경명(高敬命): 1533~1592. 자는 이순(而順), 호는 제봉(霽峯)·태헌(苔軒), 본관은 장흥(長興)이다. 1558년(명종13) 문과에 급제하였으며, 한성부 부윤, 동래 부사 등을 지냈다. 시호는 충렬(忠烈)이며, 저서로《제봉집》,《정기록》등이 있다.
598. 절혜(節惠)의 추증: 246쪽 주521 참조.

야 하거늘, 행범(行範)의 자세함을 비록 자손들이 알지 못한다고 하더라도 이 어찌《예기》에서 말한 '지혜롭지 못하고 어질지 못하다'[599]라고 한 것을 자손들이 두려워해야 하지 않겠습니까."라고 하고 이에 계획을 대혁(大爀)·민섭(敏燮)·규일(奎一)·규덕(奎德)·규선(奎璿)·규태(奎泰)·호진(浩鎭)에게 전하여 나를 찾아와서 유사(遺事)를 지어달라고 하였다. 내가 흠탄(欽歎)하여 이들에게 일러 말하기를, "이 일은 우리 부조(父祖)께서 해마다 경영하였으나 뜻을 간직한 채 돌아가셨습니다. 사람은 비록 고금(古今)의 다름이 있으나 뜻은 고금에 차이가 없습니다. 지금 다행히 선조의 뜻을 이루려는 마음은 매우 크지만 일은 진실로 대대로 우리의 뜻만 있다고 할 수 있는 것도 아니고 형세가 예전과 더욱 다르니 끝까지 도모하지 못할까 두렵습니다. 유사(遺事)가 없다면 이 시대에 글 하는 군자에게 불후(不朽)한 글을 청하기도 어려울 것으로 생각됩니다. 선생의 사행은 반드시 기술할 만한 것이 많으나, 지금 선생이 살았던 시대와의 거리가 또한 300여 년이니 어찌 감히 함부로 지나친 말을 할 수 있겠습니까."라고 하고는 삼가 가정(家庭)에서 듣고 본 것을 근거(根據)하여 위와 같이 찬술하였으니, 대인군자(大人君子)가 사리를 살펴서 적절하게 대처하여 부끄러운 말이 없게 하기를 바랄 뿐이다.

계유년(1933) 11월 15일 13대손 영진(永鎭)이 목욕재계하고 삼가 짓다.

---

599. 지혜롭지⋯⋯못하다: 《예기》〈단궁 상(檀弓上)〉에, 명기(明器)가 만들어진 이유에 대해서 설명한 공자(孔子)의 말을 인용하기를 "죽은 사람을 보내는 데 있어서 죽은 사람에 대한 예를 그대로 적용하게 되면 이는 어질지 못한 것이므로 그리해서는 안 된다. 죽은 사람을 보내는 데 있어서 산 사람에 대한 예를 그대로 적용하게 되면 이는 지혜롭지 못한 것이므로 그리해서도 안 된다."라고 하였다.

《초암실기》

원문

草庵實紀單

草庵實紀序

人生生小邦游觀上國, 近天子之耿光, 早遇明時仕宦, 而觀風建節, 此人之所榮, 而亦非
人人之所可願而求得也. 若故上大夫湖西觀察使贈天官太宰草庵丁公, 則不然. 連騎結
駟, 建牙吹角武夫雲屯, 粉白戴綠獻媚於左右, 閭里之榮極矣. 而非公之志也. 方公之按
節二路, 宣召棠之化, 而及夫強虜再揃, 作東南之保障, 壯關輔之藩衛, 設險制變, 一夜之
間鬢髮白盡. 此則公之志, 不在乎富貴行樂, 而所志者王事也. 皇華原隰王事獨賢, 而明
吳君事大之誠, 受天王字小之恩, 六葉珍杯聖渥隆崇. 此則公之志不在乎游觀, 而所志
者使四方而不辱也. 功成身退, 角巾野服, 終老於草廬之中, 口不言平鳴之事, 是誠中興
之良輔, 昭代之逸民也. 但其文獻無傳, 莅官行政之實, 臨陣討賊之功, 天朝聘享之役, 往
往無徵於杞宋. 而獨有朝家敎書及賜祭之文, 壬辰正氣之錄, 家藏柳葉之杯, 筵臣上奏
之說, 鄕紳畏壘之議, 一時諸名碩贊頌之什, 亦可以景響其萬一也. 後孫奎赫, 方收拾其
爛稿, 爲實紀一篇, 欲其百世之後, 昭示公之宦蹟, 而謁不佞以弁其首, 讀之令人三復而
歎息也. 塢呼! 公之世今三百年, 紅羅天地竟屬誰家之物? 九有鴻荒, 王春寂寞, 而一片
柳葉, 獨留於海外陪臣之家乎? 吳東受神皇帝罔極之恩, 遂臣僕於滿夷, 今作漆齒俘虜,
而其心皆皇明遺民也. 風泉之悲, 愈久不忘, 而今見此皇明舊物, 夫孰不悲凉悽愴而爲
之感泣哉? 余方吟病竆山獨抱春秋之義, 而無地可講, 作草庵丁公實紀序, 深歎公之事
業之著, 而繼寓感慨之思云爾. 崇禎紀元後二百八十三年丙寅, 淸明節, 仁同張錫英序.

詩

寄舍弟胤福伸別懷【疑大憲公, 壬辰亂中, 扈駕赴嘉山時.】

去國同懷抱, 他鄉又別離. 干戈靡有定, 弟兄各何之.
物色渾愁態, 山河只涕垂. 臨歧無一語, 相贈好扶持.

書

寄家兒

昨朝, 尹玉持書, 及道中禿音村. 揚口房子持書, 再到否? 吳行無恙. 夜宿豆毛村, 今向砥平. 未知家中安否如何. 聘家田畓及奴僕, 幷無知者, 須及萬同未見時, 使岳奴或他奴, 伴送審察. 不計他事, 某條善處, 幸甚. 想試日在前, 汝必不暇. 姑此不宣.

與忠清觀察使【姓名缺. 壬寅十一月.】

冬寒嚴沍, 伏問莅候何如? 戀仰戀仰. 祐衰病退伏, 念曁苟全. 仍達悚仄. 薄庄及奴僕, 在於貴治下屬縣鴻山, 今以徵貢事, 委送迷奴. 但經變之後, 奴頑益甚, 非仗官威, 無以制服. 如有所仰, 幸須下採, 特濟伏仰. 隔歲阻拜, 切於私事, 敢此仰喋, 增忸. 伏惟下恕, 謹拜狀.

※草盧實記

草庵實紀 附錄

宣祖朝教書【萬曆二十伍年丁酉七月二十八日, 忠清觀察使時.】

王若曰. 睠玆忠清一道, 承畿輔扼湖嶺, 爲國左臂, 實惟屛翰之重. 兵興六載, 賊在嶠南, 徵發於是, 轉輸於是, 天兵之路於是, 大軍之駐於是. 民力之殫竭克矣, 列邑之殘敗甚矣. 調度責應之煩, 承宣經理之責, 匪其人罔極有濟. 惟予難其任, 詢之大臣, 咸謂卿宜. 予惟卿自乃父, 服勞于我先王, 厥有嘉績載王室. 惟家世繼忠勤, 用能【缺】訓趾美, 以敦實謹愼, 輔予不逮, 歷敭臺省, 蓋有年矣. 試理于驪, 驪人至今思之, 擢居近密, 出納惟允. 攝戶部管粮于湖西, 能聞朝廷. 予用是嘉, 玆授卿本道觀察使兵馬水軍節度使, 又兼之以巡察使, 卿其往欽哉. 嗚呼! 天不悔禍, 賊子稔惡, 閑山之師一潰, 崔胡之兵鏖矣. 道內丁壯, 幾人肝腦? 予遺之民, 又驅之以防戍, 迫之以運餉, 鞭之以徭役, 虐之以賦斂, 哀我生民, 何以堪之? 以予之故, 顚連溝壑者, 未知幾人, 思之至此, 寢固忘而食爲之廢. 賊鋒通警於海路, 援截方急, 天兵屯箚於境內, 饋餉已竭, 今日事勢, 只在一擲. 緩之則大事難制, 急之則人心先潰. 到此地頭, 予亦不能爲卿矣. 惟在卿剛柔幷濟, 施措合中, 事有便宜, 維當相機, 改爲更張, 無或膠柱. 民之飢寒, 卿其衣服飮食之, 民之疾苦, 卿其咨諏撫摩之. 澤未下究者宣布, 竆而無告者疏滌. 予悶軍卒之解弛, 卿宜鍊習, 予悶器械之墮缺, 卿宜修繕. 設驗要害, 先定控扼之計, 措置糧餉, 急救接濟之策. 守宰之賢汚, 卿其黜陟之, 惟其公. 用命不用命, 卿卽賞罰之, 惟其斷. 曾出入左右, 維予近臣. 卿宜往體予意, 以生吳民. 予不多誥, 勖. 卿官通政, 罪大辟, 稟予以裁. 至於臨陣, 事係軍律, 則防禦使節度以下, 卿其自斷. 於戲! 作東南之保障, 冀追古人之盛烈, 壯關輔之藩衛, 勉成今日之偉蹟.
故玆敎示, 想宜知悉.

宣祖朝賜祭文【萬曆三十三年乙巳九月十九日, 上遣禮曹佐郎李植立.】

惟靈! 天賦和厚, 氣量宏深, 淸操雅望, 擢秀儒林.

歷踐臺府, 人服孤忠, 佩符名藩, 化行春風.

內外有績, 終始無玷, 逮于寇亂, 兵餉不瞻.

才難此際, 僉擧攸屬, 關中轉漕, 河內輸粟,

焦心殫思, 鬢髮渾白.

授以玉節, 湖嶺二方, 棠歌相聞, 治效益彰.

引疾還歸, 休養故山, 庶幾或瘳, 共濟時艱.

遽報云亡, 國人驚惻, 矧予念舊, 曷勝悼惜.

特命宗祝, 爰擧菲儀, 幽明一理, 靈其格思.

正宗朝批答【正廟己未, 柳校理台佐, 以柳葉杯事, 抄啓筵奏, 有是批.】

批曰, 柳葉杯神皇之寵錫陪臣也, 當與宣德中所頒條環刀劒, 同一輝暎於下土, 而至今流落於嶺外, 泯焉無聞餘二百年, 始得知之, 事非偶然, 采增悟歎. 爾旣言之, 亦曾奉玩其杯, 而其家尙有徵信之蹟云乎? 登筵時詳奏爲可.

天賜柳葉杯序 ○ 敎官南野朴孫慶

故觀察使丁公, 當萬曆間, 奉使朝京師, 天子嘉之, 特賜賚以寵之. 今丁氏家, 所用以薦祼獻之杯, 卽彼時所受賜也. 杯凡爲雙者三. 其質治之甚精, 而往往有微砂如黍子大脫落成孔, 扣之鏗鏗有金鐵聲. 裏面餙以金, 非玉石則, 疑鑄銅以成者. 其制則橢而不圓, 腹稍張而兩頭漸殺, 有類柳葉然, 故名曰柳葉杯云. 公以恭安公之孫, 忠靖公之子, 克篤前烈, 菀爲時需. 凜凜有三世公孤之望, 出疆專對, 亦公家世職耳. 當日使价之選, 固無先於公者. 但遺事記載, 公始終除拜, 頗有年月可考, 而獨未及奉使事, 何也? 抑杯之錫, 在恭安公父子, 而傳之以觀察公之世耶? 若然則, 今祇守者, 實觀察公之嗣孫, 別有大宗爲恭安父子之嫡, 而杯無與焉, 是又何也? 余以所聞, 公之牧驪州有證, 而遺事亦不載, 卽奉使事可推已. 自古記傳之家, 常患有遺憾. 況遺事成於屢經兵燹之後, 無怪其有闕漏, 而今欲一是爲據, 疑其非觀察公世者, 無亦近於臆斷耶? 知丁氏故事者, 宜莫如丁氏之耆, 而諸長老相與傳說, 惟謹是足取徵, 無異辭也. 公最後納關東節, 據資級, 當以副价, 或曾以輔行行, 而今不可考. 又未知所幹使事及恩旨何由, 誠若可恨. 然天子莅中國, 而臣四夷,

所持以撫禦者, 惟賞與威耳. 嚬笑弊袴, 皆當有待而發. 非公之賢有以當帝心者, 豈肯發
天子內府之藏, 睨下國陪臣之微, 而曾不疑恪焉已乎? 是固聖天子眷顧東藩之恩, 施及
其臣庶, 而亦以見公之能使事也. 嗟呼! 當是時, 中國雖罷於東征, 海內固晏然, 文物衣
冠之美, 猶是盛際, 建州未猖獗, 而遼薊無梗. 我人之聘上國者, 渡鴨綠一衣帶水, 直至應
天府, 稽首於皇極殿前. 仰視紅雲紫氣間, 見天官列侍, 退而與中朝縉紳, 揖讓折旋, 環珮
相合, 士大夫生於東國者, 亦可謂大觀矣. 而不出伍十年, 天下遂淪沒, 高皇帝不血食, 而
天球琬琰之藏, 皆化而爲紅土. 孰謂左海偏邦一陪臣之裔, 能保守舊物於竊塵浩劫之餘,
使人有金箱玉盌之感也? 天下之物存亡成毀, 常出於虞度之外, 其亦可喜而可悲也. 已
自丙子來, 本朝壓於氣數, 不能西向以爭大義, 匪風下泉之感, 歷累聖如一日. 凡朱氏舊
物之流落人間者, 靡不旁搜而物色之, 如安東府之襴幞, 金栢巖公之大學衍義, 皆是也.
如使是盃而登聞乎, 則其衣被日月, 炳烺宇宙, 何渠不若彼, 而顧藏而不見, 彼皇朝餘光,
丁氏世德, 沉沒百年, 物之遇不遇亦天也. 或者又謂, 古者大夫祭三代, 故今是盃也數止
六, 使世用二. 帝王之賜, 不苟然而已, 安知其不出於此也? 丁氏家用以裸獻禮也. 詩曰,
永言孝思, 孝思惟則. 又曰, 子子孫孫, 勿替引之. 其丁氏之謂歟. 觀察公之嗣孫載熙氏,
爲四韻詩, 將以求和於四方, 屬不佞爲之序. 不佞故喜說明家故事, 於是乎言.

又 ○ 金弘望

錦城丁公善餘氏語余曰, 吳家有世傳寶杯, 名柳葉也. 是乃皇明神宗皇帝, 所寵賚吳先祖觀察公者也. 曾在萬曆年間, 公輔使行朝天, 而天子有錫也, 意者, 公專對有以愜帝心, 不爾則寵異吳聖王事大惟恪, 寵及于陪臣也. 厥色中黃外玄. 厥材非金非玉, 叩之鏗然而聲. 厥制一差大, 其次較小, 又其次又較小, 次次而漸小, 累小于三合之爲一器, 離之爲各器. 厥樣中豐飽而兩端殺, 如柳葉樣, 故名柳葉. 厥數六, 先王制禮, 大夫祭三代, 則杯之六也, 意以爲祫祭三代具爾, 吳家世以爲灌薦器. 及余世已七年, 且百有六七十, 猶免於毀傷而遺失, 幸也. 說者謂, 此非中國產, 產於庸蜀. 蓋蠻獠之底貢于王府, 而天子以昭德之致于海外執贄之臣也. 夫產於天下西南之極隅, 歸於天下東北之極隅, 帶天子耿光, 爲私家寶藏, 亦奇矣. 況今滄海之變易, 已百有餘年, 匪風之悒, 舉切於人心, 見朱氏舊器, 不能無曠世之感. 子盍爲之說? 余聞而潸焉以涕, 作而曰, 公之請是說也, 有三美焉. 揚先大夫使乎之美一也, 彰吳先王侯度之懿二也, 闡聖天子懋敬之覃被致九甌八蠻朝聘貢獻之盛三也. 恨余之短於詞, 不能以成公美也. 然余之所感于中者, 則有不容終嘿者. 噫! 吳東方百萬億蒼生之得免於染齒而髡頭者, 皆萬曆皇帝賜也. 不幸戊戌撤兵後四十零歲, 而神州陸沉, 皇明宗社之不血, 奄過百年, 而獨吳東一區, 得以頭章甫而身衿紳, 則西顧而咠, 夫孰無是心哉? 所以報壇禋祀肇稱於甲申, 則緬懷之不可諼也. 見萬曆之器, 寧得無懷萬曆之感耶? 矧㵢灘再周歲, 隔一乎? 不獨公感之, 吳亦感之, 不獨吳感之, 舉一國且感之, 不獨一國之臣民感之. 如使有將是說而達諸縉續者, 亦必爲之愴然興懷. 安知不使之進御一覽, 如福州之襴幭, 榮川之衍義書也耶? 噫!

又 ○ 八世孫義選

盂凡六枚, 祭三代之禮也. 其相質之美, 形制之異, 諸先輩序若詩詳矣, 更何贅疣然? 此亦不必論也. 苟是天子寵錫之物, 則雖瓦樽土簋之質且朴, 其爲寶也, 不翅若魯璉周瓚之貴, 而況是杯也, 其質美, 其制異, 其名柳, 其數六, 而閱劫界數百年, 獨無恙於一隅偏方陪臣之家哉? 於虖! 東土君民, 皆朱氏遺氓也, 觀是杯, 孰不摩挲感涕? 而又況吾先祖觀察公專對之日, 所以拜受於皇庭者乎? 尤可感而可涕也. 雖非天子所賜, 而只繫自家靑氈之物, 子孫寶藏之傳受之要久不失, 而此杯是何等重器? 中州之陸沉已久, 皇朝舊物蕩盡無遺, 而獨是杯也, 宛帶聖天子眷遇東藩之恩, 而如復見於今日, 則豈特爲子孫傳受之寶而已哉? 第恨屢經兵燹, 文獻無徵, 不知當日所幹者何事, 所以專對者, 又何以稱聖旨, 而得異數若此也, 則子孫之感, 又何如也? 觀察公逮我躬凡八世, 而至今祼薦用是杯, 禮也. 子孫當世守, 益切追遠之感, 采篤慕聖之義, 則亦足爲感發忠孝之一端矣. 若曰, 至寶必無終秋之理, 敢生自售之心, 則誠妄矣. 以余不文, 何敢覼縷於諸先輩序述之下, 而爲子孫者, 亦知其此言之有在則, 是之爲寶, 豈有竆已哉? 塢呼!

天賜柳葉杯詩　○　蔡溓

帝曰咨汝臣, 卿來重幾譯. 逖矣海外邦, 恪謹守侯職.
筐厥玄與黃, 梯航聘上國. 前後使來臣, 人皆英俊特.
惟其敬謹人, 於卿朕始覯. 帝曰來汝臣, 何以寵予錫.
金銀非所貴, 玉帛不稱德. 朕有六葉杯, 可享三世禴.
汝歸奉汝祀, 祼薦用是爵. 乃祖陟降靈, 庶幾來歆格.
帝曰恪汝臣, 無忘朕恩澤. 仁人孝子心, 孰不感且激.
公乃稽首受, 藏懷謝僕僕. 帝德乾坤大, 徼外視內服.
愛臣及其先, 賜爵禮禋式. 盍齊斟酌時, 榮幸天地極.
赫赫我皇德, 世世服無斁. 時繫月姥繩, 合巹源萬福.
傳守綿七代, 日月垂三百. 世無博物人, 孰能卜名色.
砂脫非鑄銅, 金聲疑是玉. 或云類柳葉, 或取數止六.
柳六發音近, 欲詳不可得. 善家有餘慶, 寶鱓存舊卓.
帝業已墜絶, 神器竟虛擲. 杯猶含舊恩, 摩挲足嗟惜.

又 ○ 立齋鄭宗魯

六杯曾受大明皇, 浩劫無虧嶺一方.
形似漢時僵柳葉, 挹如周廟鬱金香.
紅羅舊物惟茲寶, 永曆新書更孰藏.
緬憶朝天當日事, 紫雲宮闕坐軒黃.

又【並序】○ 判書凝窩李源祚

物古則貴, 岐之鼓, 泗之鼎, 尚矣. 我國之於皇明, 愈久而不能忘. 以余之覯聞, 如宣德之刀劍, 永嘉之襴幞, 統閫之八賜, 雞林之三寶, 金氏之鞍, 郭氏之硏, 俱繫皇朝舊物, 非直以古而貴. 丁氏家柳葉杯, 卽其一也. 今去觀察公世已八九, 而遺孫尙寶藏之, 爲薦祼用. 天府之珍, 不宜於私廟, 而不褻而爲飲器, 于以享其祖. 尊祖與敬君, 其義一也, 當初義起之禮, 其暗合於春秋之義乎. 前輩敍述已備, 丁氏要予足之, 遂步其韻, 而繼以識曰, 塢呼! 詩三百篇, 自皇華四牡, 至匪風下泉黍離榛苓, 上下數十百禩, 令人可歌而可哭. 吳知觀察公專對之日, 卽中華盛時, 賓价獻酬, 視此盂以彤弓之貺, 而今不可復見矣. 錄中諸詩, 多有感於覽物興懷, 是亦風人之旨也歟. 悲夫!
壇名大報祭三皇, 六葉王春海一方.
太室天球周舊物, 建章宮柳漢餘香.
陪臣當日承恩賜, 私廟千秋有寶藏.
二卣何時同薦祼, 神州重出柘衣黃.

又【並序】○ 都事寒洲李震相

柳葉杯, 古無其制, 而錦城丁氏家獨有之. 是杯也, 銅表而金裏, 非若漇湖之荷葉杯, 眉山之蕉葉杯, 因其寶而博一奇特. 以兩頭橢殺, 中心稍長, 有似乎柳葉而名之也. 夫柳者, 先春而葉舒, 得春氣之深者也. 昔晉徵士陶淵明, 宅邊植伍柳, 一隅柴桑, 獨葆典吾之春, 則此杯之流傳東土, 安知非天意欲使萬曆王春, 寄在於青海一方, 不沒其碩果之微陽也耶? 嗟乎! 神皇帝再造東國之恩, 與天無極, 而大運已傾, 沴氣將熾, 不出伍十年, 而天下邃爲羶區, 則當時光景, 正似金風乍起, 而柳葉先飄者也. 迺以六葉金杯, 狀出柳嫩之春色, 付送東槎, 使之永傳于文物之鄉, 若有默諭而陰護之者, 是亦氣數之自然也. 且是杯相傳云蜀產, 而丁氏貫錦城地名, 亦非偶爾, 抑杜工部所謂, 錦江春色逐人來者, 非耶? 特其歸根之葉, 不于西而于東, 將以超然於腥塵之表, 而留照千春也. 崇禎以來, 我國先被兵, 公私文籍, 擧沒于燹. 公之奉使中朝, 祇受此盃, 未知在何年何日, 而其家耆傳說故事謂, 是萬曆天子, 嘉其專對之稱旨, 貺以內府之珍藏者. 其蹟無憑, 若可疑也. 然此杯之金章玉質, 正是稀世之寶, 非天子之祭, 則無是物也. 恭安忠靖, 兩世則有宗, 而觀察公之嗣孫, 守以爲侑廟之器, 則觀察公之受此盃, 明矣. 觀察之時, 又當萬曆年間, 則奉使而受貺, 其言俱不誣. 夫以下國陪臣之微, 領天子內府之珍者, 固出於聖皇帝眷顧東藩之深, 賢使臣感發上心之致, 而寶物之不受汚於陸沉世界, 經閱百劫, 尚保紅羅舊色者, 其機已兆於此. 到今數百載之後, 令人摩挲, 有石鼓金盌之感, 而痛飲三盃. 須以一部春秋下之, 丁氏之孫, 安知無追先烈而奮大義, 以酬天王之舊恩者乎?

蕉葉軒張橘后皇, 奇杯從古自殊方.

那知押海傳家寶, 曾惹明廷賜醞香.

感慨東民紅荳咽, 飄零西序赤刀藏.

橢形不遣腥塵染,宮柳依然帶嫩黃.

使帝何年達帝鄉,金盃稠疊扨恩光.
萬曆皇春寄六葉,東軺載去護微陽.

又【並序】○ 遊軒張錫龍

何年上國使華皇,內賜珍盃出尚方.
箇箇嫩金宮柳樣,雙雙雕玉御醪香.
忍看諸夏三桑變,獨寓王春六葉藏.
祼薦雲仍須拂拭,腥塵不敢污流黃.

又【並序】○ 參奉仙溪權墰

故觀察使錦城丁公主祭家, 有柳葉杯三耦. 烏衣黃裏, 玉暎金鏗, 蓋觀察公西聘時, 得於皇朝者也. 是時皇朝受命百有餘年, 萬邦玉帛, 風雲合矣, 一統夷夏, 日月明矣, 而其待我國特厚, 如大紅衣雲錦牌, 寵錫諸物, 固已非前代大國字小之例, 而至於六葉寶卮, 特及於萬里外侯服陪臣之微, 則其隆遇之意爲如何也? 抑使乎之賢, 有以稱於專對之任, 而得聖天子玉汝恩耶? 觀察公承累代相國風望, 仗一時王家重命, 幹事回奉是杯來, 以爲先代祼薦之用, 其爲忠孝家事蹟, 顧不偉歟? 顧今上下未百年, 天地變易, 日月收輝, 十九代華夏文物, 蕩然無遺, 而惟是故相臣篋笥中一酒器, 猶帶萬曆遺色, 則凡有秉彝天者, 目及之疇, 不膽自雁也? 噫! 常而變氣也, 而剝而復亦理也. 自其變者而觀之, 固若無反常之期, 而由其常理而推之, 亦豈無陽復之秋乎? 是物也, 蓋產於參墟舊壇, 而入於紫微中宮, 終必寄於箕尾東小中華一域, 而不曾與洛陽之駝, 沉泗之鼎, 同其患難, 則是果物之偶然而然乎, 將造化精神不肯受汚於陸沉世界, 而隱然有扶護使然者在乎? 夫以一物之故, 而反隅於天運之周旋, 則常變之間, 其使愚感也. 使此杯觀於萬曆之前, 則不過一酒器之微而已. 今此杯得於崇禎之後, 則豈特爲閭巷私家之寶而已哉? 余竊悲甲申後中原事蹟微茫, 今於丁氏家六葉杯, 尤有所匪風而怛者. 茲用書識之, 謹附朝家宣德爐, 命名之遺義云.

金甌久擲漆霄鄕, 玉鱓猶含舊日光.

一脈天根應不息, 也宜坤月必稱陽.

又【並序】○ 進士黃履大

謹按, 我肅考御製皇賜蟒龍衣序, 其黍離之悲, 匪風之感, 藹然於宸章之辭. 奉讀三復, 不覺戚戚焉, 潸潸如也. 於乎可忘? 此大報壇之所以設也. 竊惟皇朝列聖之眷我東藩, 孰非隆遇, 而豈有如萬曆皇帝之恩禮特厚出尋常萬萬耶? 鴨水以東百萬億蒼生之得以免卉服而漆齒者, 是誰之賜? 其餘常典外恩貺寵錫, 以表中心好之者, 不止一再. 粵若福州之襴衫幞頭, 待一國之章甫也, 龜臺之大學衍義, 獎使臣之好學也. 嘉乃侯度洎我臣士, 儘殊渥也. 今丁氏家世傳柳葉杯, 亦神皇所賞賚於觀察公使乎之賢也. 六葉古器, 帶天子之耿光, 何等寶也? 余亦嘗玩是杯矣. 色似烏犀烏玉, 而扣之鏗然作金鐵聲, 烏呼異哉. 苟非如仲尼卜笤矢張華識劍氣之明, 不能名而稱之也. 蓋其中腹稍圓張, 兩頭似尖殺, 其形有類柳葉, 故名之以柳葉杯也. 厥數六奚哉? 意者古禮士大夫祭三代, 則杯宜用三雙, 天子錫之, 俾以爲祖廟祼薦之具耶? 抑是盃也, 受乾坤陰陽之精而成器也, 則無乃取六爻之象, 象六合之數, 而爲之六耶? 是亦未可知也. 烏呼! 皇宋金甌遽作鐵木之器, 赤刀天球非復周廟之有. 惟此三雙寶巵, 獨不受腥羶中襪喙之污, 而爲小中華俎豆上尊奉之器, 豈非杯之幸也, 而古人所謂物亦有數者歟? 於乎! 江漢依舊, 祖宗失路, 今之執玉者, 縱欲獲如許舊物, 爲傳家之寶, 其可得乎? 於此益覺玆杯之稀且貴矣, 愛惜感歎, 奚獨丁氏家雲仍而已乎哉? 觀察公胄孫載熙甫, 爲柳葉杯詩, 求和於余. 余感而略爲記以遺之. 其詳備載諸賢序說中云爾.

憶曾萬國覲神皇, 祇貢仙杯自蜀方.

異制做成青葉樣, 餘醺宛帶紫霞香.

雙雙適用三龕薦, 世世傳完一寶藏.

天子寵恩知非謬, 荃心應照在中黃.

世人徒愛孔方兄, 至寶誰知柳葉形.

玉映金涅三耦美, 樽傾春酒十分淸.

皇恩渙發瓊林貯, 藩聘榮登紫府行.

江漢朝宗今底處, 匪風餘怛惱興情.

衰草寒煙鎖帝鄕, 獨留柳葉保春光.

乾坤長夜何時曉, 復覩中天揭太陽.

又【並序】○ 生員趙葵陽

塢呼! 崇禎以後, 中原天地陸沉於羊年犬月之中, 入楚之劒, 淪泗之鼎, 邈然無聞, 而殷之黼罸, 魯之縫掖, 已成昆明之劫灰, 則天朝三百年文物, 更無可論於黃河以北矣. 幸我朝宗門外, 湖嶺之南丁氏家, 能守萬曆之盃, 此萬曆皇帝之所賜也. 噫, 眞異事矣. 今考其制, 則其形如柳葉然, 杯之名柳葉, 以其形也. 始者, 丁氏之先祖觀察公, 拜受此杯於皇廷也, 天子嘉其陪臣之專對而錫之, 信美矣. 而及其風飄九域, 露塞三精, 東西兩京之片金寸玉, 盡歸單于之手, 則大爲天下之所珍, 而不失萬曆之本色者, 獨丁氏之柳葉杯也. 予乃作而告觀察公七代孫載熙氏曰, 子之世其器者, 幾至數百年之久, 則非但子孫之賢, 而天所以壽大明器也. 子何不以此杯獻之於吳王, 以備大報壇將事之具乎? 載熙氏曰, 此雖皇朝之物, 而先祖受之, 子孫仍之, 以爲薦廟之器, 則此吳家之私也, 不敢也. 予曰, 然則須十襲裹之, 無使光恠于箕尾之分也. 或恐中州有望氣者, 知之耳悲. 夫醴泉有此杯, 而東有花山之襴衫, 北有龜城之衍義. 此三物, 皆大明之物, 而三邑又隣居若鼎足, 則天以嶺南作大明之東房西序矣, 有志之士, 寧不汪汪然灑下泉之淚也? 予亦皇明之遺民也, 有感於此, 而作小說以識之.

玉爵攜來憶聖皇, 西夷攸貢寵東方.

煌煌不改千年色, 葉葉猶含萬曆香.

無復中州餘舊物, 幸從華表見遺藏.

煩君世守長無缺, 泛以東籬秋菊黃.

又【並序】○ 蔡珹

錦城丁氏家有寶焉, 柳葉杯也. 杯何出? 萬曆天子賜也. 萬曆天子, 享太平撫四夷也, 金甌罔缺, 玉帛咸輳. 于時我宣廟, 使觀察使丁公, 聘于上國, 公玉立天庭, 有使乎之風焉. 於是, 天子嘉事大之誠, 美專對之能, 特以六顆玉杯命賜之寵, 示榮光於萬國諸价之上, 蓋異恩也. 公奉而東還, 以爲祖先祼薦之用, 禮也. 光國榮先, 而爀然爲忠孝之名家者, 亦偉矣. 是杯也, 其質烏玉, 其響金鏗, 而狀如柳葉, 故名柳葉, 固非鸕酌鸚杯之比也, 寶孰大焉? 抑有異焉. 始出於錦城之地, 萬里之遠而來, 入於天子之府, 萬里之外, 而終寄於錦城之丁, 孰知錦城二字, 爲是物始終之基耶? 噫! 天地間磅礴一氣, 鍾於物而是杯出於天, 鍾於人而夫子生於海東. 人與物, 相得於天下之中帝廷之上, 煌煌寶彩, 永與宣德爐, 幷美於青邱者, 豈偶然而已耶? 自萬曆間而觀之, 自是一酒器, 而自崇禎後而觀之, 眞神物耳. 是物之東也, 年未伍十, 而上天醉皇運否, 十九代中華文物, 蕩然無遺於腥羶之風, 則周鼎漢璽, 亦不知飄零何處, 而惟彼六葉玉巵, 珍藏於左海舊使之家, 不爲荊棘之泣駝, 沙漠之洗杯, 而超然獨存於滄桑萬變之中, 閱千劫而無恙焉. 守大明之乾坤, 帶萬曆之日月, 而烈烈之氣, 貞貞之姿, 凜凜若渡海之石, 擲面之杯, 能使志士, 于以盛伯夷之薇, 酌淵明之菊, 以叩而歌匪風之詩, 則非神物而然耶? 洵乎異矣. 嗚呼! 萬曆天子之恩施, 豈獨丁氏家而已? 環東土而有普受者, 越在龍蛇之變. 皇靈遠暢, 國步再造, 則天地之德, 父母之恩, 永垂萬世者, 奚啻一玉盃之賜之恩也哉? 東國君民, 感泣更生, 永矢願死, 而時運不幸, 我有丙子之恥, 皇有甲申之變, 使列聖天子不血食, 今百有餘年矣. 肆我君民講義春秋, 誓心薪膽, 歷累世如一日, 而逮我肅考, 禮修靈壇, 親祀先皇. 噫! 是杯之寶用, 何不使之登聞, 而獨於一私家而已耶? 倘使聖天子寵貺之物, 祗薦聖天子昭格之香, 而永酬我聖天子再造之恩, 則洋洋陟降之皇靈, 必也覽舊物增新感, 而天朝之餘光, 丁氏之世德, 於是而炳日月軒宇宙矣. 何如是沉晦之百年久也? 噫! 物有顯晦, 理有否泰, 晦而否者時耶, 顯而泰者數耶? 閶闔天地間, 固無常否之理, 焉有終晦之物乎? 試看今日, 大亂久矣, 六箇葉上, 一脉王春, 安知無來復時耶? 嗚呼! 千載之下, 對斯撫斯, 而皇極殿上, 君臣授受之蹟依依, 陸沉世界, 古今怨恨之色耿耿, 使人有扼腕而激昂者. 惟願丁氏永世寶守之, 以竢黃河之淸, 而酌彼黃龍痛飮而相賀焉. 觀察公胄孫載熙氏有序有詩, 不佞不揆荒謹步焉.

玉罍三雙自聖皇, 形如柳葉不圓方.

倘含萬曆金莖瑞, 宜薦靈壇鬱鬯香.

華夏百年今大沒, 王春一脉此中藏.

爲君世寶無疆在, 何日河淸更筐黃.

玉節當年聘帝鄉, 寵頒珍物永恩光.
滄桑此世能無恙, 保得天東一線陽.

又【並序】○ 進士鄭泰膺

柳葉杯, 蜀產也. 有明萬曆中, 觀察使丁公, 奉使朝京師, 得天子禮遇之異, 以是杯來, 凡三耦焉. 子孫世守之, 至今為其主祭家祼薦用, 誠稀世事也. 其質如玉而如銅, 不可得以詳, 而制類柳葉然, 故名柳葉云. 出自西土, 豈李白詩所謂西州酌者, 非耶? 塢呼! 明天子在上, 昭德慎賞, 嚬笑弊袴, 亦皆有待而發. 顧此六葉巵, 不世恩數, 特及於萬里外侯服一陪臣之微, 則雖莫非列聖恪謹侯度, 至誠拱北之致, 而苟非其使乎之賢, 有以當帝心而不辱命, 其何以得此於一執玉之間哉? 於! 惟我皇朝之睠顧我東藩, 至矣. 若大紅衣雲錦牌等寵錫諸物, 固已非前代大國字小之例, 而越在龍蛇之歲, 皇靈遠暢, 宗社再造, 則環東土百萬億蒼生之得有今日, 一二皆皇朝之賜, 而滄桑一變, 金甌易置, 十九代中華文物, 蕩然荊棘黍離之中. 而是一杯也, 乃能無恙於一區小中華, 不受變於竆塵浩劫之餘, 而六顆柳葉, 猶帶朱氏家萬曆春光, 則杯乎杯乎, 豈直為一時恩賜之大祼獻之重而已, 而又奚但丁氏子孫之所珍異而愛護之也哉? 觀察公嗣孫載熙氏, 恐其久而泯傳也, 以四韻詩三首, 求和於遠近士友, 而要不佞續貂, 不佞奚足以闡揚其故家遺蹟萬一, 而於皇明事, 竊有所膽激而心腐者, 遂為之敬次其來韻中二律, 得三首以歸之, 而并步仙老一絶語, 用寓感歎之懷云爾.
明廷寵錫燦皇皇, 異制不圓又不方.

帶得當年恩禮重, 留傳永世苾芬香.
百年華夏桑田變, 萬曆王春柳葉藏.
俛仰乾坤惟有淚, 薇歌一曲酹籬黃.

於難忘我聖神皇, 再造恩深孰可方.
皮幣百年羞莫雪, 靈壇數仞祼空香.
偏憐當日珍盃寵, 高出千秋幣袴藏.
安得漢宮儀復見, 重尋舊路篚玄黃.

休言趙璧價連城, 愛爾金精象箸成.
北辱忍隨虜酹洗, 東頒幸逐使車橫.
卽看左海波稍淨, 倘得黃河水復淸.
擧酹問天天不語, 故都殘柳謾含情.

又【並序】○ 生員九九翁宋翼龍

柳葉杯, 產於西域, 昔我外高祖, 萬曆中朝天時, 恩頒舊物也. 玉質金飾, 帶得無限祥光,
至今爲傳家重寶, 以此滄桑世界, 覽物興傷久矣. 宗孫丁善餘甫爲唱四韻, 文林諸君子
繼以和之. 余雖老病, 旣在外裔之列, 義不可以無文自沮, 仍玆撥香組蕪, 聊抒追感之懷
云爾.
聖主簡賢聘上皇, 盃從西域至東方.
珍痕尙帶賓筵醞, 瑞氣長含御榻香.
君子流芳伍世澤, 仍孫思孝百年藏.
願斟一葉精禋日, 將奈衰髵髮已黃.

帝鄉珍器及窮鄉, 至澤長留百世光.
嗟晤今時杯異柳, 獨無春日舊昭陽.

又【並序】○ 秋淵宋廷薰

昔我神皇帝眷我東藩, 與天無極, 而粤自丁卯神器一遷, 金箱玉盌之淚, 匪風下泉之感,
今古相接. 遺物之見在本國, 如大紅衣雲錦牌, 宛帶皇朝寵錫之光, 而今丁氏家柳葉杯,
亦其一也. 橢貌異制之葉葉形形, 已備前人之述, 而以若天子內府之珍藏, 薦爲陪臣私
廟之灌鬯, 則特勳嘉績之可贊可詠, 豈直與紅衣雲錦比哉? 竊觀, 觀察公伏王家之重命,

稱皇朝之專對, 而萬里歸槎, 六葉遺恩, 物雖小而義則大矣. 雲仍之壽其傳, 已七八世, 而紅羅舊物, 獨寓靑邱一域, 則顯厥辟, 顯厥祖, 丁氏其庶幾矣. 前後文物之唱和詩章, 寫出激昂慷慨之意, 而寥寥幾百年, 未聞一滌漲天之氛, 其肯曰東海有人乎? 醉把杯酒, 可以吞漠南胡越之風, 而醒能述文, 徒付傷時感物之情, 春秋尊周之義, 其在斯歟.

何年玉節拜神皇, 葉葉宮杯表遠方.

萬曆恩光餘舊器, 錦城春色至今香.

幾千里外承天賜, 二百年來渡海藏.

酌彼朝宗江漢水, 時憑此使問河黃.

又【並序】○ 觀岳宋寅濩

予亦大明遺民也, 每誦大明處士只看花葉驗時移之句. 日錦城丁公示予柳葉杯詩曰, 子其和之. 此萬曆天子寵錫觀察先祖六葉杯也, 而東土大夫士之迭相詠歎者也. 予作而對曰, 諾. 雖不嫻於詩, 其於皇明舊物, 豈容無辭哉? 且物雖小, 而義則大焉, 語其重, 則周室之天球也, 語其美, 則殷人之黼罦也. 矧乎是杯也, 名以柳葉, 髣髴乎建章之柳汴京之柳王春復回, 則遺民於此, 恍若復見皇明萬曆之頒朔, 而豈止爲只看花葉比哉? 然一幅神州, 爲犬羊之天地者, 迄今二百餘年矣, 十九世淸廟東序之器, 蕩析無餘, 而獨有是杯, 與宣德之鑪篆, 嘉靖之襴幞, 孑遺於靑邱, 則只增東人匪風下泉之感而已. 其心以爲皇華四牡之庭躬, 睹天子之耿光者, 彼何人斯? 摩挲感涕, 不能自已者, 率皆仁人君子, 忠厚惻怛之心也. 抑予重有感焉. 古而難保於今者器也, 而今而可貫於古者心也. 自夫陸沉以來, 時移世久, 彝倫幾斁, 春秋尊周之義, 不講久矣. 器尙留焉, 貫古今而不可泯者, 寧獨不可保哉? 是則非獨錦城雲仍之所可勉也, 嗟呼東土之人.

明時何幸使華皇, 念彼周京貢職方.

航海偏勞朝玉節, 宮醪猶帶御鑪香.

遺民不盡滄桑淚, 後世堪傳廟器藏.

葉葉王春看髯鬚, 建章煙柳嫩金黃.

又【並序】○ 權應辰

世所寶非一, 寶有玉, 寶有金, 金也玉也, 固是寶也. 又或物之有異國來者, 則必謂之寶, 尊貴賜者, 則亦謂之寶. 寶其所寶, 皆可爲寶也, 而至於兼此數者, 得以爲寶, 則難矣. 如有之, 其爲寶, 當何如也? 吳友丁君善餘家, 有玉杯三耦, 其是耶. 蓋是杯也, 其裸黑, 其中黃, 其質玉, 其章金. 其形橢如柳葉, 故名之曰柳葉杯. 余見而異之問曰, 子寒士也, 此物何爲於子? 善餘愀如而答曰, 此吳家舊物也. 萬曆間, 吳先祖觀察公, 帶專對之命, 聘于上國, 天子寵遇之錫此玉盃. 公拜稽而謝, 受而歸國, 爲禮先之器, 而傳子孫, 以至于不肖焉. 余聞之不覺涕然而悲, 嗟咄者數. 乃歎曰, 異哉杯乎, 是誠寶也. 不可以玉而寶也, 金而寶也. 又不特例以異國之物, 帝王之賜而寶也. 公襲累世忠孝之緖, 負一時俱瞻之望, 風範德容, 聳動華夷. 使明天子一見異之, 而得此非常隆眷於萬國會同之中, 以傳七八世之久, 則杯乎誠寶也, 烏可以尋常器玩而視也. 且吳所以爲寶, 不獨此已也. 目今中州, 天地變矣, 日月換矣, 山川文物, 盡入於犬羊之窟, 漆霄之鄕, 而獨此杯, 飄然流落於海外日鮮之方, 不染腥塵汚穢, 而能保皇朝舊色, 是豈偶然也哉? 古有沉水之鼎, 此杯又沉於海外, 古有踏海之人, 此物又踏於東海. 非得氣之先自貞之義, 無人物之間, 古今之異者, 有如是也耶? 嗚呼! 此杯也, 其在萬曆之前, 則不過爲酒器之一小物, 而觀於崇禎之後, 則其貴也, 不止爲玉盃而已, 舊物而已, 豈可爲君家私儲之物而置諸篋笥中耶? 誠以獻之於國爲報壇灌薦之器, 則觀察公使令之善, 於是乎章矣, 聖天子玉汝之恩, 于亦以光矣. 又使明皇帝在天之靈, 陟降于壇上, 則亦必感傷我大報之誠, 而上帝臨汝一理默應, 終豈無回泰之期耶? 人之觀此杯者, 只知爲君家之寶, 而不知爲一國之寶, 只稱其玉色之美, 而不稱其先朝之舊色, 則如之何其可也? 必也不以玉觀玉, 而必求玉中之玉, 不以杯爲寶, 而必推杯外之寶, 然後可以得此杯之義矣.

君家玉觶受天皇, 非是尋常衆寶方.

寵錫并從雲錦煥, 恩光爭與幞襴香.

寧隨晉世駝荊沒, 不讓周時鼎泗藏.

佇待河淸陽復日, 籠斯柳葉替玄黃.

天朝舊物落吳鄕, 猶帶當年日月光.

可惜神州長夜晦, 窮陰何處啓三陽.

又【並序】○ 正字黃鱗采

日丁君善餘甫, 示余家藏柳葉杯詩, 蓋其先祖觀察公朝天時, 有賜齎來者也. 噫! 皇明舊物, 歷幾百禩, 爲丁氏耳孫所寶藏. 若余不文, 固不足以揄揚萬一, 而亦不敢孤負丁君盛意, 遂次呈, 可無博粲否.

大報壇崇憶我皇, 風泉餘淚最東方.

何年使節翩翩去, 是日王春葉葉香.

天地蒼茫朝海路, 鬼神扶護故家藏.

傷心萬曆宮中瓚, 誰復峩璋酌彼黃.

又 ○ 縣監成永愚

古怙黃金卣, 天王萬曆春.

小邦同內服, 殊錫及陪臣.

俯仰今何世, 飄零獨此珍.

皇壇曾見爵, 制度出今人.

又 ○ 進士金燁

舊使恩光憶聖皇, 翩翩六葉落東方.
睨心爭似彤弓寵, 到手堪誇藥玉香.
萬曆乾坤遺澤在, 三韓詩禮古家藏.
摩挲忍說前朝事, 酌彼宜浮栗里黃.

青青楊柳在春城, 杯棬何年變化成.
充籩昔從鳧域遠, 隨槎更越鴨江橫.
崇禎曆後悲天醉, 大報壇邊喜海淸.
莫用器非求舊語, 東人到此孰無情.

肯與觥罍序弟兄, 不將金玉侈容形.
三龕香卓誠同冪, 萬福華筵禮共行.
洞酌淸泉泉是醴, 遠含殘日日猶明.
重傷舊甲涒灘近, 桑海憐渠獨保貞.

又 ○ 進士權正玉

不復中原有聖皇, 下泉餘思最東方.
銅鑪已切滄桑感, 玉斝今省柳葉香.
萬曆元年天子賜, 丁家七世後孫藏.
持杯更詠皇華曲, 尙憶當時籠厥黃.

玉帛車書舊帝鄉, 何年使節近龍光.
君家柳葉千年色, 獨帶王春一脉陽.

又 ○ 進士金重橫

箕封遺老泣神皇, 仙斝何年寵遠方.
玉質宛成宮柳葉, 金文猶帶御醪香.
無憑萬曆年間事, 依舊名家篋裏藏.
把玩顧瞻周家鞠, 皇華無地籠玄黃.

鸚鵡鸕鶿互弟兄, 淨如玉質自成形.
奇紋幾泛皇王酒, 盛渥曾沾遠价行.
東來留作名家寶, 北望無期海岱清.
江漢朝宗迷舊路, 把杯高詠不勝情.

又 ○ 權重機

玉卮曾自詠皇皇, 異制非圓亦不方.
葉葉精光三世渥, 雙雙珍彩九天香.
滄桑界裏逃塵穢, 舊使家中作寶藏.
上帝瑤宮猶醉否, 一清消息問河黃.

玉節何年赴帝鄉, 雙雙六葉摠恩光.
雲孫永世珍藏地, 明制猶存漢水陽.

又 ○ 正字朴重慶

擎瓚稽頭萬曆皇, 陪臣恩寵擢多方.
金光巧作龍池葉, 玉質偏含鳳殿香.
上國百年沉鼎器, 古家七世有珍藏.
何由奉獻風泉外, 泂酌盈齊灔灔黃.

珪珧六葉落桑鄉, 薦廟登筵倍有光.
如見相公稽拜日, 燦然文物在峽陽.

又 ○ 進士趙普陽

把杯垂淚憶神皇,珍賜分明出尚方.
葉葉裁成宮柳樣,雙雙猶帶御醞香.
朱氏域中無舊物,君家篋裏見遺藏.
朝宗古渡何時向,未睹河清我髮黃.

又 ○ 李賢鏡

何歲星槎近玉皇,三雙金斝寵箕方.
紅羅瑞色斑斑照,宮柳春容葉葉香.
中土百年無舊制,高門七世有珍藏.
憑渠爲問風輪數,幾日河清一帶黃.

又 ○ 進士蔡溰

陪臣昔日拜瑤皇, 內賜宮杯出尙方.
玉質玄玄天下寶, 金泥點點案前香.
藩邦許作私家用, 世廟同隨祭器藏.
祼薦時時歌聖德, 恩波洋溢尙流黃.

又 ○ 金正夏

星軺當日賦華皇, 雙觶自天寵遠方.
異制圓尖楊失槷, 中心瑩潔酒淸香.
名家有嗣瑤盃保, 淸廟無人瑟瓚藏.
此器乾坤猶碩果, 一陽尙在血玄黃.

又 ○ 李倈

百載瑤宮醉玉皇, 中華舊制但箕方.
最憐柳葉君家寶, 猶帶龍樓細篆香.
博望仙槎何歲泛, 吾橋恩賜至今藏.
持盃莫向西流洗, 腥穢崑河萬丈黃.

柳葉何年自帝城, 天然制度酒杯成.
神皇舊物今猶在, 志士悲懷淚漫橫.
正合書生中夜飲, 何時詞客撰河清.
持來欲酌黃龍府, 更慰西湖夢告情.

何論高價萬錢兄, 非愛奇珍六葉形.
寵賜皇恩今日感, 塗山會玉昔年行.
制從西蜀何方出, 時則中朝瑞旭明.
可惜金甌終未保, 東人何以效忠貞.

又 ○ 尹德恒

燕南父老泣神皇, 何處乾坤見大方.
綠葉三雙湛露色, 紫泉千一瑞霞香.
甲申年後無竆痛, 丁氏家中一寶藏.
大報靈壇明享處, 願添斯爵奠蕉黃.

葉落東天海外鄉, 春風御柳大明光.
卽今上國無名器, 誰復皇華洛水陽.

又 ○ 太應瑞

君家寶自大明皇, 恩賜天心寵海方.
𨥨卤想盈丹陛液, 使衣應惹御鑪香.
低垂宮柳雙三葉, 遐代雲仍十襲藏.
制度中州無處做, 空傷玉瓚在中黃.

神皇寶馬白雲鄉, 御賜金杯尙有光.
誰識桑塵遷變後, 依依柳葉宛春陽.

又 ○ 黃濟大

手把遺杯感聖皇, 何年此物自西方.
恩霑使節天同大, 器用先祠酒幷香.
垂後有光人盡慕, 從前無價世誰藏.
對玆悵望中州路, 目極腥塵日色黃.

又 ○ 李祇

撫杯如對我明皇, 制度非圓亦不方.
萬曆年中經大酌, 扶桑影裏守孤香.
何時帝榻雙雙錫, 累世君家繼繼藏.
柳葉祥光猶有恨, 古堤無復帶春黃.

又 ○ 黃亨慶

才能專對感神皇, 增重吳東海一方.
玉觶恩光三代煥, 星槎遺蹟百年香.
桑塵縱變中華世, 柳葉猶全舊制藏.
亦有吳家三寶在, 淸芬人誦翼成黃.

※草庵實紀

又 ○ 進士金成胤

壽亭何日哭先皇, 北望今非舊冀方.
爐篆空留宣德號, 華名虛帶大明香.
誰知海外丁家寶, 曾是天朝內府藏.
六葉煌煌光不改, 依然賓席瓚中黃.

皇靈陟降白雲鄕, 對此如承寵錫光.
日落西郊春色暮, 不知何處是昭陽.

又 ○ 金東協

星軺昔日覲朱皇, 拜受玉杯出海方.
名繫大明宮柳影, 器含萬曆鬱金香.
百年宗國歸灰劫, 七世陪臣作寶藏.
屹彼靈壇崇報地, 端宜替薦在中黃.

何年異器落遐鄕, 小國陪臣與有光.
誰道衣冠掃蕩後, 還同剝果保殘陽.

又 ○ 洪大恒

逖矣當年覲聖皇, 今看遺制在東方.
形成六葉啣恩溢, 氣吸三雙斂酒香.
世德有徵聘价日, 寶光無恙篋笥藏.
偏憐下國無窮恨, 不聞西湖貢篚黃.

又 ○ 李坰

大明天子昔吳皇, 四表餘光被海方.
玉節何年承帝獎, 金杯六葉帶醞香.
臣霑聖渥三龜用, 孫受祖貽七世藏.
舊物看來增感慨, 大壇宜薦在中黃.

※草庵實記

又 ○ 都事權達國

仗節煌煌拜上皇, 參墟攸產耀箕方.
形肖柳葉瑚璉美, 恩滿玉杯芬苾香.
萬鎰黃金何足貴, 九重寵錫受言藏.
堪嗟寶器空傳世, 中土幾年曠筐黃.

星槎當日返桑鄉, 裝裏玉杯襲耿光.
累世傳家猶宛爾, 何時再見復春陽.

又 ○ 蔡允一

久矣瑤宮醉玉皇, 美人消息寂西方.
何圖滄海桑田後, 得見遺杯柳葉香.
天子昔年恩以賜, 陪臣永世寶而藏.
至今把作蒸嘗用, 絕勝周家賚乘黃.

又 ○ 權翼洙

煌煌使節拜天皇, 進慶三元會萬方.
葵藿向陽誠摯篤, 乾坤覆物德馨香.
一時殊渥今猶記, 六葉稀珍世所藏.
用薦三龜眞成禮, 寶光悠久葆靑黃.

季札觀周返海鄉, 百年遺物帶榮光.
遙瞻大報心多感, 佇見中州剝復陽.

又 ○ 金翼景

匪獨公懷憶聖皇, 神人恩寵耀遐方.
未央柳分參差葉, 宣德鑪移芯馥香.
通國無雙宗器在, 傳家滿七舊氈藏.
報壇淚入杯心滴, 周廟誰將瑟瓚黃.

※ 草庵實記

又 ○ 朴成楷

六顆金觴瑞色皇, 竗模非產海東方.
相公當日稱專對, 天子龍光帶異香.
神器變爲腥穢地, 寶鉉今作虜酋藏.
君家獨保華遺物, 誰向壽亭酌彼黃.

又 ○ 洪大觀

朝天時事說明皇, 執玉今誰向冀方.
文物蕩然塵跡舊, 寶卮宛爾御醪香.
偏傷志士前朝感, 最愛名家後裔藏.
專對恩光煌六葉, 明廷如見篚玄黃.

又 ○ 梓窩崔昇羽

緬憶丁公拜聖皇,便藩寵賚耀箕方.
星軺玉節含王命,柳葉珍杯帶御香.
竟使中朝內帑物,只爲東土故家藏.
于今忍說神州事,黍淚重添菊泛黃.

又 ○ 大護軍顧軒鄭來錫

星軺當日詠華皇,恩賜珍杯耀遠方.
六葉王春依舊色,三龕私廟薦遺香.
人情忍說端門淚,天寶宜爲永世藏.
蒲酌瓊霞無限意,一清消息問河黃.

※草庵實記

又 ○ 鄭遊龜

下泉悲淚想神皇, 柳葉何年落遠方.
玉節榮光遺古澤, 金文華色帶餘香.
樽前幾作三龕寶, 篋裏猶完十襲藏.
感舊傷今增愛玩, 傳家不啻滿籯黃.

又 ○ 李植春

玉帛紛紜朝聖皇, 瑚璉才器寵東方.
錫以六杯堤葉樣, 侈於私廟潤蘋香.
豈無天下奇珍有, 孰與南廷舊物藏.
漢水寒波塢咽逝, 公靈應泣在中黃.

又 ○ 蔡泂

錫拜隆渥感神皇, 懷寶歸來聳四方.
金裏玉衣光吐瑞, 春嘗夏禴灌添香.
先賢遺澤依依在, 後裔深誠襲襲藏.
回首乾坤桑海變, 星槎何處筐玄黃.

又 ○ 黃觀大

匪器之嘉受我皇, 皇朝舊物見遐方.
天恩葉葉留春色, 泂酌雙雙帶鬱香.
觀國百年稀古典, 傳家八世至今藏.
杯乎試問中朝事, 宮柳年年孰爲黃.

又 ○ 柳聖能

何年賢祖詠原皇, 寶墨殊恩出尙方.
鳥綠春回宮柳色, 蟠蔥風遞御爐香.
明禋孝子三龕用, 珍重君家七世藏.
手撫却增桑海感, 爲誰今日筐玄黃.

又 ○ 安維世

乘槎海客感天皇, 錫履恩光出尙方.
美制陰垂宮柳色, 淸儀曾惹御罏香.
移將萬曆雙雙彩, 留作三韓襲襲藏.
丁氏門閭從此大, 簪纓世世幾焚黃.

拭玉當年至帝鄕, 淸儀咫尺襯龍光.
宸心嘉乃優恩貺, 知把文章動洛陽.

又 ○ 生員安見龍

杯傳六葉頌神皇, 異數當時孰與方.
瑞彩雙雙霑睿澤, 清光箇箇藹天香.
不惟乃祖能專對, 多賀賢孫善護藏.
却恨中州天醉久, 濡毫書史泣花黃.

拭玉當年聘帝鄉, 金杯六葉帶恩光.
回看大報靈爐火, 與爾共扶一脉陽.

又 ○ 金綎

神器沉淪喪舊皇, 中朝遺制覓何方.
仙杯宛是雙明寶, 宮柳依然六葉香.
在昔恩光天陛賜, 至今奇玩古家藏.
欲酌清醪澆磈礧, 百年河水久渾黃.

又 ○ 李孝三

千年遺寶閟神皇, 尙帶王春耀遠方.
外飾婀娜宮柳葉, 中含濃郁鬱金香.
海東獨有君家守, 天下人誰是器藏.
杯面欲書明甲子, 潯陽籬畔菊垂黃.

又 ○ 宋翼台

異數何年自我皇, 賓筵嘉貺落遐方.
彩藻尙帶王春色, 金莖如承玉露香.
周澤偏深彝鼎器, 韓亡誰有鐵椎藏.
千秋志士無窮恨, 忍向讎廷籬厭黃.

又 ○ 李寅馥

玉節星槎拜我皇, 六杯何年寵遐方.
卽今天醉醒無日, 殘柳荒都謾帶黃.

王春六葉落遐鄉, 丁氏家中百世光.
柳絮何曾流北去, 東方眞似晉潯陽.

又 ○ 林塗

令公當日覲明皇, 玉鱓煌煌下遠方.
披玩尙依春柳色, 擎來如帶御樽香.
滄桑世界猶能保, 遐土塵箱幸久藏.
曠感欲題瓊琭酌, 筆端聊挹菊英黃.

又 ○ 柳潀

憶曾侯服大明皇, 玉帛車書統萬方.
仙醞泛盂飄柳葉, 星槎返海帶天香.
百年江漢無歸處, 六片奇珍有此藏.
會待西湖除禁日, 春風快倒蜀州黃.

又 ○ 縣監柳漥

恍惚天杯落玉皇, 美人恩寵自西方.
濃身禁苑青青色, 彙腹仙廚馤艷香.
黑羯敢專昭代寶, 滄桑遠隔故家藏.
分將一葉輸王府, 大報壇邊灌鬱黃.

又 ○ 持平權相龍

兵亂龍蛇萬曆皇, 恩同父母我東方.
當年內帑宣頒侈, 今日丁家灌薦香.
柳葉長承仙露滴, 玉英還笑海苔藏.
憑茲忍說中州事, 何處棠華白且黃.

又 ○ 李重祿

杯名柳葉自天皇, 妙制非圓亦不方.
六片殊恩當日重, 三龕清酌百年香.
格誠幷及陪臣寵, 昭德仍爲舊物藏.
器在人亡多感慨, 況堪忍耻奉篚黃.

又 ○ 金德亨

憶昔令公覲聖皇, 天朝恩賜及遐方.
粧來御柳雙雙翠, 帶得仙醪苾苾香.
豈料西州侯服貢, 永爲東國士家藏.
星軺舊路悲桑海, 忍看胡酋着柘黃.

又 ○ 鄭彥修

伊昔中州我聖皇, 鴻恩偏重海東方.
星槎鰐水千層闊, 玉帛鱸岑庶品香.
旄宿百年猶帝醉, 柳杯六葉舊臣藏.
悲歌撫劒時西望, 更待河淸一帶黃.

又 ○ 權進德

四海恩深萬曆皇, 天朝舊物錫遐方.
似玉似金殊制度, 匪觥匪卣挹馨香.
一包幷六杯形合, 二用兼三酒禮藏.
寶器空餘淪沒後, 中原無路篚玄黃.

又 ○ 盧宗玉

何年專對大明皇, 恩錫非常寵遠方.
六葉杯成宮柳樣, 九重春散御醪香.
誰知外國陪臣宅, 獨保中州舊物藏.
盛德先王如一見, 增輝當日嫩金黃.

風泉曠感伍雲鄉, 當日陪臣覯耿光.
明家舊物杯猶在, 佇見天心剝後陽.

又 ○ 朴周鏞

柳罍參珍出顯皇, 星軺隨轉耀箕方.
金章縱寶儒忠寶, 鬱邑非香帝德香.
萬里同來先廟薦, 百神相護故家藏.
傷心舊物天涯外, 猶帶明春葉葉黃.

全幅紅羅入漆鄉, 六杯超出葆前光.
時時宛與公靈會, 寶氣忠精貫太陽.

又 ○ 權弘模

恩賜何年拜聖皇, 三雙柳盞著東方.
質惟金玉成規制, 禮用蒸嘗薦芝香.
閱劫瀛桑凝瑞彩, 憑懷御柳護珍藏.
紅羅此物頗奇古, 忍說朝天篋厥黃.

又 ○ 金擎昊

鴨綠江頭憶舊皇, 憑添垂淚向何方.
桑田忍見王春古, 柳葉猶痕御醞香.
萬里輕槎承寵渥, 一家清篋耀珍藏.
杯心欲裹籬花露, 晚節寒叢獨也黃.

瓊觴怳惚落仙鄉, 藏得名家百世光.
把玩不堪桑海淚, 未央煙柳鎖殘陽.

又 ○ 李秉樺

堯柳春城謁聖皇, 恩杯如葉自西方.
丹衷不改滄桑恨, 綠質偏含析木香.
非玉非金天下寶, 如罍如瓚廟中藏.
也知恢復神州日, 史奏東天瑞彩黃.

又 ○ 護軍宋天欽

金箱玉盌泣神皇, 尙幸超然出我方.
襴幞至今嘉靖制, 壇花依舊大明香.
銀河若酌腥塵洗, 北斗難斟寶彩藏.
愼德當年惟器用, 華人傳說蜀篚黃.

又 ○ 進士鳳下宋鴻翼

東風行邁詠華皇, 一葉王春寄遠方.
青海謳歌猶舊服, 紅羅雨露尙餘香.
陪臣專對三龜宛, 天子殊恩百世藏.
此物若敎參大報, 應隨瑟瓚共流黃.

春風來到錦江鄉, 帝胙皇曦若覲光.
淪鼎山河杯獨守, 青青宮色帶昭陽.

又 ○ 松皐郭淳

聘使中華拜上皇,蜀西攸貢海東方.
至今猶帶王春色,感舊如含御酒香.
萬曆年間恩賜重,三龕廟內耀深藏.
愈金愈玉傳來寶,誰識其中點點黃.

六葉珍杯萬里鄉,依然獨帶舊春光.
大明時事因追想,桑海茫茫淚夕陽.

又 ○ 竹下張錫穆

使華原隰詠皇皇,皇曰賜之自尚方.
綠葉猶含禁苑色,紫煙惟帶御罏香.
春秋禮備年年享,山海恩深世世藏.
觀德廟前股薦際,天然玉瓚在中黃.

又 ○ 小林李根漢

星槎萬里拜瑤皇, 聖眷偏深海外方.
六葉春光分上國, 雙明世寶許中藏.
制同瓚玉嫌常褻, 斟合鬱金襲異香.
遺與雲仍勤奉守, 片靑不蓇滿籯黃.

又 ○ 李以鑽

長夜乾坤憶我皇, 陪臣寵錫耀東方.
萬千里外天恩重, 二百年來柳葉香.
運不循環羞莫雪, 寶當傳守久猶藏.
于今却恨前朝事, 採蕨山中晉菊黃.

又 ○ 李以伋

何年上國使華皇, 天貺金扈出尙方.
萬曆王春留舊物, 九重仙醞挹餘香.
端宜大報壇中薦, 遂作陪臣廟裏藏.
安得斟來東海水, 神州一洗穢塵黃.

又 ○ 參奉李鼎相

恩光葉葉頌於皇, 御柳春歸左海方.
庸寅榛苓當日感, 猶餘秬鬯舊時香.
雙雙天陛心中貶, 世世公家廟裏藏.
付與來雲勤拂拭, 腥塵不敢汚流黃.

又 ○ 宋廷頊

百世吳東泣聖皇, 海涵天覆一偏方.
玉節躬逢全盛候, 金杯心醉至治香.
忍看華夏三桑變, 獨寓王春六葉藏.
當時寵錫由專對, 廟食端宜祼鬱黃.

又 ○ 金洛應

受命吳王拜上皇, 蜀西珍物海東方.
嘉乃天朝恩寵異, 薦于祖廟芯芬香.
南國千秋懷古恨, 大明六寶至今藏.
青青柳葉錦城宅, 便作淵明泛菊黃.

又 ○ 石西呂轍行

陪臣稽首拜吳皇, 歸臥鄉山天一方.
九重難忘恩澤賜, 千秋猶帶御爐香.
渭城朝雨青青色, 廟宇春秋世世藏.
穢德至今斟未去, 運環何日清河黃.

又 ○ 金箕應

何年杖節詠華皇, 去國孤臣望一方.
萬曆秋深桑海感, 九重春醉葉杯香.
涓埃未報夷壇屹, 礪帶同盟寶券藏.
聖代容儀難復見, 悲風凄帶栗籬黃.

六葉飄飄萬里鄉, 舊宮春色和煙光.
摩挲感涕明朝制, 杯棬如新見太陽.

※草庵實紀

又 ○ 居觀金台應

丁公持節拜朱皇, 六葉恩杯落遠方.
無地可酬同瑂頌, 自天如降鬱金香.
三千里外殊邦獻, 二百年間古廟藏.
冀壤已遷神器重, 一丸那得奠中黃.

又 ○ 進士李海宗

皇華當日詠皇皇, 內府珍盃寵外方.
周道匪風長寓感, 漢盤甘露尚留香.
至今傳說雙明寶, 求舊端宜百世藏.
六葉王春移左海, 忍看薊柳嫩金黃.

又 ○ 畏庵李鎭華

觀察公曾拜聖皇, 煌煌柳葉耀箕方.
裁成萬曆王春色, 留帶三雙御酒香.
上國嗟無依舊物, 名家猶有見遺藏.
擎來倍切天朝事, 書史桑田淚菊黃.

又 ○ 澹窩李雲相

軺星拱北覲天皇, 六葉春歸海一方.
十里籠煙依舊色, 三杯和露浥餘香.
忍聽紅荳民謠咽, 留作靑氈廟貌藏.
閱變滄桑齋感淚, 關河漠漠漲塵黃.

又 ○ 晚睡崔永鈺

聞來此物自明皇, 玉質金含首尾方.
種德家中無盡寶, 薦菹壇上有餘香.
祇承祖烈人人警, 感祝天恩世世藏.
柳葉蒼蒼猶不足, 萬年春氣酒玄黃.

又 ○ 金秉護

當年使節拜神皇, 柳葉三雙落遠方.
詩歌爲廢周泉洌, 恩賜眞同漢署香.
萬曆河山成浩劫, 一家光氣在珍藏.
願斟東海千波水, 滌盡中州穢祲黃.

又 ○ 裵震淳

奉節當年拜上皇, 皇恩偏重海東方.
奇珍特賜臣隣誼, 禁苑頻傾御酒香.
含春嫩葉年年在, 押海名家世世藏.
題來晉史尊周義, 酌以淵明菊露黃.

又 ○ 金國永

天朝宜賞士思皇, 柳葉其杯賜遠方.
丁氏年年行獻享, 子孫世世敬持藏.

又 ○ 大溪李承熙

憶昔星軺拜我皇, 恩霑寶氣落遐方.
御柳秋飄留瑞葉, 仙桃春醉吸天香.
二百年今腥臭漲, 兩三枚古世家藏.
更囑雲仍傳得謹, 千清他日酌河黃.

又 ○ 呂源奎

聖朝受賜拜神皇, 歌頌天涯海一方.
化羽飾銀豈物寶, 介眉稱器酌春香.
表賢當日殊恩重, 種德其家永世藏.
六葉青光長不變, 猶愈玉白與金黃.

又 ○ 呂心淵

原隰之間彼皇皇, 周道逶遲海一方.
渭水城西唐舊使, 建章宮裏漢餘香.
盛世殊恩何錫予, 先王寶器永修藏.
化若醇醪頒賜重, 九秋當日醉柑黃.

東漸仁風布春陽, 杯中楊柳賴有光.
許久塵愁猶未滌, 那當他日舒而長.

又 ○ 縣監李邁久

星軺萬里詠皇皇, 寵渥隆深類聚方.
柳葉隕天模厥像, 鬱金灌地挹餘香.
霖雨美姿禎國用, 羹墻追慕寶家藏.
雲仍敬守如臨帝, 世世奉行中在黃.

又 ○ 少梅鄭基洛

恭將玉帛賦皇皇, 寵賜光榮表萬方.
十世靡虧傳六葉, 百年無替奠三香.
凡吾後輩欽斯誦, 宜爾子孫愼厥藏.
紅羅舊業荊榛沒, 萬曆春心柳獨黃.

※草庵實紀

又 ○ 谷圃李能允

明廷奉使賦華皇, 聖睨中心產蜀方.
柳葉珍杯特地恩, 楓宸御醞自天香.
廟三列薦榮皇賜, 世十相傳寶爾藏.
壽考神宗遐不作, 詠歌玉瓚在中黃.

又 ○ 栗山孫默永

憶公殊遇感神皇, 聖渥隆深注遠方.
海變三桑今日恨, 杯傳六柳舊時香.
大明天子恩無極, 百世雲孫寶有藏.
若用報壇將祼薦, 享儀能及瓚流黃.

鼎湖龍駕陟雲鄉, 寵錫珍杯蔚有光.
萬曆王春遺六葉, 驗來碩果保微陽.

又 ○ 小軒李奎現

華生原隰正皇皇, 不辱忠心達四方.
恩降自天金玉重, 禮優灌地瓚圭香.
大邦字澤褊邦到, 先世遺珍後世藏.
聖際如何遲節想, 至今尙闕告焚黃.

又 ○ 崔萬壽

玉帛曾將謁聖皇, 皇恩殊錫眷遐方.
西州異產東藩出, 萬曆春風六葉香.
沙怵累經神鬼護, 羹墻如見子孫藏.
至今依舊朝天路, 忍看無情汴柳黃.

※華庵實紀

又 ○ 金瑀衡

六葉曾經萬曆皇, 產於西土出東方.
橢模外樣長圓巧, 酒凸中心瀲灩香.
何等當年恩特賜, 至于今日世珍藏.
摩挲緬憶天朝使, 表裏相孚玉瓚黃.

又 ○ 徐翊洙

陪臣觀樂詠華皇, 寵錫珍杯自遠方.
不世洪恩添海色, 乃家令德聞天香.
醓宣九陛應殊遇, 邕灌三龜尙寶藏.
萬曆春光餘六葉, 東人興感舊江黃.

又 ○ 崔海轍

潛德幽光感聖皇, 六杯始下我東方.
穩成銅玉文如質, 傳守家庭世奉香.
夢遠紅羅餘物貴, 怊經蒼海變時藏.
誠心結草春生柳, 史葉青垂數卷黃.

又 ○ 顧軒金德鍊

六葉恩杯受我皇, 皇明春色出東方.
執玉朝天言可復, 鬱金灌地德猶香.
孰云大報壇宜獻, 今幸私家廟自藏.
燕輪祭器齊羞大, 河運遲清仰彼黃.

青青柳色帶歸鄉, 上國恩杯下土光.
搖落如今惟汝在, 王春一脉保微陽.

※草庵實記

又 ○ 金周爕

事君餘惆感天皇, 世襲簪纓闡大方.
柳葉三杯承厚賞, 槿花八域賴淸香.
從知勳業金城重, 久恨遺文石室藏.
矧又島夷侵犯日, 幾蒙親製敎書黃.

令名德業苑京鄉, 幸使斯文復有光.
混混眞源何處是, 陶岑特秀洛波陽.

又 ○ 黃致默

邇事吳君遠使皇, 皇恩猥被海東方.
柳緣外飾長春色, 玉以中虛注酒香.
苟匪自家修善蕙, 何由天寵及珍藏.
明家舊物惟玆寶, 不羡籯金萬鎰黃.

又 ○ 崔鉉燦

先生朝早大明皇, 禮讓恩杯出海方.
一區東土孤忠烈, 萬曆春光六葉香.
滄桑旣變金甌易, 寵渥隆深累世藏.
朱氏制餘丁古宅, 傷心欲問說蒼黃.

又【並序】○ 文巖孫厚翼

國之有勸賞, 殆非虛假也. 彤弓而好覘佳賓, 弊袴而心待有功. 況常例之外, 恩寶及於遐遠者乎? 草庵丁先生, 當昭敬王朝, 膺藩臬之寄於危難之際, 王降誥麻而有褒獎德行之書, 酹洞酌而有擢秀儒林之文. 雖其事行文獻, 未有他案, 而此可以槩其人矣. 嘗以使節如京師, 萬曆皇帝嘉其專對, 出賜內藏杯三, 金裏而銅表, 飾以丹砂如黍子, 可寶也. 不二不四, 而其必三之者, 殆亦周饗使臣, 晉接康侯之意歟. 夫自春秋傳記以來, 觀光於上國, 頒恩於陪臣者何限, 而鮮有以太常珍物授受丁寧者, 且鮮之爲國, 位不列於舜命輯圭之班, 壤不隸於禹貢分茅之籍. 筐篚一介臣, 非有根柢之先容縆汲之近引, 而四門穆穆, 重瞳一回, 而卽寵之以口澤燕御之物, 則明天子賢大夫, 可以想見於百曆之下矣. 先生歿, 而子孫藏之家廟, 以爲灌秬之用. 莊孝王朝抄啓臣柳鶴西台佐奏之邇筵, 批曰, 當與宣德中所頒條環刀劍, 同一輝映於下土. 於是凡世之操觚秉管者, 相繼而歌詠頌, 述於春風醉發之中, 亦旣繡之梓, 而公諸世矣. 裔孫奎赫, 猶懼其不廣也, 更乞時賢之能言者, 謬

囑及於不佞. 噫! 物之有形者, 不可以常久. 此古人所以發歎於鐵爐者也. 周廟之十鼓,
非不堅且固也, 八代埋沒之後, 猶不能詳記於方召賜卤之蹟, 鯉鰦貫柳之詩. 況乎明澤
渴, 而鮮邦沉, 宗廟之祭器不守, 世家之喬木無榮, 而皇華舊物獨留, 作錦城家春色者,
夫豈偶然哉? 吳於此, 別有感焉. 聖王所以資之賢臣者, 文武之材具. 非不碨碅而闌干, 獨
以飮食之器者, 何也? 木葉之橢而不圓, 張腹殺頭者, 亦人多矣. 其必名之以柳葉者, 又何
也? 得春之氣者, 莫先於柳, 宣人之懷者, 莫捷於酒, 天道之陰極矣, 人心之鬱甚矣. 陰極則
必春, 鬱甚則必宣. 此杯之出於明宮, 而藏之鮮邦, 復欲闡現於今日人世者, 無乃有數關者
歟? 然神宗之賜, 先生之受, 豈有意而爲之者哉? 物之爲寶也, 理必寓焉, 理之所寓也, 氣
必至焉. 藏之於天, 而應之於時, 此乃造化機緘之妙, 而物莫能掩其跡也. 爲天下除殘賊
遠虎豹, 而膺戎狄者, 天命之吏也. 天之命之也, 豈有形象可指哉? 應馨香之德, 而發醞
釀之眹者, 其亦莫之爲於自然理, 而無或爽於必至之氣也. 不有見乎此, 而欲求之於諄
諄之命, 則其何以與語於此杯也哉? 於乎! 詩又何爲而作也? 周道衰而變風作. 是時周禮
在魯矣, 魯又衰而周公不復見焉, 則變風又將終矣. 夫子删詩, 終之以匪車侵蕭, 其意可
知也. 自我崇禎皇帝之御于萬壽山, 中天下夷狄, 而東國文物, 固自如於華, 此柳葉杯之
不在中國, 而必於東華者也. 然大報之壇雖設, 而皮幣之使, 不絶於幽燕之路, 故前輩之
詠歎泆佚於此杯者, 皆有靖節伍柳之思, 文定數杯之懷, 風之變久矣. 今又槿花落盡, 則
變極而終矣. 吳人之怛心憬懷於溉釜膏黍, 動於風而聲於物者, 其亦天理所不能已於彝
衷之感也. 世之有志者, 庶或觀於此, 而興於此也歟. 詩曰,

紅羅天地帝於皇, 柳葉分春海一方.

季子初觀韶石美, 叔孫三拜野苓香.

映輝下土懷恩命, 報祀賢仍賀善藏.

安得山河尋舊物, 黑秬重降誥麻黃.

又 ○ 李紀萬

使華當日詠皇皇, 御柳春光東我方.
酬來寶榻蒼蒼色, 奉奠先祠葉葉香.
物不徒美恩渥重, 傳何自愛孝心藏.
祼將上國今安在, 噫彼中流玉瓚黃.

又 ○ 許萬璿

柳杯葉葉使華皇, 萬曆王春爛一方.
制以圭璋罔獨美, 傾來鬱鬯最憐香.
祖宗大業朝天義, 孫裔深誠世寶藏.
想像當年專對事, 才堪補袞繡裳黃.

又 ○ 李紀曦

觀風上國賦皇皇, 御柳先春海我方.
心睨一朝鍾鼓饗, 孝思百世芯芬香.
諸生無地魯器抱, 古泗多年禹鼎藏.
因此風泉遺感倍, 西歸誰復篋玄黃.

又 ○ 權寧翼

葉杯來自大明皇, 愛重人間孰與方.
意昔朝天遺寶美, 至今留廟挹金香.
崇禎運去誰能復, 觀察公歸此獨藏.
奉玩雙雙無等別, 阿那饒舌敢雌黃.

又 ○ 金德泳

萬國同朝萬曆皇, 柳杯恩渡海東方.
使節風清將玉帛, 御爐煙細鬱金香.
文物中華新世入, 子孫今日古家藏.
又賜紅衣雲錦牌, 千載宜傳史筆黃.

又 ○ 蔣來芯

詔賜丹墀拜聖皇, 煒煌寶彩耀東方.
王春爲色成佳品, 宣醞在中播遠香.
賢裔至今私廟奉, 殊恩豈特弊袴藏.
蒼蒼六葉天然作, 桑海秋霜不染黃.

※草庵實紀

又 ○ 紫下權斗永

我想悠悠萬曆皇, 皇杯胡在海東方.
陪臣當日賞專對, 奕世禋祠馦鬱香.
靈器曷由兵燹燒, 慈孫能涉怵塵藏.
名雖柳葉異於柳, 春不爲靑秋不黃.

又 ○ 李之久

風泉我思昔神皇, 柳葉何春落海方.
珍稱蜀筐雕玉質, 材宜周廟灌金香.
恭將天陛中心睨, 獨保丁家永世藏.
再造靑邱嗟一運, 陶門且進泛秋黃.

又 ○ 蔣來冕

萬曆春光自聖皇, 煌煌六葉海東方.
勻天化雨曾沾色, 浩刦滄桑獨保香.
魯廟瑚璉同此器, 周賓弓矢永言藏.
山榛歲暮多傷感, 無復侯藩筐厥黃.

又 ○ 李紀鎬

九天寵渥帝於皇, 六葉青青落遠方.
珍貢輸來藩海航, 瓊裝惹出御爐香.
追慕鴻恩惶感極, 世傳寶品敬恭藏.
奉奠雲仍仍飲福, 歌吟瑟瓚在中黃.

又 ○ 金廷植

盃中日月戴明皇, 體欲圓長口欲方.
引白滿濃天陛液, 含靑更帶御爐香.
一包統六來王府, 兩對成三節廟藏.
桑海著簪歌汴柳, 靈壇何日奠蕉黃.

又 ○ 崔弼遠

六盃柳葉美皇皇, 褒賞自天渡遠方.
質近玉銅守舊色, 品同犧象挹遺香.
尙存顯帝恩高賜, 堪作公家世寶藏.
若使明朝親涧酌, 共隨瑟瓚滿流黃.

又 ○ 進士金鎬相

朝天當日拜瑤皇, 葉盞殊恩降遠方.
萬里春韜來柳色, 九重仙御醉桃香.
神州大器猶遷幻, 舊閥奇玟迄保藏.
見此應追專對美, 祝祊長禩在中黃.

又 ○ 心庵崔鴻在

草庵公昔賦華皇, 六葉珍杯天一方.
橢容勝似三瑚美, 曼禩賢於二卣香.
恩光日月明時錫, 義本春秋亂世藏.
丁氏護持堯柳色, 錦城家裏錦城黃.

※草庵實記

又 ○ 進士全奎炳

六葉恩杯頌聖皇, 皇春一脉在東方.
尙留極殿青琉渥, 宛帶天宮紫氣香.
萬曆年間遺舊物, 錦城家裏世珍藏.
劫灰不泐中央色, 銅質金文間間黃.

又 ○ 崔章植

藩臣忠義感天皇, 不辱吳君使四方.
肅氣恒存仁主澤, 淡煤惟濕御爐香.
可欽可敬千秋蹟, 肖子肖孫百世藏.
浩刦滄桑至此極, 東邦何日清河黃.

又 ○ 朴東柱

使節當年拜聖皇, 六杯柳葉寵遐方.
尖圓鑄得王春色, 中闊含容御醞香.
上國何時恩渥重, 名家依舊世珍藏.
遺民尚有風泉感, 誰復神州篚厥黃.

又 ○ 崔泳鶴

微衷感激賜顏皇, 況又藩邦在遠方.
奉使天門臣子職, 醞宣柳葉御爐香.
滄桑累變誠難保, 㤼海窮塵無恙藏.
寵錫分明存古禮, 洞開私廟薦焚黃.

又 ○ 崔容植

綸音咫尺卽皇皇, 感激微臣在遠方.
六葉杯傳千古寶, 九重酒味百年香.
西天日月大明顯, 東土邦家永世藏.
子子孫孫謹守意, 泰山若礪帶河黃.

又 ○ 七世孫載老

茅屋人思祭我皇, 悲歌自作海東方.
誰知七世陪臣宅, 尙保王春六葉香.
玉質金章看愈古, 殷瑚周瓚愛兼藏.
杯心欲寫中朝甲, 祠外寒花露裛黃.

又 ○ 七世孫載大

箕邦再造賴明皇, 劫後遺民卽一方.
神器百年今日穢, 金杯六葉舊時香.
吳家七世傳來寶, 古制三奠冪後藏.
酌彼朝宗于海水, 每因歸使問河黃.

六葉宮杯落遠鄉, 皇家三錫寵恩光.
昆明劫後看猶在, 禾黍薶殘淚夕陽.

又 ○ 七世孫載熙

皇明日月耀箕鄉, 玉斝餘醺帶耿光.
可惜中州長夜晦, 葵心何處向傾陽.

六葉煌煌自帝鄉, 伍雲何日帶恩光.
殘孫永守竆陰會, 天意猶存保一陽.

又 ○ 七世孫載權

皇華詩誦禮神皇, 寵錫東藩首萬方.
昭制陪臣形柳葉, 歸恩先廟酌金香.
百年王國經塵劫, 七世吳家作寶藏.
灌薦其能忘聖德, 嗟今無地貢玄黃.

又 ○ 九世孫文教

憶曾吳祖勤瑤皇, 六葉恩杯耀遠方.
從古風泉志士感, 至今滄海寶巵香.
福州襴襆寧專美, 宣德條環幷護藏.
西望只增輪瞻激, 何時復見一清黃.

至寶從何此僻鄉, 天王恩錫舊春光.
塢呼萬曆年間事, 獨把遺杯淚夕陽.

又 ○ 十一世孫箕燮

憶曾吳祖拜神皇,六葉恩杯出尙方.
異制宛成宮柳樣,餘醲猶帶御醪香.
獲承華夏前朝賜,祼獻春秋古廟藏.
欲酌千年清後水,舊都塵滌問河黃.

又 ○ 十一世孫洪燮

仁天日月大明皇,字小恩沾海外方.
隰有煌燁謹報命,杯粧柳妍倍生香.
以忠以禮昌辰遇,傳子傳孫永世藏.
歲歲年年將事日,欽傾玉瓚在中黃.

又 ○ 十二世孫奎翰

奉命謹身拜上皇, 交符忠禮各彈方.
蒙天眷佑邦家重, 周地降灌廟宇香.
何殊周將彤弓覥, 不獨韓侯弊袴藏.
遙想當年際會席, 滿筐華幣備玄黃.

又 ○ 十二世孫基遠

當年我祖荷龍光, 忍說神州未復陽.
秖見典型餘柳葉, 萬年春色一家長.

又 ○ 十二世孫奎赫

粵吳崇祖拜神皇, 寵錫珍杯自尚方.
葉葉六瑚溫玉質, 芬芬三祼鬱金香.
殊恩堯柳春光保, 浩劫滄桑世寶藏.
永久流芳存此物, 屠孫玄慕瓚中黃.

又 ○ 十二世孫奎柄

包洪聖德大明皇, 編及吳東一小方.
葉六降天天有感, 茅三灌地地生香.
報國誠深蒙璿獎, 承宗謨永有寶藏.
至今祠屋留餘澤, 保守王春嫩色黃.

又 ○ 十二世孫奎暹

當年受賜拜明皇, 渺渺余懷天一方.
鑄得應描宮柳葉, 奉持猶帶御鑪香.
廟中有禮三行獻, 櫃裏無塵十襲藏.
碧海桑田吁世事, 更從何處篋玄黃.

又 ○ 十三世孫南鎭

神明天子德於皇, 賜醞金杯降遠方.
裕後嘉謨傳古物, 光先恩渥至今香.
三桑擧世無全局, 六葉吳家有寶藏.
歲歲殘孫奔駿席, 裸玆悵憶舊封黃.

又 ○ 十二世孫奎喆

萬里星軺見玉皇, 天朝曾是眷東方.
薦之祖廟非無酌, 貽自美人倍有香.
神器世間難久保, 寶厄此地獨深藏.
鐵馬山河殊異昔, 緬思當日駕飛黃.

又 ○ 十一世孫化爕

使能專對謝天皇, 先祖於詩惡義方.
六葉青青楊柳色, 三雙芯芯鬱金香.
昔時上國由恩賜, 今日吳家是寶藏.
蒼茫世事幾翻覆, 惟存穹壤自玄黃.

又 ○ 十二世孫奎翊

先祖何年覲上皇, 蜀西珍器眷東方.
摹形柳葉尖圓橢, 明薦蘋藻灌邑香.
桑海變遷無舊典, 雲仍傳受至今藏.
有誰更寫中州史, 浥露籬花獨也黃.

又 ○ 十三世孫位鎭

皇恩柳葉共皇皇, 六酌惟存海一方.
特產粧成麗玉質, 嗣宗誠薦鬱金香.
疊如螺屬全形露, 巧若鴷身半面藏.
裊娜春光長鎭在, 乾坤此寶帶玄黃.

又 ○ 十三世孫虎鎭

六杯柳葉戀朱皇, 婯娜如新橢不方.
煉出坩堝金躍氣, 灌來醴酥玉噴香.
多經浩劫嗟無恙, 永守宗祠喜有藏.
萬曆恩波常瀲灩, 寶光輕淺綠兼黃.

又 ○ 十三世孫廣鎭

草庵先祖謁天皇,惠澤均沾海外方.
刻得無塵如玉潔,傾來有酒鬱金香.
承恩萬里懷中物,愛玩千秋篋裏藏.
可與陶潛同寫史,錦城籬下採花黃.

又 ○ 十三世孫四鎭

昔年吳祖拜神皇,恩及東藩海一方.
赫赫聲名傳世寶,斌斌優渥御醑香.
特蒙寵錫千秋證,幸得寒門百代藏.
遠近屛孫追慕事,天長地久獻焚黃.

柳葉杯銘 ○ 進士抱爐金翼景

於皇神考, 臣服萬方, 車書一統, 玉帛梯航.
時維丁公, 原隰于朝, 皇帝曰噫, 逖矣賢勞.
不有嘉貺, 曷以懷來, 于以賜之, 曰柳葉杯.
以大抱小, 王者德也, 中黃外玄, 天地色也.
先王制禮, 大夫三廟, 以灌以薦, 益勉忠孝.
公拜稽首, 聖籙無疆, 參墟寶氣, 鰈域榮光.
神器忽傾, 文物逡變, 於穆清廟, 瑟瓚誰薦.
顧惟東海, 不作桑田, 名家舊物, 蟬蛻胡天.
秦垢莫污, 豈必淪泗, 王福未艾, 永用將事.
摩挲靜思, 感傷興言, 東隅黑子, 人物渺然,
階蚊籬鷄, 聲臭無傳.

維公德業, 三世謨猷, 際會昌辰, 夢釣觀周.
才優專對, 寵極申錫, 是以天東, 有此爵兮.
三韓一域, 萬曆遺類, 堯封既改, 漢制愈貴.
神人所寶, 遠邇爭先, 襴衫軟巾, 永世同傳.
凡我士類, 暨爾孫支, 千金十襲, 勿替護持,
匪惟公懷, 神考是思.

又【並序】○ 七世孫載熙

家藏柳葉杯, 蓋萬曆遺物也. 有明萬曆間, 先祖觀察公, 以宣廟陪臣, 持節赴京師, 天子寵以是杯. 杯凡六葉, 以爲三世裸薦用, 恩孰大焉? 但兵燹之餘, 又從以喪威, 家乘中, 記公履歷頗缺. 皇華詠歸之年紀, 使命幹事之根因, 終未得其詳. 只憑家庭世世傳說, 誠可歎也. 是杯也, 產於西蜀, 蓋蠻獠之底貢于王府方物中一小器耳. 其形如柳葉然, 故名曰柳葉杯. 其色黑, 其聲鏗, 其質如玉而如銅, 裏面塗金, 其制如爵而如匏, 兩邊有耳, 又有左右間微砂落而成孔, 今塞之以鉛. 其一差大, 如今之楡葉, 其次小, 又其次又小. 合之爲一物, 行之爲各器, 儘異哉. 噫! 古之聖帝明王, 寵遇使臣者何限, 而或以金璧焉, 或以鍾馹焉, 只榮其身者夥矣. 惟茲嘉貺物雖小矣, 而寵受皇恩, 用以裸獻, 則凡我子孫, 珍愛之心, 何可與一時金璧之貺鍾馹之錫較哉? 矧今中州天地變矣, 日月晦矣. 聖天子眷眷東藩之恩, 十九代淸廟東序之藏, 蕩然而無遺矣. 匪風之怛, 下泉之思, 擧切於人心, 而一隅褊壤, 六葉古卮, 獨帶先皇之遺恩, 殘孫之世守勿失, 迄于今數百載, 則抑天所以壽大明之器, 而永彰吳先王事大之惟恪耶? 將神物有知五占滄桑世界, 而直與花山之襧樸龜城之衍義, 并美於吳嶺也耶? 是豈偶然而然哉? 嗚呼! 世之慷慨之士, 覽是物猶擊節而歎, 汪然而涕, 則矧余後孫追遠之感, 當作何如? 藏之篋笥, 永以爲寶, 而西顧吟哦, 事蹟微茫, 此不肖之所以把杯流涕者也. 於是焉, 屬當世之一二秉筆者, 旣序其事, 以著厥美, 不肖又敢作小說而述之, 詩以求和, 系之以銘. 銘曰,

雙雙玉杯, 天子之償. 薦之家廟, 于先之光.

天子之恩, 俾也可忘. 子孫保之, 七世之藏.

藏之彌久, 永垂無疆.

※草庵實紀

家狀

府君諱允祐, 初諱胤祐, 字天錫, 丁氏, 號草庵也. 唐文宗朝, 有諱德盛, 以大丞相, 因事出東國, 卽新羅憲安王時, 實丁氏之上祖也. 生諱應道, 封錦城君. 錦城卽今之羅州, 丁之貫羅州以此也. 三世有諱光純, 麗朝門下侍中. 生諱祐, 吏部典書. 生諱之伯, 檢校別相. 生諱潤夏, 工部典書. 生諱楠滿, 佐翼功臣, 封務安君. 生諱聖徽, 府院君. 生諱抃, 禮部典書. 生諱夐, 都承旨. 生諱允宗, 大將軍. 至八世, 入本朝, 有諱安景, 左右衛郎將. 自羅麗迄此二十餘世, 勳業軒冕巍赫不絶. 生諱衍, 隱德不仕. 生諱子伋, 校理, 於府君爲高祖也. 曾祖諱壽岡, 號月軒, 大司憲, 贈左贊成. 祖諱玉亨, 兵判, 贈左贊成, 封錦川君, 諡恭安. 考諱應斗, 右贊成, 贈領議政, 諡忠靖. 妣貞敬夫人恩津宋氏, 文郡守, 贈吏判, 世忠之女. 生四男. 長胤祚, 典籤. 次胤禧, 號顧庵, 退溪門人, 觀察使. 次允祐, 卽府君. 次胤福, 大司憲, 贈領議政. 府君以中廟己亥八月十九日, 生于高陽縣茂院里第. 明廟丁卯, 中司馬, 宣廟庚吾, 登第, 選補弘文館. 由正字, 例陞博士. 歷刑曹禮曹兵禮[600]三佐郎, 黃海都事, 所居稱職. 壬申二月, 遭忠靖公憂, 居廬遵禮, 甲戌服闋, 復爲刑曹佐郎, 陞正郎, 旋除司憲府持平. 遷掌令, 移拜議政府檢詳 · 舍人, 歷成均館司藝 · 司成 · 司諫院正言, 俄陞獻納, 司僕寺僉正. 庚辰遭內艱, 服闋復除持平. 乙酉爲獻納. 己丑以司諫, 陞通政, 外除東萊府使及驪州牧使, 蔚有治績. 辛卯除光州牧使兼督捕使. 壬辰倭寇猖獗, 公憤不顧身, 往見巡察使, 力言國內情勢. 及大駕西巡, 冒險間關赴行在所, 特命攝戶部事. 丙申爲成均館大司成, 旋入司諫院爲大司諫. 丁酉移拜同副承旨 · 直提學, 尋除忠淸道觀察使兼巡察使. 有敎書, 略曰, 惟卿, 自乃父, 服勞于我先王, 厥有嘉謨. 又曰, 試理于驪, 驪人至今思之, 擢居近密, 出納惟允. 又曰, 設險要害, 先定控扼之計, 措置粮餉, 急救接濟之

---

600. ★兵禮: 원본에 이렇게 되어 있는데, '兵曹'의 오기로 판단된다.

策. 又曰, 作東南之保障, 壯關輔之藩衛. 云云. 府君自受命以來, 相時應務, 臨機制變, 恐負付托之重, 一夜之間, 鬚髮盡白. 戊戌入爲戶曹參議 · 弘文館副提學. 己亥拜江原道觀察使, 以事遞付義興衛副護軍. 辛丑擢拜承政院都承旨, 移除兵曹參議, 以多病累疏, 蒙允還于山庄. 尋理舊緖, 顏其居室曰草庵, 爲畢命邱樊之計焉. 若夫天朝使節, 未知因何事在何年, 而神宗皇帝寵之以柳葉杯六枚, 迄今爲家廟灌薦之用, 則府君之善使, 又可見爾. 宣廟乙巳八月七日, 以疾考終于寢, 得年六十七. 上聞訃震悼, 特贈吏曹判書, 遣禮曹佐郎李植立致祭. 祭文略曰, 淸操雅望, 擢秀儒林, 歷敭臺府, 人服孤忠. 佩符名藩, 化行春風. 云云. 可知其魚水之契風雲之會. 而其曰擢秀儒林一句語, 不但贊其中興之業而已. 以其年九月十九日, 葬于高陽縣茂院洞負丑之原. 正廟己未, 因校理柳台佐筵奏, 取玩柳葉杯, 極加稱賞曰, 當與宣德中條環刀劍, 同一輝映於下土. 云云. 哲廟己未, 醴泉章甫有畏壘之議, 其通文略曰, 殫竭忠勤, 贊成乎中興之業. 又曰, 功存社稷, 業垂後裔, 允合乎歿而可祭於社. 云云. 此蓋秉彝之天欽慕前修, 而苟無實媺, 又何有是也? 配貞夫人靑松沈氏, 判官應祿之女, 有三男伍女. 男長好謙進士, 次好讓監察, 次好謹進士. 女長尹弘業, 次盧宣 · 沈詡 · 尹知養 · 韓謙胤. 孫曾以下, 煩不盡載. 塢呼! 府君稟天與淸粹之性, 生世篤忠貞之家, 而與二兄一弟, 講討純正義理之學於平昔聯床之日多矣. 及出身, 事君則匡救之誠進退一致, 捍衛之策, 夷險一節. 臺郞院直之日, 非無忠讜之言, 泮長州牧之時, 必多振作之風. 蓋出而朝政, 處而庵居, 無一事非學問上做去, 而前後著述及事蹟, 掃蕩於兵燹家火之餘, 今無可徵. 惟天朝寵杯, 推知使命之當帝心, 聖上優敎, 可見方面之得人望. 是以一等錄勳, 十行賜侑, 皆當日大聖人酬勞獎賢之盛眷, 而但朝家有長銓之贈, 而未蒙節惠之典, 本鄕有建院之議, 而未及俎豆之禮者, 實由本家之零替, 反致晠世之欠闕, 則裔孫之痛恨, 紳士之嗟歎, 當何如哉? 往在光武庚子, 族叔永爕氏, 因譜役而採輯若干文字, 用活本成一弓, 爲子孫私藏之計, 而原文則詩一書二而已,餘皆附錄, 而柳葉杯唱酬詩什爲居多也. 其編次之倒錯謬戾, 及字句之空連訛誤類多未瑩, 合當鑑照於當世之具眼, 而況伏念, 狀德之文, 弁卷之筆, 迄玆三百有餘祀, 尙無所屬. 噫, 余不肖大懼愈久而愈泯, 不揆僭妄, 玆敢略述家傳之所存, 首以先系, 附以孫錄, 爲乞言之資, 蓋十一於千百也. 苟或濫措一辭, 自貽忝累, 則實不肖之罪也. 竊嘗聞, 唐之許遠, 得韓文公巨筆, 與睢陽張公, 並著於千古中原. 噫, 文公之後, 又豈無文公之文也? 顧不仁不知者之所自恃而仰籲者, 惟盛德君子之必成人之美, 而又能闡幽而顯微也.

庚子後二十伍年甲子小春上澣, 十二世孫奎赫謹書.

墓碣銘

我從先祖, 通政大夫行弘文館副提學贈嘉善大夫吏曹參判公之歿, 四百年矣. 其衣履之藏, 在京畿道高陽郡茂院里丑坐之坡. 自夫島夷竊據此邦, 恣行暴虐, 公墳墓所在地, 編入軍用, 督移急. 其後孫某某等, 不得已移奉于醴泉郡龍門面屯旨山巽向原, 蓋以其後孫之居近, 而便於省護也. 旣又相與謀曰, 吳先祖之墓, 不可闕儀衛. 舊有碣無識, 今亦不可以不備. 於是募貲伐珉, 徵其辭於泰鎭. 泰鎭在傍裔之列, 固不敢辭. 然公之事行, 闕焉無述, 今於世代綿遠之餘, 而何從以得詳公之沒也? 昭敬王伻官致侑, 其文若曰, 惟靈, 天賦和厚, 氣量宏深, 淸操雅望, 擢秀儒林. 歷敭臺府, 人服孤忠, 佩符名藩, 化行春風. 內外有績, 始終無玷, 逮于寇亂, 兵餉不瞻. 才難此際, 僉擧攸屬, 關中轉漕, 河內輸粟, 焦心殫思, 鬢髮渾白. 授以玉節, 湖嶺二方, 棠歌相聞, 治效益彰. 引疾還歸, 休養故山, 庶幾或瘳, 共濟時艱. 遽報云亡, 國人驚惻. 矧余念舊, 曷勝悼惜. 云云. 此可以見公之受知於聖明者深, 而亦可以想像得公之大槩矣, 今何敢張皇無稽之辭, 終歸於誣先之地乎? 謹考譜牒, 略敍世系及歷官次第, 可乎. 公諱允祐, 字天錫, 自號草庵, 姓丁, 羅州之世也. 高麗檢校大將軍, 諱允宗, 其始祖也. 麗季有諱衍, 聖朝興, 守罔僕之義, 隱不仕. 子子伋, 至世祖朝, 始登文科, 官校理, 於公高祖也. 曾祖諱壽崗, 燕山朝以副提學, 托靑盲, 退不仕, 中廟反正, 錄靖國勳, 官至大司憲, 贈左贊成, 號月軒. 祖諱玉亨, 官兵曹判書, 贈左贊成, 諡恭安, 號月峯. 考諱應斗, 官左贊成, 贈領議政, 諡忠靖, 號三養齋. 娶郡守恩津宋世忠女, 以中廟己亥八月十九日公生. 隆慶丁卯, 俱中生進, 庚吾, 登文科, 由弘文正字, 歷刑禮兵曹佐郎, 黃海都事. 壬吾, 陞刑曹正郎, 歷持平獻納掌令議政府檢詳舍人. 己丑, 以司諫陞通政, 外除東萊驪州光州兼督捕御史. 丙申, 拜成均館大司成, 又入諫院爲大司諫. 丁酉, 移同副承旨直提學, 尋拜忠淸道觀察使. 戊戌, 入爲戶曹參議副提學. 己亥, 拜江原道觀察使. 辛丑, 擢拜都承旨, 又移兵曹參議. 公以年老多病, 遂呈辭, 退居于嶺南之醴泉, 乙巳七月八日, 卒于家. 以壬辰扈從勳, 贈嘉善大夫吏曹參判, 兼如例. 公之牧驪州也, 爲政理, 旣去而人思慕之不已. 嘗攝戶部, 管湖西糧, 能聞朝廷. 其爲觀察本道也, 特賜敎書, 諭以屛翰之重, 委任之專. 公之長材碩望, 卽此以觀, 亦可知已, 蓋其可考者, 然也. 萬曆年間, 公又嘗奉使朝天, 神宗皇帝嘉寵之賜柳葉杯六枚, 至今寶藏于家. 公之配貞夫人靑松沈氏, 判官應錄女, 後公十一年而歿, 祔同塋. 生三男伍女, 男好謙進士, 无后. 好讓監察, 好謹進士. 女適尹弘業縣令, 盧宣, 沈詡, 尹知養府使, 韓謙胤. 監察男彦輔進士, 男彦範副司直, 彦秀. 尹弘業男球判官, 女趙元徵. 盧男遠器奉事, 弘器文科, 重器進士. 女李汝木縣令, 高傅川, 權正中. 沈男世鐸持平, 世鼎承旨, 女安宗智. 尹知養男鑢錘錫, 女金啓, 李昌完. 韓男璟璕瑢球, 女洪景亨, 李奎英, 成震炆武營將. 曾玄以下, 繁不盡錄. 銘曰, 資稟宏厚, 世繼忠勤. 儒林盛望, 王國藎臣. 挺立臺府, 化行名藩. 殫心竭力, 始終彌綸. 有勞有績, 濟于時艱. 匪我敢諛, 聖明有言. 紀傳則闕, 後無從述. 揭此昭昭, 百歲可質. 閼逢敦牂維夏節, 從後孫泰鎭謹撰.

行狀

公諱允祐, 字天錫, 草庵其自號也. 姓丁氏, 其先羅州之押海縣人. 高麗檢校大將軍, 諱允宗爲始祖. 累傳至諱衍, 値麗運告訖, 守罔僕之義, 隱德不仕於本朝, 以推恩贈吏曹參判, 於公爲伍世祖. 自是厥後, 連世科甲, 譜不絶書, 果驗丁公隱子孫慶之鄕謠. 高祖諱子伋, 光廟朝官昭格署令, 贈禮曹判書. 曾祖諱壽岡, 號月軒. 燕山朝以副提學, 托靑盲, 退休不復仕. 中宗反正, 錄靖國原從勳, 官至兵曹參判, 贈左贊成. 有文集行于世. 祖諱玉亨, 兵曹判書, 諡恭安, 號月峯. 考諱應斗, 左贊成, 贈領議政, 諡忠靖. 德業俱隆, 號三養齋. 妣貞敬夫人恩津宋氏, 文科郡守贈吏曹判書世忠之女, 宗室朱溪君深源之外孫, 以嘉靖己亥八月十九日生公. 公之昆季凡四人, 皆有儁才而通顯, 公其第三世. 公生有異質, 端厚沈重, 遊戲笑語, 不類凡兒. 稍長, 好學不倦, 藝業日就. 及成童, 隨顧庵仲兄, 謁退溪李先生於陶山, 仄聞爲學旨訣. 隆慶丁卯, 俱中生員進士, 公之弟允福, 亦參聯璧, 時人榮之. 庚吾, 文科, 選補弘文館. 由正字, 例陞博士, 歷刑禮兵三曹佐郎, 黃海道都事, 所居稱職. 壬申二月, 遭忠靖公憂, 居廬遵禮. 甲戌服闋, 復爲刑曹佐郎, 陞正郎, 旋除司憲府持平, 遷掌令, 移拜議政府檢詳舍人. 歷成均館司藝司成, 司諫院正言, 俄陞獻納, 司僕寺僉正. 庚辰, 遭內艱, 服闋, 復除持平. 乙酉, 爲獻納. 己丑除月, 以司諫陞通政, 外除東萊府使, 未幾月見罷, 旋除驪州牧使, 蔚有聲績. 辛卯, 除光州牧使兼督捕御使. 壬辰, 倭寇猖獗, 踏釜拉萊, 踰嶺涉湖, 直向京城. 公憤不顧身, 往見巡察使, 力言勤王之意. 及其大駕西巡, 冒險間關, 赴行在所, 特命攝戶部事. 丙申, 爲成均館大司成, 旋入諫院爲大司諫. 丁酉, 移拜同副承旨 · 直提學, 尋除忠淸道觀察使兼巡察使, 特賜敎書而諭之. 戊戌, 入爲戶曹參議 · 副提學. 己亥, 拜江原道觀察使, 以事遞, 付義興衛副護軍. 辛丑, 擢拜都承旨, 移除兵曹參議, 以年老多病, 累疏辭蒙允. 仍休養于醴泉之福泉寓舍, 竟以天年, 考終于乙巳七月初八日, 享年六十有七. 遠近士林, 莫不奔走會哭. 用禮月, 葬于高陽茂院里未向之原, 從先兆也. 後以扈聖原從勳, 贈吏曹參判兼職如例. 配貞夫人靑松沈氏, 判官應祿之女. 婦德甚備, 後公十一年丙辰卒, 墓祔左. 有三男伍女, 好謙進士, 早世无后. 好讓監察, 好謹進士. 女尹弘業縣令, 盧宣, 沈詡, 尹知養府使, 韓謙胤. 監察一男彦輔進士, 二男彦範副司直, 彦秀. 尹弘業一男一女, 男球判官, 女趙元徵. 盧宣三男三女, 男遠器奉事, 弘器文科, 重器進士. 女李汝木縣令, 高傳川, 權正中. 沈詡二男一女, 男世鐸持平, 世鼎承旨, 女安宗智. 尹知養三男二女, 男鑢錘錫, 女金啓, 李昌完. 韓謙胤四男三女, 男璂瑾瑠球, 女洪景亨, 李奎英別提, 成震炌武科營將. 內外曾玄, 煩不盡錄. 公生於簪纓世家, 擩染詩禮, 德器夙成, 外而從嚴師友, 內而有賢父兄, 而顧庵仲兄, 卽大賢高弟也. 聯床講磨者, 無非經義中做得, 其學問淵源, 厥有遺緒. 性行純實, 榮養父母, 靡不用其極, 而母夫人之歿於伯氏典籤公林川任所也, 時當溽暑, 公殫力周旋, 返柩於半千里長程而安葬. 季氏大憲公, 扈駕龍灣, 至中途, 病卒於嘉山也, 公躬自殯斂於干戈搶攘之中, 而寇稍退, 俾得返葬焉, 孝友之篤, 推而可想. 公之歿也, 上遣官賜祭文, 有曰, 逮于寇亂, 兵餉不贍, 才難此際, 僉擧攸屬. 關中轉漕, 河內輓粟, 焦心殫思, 鬢髮渾白. 此可以見孝移於忠也. 嘗於萬曆年間, 奉使朝天也, 神宗皇帝嘉其問禮專對之明敏, 特賜西蜀產柳葉杯六枚, 以備祭用, 誠異數也. 至今寶藏于家. 塢呼! 今距公之世久矣, 間經兵燹, 繼有回祿. 其公私文字許多著述, 蕩逸不傳, 存者無幾, 可慨也已. 日公之後孫載權甫, 過著疇於縣村弊舍, 以其家傳行略, 屬余爲之狀. 余曰, 事係愼重. 人非其人, 文亦拙陋, 何敢揄揚其萬一乎? 其請益固, 終不獲辭, 略敍梗槩如右, 以竢大君子財擇而潤色焉.

仁川蔡著疇謹狀.

士林通文

己未十一月日製通, 朴周鏞發文. 時爬任不盡錄.

右文爲通諭事. 伏以, 大賢高弟, 擧切尊慕之誠, 重恢藎臣, 合有崇報之禮. 恭惟, 我顧庵丁先生, 親炙陶山, 承受旨訣. 師門獎與之意, 多發於往復書簡之間, 見於遺集者, 非特一二板也. 又載在東國名臣錄, 其學問之純正, 大可見矣. 粤若草庵丁先生, 當龍蛇猖獗之際, 宣廟委任南藩, 煌煌教書, 不翅累百言, 而有曰, 自乃父服勞我先王, 厥有嘉績. 又曰, 卿其設險要害, 先定控扼之計, 措置粮餉, 急講接濟之策. 作東南之保障, 壯關輔之藩衛. 云云. 先生受命以來, 仰體付托之重, 俯軫宣撫之急, 相機應務, 轉漕輓粟, 一夜間, 鬚髮盡白. 及其歿也, 上大加震悼, 特賜祭文, 而其中淸操雅望, 擢秀儒林兩句語, 不但贊惜功業而已也. 名載原從一等勳錄及壬辰正氣錄, 神宗皇帝賞賜柳葉杯六枚, 至今祼薦于本家廟享. 正廟己未冬, 因嶺臣筵奏, 優加批旨曰, 柳葉杯神皇之寵錫陪臣也, 與宣德中所謂條環刀劍, 同一輝映於下土, 而至今流落於嶺外, 泯然無聞餘二百年, 始得知之事, 非偶然, 采增悟歎. 爾旣言之, 亦曾奉玩其杯. 云云. 其季先生大憲公, 履歷淸要, 寵渥隆洽, 與仲氏先生, 同値寇亂, 竭力勤王, 及大駕西遷時, 適病劇在牀, 不能自力, 而以爲喬木世臣, 忍見君父之播越, 一縷未絶, 烏敢宛轉在家乎? 遂決意強起, 舁疾扈駕, 艱赴嘉山, 竟至不起, 卽壬辰十月日也. 上痛惜之不已, 特贈領議政. 愚伏鄭先生, 贊公墓碣, 其略曰, 公資稟粹美, 志行醇實. 自在童卯, 服勤弟子職, 逮從仕, 猶不怠供滫瀡省寒燠. 好讀書, 公退輒開卷, 箚記先賢格言, 以備服膺. 尤喜論語, 手自淨書, 靜時每端拱展讀. 居經幄, 講說精確, 而盡其委曲, 在臺省, 持論平恕, 而不爲吐茹. 云云. 卽此信筆, 槩可見先生學行之萬一也. 嗚呼! 先生兄弟, 偉資碩器, 篤生一室, 精潛道藝, 見推於大賢之門, 殫竭忠勤, 贊成乎中興之業. 道德勳績, 若是其俊偉光大者, 莫非聯床講學中, 一串事業, 而

※草庵實記

功存社稷, 業垂後裔, 允合乎歿而可祭於社, 而惜乎本孫單弱, 財力隨匱, 因循歲月. 易簀數百年, 迄今無一畝宮虔奉之所. 此雖斯文未遑之致, 而庸詎非百世公議之所共深慨者歟? 大義所在, 自鄙鄉爲先, 聯名修案, 而第伏念, 事係共尊, 不可一隅擅議. 玆敢略陳遺蹟, 輪告鄉道內. 秉彝同好之誠, 想無異同. 伏願, 僉君子合謀收議, 以爲一體共敦之地, 幸甚.

草庵實紀終

跋文

余友錦城丁善餘, 爲其七代祖觀察公, 使大明時, 神宗皇帝所賜柳葉杯六隻, 作詩以歌其事. 於是, 遠近親知, 爲序若詩以媺之者, 凡幾篇. 至有初不與善餘相識, 而聞其事而和之者, 吁, 何其盛也. 余嘗病, 今之人於其先故所遺, 雖無甚可異焉, 必爲之求詠歌於人, 迫之而後, 不得已而應之, 而往往笑與譏踵. 而至若是者, 殆不可以已邪. 求所以彰之, 適足以累之. 今善餘之爲也, 固異於是. 偏國一使价, 得天子寵錫如是, 非善於職能之乎? 歷七世而傳守無缺, 非護之勤能之乎? 是固未論其相質之如何, 形制之如何, 固已爲可歌也已. 而使義止於此, 不過爲一家之私, 而已今神州之傾覆, 凡幾年矣, 東國君民, 未嘗一日忘明皇帝之賜, 而不得西向以伸大義者, 凡幾世矣. 意今百年之內, 凡朱氏遺塵膩物, 當已蕩殘銷毀, 無復存者, 而中州舊民亦久, 已不復記有明天子矣. 是杯也, 乃能無恙於興亡劫火之餘, 使見之者, 無不兩淚覆面, 而增風泉之慟. 是尤不可以不歌, 而非若前所謂一家之私而已也. 不然, 其何能致多如是, 而又未聞有倦焉而勉爲之哉. 余懼夫或者不識此意, 而猥與今之人之爲者一例, 而視之也. 於是乎, 書其卷後以遺之. 善餘謂余不可無詩, 余固不能詩, 且諸賢之述盡之矣, 又何容贅焉?
崇禎紀元後二百三十有六年癸未暮春, 咸陽朴申慶謹跋.

後跋

右故觀察草庵丁公實紀也. 是紀也, 遺文, 詩一書二, 附錄, 宣祖敎書及賜祭文, 皇明柳葉
杯寵錫之藏, 正廟筵奏乙覽之批, 諸名碩贊頌之什, 鄕紳士畏壘議之文通, 亦莫非紀公
之實, 則片羽可知其全彩, 旁照可見其景響矣. 於乎! 公生忠靖之世家, 兼塤篪之聯床,
淸操純學, 有雅望儒林, 及夫登第, 而歷敭臺府, 常懷忠讜之風, 按節嶺湖, 承宣召棠之
化, 臨亂效忠, 扈駕捍危, 設險制變, 一夜髮白, 此所以錄勳宣武一等也. 奉使皇朝, 受天
王珍杯之異數, 用薦家廟之享, 此所以諸名碩之贊頌也. 鄕紳畏壘之議, 未果邦禁之値,
此所以姓孫之齎恨也. 往在庚子, 後孫永爕, 採輯若干文字, 因譜役而成一弓, 爲子孫私
藏之計, 而未備狀德之文弁卷之筆. 今其十二世孫奎赫, 痛念祖先之著述遺文事行遺蹟,
蕩盡於兵燹家火之餘, 方編次其敍述之錯謬, 廣求其狀碣序跋等文, 首以先系, 附以孫
錄, 爲實紀一編, 欲其闡揚於三百年湮沒之後, 而公傳之永世, 此仁人慈孫之心, 而草庵
公之所賴, 以不朽者, 亦有在於是者. 余嘉其誠, 而跋其後, 以致高山景行之思, 且寓匪風
下泉之懷.

柔兆攝提格秀葽節上澣, 驪江李能允謹跋.

識

吳先祖草庵公, 以宣廟陪臣, 持節拜天朝, 天子特異其文章卓越, 寵錫以是杯, 杯數止六, 而樣柳葉然, 故名之曰柳葉杯也. 藏而爲世世祼薦之器, 恩孰大焉, 寶莫重焉. 但累經兵燹之餘, 又從而有回祿, 皇華詠歸之年紀, 使命幹事之根因, 平日著述之文字, 所巾衍之藏, 而未剞劂者, 終爲湮沒, 誠可歎悚也. 而只存詩一首書二幅, 蓋先祖秉德純慤, 律己淸簡, 家學相承, 源流有自, 發之爲文辭者. 雖片言隻字, 本原性情之正, 而要皆理瞻詞約, 不爲夸多鬪靡之習, 藐諸不肖, 豈敢阿私於其萬一哉? 曾吳從高祖, 旣序其事述之詩, 以求和於當世秉筆之君子, 而抵于今繼志而收錄, 則幾至篇帙之成樣. 故因譜牒之役, 而印布於各處子孫. 不肖又敢作小識, 把杯感泣, 而西顧也云爾.

崇禎紀元後伍庚子仲秋初吉, 不肖孫永燮謹識.

後識

錦城丁君奎赫, 賫其先祖觀察公草庵實紀, 凡三謁余于東杜弊廬, 固請一眼. 余敬受而謹按之, 遺文只詩一書二. 扣其由, 元稿並遺事一道, 佚于火而致此零星. 附錄則, 有敎書賜祭文批答及士林通章. 於以亦可見其才器之宜爲國家重, 行誼之可爲士林仰. 又有天賜柳葉杯序若詩, 讚述之歌詠之, 甚張大其事, 乃萬曆間, 公之奉使朝天也, 神皇帝特有此寵錫, 俾之爲廟薦用. 實出於聖天子眷顧東藩之深, 而抑賢使者專對有以感發上心, 物固貴也, 事誠稀矣. 不幸皇社遽屋, 神器易遷, 而惟是六枚柳葉, 尙保萬曆王春, 而依然在於小邦陪臣之家, 則一時諸君子風泉之思, 宜其覽物而興懷者, 深矣. 嗚呼! 今日我鮮未亡之民, 卽古皇明之遺民也. 再造東疆, 一朝不保. 說到往塵, 斗膽輪囷. 余雖不獲玩丁氏之世藏寶杯, 而先皇舊物之迹, 發於詩歌, 備載是紀, 則漢都黍離之曲, 將復作於今, 而並復之也. 但恨其初編欠整, 奎赫甫以其宗議, 將改鋟而壽于世, 旣一經於校家, 而又謁余者, 求其勘也. 拊卷潸焉, 是烏可以禮辭已乎? 迺爲之釐整第次, 因敍夫所感于中者, 書諸卷後以歸之.

崇禎紀元後二百八十三年丙寅天中節, 東杜棄人驪江李能烈識.

右遺集, 吳先祖觀察公舊蹟也. 竊念, 當年先祖之使事天朝, 國家之選擇也, 拜受寶卮, 皇帝之賞賜也. 其德行文章, 必有著述之盈箱可攷, 而閱世旣久, 累經兵火, 便作杞宋之無徵, 只得二三篇, 冠于卷首, 續以附錄, 僅成一弓也. 昔庚子秋, 族兄永燮氏, 懼其遷延歲月, 或致亡失, 遂刊布子孫諸家, 可謂竭孝思誠心也. 然惟其文字之零星, 只合私藏于家也. 若以功業之稱頌, 無愧公布于世也. 僉議同歸, 皆欲亟圖. 族姪奎翊奎學, 貞固幹事, 剞劂之役告訖, 要余記其顚末, 故敢忘僭猥, 略志如右云爾.

歲庚子暮春, 十一世孫柄燮謹識.

嗚呼! 此吳先祖草庵公遺集也. 過去庚子秋, 吳從叔永燮氏, 懼先蹟之散逸無傳, 遂印頒
于子孫, 誠善事也. 見今天道循環, 據夏之胡淸滅, 吞東之倭賊亡, 惟靑靑柳葉, 閱幾多桑
溟燼灰, 而猶帶得大明春色於萬里之外舊國陪臣之家, 其非異數歟? 摩挲是杯, 環顧槿
域, 又非昔時, 則尤有倍黍離之感也. 凡卷中所載, 皆先輩之歌詠其事, 序述其蹟, 而嗟
歎者也. 蓋先祖之懿德勳業, 宜來裔之景仰也. 此所以與其私于家, 不若公于世也. 況寇
戎雖除, 而風塵未定, 不可謂昇平時節也. 若又經一亂, 則餘干藏在雲仍者, 安得保其不
泯沒也? 乃聚族而謀廣布之計, 僉議歸一, 而但所乏者, 物力也. 幸因族兄奎翊氏周旋營
辦, 付諸印工, 僅得如意, 烏敢曰求多于前人也? 功告訖, 遂記其顛末如是云.
崇禎紀元後六庚子季春, 十二世孫奎學盥手謹識.

※草庵實紀

小敍

恭惟, 我草庵先祖實行偉蹟之可以傳於後世者必多, 而兵燹之餘, 融風遽及, 箱簏蕩然, 而殘存者, 只詩一首書二幅, 及宣祖教書, 賜祭文, 天賜柳葉杯詩與序銘而已. 粵在庚子修譜時, 因鑄字板印出略干, 頒布於族內諸家. 然或有欠正未備, 亦不公諸世. 故先伯兄嘗慨然于此, 蒐輯闕漏, 廣求諸名碩追韻, 而未及刊行, 奄然下世. 以余不肖無狀, 紆鬱悃歎者, 今二十年于玆也, 而尙未能繼其志述其事矣, 今春族叔柄燨氏族弟奎學, 恐愈久而愈泯沒, 欲亟圖是役. 而顧不肖之夙抱未遑者, 敢不從唯也. 同其意, 而協其力, 付之石而敍所感.
庚子端陽節, 十二世孫奎翊謹敍.

《초암실기》

관련 자료

《초암실기》

▲ 초암실기 앞표지

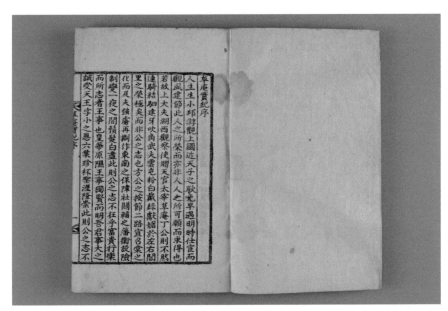

▲ 초암실기 1

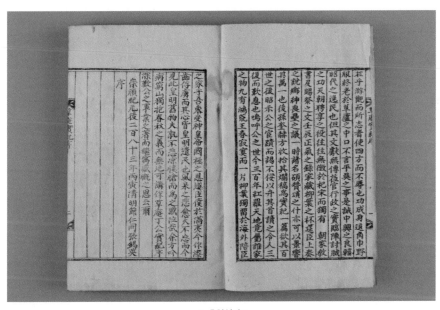

▲ 초암실기 2

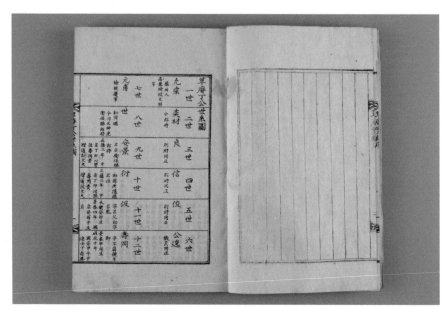

▲ 초암실기 3

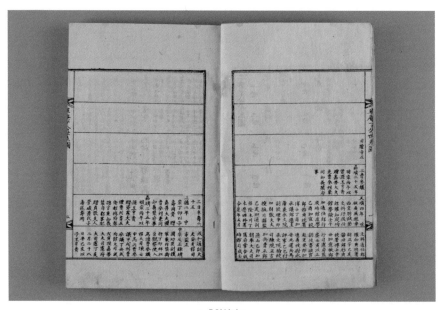

▲ 초암실기 4

※草庵實記

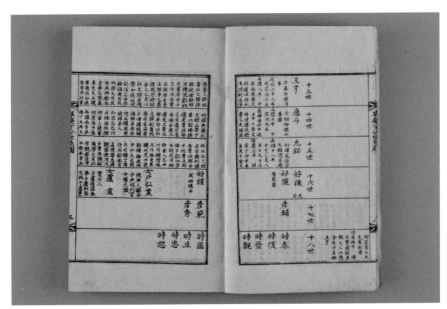

▲ 초암실기 5

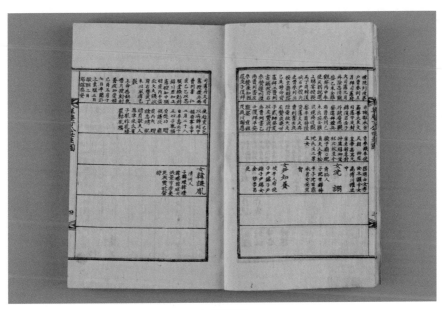

▲ 초암실기 6

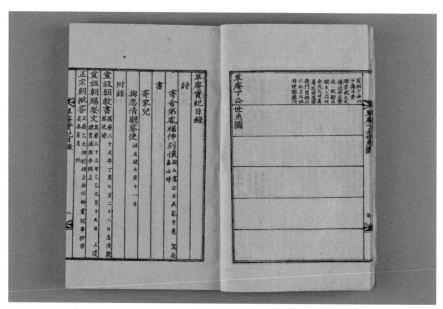

▲ 초암실기 7

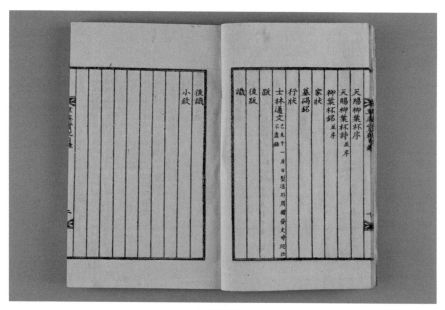

▲ 초암실기 8

※草庵實紀

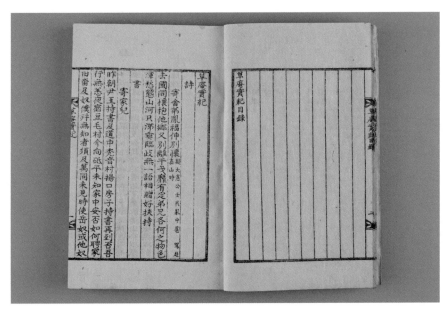

▲ 초암실기 9

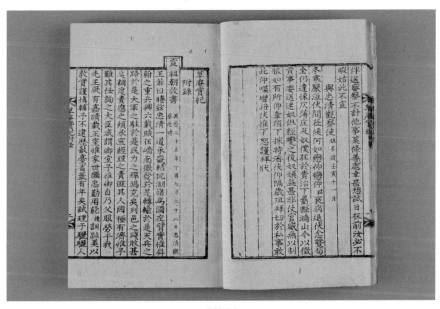

▲ 초암실기 10

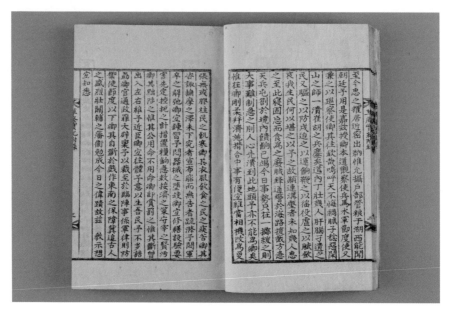

▲ 초암실기 11

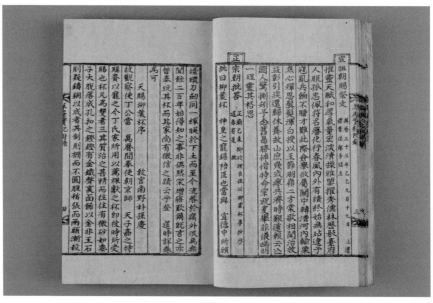

▲ 초암실기 12

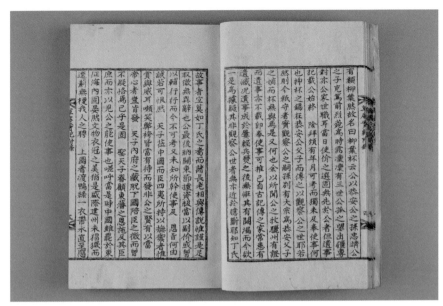

▲ 초암실기 13

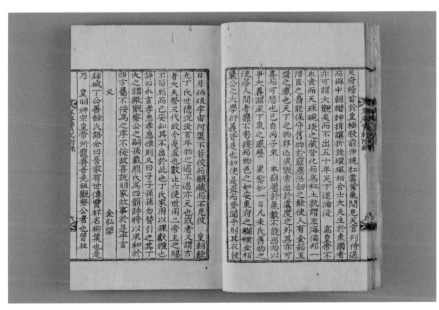

▲ 초암실기 14

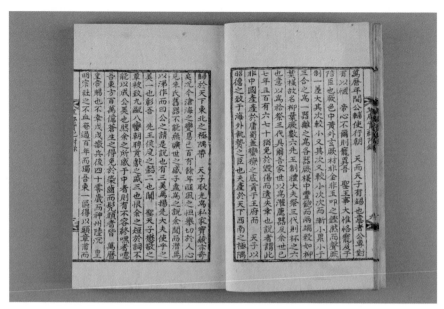

▲ 초암실기 15

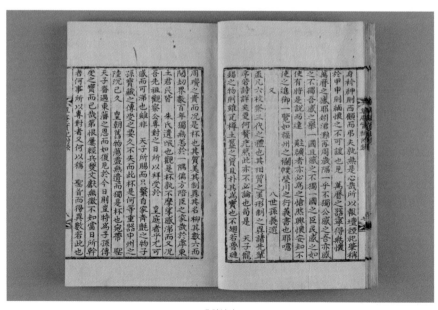

▲ 초암실기 16

※草庵實記

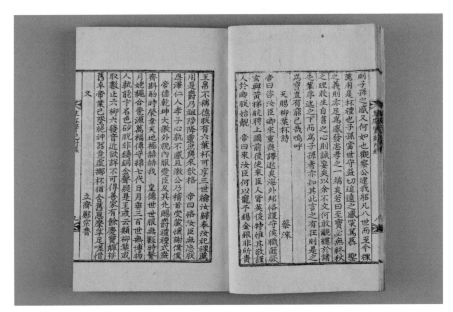

▲ 초암실기 17

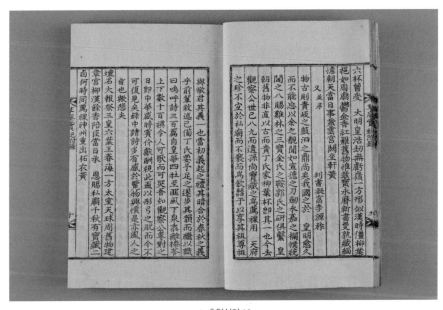

▲ 초암실기 18

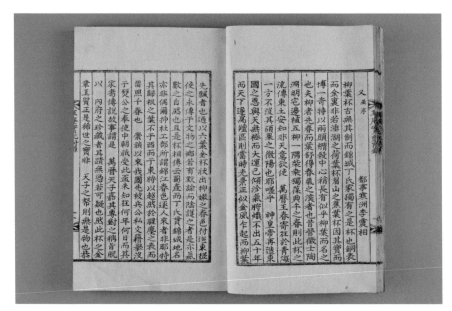

▲ 초암실기 19

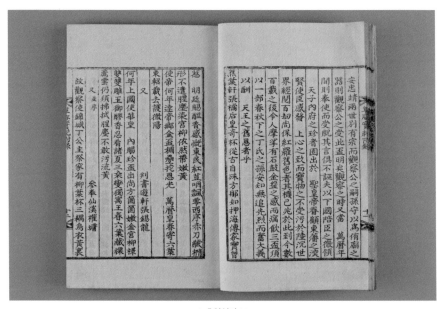

▲ 초암실기 20

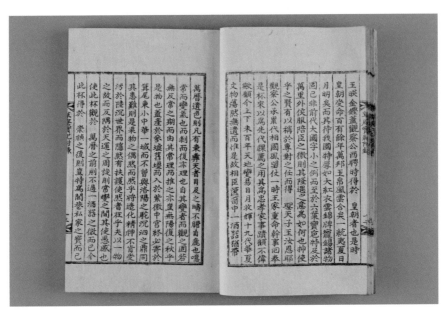

▲ 초암실기 21

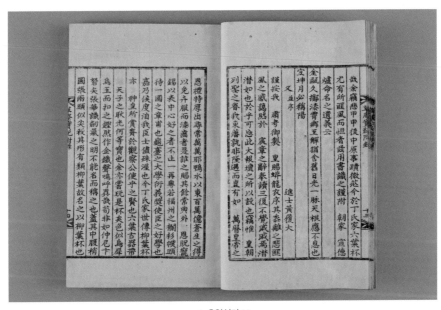

▲ 초암실기 22

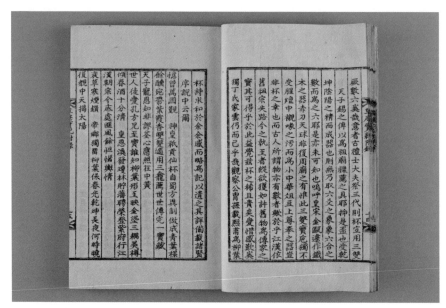

▲ 초암실기 23

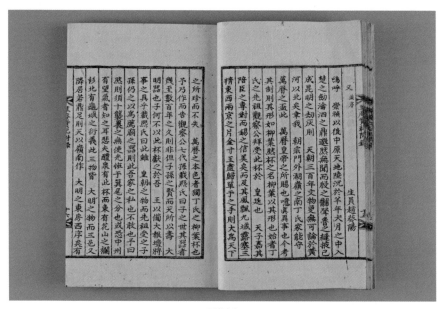

▲ 초암실기 24

※草庵實紀

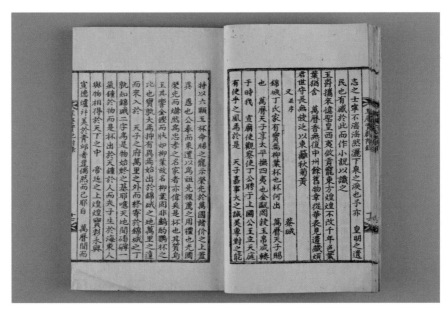

▲ 초암실기 25

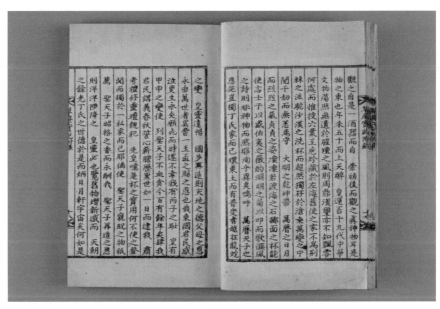

▲ 초암실기 26

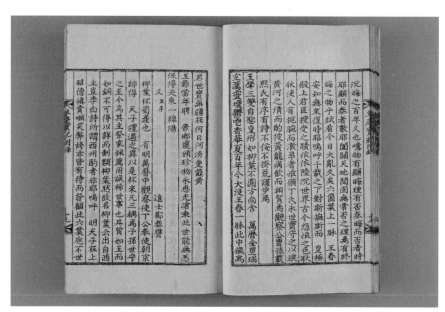

▲ 초암실기 27

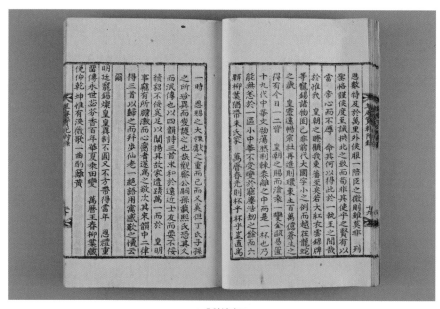

▲ 초암실기 28

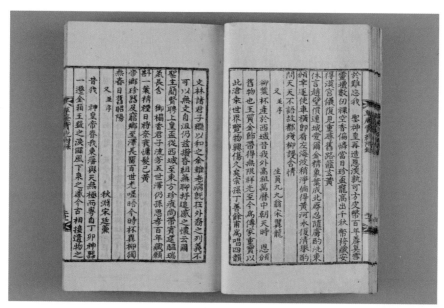

▲ 초암실기 29

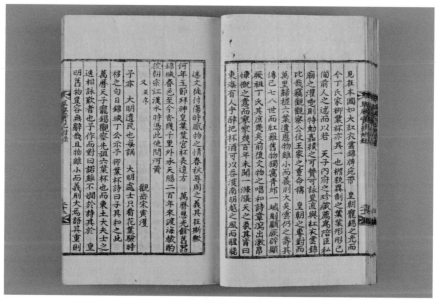

▲ 초암실기 30

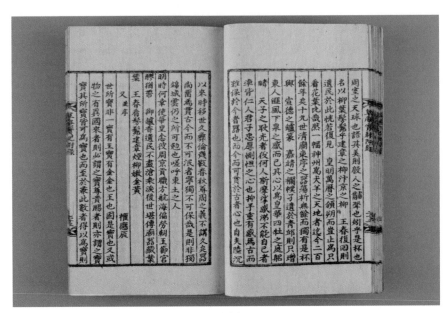

▲ 초암실기 31

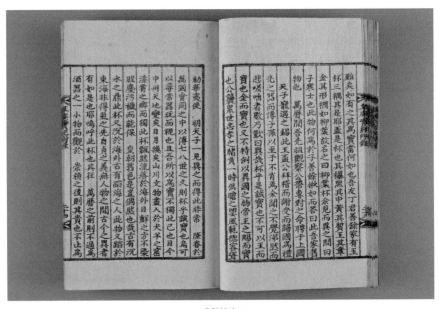

▲ 초암실기 32

※草庵實記

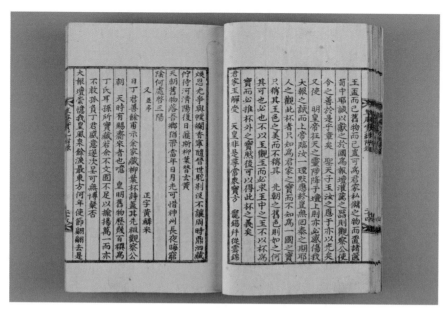

▲ 초암실기 33

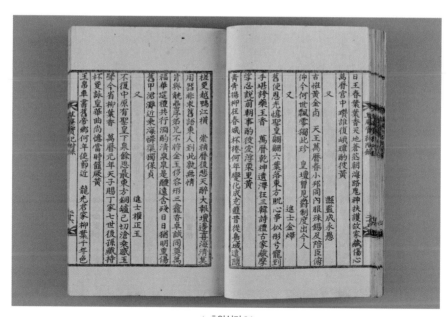

▲ 초암실기 34

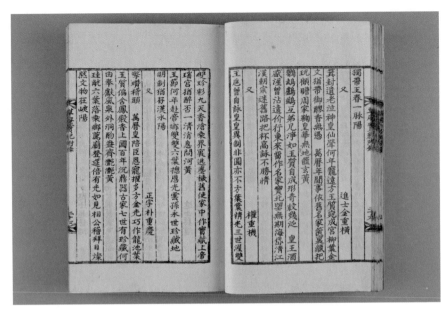

▲ 초암실기 35

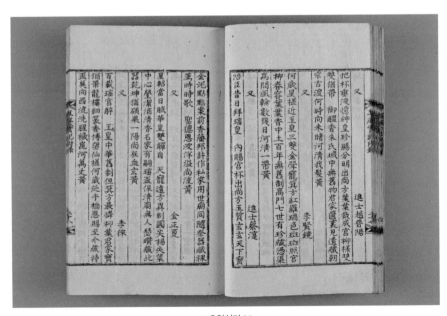

▲ 초암실기 36

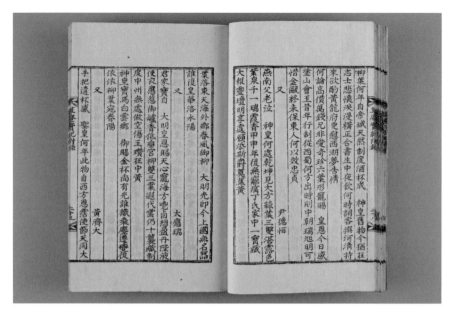

▲ 초암실기 37

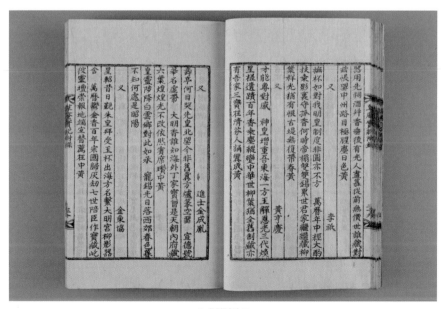

▲ 초암실기 38

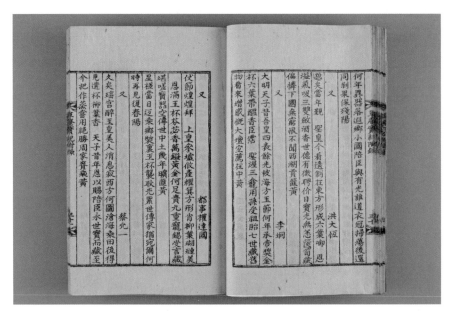

▲ 초암실기 39

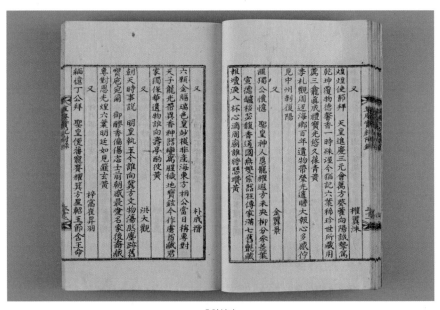

▲ 초암실기 40

※草庵實紀

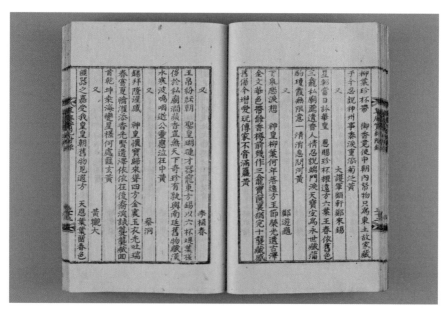

▲ 초암실기 41

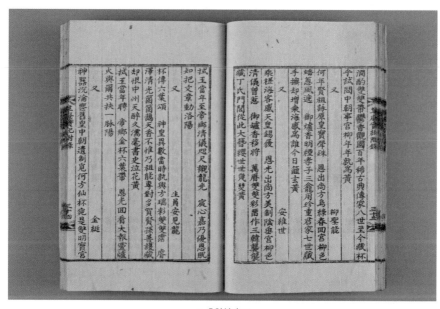

▲ 초암실기 42

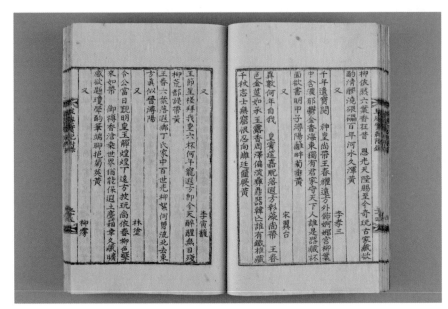

▲ 초암실기 43

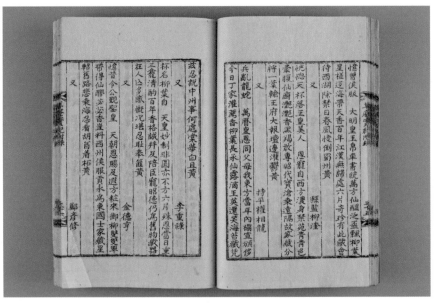

▲ 초암실기 44

416

※草庵實記

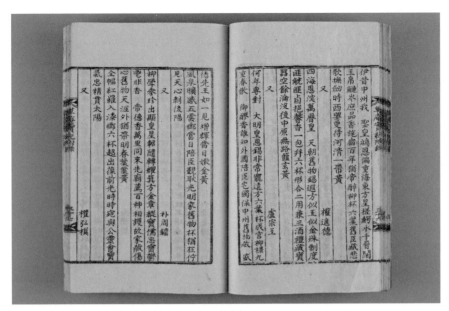

▲ 초암실기 45

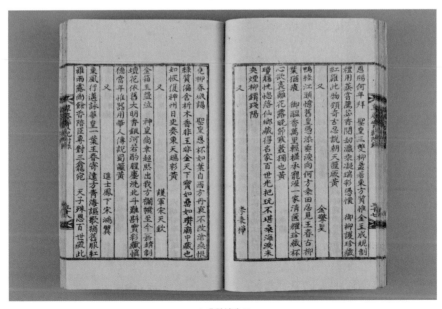

▲ 초암실기 46

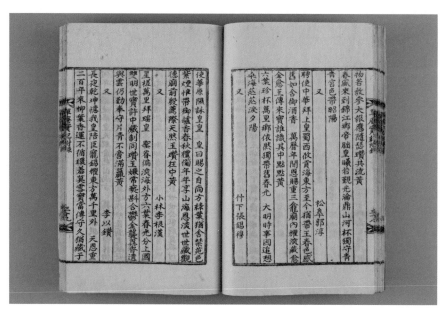

▲ 초암실기 47

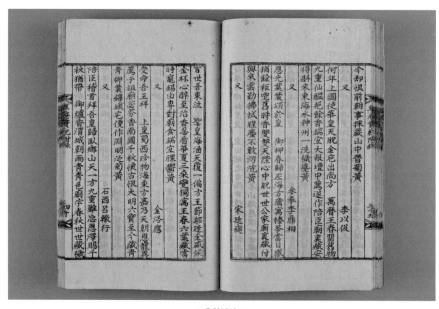

▲ 초암실기 48

※草庵實紀

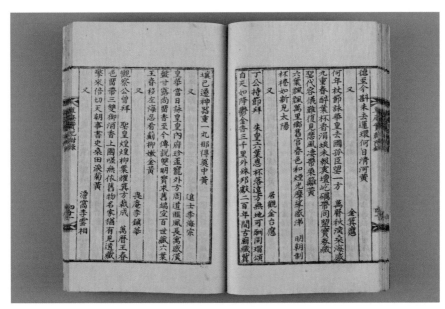

▲ 초암실기 49

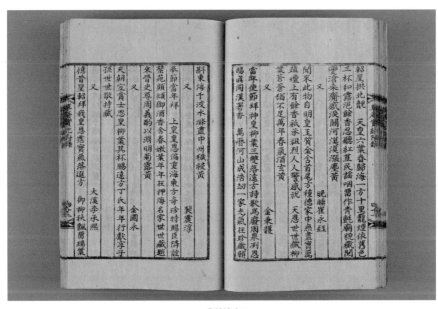

▲ 초암실기 50

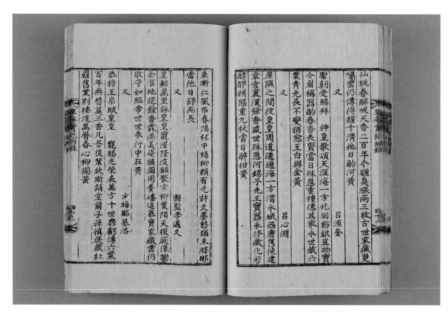

▲ 초암실기 51

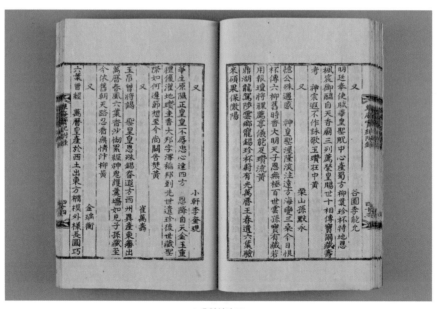

▲ 초암실기 52

420　　　　　　　　　　　　　　　　　　　　　　　　※草庵實紀

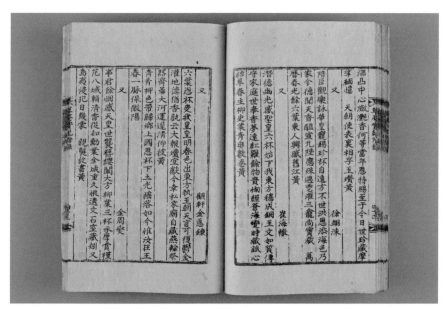

▲ 초암실기 53

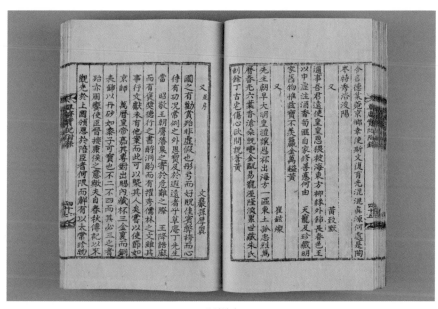

▲ 초암실기 54

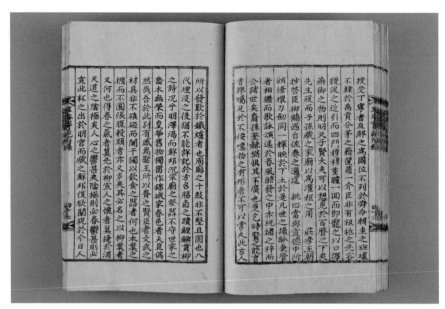

▲ 초암실기 55

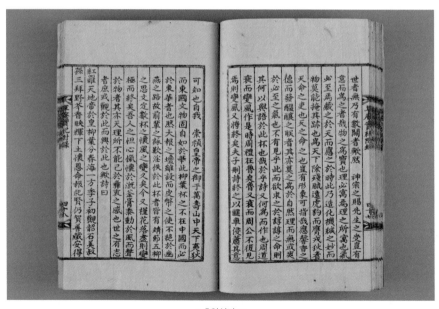

▲ 초암실기 56

※草庵實紀

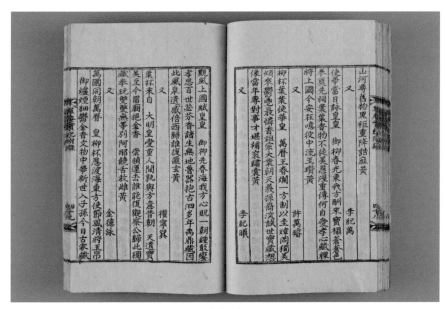

▲ 초암실기 57

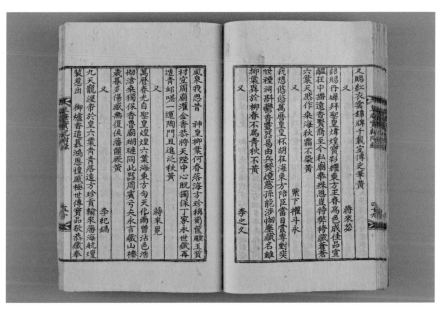

▲ 초암실기 58

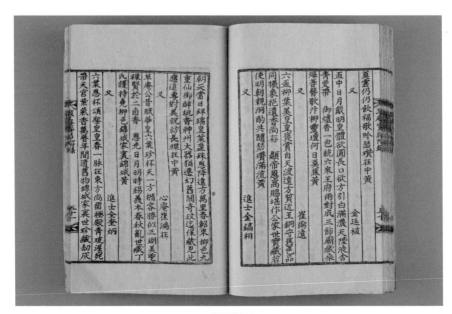

▲ 초암실기 59

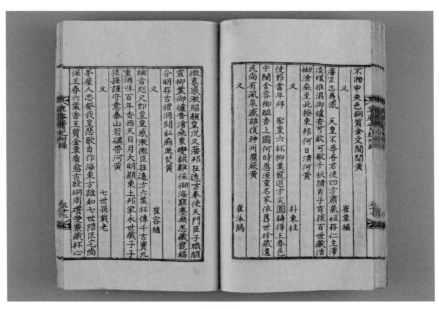

▲ 초암실기 60

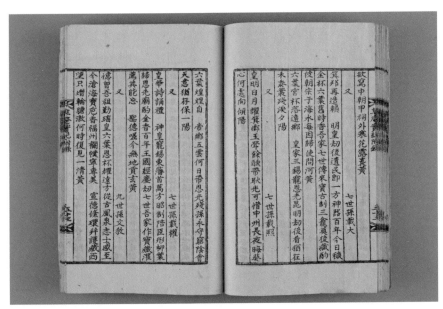

▲ 초암실기 61

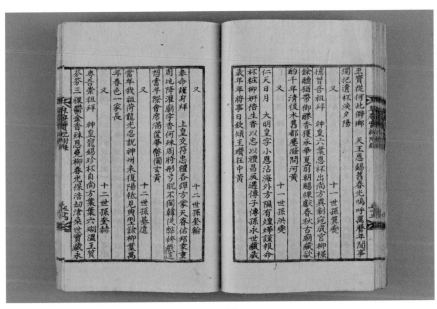

▲ 초암실기 62

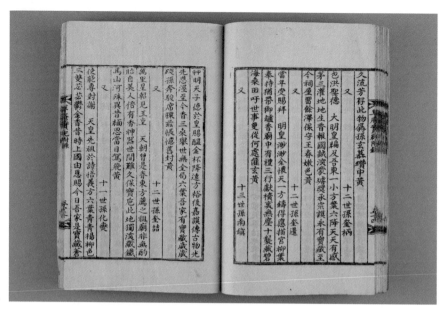

▲ 초암실기 63

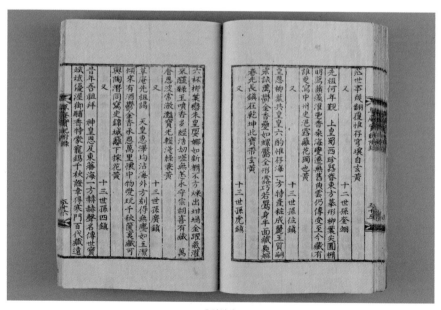

▲ 초암실기 64

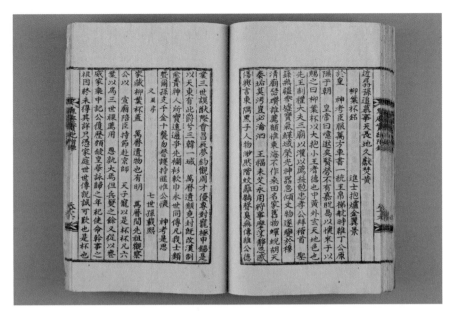

▲ 초암실기 65

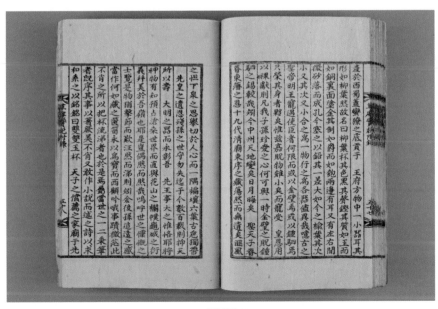

▲ 초암실기 66

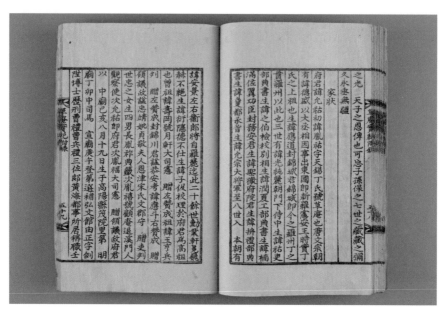

▲ 초암실기 67

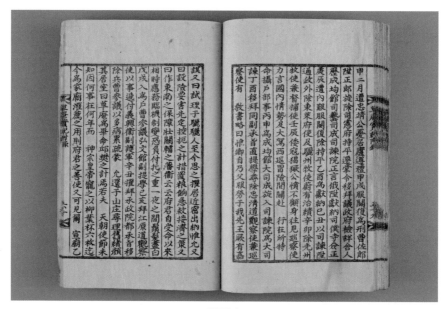

▲ 초암실기 68

※草庵實紀

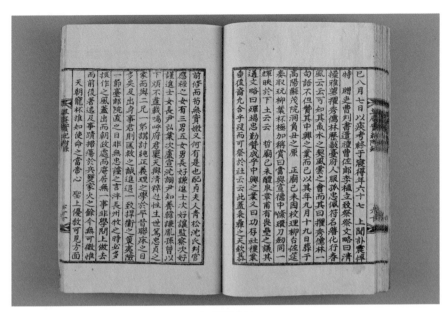

▲ 초암실기 69

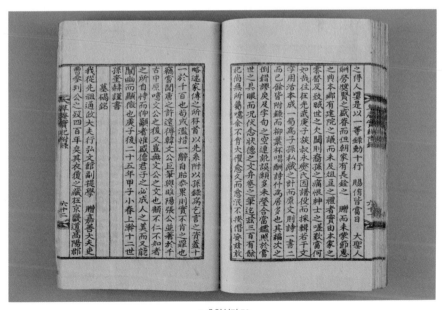

▲ 초암실기 70

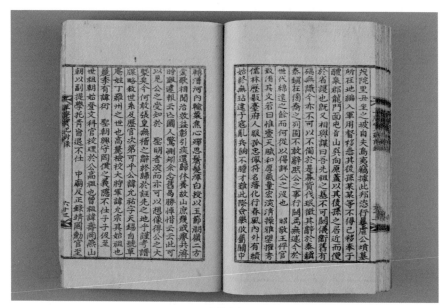

▲ 초암실기 71

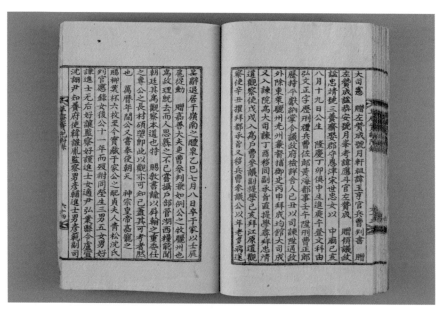

▲ 초암실기 72

※草庵實記

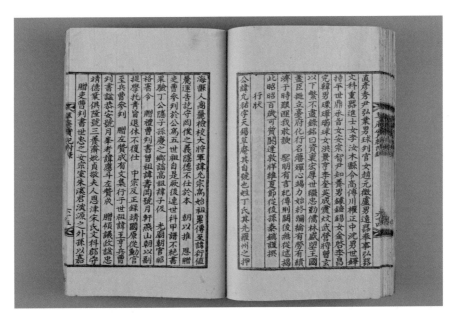

▲ 초암실기 73

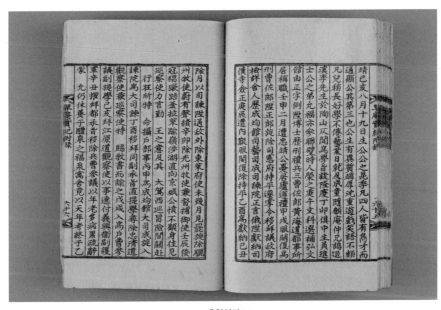

▲ 초암실기 74

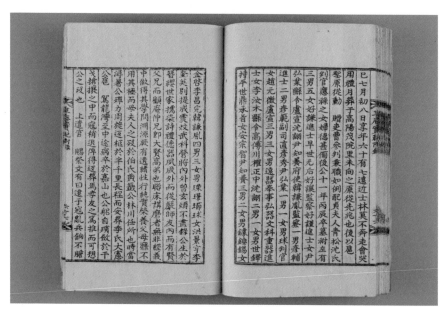

▲ 초암실기 75

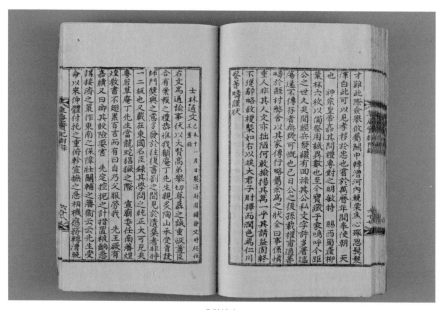

▲ 초암실기 76

※草庵實紀

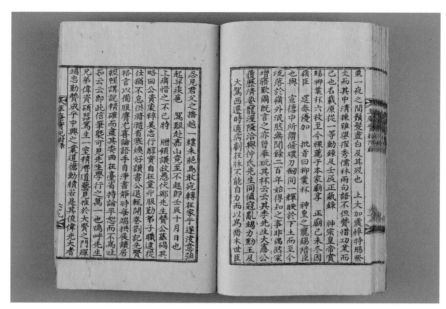

▲ 초암실기 77

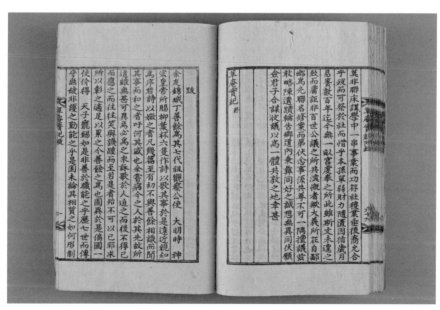

▲ 초암실기 78

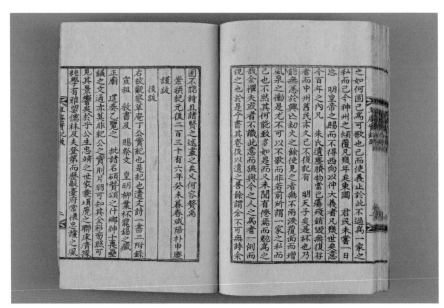

▲ 초암실기 79

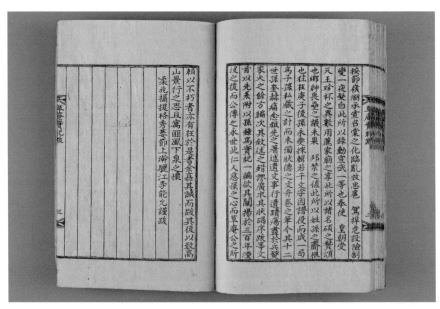

▲ 초암실기 80

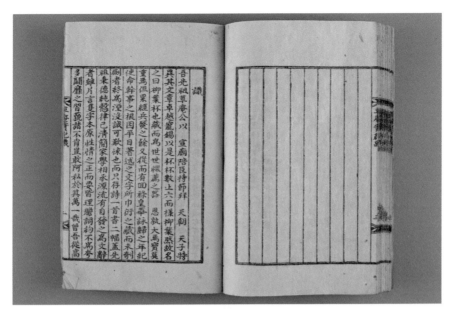

▲ 초암실기 81

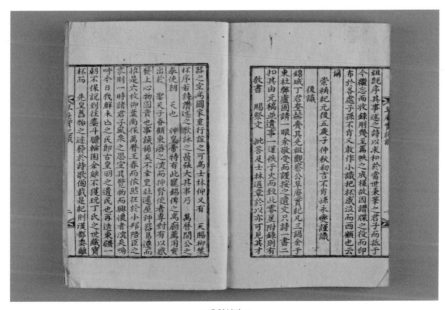

▲ 초암실기 82

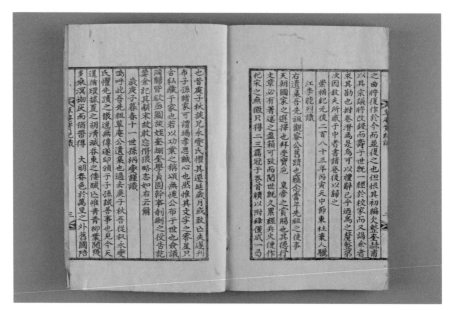

▲ 초암실기 83

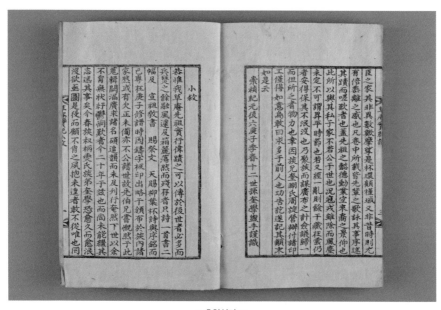

▲ 초암실기 84

※草庵實紀

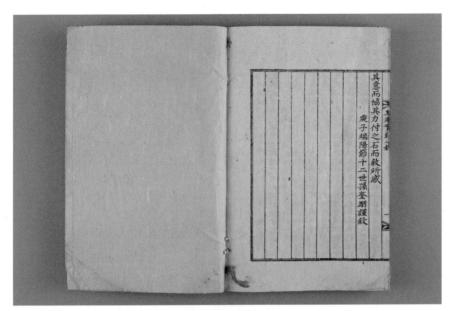

▲ 초암실기 85

▲ 초암실기 뒷표지

유엽배

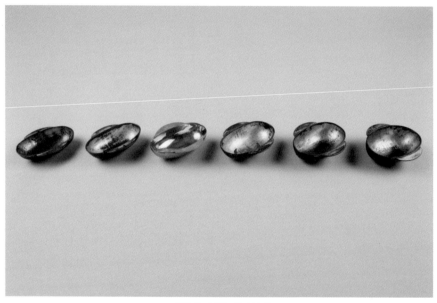

▲ 유엽배 1 (좌측 3번째 복제)

※草庵實記

▲ 유엽재 2 (좌측 3번째 복제)

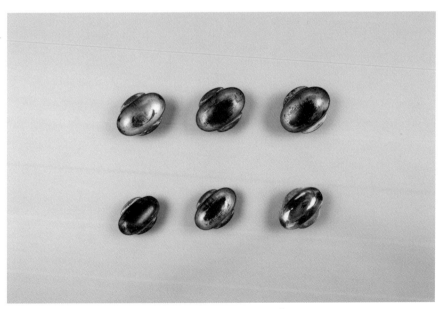

▲ 유엽배 3 (하단 우측 1번째 복제)

유엽배

439

▲ 유엽배 4 (상단 우측 1번째 복제)

※草庵寶翰

445

초암실기
草庵實紀

초판인쇄 2024년 6월 3일
초판발행 2024년 6월 3일

총괄 이재완
국역 김영진, 황만기
교열 남춘우, 이승용
원문표점 장재석
편집 및 교정 임영현, 허선미, 도유정, 김미쁨, 안소연, 안수연
발행인 채종준

주소 경기도 파주시 회동길 230 (문발동)
투고문의 ksibook13@kstudy.com

발행처 한국학술정보(주)
출판신고 2003년 9월 25일 제406-2003-000012호
인쇄 북토리

ISBN 979-11-7217-338-8 93810